W0226385

K.

Anatoli Marienhof

JEKATERINA Roman

Aus dem Russischen von Birgit Veit

Nachwort von Olga Martynova

verlegt bei Kindler

Sämtliche Daten im Roman beziehen sich
auf den julianischen Kalender,
der in Russland bis 1918 verwendet wurde.

Die Arbeit der Übersetzerin am
vorliegenden Roman wurde vom
Deutschen Übersetzerfonds e. V. gefördert.

2. Auflage November 2003
Copyright © 2003 by Kindler Verlag GmbH, Berlin
Titel der Originalausgabe: «Jekaterina»
Redaktion Regine Weisbrod
Umschlaggestaltung Gudrun Fröba, Berlin
Gesetzt aus Janson PostScript, PageMaker
bei Pinkuin Satz und Datentechnik, Berlin
Druck und Bindung GGP Media, Pößneck
Printed in Germany
ISBN 3 463 40439 7

Die Schreibweise entspricht den Regeln
der neuen Rechtschreibung.

Wenn die spanischen Generale Geld von ihrem Herrn benötigten, machten sie beträchtliche Summen locker, indem sie ihren Schnurrbart verpfändeten.

Marat

ERSTES KAPITEL

1

Am einundzwanzigsten April 1729 wurde in der Stadt Stettin dem Generalmajor in preußischen Diensten, wohnhaft im Eckhaus Nr. 791 in der Domstraße, eine Tochter geboren.

Für das Eckhaus war es ein Ereignis. Aus Anlass der Geburt des Mädchens wurden im achten, vom Generalmajor befehligten Infanterieregiment mehrere Schüsse aus der Kanone abgefeuert.

Man kann nicht sagen, der neununddreißigjährige Vater sei sonderlich glücklich gewesen. Welcher Soldat, der etwas auf sich hält, will schon eine Tochter?

Die Geburt war schwer gewesen, und es hatte nicht geringe Hebammenkünste erfordert, bis das Mädchen endlich das Licht der Welt erblickte.

Als man dem Vater das Neugeborene brachte, inspizierte er das Mädchen mit angedrillter Gewissenhaftigkeit, schloss es aber nicht in seine Arme.

Der Generalmajor hatte schöne kugelrunde Pferdeaugen. Um die Ähnlichkeit mit den Augen des edlen Tieres voll zu machen, hätte es nur noch der Nachdenklichkeit eines Pferdes bedurft.

Nachdem der Generalmajor seine Tochter inspiziert hatte, sagte er mit schneidender, nicht auf Zimmerlautstärke eingestellter Stimme: «Wegschaffen.»

Es klang, als gebe er seinem Infanterieregiment bei einer Truppenübung auf dem Schießplatz einen Befehl.

Allein gelassen trat der Vater mit ausgreifendem Soldatenschritt zur Tür und sperrte sie mit dem Schlüssel ab, als wolle er vor Scham wegrennen. Sein Kind hatte einen dünnen, geröteten Leib, einen unverhältnismäßig großen, kahlen Kopf mit hoher Stirn, tränende Augen mit entzündeten Lidern, knorrige Hände und entzückende Mandelfingernägel. Letztere hatte jedoch nur die halb bewusstlose Mutter bemerkt. Alles andere hatte sie übersehen.

Der General wurde zunehmend finsterer. Er marschierte im Zimmer auf und ab. Gedanken schienen ihn zu bewegen. Doch wie jemandem, der nicht gewohnt ist zu denken, ging ihm immer ein und dieselbe, sein Kind beleidigende Floskel durch den Kopf. Dann ließ sich der General in den Sessel nieder, die fleischigen Wangen auf die Fäuste gestützt. Sein Doppelkinn hing herunter.

Immer noch ließ die Floskel sein Hirn anschwellen. Der General spürte förmlich, wie eng es den Gedanken im Schädelkasten wurde. Es kam ihm vor, als zögen sich die Stirnknochen schmerzhaft auseinander, als zögen sie sich auseinander durch Gedanken, die es doch gar nicht gab. Der General verstand nicht zu denken; dabei hätte es nicht geschadet, einmal nachzudenken. Nun, beispielsweise über seine während des niederländischen Feldzugs davongetragenen Siege über die Wirtshausmägde. Und die Mädchen von der Insel Rügen? Und die Soldatenfrauen in Pommern? Und der Spanische Erbfolgekrieg? Verdammt hübsche Teufelsweiber waren da hinter der Armee hergezogen.

Aber der General hatte ein schlechtes Gedächtnis.

+ +

Ein paar Jahre später, als er bereits Generalleutnant war, sollte ihm der Himmel einen Stammhalter schenken (o Gott, wie ungenau wir uns doch ausdrücken!). Der Junge kam mit einem verdörrten Bein auf die Welt. Sein Spielkamerad war eine Krücke.

Die zweite und die dritte Tochter des Generals sollte es nicht auf dieser Erde halten. Und im zweiundfünfzigsten Lebensjahr führte ein Schlaganfall zur Lähmung der linken Körperhälfte des Familienoberhaupts.

In den Adern des Fürsten Christian August von Anhalt-Zerbst, der als Generalmajor in preußischen Diensten stand, floss offenbar schmutziges Blut.

2

Die verwitwete Herzogin von Braunschweig-Wolfenbüttel war mit Prinzessin Johanna Elisabeth von Holstein-Gottorp verwandt, sie war deren Patentante, mehr noch: deren Wohltäterin. Als sie nun beschlossen hatte, Fürst Christian August von Anhalt-Zerbst, der als Generalmajor in preußischen Diensten stand, sei ein herrlicher Mann für die hübsche Prinzessin, blieb dieser nichts anderes übrig, als einzuwilligen.

Die Hochzeitsfeier fand im Lustschloss derer von Braunschweig-Wolfenbüttel statt. Die Herzogin gab ihrem Zögling eine Mitgift. Der Altersunterschied zwischen den Brautleuten lag etwas unter einem Vierteljahrhundert.

Bis zum Tode des über Anhalt-Zerbst regierenden Fürsten ließen sich die Vermählten in Stettin nieder, im Eckhaus der Domstraße, das Herrn Aschersleben, dem Vorsitzenden der örtlichen Handelskammer, gehörte.

Fünfzehn Jahre lang mussten unsere Eheleute auf den Tod des regierenden Fürsten warten. Im Jahre 1742 konnten sie endlich erleichtert aufatmen: Die Seele ihres Cousins, des Fürsten, hatte ihre Heimreise angetreten. Die Regentschaft über das Fürstentum fiel an Christian August und seinen älteren Bruder. Was die Ausdehnung der Ländereien des Hauses Anhalt-Zerbst betraf, so hätte ein nicht besonders hoch stehender Gutsbesitzer von Pensa kaum Grund zu Neid gehabt.

Die Familie zog von Stettin nach Zerbst. Doch auch dieses Vergnügen wurde dadurch vergällt, dass sie mit zahlreichen Verwandten in einem Haus zusammenleben musste. Aber wir wollen nicht vorgreifen.

3

Die neunzehnjährige Amme, die Frau des Trommlers, nahm mit antiker Schamlosigkeit ihre ballförmige, rosige Brust heraus und stopfte die Brustwarze wie einen Korken in den kleinen brüllenden Schlund.

Der General lächelte. Seine Freude war echt, und sein Lächeln ähnelte dem Schwanzwedeln eines Hundes. Wie dieser hätte der General seiner Stimmung nicht mit Worten Ausdruck verleihen können.

«Also», begann er, «ihren Tanten zu Ehren soll sie Sophie Friederike Auguste heißen.»

Über die Lippen des Kindes rann Milch, floss das rosige Kinn hinab und beträpfelte die Klöppelspitzen, die den geröteten Körper umschäumten.

«Lass sie uns Fieke nennen. Das ist doch ein großartiger Name, oder?»

«Ja, ein großartiger Name», wiederholte die auf dem Laken ausgestreckte Mutter.

Die Wöchnerin war so mager, dass es aussah, als sei die Decke nur unordentlich über das Bett gebreitet: Ihr Leib ließ keine Wölbung entstehen.

Die großen blauen Augen blickten auf ihren Mann und begriffen nicht, worüber er sich freute. «Andererseits», dachte die Wöchnerin, «hat er wahrlich Grund zur Freude, bei den fleischigen Wangen und dem Doppelkinn, das er hat.»

«Warum hat Fieke denn verweinte Augen? Hat sie vielleicht Bauchweh?», fragte der Vater.

Statt einer Antwort strich sich die zierliche Frau über die Schläfen: Der General war nicht imstande, leise, in Zimmerlautstärke zu reden.

«Ihre Augen tränen», antwortete die Amme.

«Unsinn, Fiekes Augen sind großartig! Sie funkeln wie die Knöpfe an der Uniform», sagte der General und lächelte.

Die selige Elternblindheit zeigte bei ihm etwas verspätet ihre segensreiche Wirkung.

Johanna Elisabeth dagegen hatte sogar schon wieder vergessen, dass ihre Tochter ungewöhnlich schöne Mandelfingernägel hatte. Die junge Frau war mit sich selbst beschäftigt.

«Bringt mir den Handspiegel», bat sie ihren Mann. Der General sah nach und fand ihn nicht. Als er das Gebetbuch vom Sessel auf den Tisch legte, fiel der Spiegel heraus, zerbrach aber nicht. Der General richtete sich wieder auf, er war gottesfürchtig. Ein rotes Netz spannte sich über die Äpfel seiner kugelrunden Augen, denen die Verträumtheit der Pferde fehlte. Offenbar war ihm das Blut zu Kopfe gestiegen. Der General strich sich ein paarmal mit der flachen Hand über das glatt gekämmte und hinten à la Friedrich Wilhelm zu einem Knoten zusammengebundene Haar.

«Wie kommt Ihr Spiegel in das Gebetbuch?», fragte er seine Frau mit gereizter Stimme.

Die Kranke lag mit niedergeschlagenen Lidern da. Ihr gefiel es, dass sie diesen preußischen Diener mit den fleischigen Wangen aus der Ruhe bringen und erzürnen konnte.

«Wie kommt Ihr Spiegel in das Gebetbuch?»

Die Frau schwieg.

Zum Glück hatte der General die Ritterakademie von Berlin besucht. Und den Orden für Großherzigkeit hatte er nicht dafür bekommen, dass er Frauen prügelte, sondern dafür, dass er auf Leute schoss, sie niedersäbelte und den Befehl gab, sie mit dem Bajonett zu erstechen.

4

Christian August wurde Kommandant von Stettin. Aus dem Eckhaus von Herrn Aschersleben zog die Familie um in ein Schloss alten Stils. Ein Kommandant hatte das Recht auf eine Dienstwohnung.

Einst hatten die pommerschen Herzöge das Schloss bewohnt. Die geraden Türme standen stramm wie preußische Grenadiere. Der Turm des Südflügels aber verdrehte die Augen, dass man es mit der Angst zu tun bekam. Das Zifferblatt der Turmuhr hatte die Form eines Gesichts. Wenn die Uhr schlug, bewegten sich die toten Augen. Ein steinerner preußischer Soldat hielt eine Zahl in den Zähnen, die den Monat anzeigte.

Die kleine Fieke brachte man in dem Gewölbezimmer neben dem Glockenturm unter, während die zartbesaitete Mutter es vorzog, sich im gegenüberliegenden Gebäudeflügel niederzulassen.

Johanna Elisabeth hatte eine Menge Ärger. Aus Paris hatte man ihr Puppen geschickt, die nach der allerneuesten Mode gekleidet waren. Doch ihr Mann war ein Geizhals, und die Schneiderinnen von Stettin taugten allesamt nichts. Außerdem schätzte der König von Preußen die Kreationen aus Frankreich nicht. Der Barbar protestierte gegen die Reifen aus Rohr, Stahl oder Fischbein, die einen Durchmesser von bis zu vier Arschin erreichten und unter den Röcken getragen wurden; genauso wie er gegen die Windmühlenflügel und die Schiffstakelage protestierte, mit denen die Modepüppchen ihre Frisuren dekorierten. Friedrich Wilhelm wünschte sich die deutschen Damen weniger schön gekleidet.

Wie sollte die hübsche Gemahlin des Kommandanten da nicht den Kopf verlieren? Und die junge Mutter, die ihre gesellschaftliche Erziehung in Braunschweig genossen hatte, versohlte Fieke, auch wenn diese das nicht unbedingt verdient hatte.

Fieke wurde Madeleine Cardel anvertraut. Als echte Französin brachte sie ihrem Zögling vor allem das Lächeln bei.

Vor dem Vater, der Mutter, den preußischen Offizieren und den Stettiner Damen hatte sich das Kind lächelnd zu zeigen. Personen aus dem Hochadel küsste Fieke den Rock.

Dem Sandhaufen auf dem Marktplatz an der düsteren Kirche mit dem goldenen Kreuz konnte Fieke entschieden mehr abgewinnen als dem Schloss der pommerschen Herzöge, mehr noch als ihrem Gewölbezimmer mit den Fenstern zum Hof.

Aus dem feuchten Sand buk Fieke Brote für eine aus Holzspänen gefertigte Riesenbäckerei. Sie hatte fünf Bäckergehilfen: die Tochter des Tuchwebers, die Tochter des Barbiers und drei Uhrmachertöchter; der Sohn des Apothekers war Chef der Bäckerei.

Als Magdeleine Cardel einen Rechtsanwalt heiratete, bekam Fieke eine neue Gouvernante: die dicke Babet, Magdeleines Schwester.

Die rotlippige, vor Gesundheit strotzende Dicke ekelte sich anfangs vor dem Kind, denn die kleine Fieke war fast ständig mit skrofulösem Schorf bedeckt. Wenn sich am Kopf Beulen bildeten, wurde das Kind kahl geschoren; Wildlederhandschuhe verbargen die Beulen an den Händen. Dieses kahle gepuderte Köpfchen mit der Haube, diese spindeldürren Ärmchen in den Wildlederhandschuhen erregten später bei der dicken Babet keinen Ekel mehr, sondern ein warmes, ein wenig in der Nase kitzelndes Mitleid. Wie oft hatte sie nasse Augen, wenn sie diesem elenden Würmchen aus der französischen Fibel vorlas!

5

Der Tanzlehrer kam jeden zweiten Tag zu Fieke.

«Eins, zwei, drei!»

Und mit traurigen Augen kletterte das Mädchen auf den Tisch.

«Eins, zwei, drei!», schnipste der im Sessel sitzende dünnbeinige Mann in weißen Seidenstrümpfen mit den Fingern. «Eins, zwei, drei!»

Die Ärmchen mit den Handschuhen zuckten wie Vögelchen.

«Eins, zwei, drei!», schnipste der dünnbeinige Mann in den Seidenstrümpfen weiter. «Eins, zwei, drei!»

Das erschöpfte Mädchen lächelte.

Eins, zwei, drei … eins, zwei, drei … eins, zwei, drei …

Eine Stunde und länger brachte es das dünne Kind mit dem gepuderten kahlen Kopf fertig, auf dem Tisch Hopser und Drehungen auszuführen.

+ +

Deutschunterricht gab Fieke Herr Wagner, ein ausgezeichneter Preuße. Der sparsame König Friedrich Wilhelm stellte seinesgleichen als Vorbild hin. Vor dem Unterricht band sich Herr Wagner eine Schürze um und zog Leinenschoner über seine Ärmel. Reich wurde er dadurch trotzdem nicht. Und Christian August konnte ja nicht ahnen, dass ein guter Preuße ein schlechter Pädagoge sein kann.

+ +

Geschichte, Geographie und Religion unterrichtete der ansässige Pastor.

«Was war vor der Erschaffung der Welt?», fragte das Mädchen den ehrwürdigen Gottesdiener.

«Das Chaos.»

«Und was ist das?»

«Das wird Euch die Rute erklären», antwortete der erfinderische Religionslehrer. Und schlagartig begriff das Mädchen alles.

6

Im unteren Stock des pommerschen Schlosses wohnte der kluge alte Herr Bolhagen. Er war ein Freund und Gehilfe des Stadtkommandanten. Herr Bolhagen dachte manchmal für Christian August nach, und der Fürst teilte seine Gedanken Herrn Bolhagen mit. Auch Armut kann großzügig sein.

Es ist eine altbekannte Tatsache, dass untreue Frauen den treuen Freunden ihrer Männer keine große Sympathie entgegenbringen. Johanna Elisabeth dachte gar nicht daran, das zu kaschieren.

«Was gehen diesen muffigen Greis eigentlich ihre Röcke an! So, so, Herr Bolhagen versichert, unter ihrem Rock habe bequem ein runder Tisch mit zwanzig Zechbrüdern Platz? Aber sie hat nun wirklich nicht die geringste Lust, die dort unterzubringen, diese siebzigjährigen Gichtkranken, die mit Herrn Bolhagen befreundet sind.»

Am vergangenen Sonntag hatte die junge Frau doch tatsächlich selbst gehört, wie der alte Teufel zu ihrem Mann sagte: «Ihre Gattin kommt immer nur auf der Durchreise nach Stettin.»

«Also nein, da muss einem doch der Kragen platzen!»

Auf dem Festungswall bebten die Linden wie Mädchen. Der Nebel über der Oder, an deren schlammigen Ufern die Stadt lag, lichtete sich.

Johanna Elisabeth ließ nie jemanden zu Wort kommen. «Schließlich ist sie nicht die Tochter irgendeines Barbiers. Sie sonnt sich im Glanz zweier Kronen des Nordens. Das Oberhaupt ihres Hauses ist ein Neffe Karls XII., des Königs von Schweden, und Gemahl einer Tochter Peters des Großen. Ihr Bruder war der Bräutigam einer Tochter des russischen Kaisers. In Berlin, Hamburg, Quedlinburg, Eutin und Braunschweig hat sie zahllose Verwandte und Freunde.»

«Und Liebhaber», fügte der alte Bolhagen in Gedanken hinzu, während Fieke auf seinem Schoß schaukelte. Er hätte zu gerne gewusst, was dem Kind so durch den Kopf ging. Der Alte linste mit dem linken Auge nach dem Mädchen, sah aber nur das Lächeln, das wirkte, als sei es an ihrem Gesicht festgeklebt.

«Jawohl! Jawohl! Jawohl!» Johanna Elisabeth hatte die Angewohnheit, ihre Brüste festzuhalten, wenn sie aufgeregt war.

«Das ist vernünftig», dachte der Freund ihres Mannes, «die Mode der letzten Jahre leistet der Frivolität Vorschub; der Ausschnitt der Korsage rutscht jeden Monat tiefer nach unten: Bald werden uns die Frauen ihren Bauch zeigen.»

«Jawohl! Jawohl! Jawohl!» Die junge Frau war so in Wut geraten, dass sie kurz die Hand sinken ließ. Das war nun allerdings unvernünftig.

Der Alte wandte die Augen ab.

«In Hamburg, Quedlinburg, Eutin, Berlin und Braunschweig hat sie zahllose Verwandte und Freunde, das ist Herrn Bolhagen bestens bekannt. Denen kann sie doch nicht den Verzicht auf ihre Gesellschaft zumuten!»

Der Alte hätte gern gesagt: «Und Mann und Kindern? Denen, gnädige Frau, könnt Ihr den Verzicht auf Eure Gesellschaft zumuten?»

Aber Johanna Elisabeth hatte noch nicht einmal die Hälfte ihrer Argumente ausgebreitet. «So hat zum Beispiel die Großmutter des Herzogs Karl einen Narren an ihr gefressen. Was für eine ungewöhnliche Alte! Eine ihrer

Töchter ist mit Kaiser Karl VI. verheiratet, eine andere war die Frau des russischen Herrschers, die dritte die eines Herzogs. Mehr als die Hälfte der Könige, Königinnen, Kaiser und Kaiserinnen Europas werden bald zu ihren Enkeln gehören. Schon allein dieser ehrwürdigen Person wegen sollte man so oft wie möglich in Braunschweig zu Gast sein.»

Der Alte sagte: «Braunschweig ist eine gute Stadt. Hans Jürgen, der Erfinder des Spinnrads, kam dort zur Welt.»

«Nein, der Herr Bolhagen, dieser verschrumpelte Pilz, der macht sich richtig lustig über mich», befand die junge Frau.

Sie musste wieder ihre Brüste festhalten. «Herr Bolhagen hat ganz zu Unrecht eine so geringe Meinung von Braunschweig. Der Hof des Herzogs ist dem preußischen Hof in allem überlegen. Welche Größe! Welche Pracht! Bälle, Opern, Konzerte, Jagdgesellschaften und Spazierfahrten. Niemand schlägt da die Augen zum Himmel auf, wenn er Reifröcke sieht. Ist Herrn Bolhagen eigentlich bekannt, dass man in Braunschweig unzählige Kavaliere antreffen kann, die ihre Frackschöße mit Fischbein unterlegen? Was für eine Ähnlichkeit mit der Frauenmode! Was würde wohl König Friedrich Wilhelm sagen, wenn er einen Mann in Krinoline an seinem Thron sähe? Dabei ist das doch so elegant!»

Christian August fuhr sich mit der Hand durch die Haare. «Hat meine Frau nicht ein zu vorlautes Mundwerk: Sie schwatzt und schwatzt und schwatzt.» Als Johanna seine Braut war, hatte der General zu ihr gesagt: «Sie zwitschern so.»

«Außerdem vergisst Herr Bolhagen, dass ich Mutter bin.»

Der kluge Alte grinste höhnisch: «Sieh einer an, er vergisst, dass sie Mutter ist.»

Johanna Elisabeth zupfte das auf dem geschorenen Kopf ihrer Tochter sitzende Häubchen zurecht.

«Schneller als gedacht wird Fieke schon ein junges Mädchen sein. Oder denken Sie etwa, meine Herren, ich will sie dem Apothekerssohn zur Frau geben?»

Fiekes Zunge wurde trocken, ihre Wangen färbten sich puterrot.

Auf dem Festungswall bebten die Linden.

7

Nachdem Mademoiselle Babet Fieke zu Bett gebracht hatte, ging sie ihre Notdurft verrichten. Kaum war das Mädchen allein im Zimmer, da setzte es sich rittlings auf das Kissen und galoppierte durch das Bett. Sie galoppierte bis zur Erschöpfung. Bei ihrer Rückkehr fand die Gouvernante sie ruhig lächelnd vor.

Babet blies das Licht aus.

Fieke nahm die beulenbedeckten Finger zu Hilfe und begann zu zählen: «Die Erste: Frau von Kaiser Karl, die Zweite: Frau des russischen Königs, die Dritte …»

Die ganze Nacht sah das skrofulöse Mädchen im Traum Kronen über Kronen.

8

Auf Fiekes Schoß lag ein großes französisches Buch in rotem Einband. «Fieke muss viele Fabeln von La Fontaine auswendig können, ganz viele. Sie ist noch ein Dummerchen, sie muss klug und gebildet werden, damit sie einer der Prinzen aus den Nachbarländern zur Frau nimmt.» So redeten alle: die Mutter, Mademoiselle Babet, der Herr Pastor.

Vor drei Tagen hatten sie Fieke ihre Puppen weggenommen. Sie weinte nicht. In Zukunft würde sie eben mit dem Taschentuch spielen.

Babet sah aus dem Fenster.

Wie trist doch die Novemberdämmerung in Stettin ist! Und wo ist sie nicht trist? Doch, doch, in Stettin ist sie besonders trist! In Stettin ist sie farblos und hat keinen Anfang und kein Ende. So kommt es einem jedenfalls vor.

Der Wind heulte.

«Am abscheulichsten ist es», dachte Fieke, «wenn der Wind heult. Oder eine Geige oder ein Hund. Es gibt Leute, die mögen Geige oder Orgel, aber wenn ein Hund heult, werden sie böse.» Fieke verstand das nicht. «Das ist doch eins.»

Babet sagte: «Und jetzt wollen wir das Abendgebet aufsagen.»

Das Mädchen kniete nieder. Aber sie konnte das Gebet nicht sprechen. Ein Hustenanfall hinderte sie am Atmen. Fieke musste auf den Arm genommen und ins Bett getragen werden.

Am Morgen betrat der Arzt sachten Schrittes das Zimmer. Er trug einen roten Regenmantel, Schuhe mit stumpfen Spitzen und einen Degen. Aber eine ordentliche Vorstellung von den medizinischen Wissenschaften hatte er nicht.

9

Die Krankheit, die mit Hustenauswurf, Stechen in der linken Seite und hohem Fieber begonnen hatte, hinterließ bei dem Kind unglücklicherweise eine Verkrümmung der Wirbelsäule.

Der Arzt mit dem roten Regenmantel ging sachten Schrittes ein und aus, doch ihr kleiner, hagerer Körper behielt die Form einer Zickzacklinie: Eine Schulter ragte über die andere, unter der kurzen unteren Rippe hatte sich eine Mulde gebildet, die rechte Hüfte hing herunter, der dünne Hals war abgeknickt wie ein Stängel und steif.

Die kugelrunden Augen von Christian August bekamen die Nachdenklichkeit der Pferde.

Johanna hörte auf, von den Maskenbällen in Braunschweig zu erzählen.

Lautlos rutschte der kleine Junge mit dem verdörrten Bein durchs Zimmer.

Der kluge alte Herr Bolhagen sagte: «Man muss den Henker holen. Er ist in Stettin der Einzige, der weiß, wie eine solche Krankheit zu heilen ist.»

Die junge Frau traute sich nicht zu widersprechen. Sie führte nur aus: «Natürlich möchte sie den Henker nicht ans Bett ihrer Tochter rufen, aber da in Stettin nun einmal keiner weiß, was man gegen die schreckliche Krankheit unternehmen kann, muss man wohl nach ihm schicken.»

Am nächsten Tag betrat statt des Arztes im roten Regenmantel der Henker das Zimmer.

Seine Haare verdeckten die Backen wie Schlappohren. Der Mund war trocken wie der eines Pastors. Die Augenlider hingen herunter. Unter dem Kaftan halbmilitärischen Zuschnitts war ein blütenweißes Hemd zu sehen.

Der Henker bat alle, das Zimmer zu verlassen.

Die Untersuchung der Kranken dauerte eine Stunde und fünfzehn Minuten.

Der Henker hatte lange, dünne, kalte Finger. Sie wirkten, als seien sie aus Gefängnisgitterstäben gemacht. Als er Fieke damit berührte, bekam das Mädchen eine Gänsehaut.

«Kommt Ihr aus Berlin?», fragte Fieke, die den Henker für einen berühmten Doktor hielt.

«Ja, mein Kind.»

«Und warum habt Ihr keinen Degen?»

Der Henker wusste nicht, was er antworten sollte.

Endlich durften der Vater, die Mutter und Herr Bolhagen das Zimmer wieder betreten.

Der Henker sagte: «Ich schicke ein Mädchen ins Schloss. Sie wird jeden Morgen in nüchternem Zustand mit ihrem Speichel die kranken Körperteile einreiben.»

Fieke brach in Tränen aus.

Der Henker strich ihr mit seinen kalten, langen Fingern über den Kopf.

«Außerdem fertige ich für Euer Kind ein besonderes Korsett an, das sie weder tags noch nachts ablegen soll. Ich komme jeden zweiten Tag. Das Mädchen wird wieder gerade gehen.»

Der Henker ging.

Johanna Elisabeth entriss sich ein Seufzer der Erleichterung.

Christian August sah seinen weisen alten Freund mit glücklichen Augen an.

«Herr Bolhagen, habt Ihr gehört, was er gesagt hat?»

«Ja, Herr.»

«Er ist sich sicher, dass Fieke wieder gerade gehen wird.»

«Ja, er ist sich sicher.»

+ +

Der Henker kam, wie versprochen, ins Schloss.

Nach anderthalb Jahren zeichnete sich eine Besserung ab.

Der Speichel der Jungfrau hatte geholfen.

10

Im Schlosshof ließ ein langbeiniger Offizier, dessen Tressen funkelten, seine Soldaten in roter Hose und blauem Waffenrock zur Wache antreten.

Der kleine Junge mit dem verdörrten Bein presste sich an die Fensterscheibe. Seine Knubbelnase war platt gewalzt wie ein Pfannkuchen.

«Rrrrechtsum! Llllinksum!», rief der hinkende Junge, der sich vorkam wie der langbeinige Offizier in den funkelnden Tressen.

«Geh in dein Zimmer. Du störst mich», sagte das krumme Mädchen streng. Sie lernte gerade einen Psalm auswendig.

«HErr, schaffe mir Recht, denn ich bin unschuldig! Ich hoffe auf den HErrn, darum werde ich nicht fallen. Prüfe mich, HErr, und versuche mich; läutere meine Nieren und mein Herz.» So begann der fünfundzwanzigste Psalm Davids. Vierundzwanzig Psalmen hatte Fieke schon hinter sich. Insgesamt sind es hundertfünfzig.

«Zukünftige Königinnen haben es schwer. Sie müssen sehr gelehrt sein», dachte Fieke, «sie müssen die hundertfünfzig Psalmen Davids aufsagen und Französisch und Deutsch lesen und schreiben können. Gut, dass sich der

Pastor in Geschichte und Geographie nicht besonders gut auskennt. Sonst müssten sie auch diese Wissenschaften beherrschen. Was zukünftige Königinnen allerdings mit Herrn La Fontaines Fabeln anfangen sollen, ist nun wirklich nicht einzusehen. Anders das Tanzen. Königinnen richten Maskeraden und Bälle aus.»

Fieke bat Johanna Elisabeth, sie möchte den Lehrer in den weißen Seidenstrümpfen wieder kommen lassen.

«Mama, das hier ist ein ganz bequemes Eisenkorsett. Doch, wirklich, es stört mich überhaupt nicht.»

Wenn Babet nicht im Zimmer war, übte das krumme Mädchen ein paar Quadrille-Schritte. Das tat sehr weh. Fieke rannen die Tränen über die Wangen. Sie weinte und tanzte, weinte und tanzte. Da ist nichts zu machen, wenn du eine Krone tragen willst, musst du weinen und tanzen, weinen und tanzen.

Fieke wollte unbedingt aus dem Fenster sehen. «Vielleicht kommt Herr Bolhagen durchs Tor.» Aber sie konnte den Hals nicht drehen. Der Henker hatte das schwarze Band darum zu stramm gewickelt.

«Vielleicht bringt Herr Bolhagen wieder eine Zeitung und liest daraus vor. Gestern war das ja so interessant.»

Gestern hatte Herr Bolhagen von der Hochzeit der Prinzessin Auguste von Sachsen-Gotha mit dem Prinzen von Wales, dem Sohn des Königs von England, vorgelesen.

Der kluge Alte hatte sich an Babet gewandt und gesagt: «Diese Prinzessin Auguste ist Fiekes Cousine zweiten Grades. Aber glaubt mir, sie ist sehr viel schlechter erzogen als unser Mädchen.»

Und er strich Fieke über den geschorenen Kopf und meinte: «Hier sie, sie müsste eine Krone tragen.»

ZWEITES KAPITEL

1

Herzog Karl Friedrich von Holstein-Gottorp war klein von Wuchs, hatte eine staubige Haut und ein Affengesicht.

Zarewna Anna dagegen, die älteste Tochter Peters des Großen, war nach Wuchs, Knochenbau und Fleisch stattlich zu nennen. Das galt auch für ihr Gesicht. Durch den Schnitt ihrer mongolisch geschlitzten Augen und die hufeisenförmigen Brauen, die wirkten, als seien sie vor Verwunderung hochgezogen, unterschied sie sich wohltuend von den zahlreichen rosig weißen Petersburger Schönheiten.

Die Verlobung des Affenherzogs mit seiner Tochter Anna richtete Peter aus.

Sogar ein Elefant erschien beim Herzog mit Glückwünschen. Den vierbeinigen Zarenhöfling, der mit seinem kostbaren Geschirr klimperte und mit äußerst wertvollen Decken behängt war, begleiteten sieben Gardesoldaten.

Peter erlebte die Hochzeit des Herzogs mit seiner Tochter Anna nicht mehr. Sie wurde bald nach dem großen Heulen und Wehklagen gefeiert, unter Katharina I.

Den Hochzeitszug zum Affenbräutigam führte der Hofquartiermeister auf einem Schimmel an. Ihm folgten in großem Abstand zwölf junge Brautführer in Zweierreihen auf trefflichen türkischen und persischen Rennpferden. Dahinter schritten ein Paukenschläger und vier Trompeter. Dann kamen noch zwei mal zwei Brautführer. Ihnen folgte in einer von sechs Goldfüchsen gezogenen Festkutsche der Hochzeitsmarschall Oberprokurator Graf Jagushinski; in der rechten Hand hielt er einen eckigen Stab aus massivem Silber, auf dem der Staatsadler mit Krone thronte. Hinter dem Oberprokurator kamen, wieder auf Rennpferden und in Zweierreihen, vier würdige Obristen als Oberbrautführer. Es folgte in einer von sechs Tigerpferden gezogenen, noch prunkvolleren Kutsche Fürst Menschikow persönlich mit dem Obermarschallstab, auf dem der in Brillanten glitzernde kaiserliche Adler thronte. Vier hoch zu Ross sitzende Oberbrautführer im Rang von Generalmajoren beschlossen den Hochzeitszug.

Und niemand wird ihm nachgerufen haben: Welch große Dummheit, welch geballte Finsternis. Eine Finsternis, die vor Gold, Silber und Brillanten glänzte.

Bald nach der Hochzeit gab es wieder großes Heulen. Beide Töchter von Peter stimmten einen Klagegesang an. Elisabeth bedauerte ihre Schwester, Anna sich selbst. Sie hatten auch allen Grund zum Kummer: Fürst Menschikow, der Oberhofmarschall der prunkvollen Hochzeit, verjagte Peters Tochter und ihren Mann aus Petersburg, aus Russland. Jawohl, er jagte sie fort, weil sie störten, ihm im Weg standen. Denn Fürst Menschikow wollte hoch hinaus.

2

Das Brautpaar fuhr im Triumph nach Holstein. Damit es ihnen nicht zu langweilig wurde, veranstalteten sie in der Hauptstadt Kiel Feuerwerke, Bälle und Maskeraden.

Und während dieser Feuerwerke wurde die Herzogin schwanger.

Die Hofdame Mawrutka Schepeljowa schrieb der Zarentochter Elisabeth Folgendes aus Kiel nach Petersburg:

Eure Schwester bereitet alles vor, namentlich Häubchen und Windeln, und Euer künftiger Neffe strampelt schon jeden Tag in ihrem Bauch.

Über das Wetter meldete die Hofdame: *In Kiel gibt es mächtige Regen und Winde.*

Und sie unterschrieb folgendermaßen: *Eure Dienerin und Tochter, Sklavin und Base.*

+ +

Am zehnten Februar 1728 brachte die Herzogin einen Sohn zur Welt. Die Stadt Kiel und Umgebung erfuhren davon durch eine Kanonensalve, Glockengeläut, schmetternde Trompeten und Paukenschläge.

Der Neugeborene bekam den Namen Karl Peter Ulrich. Er war ein direkter Enkel Peters des Großen und über seine Großmutter ein Großneffe Karls XII.

«Der Kleine kann sich eine Krone aussuchen», sagte sein Vater. «Wenn er will, nimmt er die russische, wenn nicht, die schwedische.»

Wieder gab es Feuerwerke, Maskeraden und Bälle. Und danach, ohne Übergang, schwarze Tücher, schwarze Flore und schwarze Siegellackstempel: Die junge Herzogin Anna Petrowna war gestorben.

Das menschliche Gedächtnis ist überaus weise. Es neigt nicht dazu, großen Kummer lange in seinen unsichtbaren Kellern aufzubewahren. Aber die Menschen wollen um jeden Preis unglücklich sein. Sie schlagen ihr Glück leicht aus und stürzen sich in die Verzweiflung, deren Verlust sie fürchten. Seelische Wunden würden überraschend schnell verheilen, wenn wir sie nicht eifrig immer wieder aufrissen.

Holstein legte schwarze Röcke, Kleider, Mäntel und

Hüte an, diese Gewänder menschlicher Dummheit. Im Oktober kamen russische Schiffe, um den Leichnam von Peters Tochter zu holen.

Anna Petrowna war wohl an der Schwindsucht gestorben.

Kaiserin Anna Iwanowna pflegte sich nach der Gesundheit von Peters Enkel mit den Worten zu erkundigen: «Ja, ist denn dieses Teufelchen aus Holstein immer noch nicht eingegangen?» Und das Teufelchen erbrach Galle; studierte unter Kopfschmerzen, die seinen kleinen Schädel zu sprengen drohten, die Geschichte Schwedens; drehte und wand sich bei der Quadrille; stand stundenlang Gewehr bei Fuß und dachte nicht daran, einzugehen.

«Wenn ich König von Schweden bin», so tröstete sich der kleine Teufel, «lasse ich Herrn Brümmer am Schwanz eines Pferdes festbinden.»

+ +

Der Herzog von Holstein gab Bälle in Sälen, die von Kerzenstummeln erleuchtet waren. Bei seinen Zechgelagen kamen Decken mit Löchern auf den Tisch.

Bei einem dieser Besäufnisse – Karl Peter Ulrich war neun Jahre alt – beförderte ihn der Vater mit lallender Zunge vom Unteroffizier zum Secondeleutnant.

Die Zechkumpane des Herzogs brüllten begeistert und erhoben die Gläser mit dem schlechten Wein über ihre Köpfe.

Karl Peter Ulrich, der vorher an der Tür Wache gehalten hatte, übergab sein Gewehr einem Soldaten und setzte sich zu den betrunkenen holsteinischen Offizieren an den Tisch.

Das war der schönste Tag seiner Kindheit.

Am nächsten Morgen, als der unbegabte Secondeleutnant beim Unterricht schwedisch radebrechte, spielte Brümmer mit der Peitsche und sagte: «Ich lasse Euch so auspeitschen, dass die Hunde Euer Blut lecken werden.»

3

1739 beerdigte Karl Peter Ulrich seinen Vater. Der Herzog hatte einen leichten Tod, er starb beim Verfassen seiner obszönen Memoiren.

Törichte Menschen verzichten zu einfach auf ihr Leben. Sie meinen, sie hätten nichts zu verlieren. Kann man denn etwas Größeres verlieren? Törichte Menschen geben eben nie die Hoffnung auf; selbst in der Grube hoffen sie, den Himmel zu finden.

Herrscher über Holstein und Vormund des elfjährigen Karl Peter Ulrich wurde der Titularbischof von Lübeck Adolf Friedrich, ein Onkel der kleinen Fieke.

Der Sitz des Herrschers war in Eutin. Kleine Seen von der Farbe ungestrichenen Eisens lagen zwischen sanften Bergen von der Farbe rostbedeckten Eisens. Der Ort war schön. Den Deutschen gefiel er jedenfalls. Sie nannten Eutin ihre Schweiz.

Menschen mit poetischer Seele haben die Angewohnheit, jede Datschensiedlung, in deren Umgebung sich zwei bis drei Hügel und eine Pfütze mit fetten Hausenten finden lassen, Schweiz zu nennen.

Im Sommer jenes Jahres versammelte sich die Familie in Eutin. Gekommen waren die Großmütter, Großväter, Onkel, Tanten, Neffen, Enkel und Enkelinnen.

Der Fürst hatte sein Mündel aus Kiel mitgebracht.

Aus Stettin hatte Johanna Elisabeth Fieke mitgenommen, mit der sie in Hamburg Station gemacht hatte.

Unterwegs wurden sie dauernd von zusammengerotteten Wolken überholt.

Sie erreichten Eutin am späten Abend.

Fieke wurde traurig. Es hieß, man werde ihr Essen machen und sie sofort zu Bett bringen. Sie brach bei dieser Vorstellung fast in Tränen aus. Sie brannte vor Ungeduld, endlich den Jungen zu sehen, der sich die Krone, die er wollte, aussuchen konnte.

«Ich werde sofort einschlafen», beschloss sie, «dann vergeht die Zeit schneller, denn die Zeit, wo man schläft, zählt nicht.»

Glaubt man Fieke, dann bedeutet das, ein Drittel des Lebens fällt weg, ein ganzes Drittel des Lebens zählt nicht.

4

Sie saßen auf einer Bank unter einem ausladenden Ahorn. Es schien, als blättere jemand über ihrem Kopf in einem großen Buch. Das war der Baum, der raschelte.

Die Erwachsenen sagten: «Wartet hier auf uns, wir sind gleich wieder da.» Und sie gingen zu dem Weg, an dem der chinesische Pavillon lag.

Von da kam italienische Instrumental- und Vokalmusik.

Der Junge wäre lieber auch zu dem Orchester gegangen. Er mochte Musik sehr. Fast genauso wie Soldatenaufmärsche. Ein klitzekleines bisschen weniger.

Stattdessen musste er die ganze Zeit mit «diesem widerlichen stocksteifen Mädchen» herumsitzen.

Er konnte sie nicht ausstehen. «Ein Mädchen, dünn wie

eine Bohnenstange, und lächelt die ganze Zeit auch noch wie eine Blöde.»

Der Junge zuckte mit den Ohren und blickte nach oben zu den Blättern, die aussahen, als seien sie mit einer kleinen Schere aus grünem Papier geschnitten.

Fieke gefiel der Junge in der Reitjacke und den hohen Sporenstiefeln dagegen sehr.

Der Junge war alles andere als schön. Er sah aus wie ein Wurm, den ein Totengräber mit der Schaufel an die Erdoberfläche geworfen hat. Aber dieser Wurm war nun einmal der Enkel Peters des Großen und der Großneffe Karls XII. Deshalb gefiel er Fieke sehr.

Ein kleiner Offiziershut lag auf der Bank. Fieke streichelte zärtlich den Federbusch und sagte sich immer wieder vor: «Karl Peter Ulrich, Karl Peter Ulrich.»

Über ihren Köpfen raschelten die gelappten Blätter.

«Mama hat gesagt, er kann sich eine Krone aussuchen. Wenn er will, nimmt er die von Schweden. Wenn er will, die von Russland. Die von Holstein ist schlecht, die wird er keines Blickes würdigen.»

«Wollen wir nicht auch zum chinesischen Pavillon gehen?», schlug der Junge vor. Seine Augen waren fast gelb und so groß, dass man Angst bekam.

«Lass uns lieber hier bleiben. Am chinesischen Pavillon ist so ein Krach.»

«Das sind italienische Musikanten, die da spielen.»

«Ich mag es nicht, wenn gespielt wird.»

«Was für eine dumme Kuh!», dachte der Junge. «Musik ist für sie Krach. Solche Mädchen sollte man umbringen.»

Als Fieke mit kindlicher Schwärmerei den Federbusch streichelte, streckte Karl Peter Ulrich seine Zunge heraus, die aussah wie ein Kohlblatt: «Ätsch, du blöde Kuh.»

Das blasse, kränkliche Gesicht des Jungen war jetzt wirklich zum Totlachen. Auf einmal hob Fieke die Augen.

«Für einen Enkel Peters des Großen», sagte sie streng, «gehört es sich nicht, die Zunge herauszustrecken.»

Der kleine Hanswurst blieb dabei: «Solche Mädchen sollte man umbringen.»

DRITTES KAPITEL

1

In St. Petersburg herrschte strenger Frost. Anna Leopoldowna – die Regentin des Kaiserreichs – fühlte sich zu unwohl, um sich zu waschen. Sie hatte ihr fettiges Haar in ein weißes Tuch geschlungen und saß auf dem Bett.

Von der Newa blies ein eisiger Wind.

«Unser Haus ist wie ein löcheriger Sack», sagte die Regentin und steckte ihre rauen Hände mit den abgekauten Fingernägeln dem Hoffräulein Julia von Mengden unters Hemd.

Die wärmte sie.

Die Regentin blickte mit ihren Triefaugen gelangweilt aus dem Fenster. «Vielleicht sollten wir Karten spielen, Julinka.»

Die junge Julia von Mengden wehrte ab.

Da bat die Regentin: «Vielleicht könntest du mir dramatische Gedichte vorlesen.»

Anna Leopoldowna liebte die Poesie.

Aber wieder wehrte das Mädchen ab: «Keine Lust.»

Die rauen Hände mit den abgekauten Fingernägeln ringelten sich unter ihrem Hemd wie große Würmer. Das Mädchen wurde auf einmal wütend und begann, mit dicker Stimme französische Verse zu deklamieren.

Die Regentin fragte: «Julinka, muss es denn unbedingt diese Papageiensprache sein?»

Man hatte Anna Leopoldowna nach Russland gebracht, als sie ein Jahr alt war. Deutsch hatte sie in Petersburg einigermaßen gelernt, Französisch dagegen sprach sie nicht und verstand es auch nur schlecht.

«Hörst du, Julinka?»

Die tat, als höre sie nicht.

Da warf sich die Regentin gelangweilt auf das Bett und zog sich die mit rotem Pelz gefütterte Decke über den Kopf.

Der eisige Wind schüttelte das kaiserliche Haus, das Generaladmiral Graf Apraxin mit der gesamten Einrichtung und zwei Höfen einst Peter II. testamentarisch vermacht hatte.

Das alte Winterpalais, von Peter dem Großen erbaut und unter Katharina I. durch viele Anbauten erweitert, war schon 1732 den Musikanten und Bediensteten des Hofes zum Wohnen überlassen worden.

Anna Leopoldowna streckte ihr verschwitztes rotes Gesicht unter der Decke hervor und sagte: «Es ist heiß. Ich bin ins Schwitzen gekommen.» Sie trocknete sich Wangen, Hals und Nase mit dem Laken.

Prinz Anton, der Generalissimus der russischen Armee, hatte die Schönheit der Regentin, seiner Gattin, so beschrieben: «Was die Zeichnung ihres Gesichts angeht, so ist sie außer der Regel hübsch.»

Der von der eisigen Newa kommende Wind schüttelte und rüttelte an dem durchlässigen Apraxin-Bau. Es schien, als wolle er den Holzsack auf seine weißen Hörner nehmen und ihn weit, weit, ganz weit weg tragen, um ihn im baltischen Schlamm abzuwerfen.

Jemand wollte hereinkommen, doch die verschwitzte Regentin schrie: «Die sollen sich doch zum Teufel scheren, bis sie gerufen werden.»

Und beide Frauen wälzten sich nun genüsslich in Kleidern und Schuhen unter der Pelzdecke, die von dem

Schweiß, dem Speichel und dem heißen Atem ganz verfilzt war.

Aus dem Pelz hüpften Flöhe. Die junge Julia von Mengden spuckte auf die Finger und fing sie mit großem Geschick.

«Toll, wie du das kannst!»

Und die Regentin des Kaiserreichs kratzte sich mit den abgekauten Fingernägeln an ihren pickeligen Schulterblättern und schimpfte, wie sie es gewohnt war, träge auf Prinz Anton, ihren Mann, der einem gelockten Weibsbild glich; auf den Grafen Ostermann, das Oberhaupt des zweiten Departements, wo dem Reglement nach die Entscheidungen über die Außenpolitik und das Seewesen getroffen wurden, de facto aber die Leitung des ganzen Kaiserreichs zusammenlief; auf den dünnbeinigen Marquis de la Chétardie, den französischen Gesandten, der die Deutschland- und Englandpolitik des Kabinetts hintertrieb. Weiter schimpfte sie auf die Zarentochter Elisabeth, die sie «Mondgesicht» nannte, auf deren Arzt Lestocq, den sie «Laufbursche von de la Chétardie» nannte, auf die Schweden, gegen die sie Krieg führten, ohne es zu wollen, und auf den Grafen Lewenhaupt, den gegnerischen Oberkommandierenden.

Ihn beschimpfte sie mehr als alle anderen. «Wie kommt er dazu, in einem Manifest zu behaupten, er kämpfe nicht gegen die lobenswerte russische Nation, sondern nur gegen die ausländischen Minister, die Russland in ihre Gewalt gebracht hätten, und so zu tun, als ginge es ihm nur darum, das große russische Volk von dieser Fremdherrschaft zu befreien?!»

«Habe ich dem Schweden, dieser verdammten Canaille, in Villmanstrand denn nicht eins in die Fresse gegeben?», fragte die Regentin träge.

«Und ob!»

«Und ich werde ihn auch weiter in allen Schlachten, wie ich will, besiegen. Diesen Feigling! Diesen Ochsen!»

«Aber wer hat Lewenhaupt überhaupt angestiftet, meine Liebe, wer war das denn?»

Und Julia von Mengden heizte der Regentin ein und sagte, das Kabinett von Stockholm sei doch von der Zarentochter Elisabeth und deren Arzt Lestocq zum Krieg überredet worden; sie hätten diesen Krieg doch angezettelt, um den Thron des einjährigen Kaisers ins Wanken zu bringen, denn das «Mondgesicht» habe die dreiste Absicht, ihr die Regentschaft zu entreißen.

«Hier, das würde ich mit dem Mondgesicht gern machen!», sagte das Mädchen erbost und zerquetschte einen großen Floh zwischen zwei Fingern.

«Gar nicht so einfach, diese Gardegevatterin zu zerquetschen.»

Anna Leopoldowna erklärte träge, Elisabeths Haus stehe jederzeit für Soldatenversammlungen offen und Elisabeth habe die Patenschaft für unzählige Kinder von Vätern, die im Preobrashenski-Regiment dienten, übernommen.

«Man sollte diese Janitscharen doch glatt den Schweden vor die Flinte treiben», sagte die junge Julia von Mengden.

«Diesen Vorschlag hat mir Ostermann schon gemacht», sagte die Regentin erfreut. «Was meinst du, vielleicht könnte der Schwede wirklich diese ganzen Janitscharen einen Kopf kürzer machen?»

«Nein, das schafft er nicht», sagte das Mädchen.

«Eben.»

Da klammerte sich die Regentin an den Gedanken, Elisabeth das Geld zu entziehen.

«Was will sie ihren Kindern dann zur Taufe in die Wiege legen? Fromme Wünsche?»

Das Mädchen schwieg.

«Na sag doch, Julinka, wer will das Mondgesicht dann noch, ohne einen Heller? Na, wer schon?»

«Dann wird sie sich eben von Frankreich Gold geben lassen», tröstete das Mädchen.

«Eben!», reagierte Anna Leopoldowna ruhig. «Frankreich wird es ihr an nichts fehlen lassen.»

Das Mädchen streckte sich.

«Wollen wir nicht aufstehen? Bald ist Empfang.»

«Ja, Schluss mit dem Rumliegen.»

Und nachdem die Regentin mit dem Ausspruch, «der glücklichste Ort in dieser Welt ist das Bett», ihre Philosophie auf den Punkt gebracht hatte, zog sie sich ihre Strümpfe über die fröstelnden Knie.

2

Die Zarentochter Elisabeth hatte ein rundes weißes Tellergesicht, einen sinnlichen roten Mund, lange Beine, einen breiten Hintern und von zartestem Flaum vergoldete Schultern.

Jeder Reiter, jeder Musketier in Petersburg kannte ihre Liebhaber: den Stutzer Naryschkin, den Grafen Buturlin, den Offizier Schubin, einen einfachen Gardesoldaten, den Stallknecht Andrej Wosshinski, den Ruderer der Bootskutsche Ljalin und den Sänger Rasumowski.

Ja, es gibt Frauen, wenn du die nur einmal flüchtig im Fenster oder auf einem vorwärts stürmenden Schlitten oder sonst wie im Gedränge oder Vorbeigehen gesehen hast, dann erscheinen sie dir am nächsten oder übernächsten Tag, ein Jahr oder zehn Jahre später oder am Ende deines Lebens im Traum, um dich in Versuchung zu führen.

Solch eine Frau war Elisabeth.

Sie fesselte jeden, ob Kaufmann oder Pope oder einfacher Soldat.

Den verstorbenen Kaiser Peter II., der ihr Neffe war, hatte sie ebenfalls gefesselt. Der sie allerdings weniger; sie ließ sich nicht mit ihm ein.

ANEKDOTE

Aus China kam eine Gesandtschaft nach Russland, um Anna Iwanowna zu gratulieren.

«Welche Frau in diesem Saal findet Ihr am schönsten?», fragte die pockennarbige Kaiserin den gelben Diplomaten, der von charmanten Petersburgerinnen umringt war.

«In einer Sternennacht ist schwer zu sagen, welcher Stern am meisten glänzt», antwortete der Gesandte, um sich aus der Affäre zu ziehen.

Aber die chinesische Höflichkeit passte den Russen nicht. Die pockennarbige Kaiserin forderte eine klarere Antwort.

Da verbeugte sich der Chinese vor Elisabeth und sagte: «Wären die Augen dieser Prinzessin ein wenig schmaler, wäre ihre Schönheit unwiderstehlich.»

3

In dem großen Petersburger Haus versammelte sich der Hof.

Die von Flöhen zerstochene Kaiserin sah mit Fischblick auf die Erschienenen.

Man trug Graf Ostermann herein, der an Händen und Füßen von der Gicht gezeichnet war. Unter Anna Iwanowna hatte er jahrelang seine Gemächer nicht verlassen, jetzt aber schleppte man ihn dauernd ins kaiserliche Haus.

Als der Generalfeldmarschall Graf von Münnich das würdige Gesicht des hereingetragenen Ostermann sah, machte er auf seinen hohen roten Absätzen eine abrupte Kehrtwendung. Alle sollten sehen, dass er den Minister für Auswärtiges und Seewesen nicht beachtete. Aber alle taten so, als hätten sie nichts bemerkt.

+ +

Feldmarschall Münnich hatte einmal bei dem regierenden Biron zu Mittag gespeist. «Es stimmt nicht, wenn der englische Gesandte sagt, Biron rede mit Menschen wie ein Pferd und mit Pferden wie ein Mensch», dachte der Feldmarschall. «Wirklich, Biron ist ein richtig herzlicher Mann und ein gastfreundlicher Hausherr.»

Und der satte Gast bedankte sich mit festen Umarmungen und heißen Küssen für die freundliche Bewirtung.

Ein paar Stunden später schickte er dem gastfreundlichen Hausherrn seinen Adjutanten mit einer Abteilung Musketiere auf den Hals.

Um sein Leben und die Macht zu retten, kroch der schreckliche Biron mit einem Hilfeschrei unter das Bett. Doch das half nichts. Die Musketiere traten den Regenten unsanft, wickelten ihn in eine Decke und warfen ihn in die Kutsche, die der Feldmarschall zu diesem Zweck bereitgestellt hatte.

Alles lief wie am Schnürchen. Münnich wurde Premierminister. Anna Leopoldowna schenkte dem Hoffräulein Julia von Mengden vier Kaftane des Herzogs Biron und beanspruchte den St.-Andreas-Orden und den Regententitel für sich – Kaiser war nach wie vor Iwan VI., ihr Sohn im Säuglingsalter. Der gestürzte Regent musste in die Verbannung, nach Pelym in Sibirien. Der Heilige Synod, das Ministerium und die Generalität veröffentlichten ein Manifest im Namen eines Kaisers, der noch die Brust bekam. Und vier Monate später jagte der an Händen und Füßen von der Gicht gefesselte Graf Ostermann den berühmten Feldmarschall Münnich, Sieger über etliche Völker und über den Herzog Biron, aus dem Ministerkabinett.

+ +

Die von Flöhen zerstochene Anna Leopoldowna ging auf und ab und musterte mit Fischblick die Erschienenen.

«Seht Euch mal den Hals der Regentin an», flüsterte dem englischen Gesandten Herrn Finch dessen Feind ins Ohr, der französische Gesandte Marquis de la Chétardie, der mit hunderttausend Flaschen französischem Wein und einem Gefolge nach Russland gekommen war, das aus zwölf Attachés, sechs katholischen Priestern, fünfzig Dienern und einigen erstklassigen Köchen bestand, darunter dem weltberühmten Monsieur Barideau.

«Die Staatsdamen und Hoffräulein übertünchen diese widerlichen Flecken gewöhnlich», entgegnete der Engländer, ohne sich im Mindesten aus der Ruhe bringen zu lassen.

«Weiß der Teufel! Es verdirbt ihm nicht die Laune, dass die Regentin sich lächerlich macht», dachte der Franzose besorgt. «Hoffentlich ändert England seine Position nicht.

Hoffentlich kommt Herr Finch nicht auf die Idee, Elisabeths Arzt eine Pension anzutragen.»

Beide Türflügel öffneten sich.

«Das Mondgesicht kommt», sagte Julia von Mengden.

«Ja, das ist sie», bestätigte die Regentin.

Elisabeth trug einen Reifrock von der Farbe ausgepresster Himbeeren.

«Ihr solltet das Mondgesicht zur Rede stellen», riet das Mädchen.

«Unbedingt», stimmte die Regentin träge zu. «Ostermann drängt mich ebenfalls, ihr ins Gewissen zu reden.»

«Bringen wird das allerdings nichts», tröstete sie das Mädchen.

«Wieso nicht?»

«Das Mondgesicht hat jedem Soldaten fünf Rubel zugesteckt.»

«Nicht jedem. Nur denen, die gegen den Schweden antreten müssen.»

«Noch ist es nicht dazu gekommen.»

«Vielleicht kommt es ja auch nicht dazu», räumte Anna Leopoldowna unsicher ein.

«Sondern?», ereiferte sich das Mädchen.

«Vielleicht lässt der Herrgott uns ja doch nicht im Stich, Julinka.»

«Den Arzt müsste man in die Peter-und-Pauls-Festung sperren und dem Mondgesicht verbieten, sich mit Chétardie zu treffen.»

«Das sag ich ihr.»

«Das Mondgesicht wird wohl kaum darauf hören.»

«Allerdings», stimmte Anna Leopoldowna wieder zu.

Am anderen Ende des Saals brachte der mächtige Ostermann mit seiner äußerst liebenswürdigen Art und seiner durchaus staatsmännischen, außerordentlich gewählten und völlig unverständlichen Ausdrucksweise den französischen Gesandten zur Weißglut.

«Dieser Schuft! Dieses Rindvieh!», schimpfte der dünnbeinige Marquis leise. «Der muss doch wirklich jeden ins Irrenhaus bringen.»

Der würdige Alte redete unterdessen, redete und redete, in makellosem Französisch.

Das war die Art, für die der Diplomat Peters des Großen berühmt war und die ihn in den Augen der Russen zu einem nordischen Halbgott machte: Er schaffte es, die ausländischen Minister in vier europäischen und einer antiken Sprache formvollendet zur Weißglut zu bringen.

Anna Leopoldowna zog lustlos in das hintere Zimmer.

«Das bringt ja doch nichts», schickte das Mädchen ihr vernehmlich hinterher.

Der Regentin fiel wieder der philosophische Gedanke ein, nach dem der glücklichste Ort in dieser Welt das Bett und das beste Kleid der Schlafrock ist. In diesem Aufzug pflegte sie sich an gewöhnlichen Tagen zum Mittagessen und an den Kartentisch zu setzen.

Elisabeth ging auf Münnich zu.

Der alte Charmeur begrüßte sie mit einem Klacken seiner roten Absätze und dem Hochziehen der grauen Brauen.

Elisabeths blaue Augen machten Versprechungen, Hoffnungen.

Es gibt Frauen, die auch, wenn sie ganz allein sind, Versprechungen, Hoffnungen machen. Und wem? Dem Spiegel, dem Sessel, den vier Wänden.

«Sie würde mich zum Premierminister machen», dachte Münnich.

Finch klapperte mit seinen schweren Augenlidern in Feldmarschall Münnichs Richtung und flüsterte dem Marquis ins Ohr: «Was für ein seltener Fall: Tiger, Schlange, Fuchs und Esel hausen friedlich unter ein und demselben Hemd.»

So konnte man nur von jemandem sprechen, der in dem politischen Endspiel keinen einzigen Trumpf mehr einzusetzen hatte.

«Gut getroffen», entgegnete Chétardie. «Ich könnte mir wirklich kein besseres Porträt von Herrn Münnich vorstellen. Mein Herr, Ihr seid ein Tizian des Wortes.»

Finch dankte mit einer Verbeugung. «Ein Tizian des Wortes.» Das hört man gern, auch wenn man weiß, was die französische Liebenswürdigkeit wert ist.

«Natürlich ist ein Schmeichler dasselbe wie ein Falschmünzer; aber wie traurig und fade wäre es doch auf dieser Welt, wenn man diese Spitzbuben ins Loch sperrte, wie eine unsinnige Gerechtigkeit dies verlangt!» So dachte der Engländer, sagte aber: «Lasst uns zur Zarentochter gehen, liebster Marquis.»

Die beiden Feinde waren unzertrennlich. So fühlten sie sich beide sicherer.

Elisabeth drehte den ausländischen Ministern ihr glänzendes Tellerrund zu.

In Chétardies dünnen Waden machte sich ein Ziehen bemerkbar.

Finch klapperte mit den schweren Augenlidern.

«Nein, solche Frauen verüben keine Staatsverbrechen, sie sind für anderes geschaffen», beruhigte sich Graf Ostermann in Gedanken. Mit sich selbst pflegte er in gutem, leicht verständlichem Deutsch zu Rate zu gehen und zu reden.

Als die Regentin Elisabeth zu sich gerufen und diese, wie man damals sagte, «wie ein Pfau stolzierend» den Saal verlassen hatte, überkam die Männer sofort Langeweile.

Anna Leopoldowna fixierte die Zarentochter mit ihrem Fischblick. «Setz dich, meine Liebe.»

Elisabeth ließ sich in dem mit grünem Damast gepolsterten Sessel nieder.

«Mir ist da zu Ohren gekommen, meine Liebe, Eure Hoheit unterhalte eine Korrespondenz mit der feindlichen Armee, und Euer Arzt treffe sich mit Chétardie und mache ihm ebenfalls diskrete Versprechungen.»

«Ich sehe, man hat Euch allerhand abscheuliches Zeug über mich erzählt.»

«Man rät mir in einem Brief aus Breslau, umgehend Euren Arzt festzunehmen», sagte Anna Leopoldowna erschrocken, setzte aber gleich hinzu: «Aber, meine Hoheit, ich habe diesen Gerüchten keinen Glauben geschenkt und Ostermann erst gestern mit den Worten zurechtgewiesen, man verleumde Euch zu Unrecht.»

Elisabeth erhob sich aus dem Sessel, strich ihren Reifrock glatt und sagte würdevoll:

«Mit dem Feind des Vaterlands, den mein Vater so lange bekämpft und dessen böse Kugel den Helm meines Vaters durchbohrt hat, unterhalte ich keinerlei Allianzen und Korrespondenzen.»

4

Die roten Pferdeschweife ließen in der Nacht mal hier, mal da eine Flamme züngeln, und die Hufe schlugen eine Flamme aus der weißen Erde.

«Diese stillen Teufel!», schimpfte Elisabeth. «Das sind doch keine Pferde, sondern Kühe.»

Der Kammerjunker Michail Woronzow sagte: «Nicht doch, meine Liebe, Wildschweine sind das, bei Gott, richtige Wildschweine.»

Bevor sie über die Pferde fluchte, hatte Elisabeth gedacht: «Und was, wenn einer das an das Stockholmer Kabinett gerichtete geheime Schreiben entdeckt? Ostermann hat eine Nase wie ein Spürhund; gebe Gott, dass er keinen Wind davon bekommt.»

Was hatte Elisabeth Petrowna in diesem Schreiben den Erzfeinden ihres Vaterlands nicht alles versprochen: ihnen alle Kosten für die Kriegsführung gegen Russland zu erstatten, sie ein Leben lang ohne Wissen der russischen Nation finanziell zu unterstützen, sich in allem für ihre Interessen einzusetzen, ihnen alle möglichen Handelsvorteile zu verschaffen und mit niemand außer ihnen und Frankreich Bündnisse zu schließen. «Und was bringt uns dieser Krieg nun? Absolut nichts! Nur Sorgen», dachte Elisabeth. «Ich habe Nolken» (damit meinte sie den Gesandten von Stockholm) «dazu angestiftet, in ihrem, dem schwedischen, Heer, meinen Neffen, den Herzog von Holstein, mitzuführen. Dann legen unsere Tölpel vielleicht die Musketen nieder. Sie können doch nicht die Waffen gegen Peters Blut richten, oder?»

Elisabeth hatte im Moment den Eindruck, als ob dieser für die Schweden unglückselige (und für Russland glückliche) Krieg den wackeligen Thron des kleinen Kaisers nur festigte, statt ihn, wie beabsichtigt, ins Wanken zu bringen.

«Aaaach», seufzte Elisabeth schwer und unbestimmt in ihrem Zobelfell.

Ihrer Überredungskunst war es zu verdanken, dass das

Kabinett von Stockholm den Krieg vom Zaun gebrochen hatte. Schweden wollte die an Peter den Großen verlorene Ostküste der Ostsee zurückerobern.

«Ihr müsst Euch entscheiden, Hoheit», sagte Michail Woronzow, der zusammen mit dem Arzt Lestocq in Elisabeths Auftrag das geheime Schreiben an das Kabinett von Stockholm unterschrieben hatte.

«Das ist schwer. Ich bin hin- und hergerissen, Michail Larionowitsch.»

«Die Zeit drängt. Morgen früh wird der Befehl ausgegeben, dass alle Garderegimenter sich zum Ausrücken gegen den Feind nach Finnland fertig machen müssen.»

«Ich weiß», sagte Elisabeth.

«Dann werden die Krieger abziehen, ohne sich für Eure Freigebigkeit erkenntlich gezeigt haben zu können.»

«Ich weiß.»

«Soll Russland noch lange von Anna Leopoldowna und ihren Ausländern regiert werden? Entscheide dich, meine Liebe. Habe Mitleid mit dir und dem Vaterland.»

«Gottes Wille geschehe!»

Die roten Pferdeschweife ließen in der Nacht mal hier, mal da eine Flamme züngeln, und die Hufe schlugen eine Flamme aus der weißen Erde.

Elisabeth hatte Angst, die Gardisten nicht «ordentlich genug beschenkt» zu haben, sodass sie nicht bereit wären, gegen das kaiserliche Haus zu ziehen, wenn es sein musste. Aber ihre Kasse war leer, und der französische Gesandte hatte für den Sturz der Fremdherrschaft statt den von Peters Tochter erbetenen fünfzehntausend nur zweitausend gegeben, und auch die hatte er sich, wie bekannt wurde, von einem Beamten seiner Botschaft geliehen, der im Kartenspiel gegen einen Deutschen gewonnen hatte.

«Was meinst du, Michail Larionowitsch, machen die Gardisten wirklich mit?»

«Für die Rotte der Grenadiere des Preobrashenski-Regiments stehe ich mit meinem Kopf ein», sagte der Kammerjunker, «sie verlassen schon seit über einer Woche nicht mehr die Schenken.»

Dann wurde er ernst und sagte:

«Für das Vaterland, für die Tochter unseres Schöpfers» (so wurde Peter der Große in den Garderegimentern genannt) «und ein kühles Grab für die Ausländer, dafür sind wir bereit, unser Blut zu vergießen.»

5

Versailles.

«Majestät, der Marquis de la Chétardie hofft, Russland Frankreichs Interessen näher bringen zu können. Zu diesem Zweck muss nach Meinung des Herrn Gesandten mit allen Mitteln Prinzessin Elisabeth der Weg auf den Thron geebnet werden. Sie wird sich als Kaiserin auf Russen stützen und die Hauptstadt wieder nach Moskau verlegen. Graf Ostermann kommt auf das Schafott. Die russischen Würdenträger werden sich von den Staatsinteressen abwenden und sich ihren Gütern, den wirtschaftlichen Dingen widmen. Diese Neigung ist ihnen angeboren. Die Seestreitkräfte werden umstrukturiert. Russland, Eure Majestät, wird langsam, aber sicher wieder zu den alten Zeiten zurückkehren, und Frankreich wird von einem mächtigen Feind befreit sein. Prinzessin Elisabeth hasst die Engländer. Russlands Handelsinteressen haben es von England abhängig gemacht. Mit Gottes Hilfe können Eure Majestät auf den Trümmern des englischen nun den französischen Handel entfalten.»

So legte der Minister dem König den Inhalt einer aus Petersburg eingetroffenen Depesche dar.

+ +

Herr Chétardie und Herr Finch, deren politische Interessen auseinander gingen, stimmten in Einschätzung und Meinung nicht selten überein.

Ein Großteil der Adeligen sind überzeugte Russen; nur Zwang und Gewalt können sie daran hindern, zu ihren alten Gebräuchen zurückzukehren. Es gibt keinen Einzigen unter ihnen, der Petersburg nicht lieber auf den Meeresgrund versinken sähe und alle eroberten schwedischen Provinzen zum Teufel wünschte, wenn er nur die Möglichkeit bekäme, nach Moskau zurückzukehren, in die Nähe seiner Güter, wo er in größerem Luxus leben könnte und mit geringeren Ausgaben rechnen müsste. Das schrieb der englische Gesandte am einundzwanzigsten Juni 1741 aus Petersburg nach London.

6

Um Mitternacht erschien Michail Woronzow mit fünf Grenadieren der Leibgarde des Preobrashenski-Regiments.

«Da sind sie», sagte der Arzt Lestocq.

«Das höre ich», antwortete die Zarentochter mit unterdrückter Stimme.

«Sie warten im Vorzimmer.»

«Weiß ich. Lass mich jetzt um Gottes willen in Ruhe!»

«Du darfst keine Zeit verlieren, Majestät.»

Im Flur kläfften die Hunde. Elisabeth ging mit weißen Lippen zu den Grenadieren.

«Meine Kinder», sagte sie zu den langen Kerlen mit den großen Mützen aus schwarzem Leder, «ich frage euch, wollen wir nicht zurückweichen? Nicht den Rückzug antreten?»

Ihre Lippen zuckten.

«Wollen wir das Vaterland retten, meine Kinder? Die Fremden fortjagen?»

Aus ihren Augen, die in dieser Nacht vor Angst grau geworden waren, schossen Tränen.

Die langen Kerle mit den schwarzen Ledermützen brüllten: «Auf, zur Rettung des Vaterlands!»

«Auf, zur Jagd auf die Fremden!»

«Führe uns, Mutter!»

Im Vorzimmer stank es merklich nach Schnaps, Rettich und grobem Leder.

Elisabeth ging in das Nebenzimmer, wo sie, wie niedergemäht, vor der Ikone mit dem segnenden Christus auf die Knie fiel.

«Gut, soll sie mit unserem Herrn Jesus Christus reden», sagte ein Grenadier mit zerhauener Braue.

«Gut, soll sie», sagten auch die anderen.

Woronzow führte die langen Kerle in den Flur. Die Hunde erkannten die Männer und wedelten mit dem Schwanz. Der Arzt Lestocq brachte Wein und etwas Salziges und Süßes zum Knabbern.

Das Glas wanderte von einem zum anderen.

Die Kerle ächzten, schmatzten und rülpsten.

+ +

Der Hof der Zarentochter war nicht groß, Gäste kamen nicht häufig, die Tische waren klein. Aber für ihr Büfett wurde monatlich an Wodka geliefert: vierundvierzig Eimer, eine halbe und eine Achtelkanne; an Wein: achtundsechzig Eimer und zwei volle und eine Viertelkanne; an Bier: fünfhundertachtunddreißig Eimer und anderthalb Kannen.

Und nicht immer standen die Gäste vom Tisch auf und konnten noch gehen.

+ +

Elisabeth lag vor der Ikone.

Der Arzt Lestocq klopfte an die Wand.

Die geheimnisvoll flackernden Öllämpchen tauchten die rosigen runden Schultern in heiligen Glanz.

Der Arzt Lestocq klopfte zum zweiten Mal an die Wand.

Elisabeth erhob sich und strich sich über ihr Kleid; dann strich sie sich über die Haare.

Die langen Kerle ächzten, schmatzten und rülpsten.

Lestocq klopfte zum dritten Mal an die Wand.

Da nahm Elisabeth das Kreuz und trat in den Flur, um die Soldaten den Eid schwören zu lassen.

Sie schworen aus stinkendem Mund. Küssten das Kreuz. Hicksten. Bekreuzigten sich tief, bis zum Bauchnabel.

«Meine Kinder», sagte Elisabeth, «wenn Gott sich uns und ganz Russland gnädig erweist, werde ich eure Treue nicht vergessen. Jetzt aber geht, sammelt die Kompanie in aller Bereitschaft und Stille. Ich komme euch holen.»

Die Grenadiere gingen.

Elisabeth fiel wieder vor der Ikone mit dem segnenden Christus nieder und bat das bunte Brett laut um Rat und Weisung.

Die Kuckucksuhr schlug Viertel nach eins.

Elisabeth erhob sich leicht und rief: «Das Panzerhemd, Michail Larionowitsch! Bring das Panzerhemd, mein Freund.»

Und sie zog es sich über das Kleid.

7

Zu den Stuben der Garde des Preobrashenski-Regiments, die hinter der Gießerstraße lagen, fuhr sie in Begleitung des Arztes Lestocq und des alten Musiklehrers Schwarz. Auf dem Kutscherbock saß der Kammerjunker Woronzow.

Die Kompanie der Grenadiere war vollzählig. Auf den Ledermützen funkelten die doppelköpfigen Adler, und wie bei einer Parade schaukelten die Straußenfedern: rote bei den Gemeinen, rote und weiße bei den Korporalen, außen rote und innen grüne bei den Trommlern.

Woronzow befahl, die Trommeln zu zerschlagen. «Wir dürfen keinen Lärm machen, Jungens.»

Man zerschlug sie.

«Ich schwöre, dass ich bereit bin, für euch zu sterben. Seid ihr bereit, für mich zu sterben?», fragte Elisabeth mit leiser Stimme.

«Wir schwören, wir schlagen alle tot», grölten die Grenadiere.

Von dem Gegröle und dem Rasseln der gezogenen Degen mit den Kupfergriffen und Portepees flatterte Elisabeth das Herz. Flüsternd bat sie «nicht alle totzuschlagen …».

«Vorwärts, mit Gott», sagte der Kammerjunker Woronzow.

Elisabeth setzte sich in den Schlitten.

Die Grenadiere nahmen Aufstellung.

Sie bekreuzigte sich.

Und ab ging's: hopp, hopp, hopp, hopp. Sie zogen aus, um das Vaterland zu retten. Der Frost biss in Nasen und Wangen.

Unterwegs trennte Elisabeth Abteilungen ab, die Graf Ostermann, Generalfeldmarschall Münnich, den Kabinettminister Graf Golowkin, Lopuchin, den Präsidenten des Kommerzkollegiums Baron von Mengden und Oberhofmarschall Löwenwolde verhaften sollten.

Am Ende des Newski Prospekts angekommen, sagte der Grenadier mit der zerhauenen Braue: «Steig aus, meine Liebe, Eure Hoheit. Um Lärm zu vermeiden, ziehen wir zu Fuß weiter.»

Elisabeth stieg aus dem Schlitten, konnte aber vor Angst die Beine nicht bewegen. Da nahm sie der Grenadier mit der zerhauenen Braue auf die Arme und trug sie.

Sie zogen weiter.

Elisabeth wurde schlecht. Der Grenadier mit der zerhauenen Braue blies ihr seinen heißen Schnapsatem ins Gesicht.

Sie zogen weiter.

Elisabeth hatte Angst, sich zu rühren; die riesige Hand quetschte und drückte sie.

Spitze und Turmkuppel über dem Tor der Admiralität glänzten in ihren kupfernen, vom Feuer golden schimmernden Abdeckungen.

Sie waren da.

Standen vor der Wache im Wärterhäuschen.

Es war wie immer in solchen Fällen. Die unbedingt zuverlässige Wache schnarchte.

Sie rüttelten sie wach.

«Meine Kinder», sagte Elisabeth, «wollt ihr mir dienen, so wie ihr meinem und eurem Vater gedient habt?»

«Wollen wir, jawohl, das wollen wir! Wir haben schon lange darauf gewartet!», schrien die Wachsoldaten.

Die höheren Dienstgrade der Wache mussten verhaftet werden.

Die Regentin des Kaiserreichs schlummerte ruhig auf der Brust der jungen Julia von Mengden, als die Grenadiere, angeführt von Elisabeth, die Gemächer stürmten.

«Es ist Zeit aufzustehen, meine Gute», sagte die Zarentochter.

«Das Mondgesicht!», kreischte das Mädchen von Mengden.

«Gnädige, Ihr, das seid Ihr … Was wollt Ihr hier, gnädige Frau …?»

Aber die Regentin sprach nicht weiter. Sie erblickte die doppelköpfigen Kupferadler, die Straußenfedern und die roten Preobrashenski-Kragen.

«Es steht schlecht, sie hat ihre Gevattern mitgebracht», flüsterte die junge Julia von Mengden nicht ohne Galgenhumor.

«Macht Euch fertig, meine Gute», befahl Elisabeth.

Die Regentin sah verstört auf die langen Kerle. Deren Backen und Nasen, glühend vom Wodka und vom Frost, sahen aus wie durchweichte Ziegelsteine.

«Es ist mir unangenehm, in ihrer Gegenwart aufzustehen.»

«Macht nichts, meine Liebe, keine Sorge, das sind meine Kinder», beruhigte Elisabeth sie.

Der Grenadier mit der zerhauenen Braue überreichte der Regentin ihre Unterwäsche und Strümpfe auf dem Bajonett.

«Anziehen.»

Die Regentin suchte nach Elisabeths Händen.

«Meine Liebe, Eure Hoheit, nimm mir nur Julia nicht weg!»

Sie schluchzte laut auf.

«Schon gut, tue ich nicht», sagte Elisabeth. «Seid Ihr fertig? Dann gehen wir zum Schlitten.»

8

Elisabeth wurde Obristin des Preobrashenski-, Semjonow- und Ismajlow-Regiments, der Reitergarde und des Kürassier-Regiments sowie Kaiserin von ganz Russland.

Den Thron ihres Vaters hatte sie bestiegen, weil sie von ihren getreuen Untertanen darum gebeten worden war, «am meisten und besonders von unserer Leibgarde der Regimenter», wie es in einem aus diesem Anlass veröffentlichten Manifest hieß.

Laut höchstem Befehl vom einunddreißigsten Dezember wurde die Kompanie der Grenadiere, mit der Elisabeth das Vaterland gerettet hatte, umbenannt in Leibkompanie.

In dieser war der Hauptmann einem General gleichgestellt, der Leutnant einem Generalleutnant, der Unterleutnant einem Generalmajor, der Fähnrich einem Obristen, der Sergeant einem Obristleutnant und der Korporal einem Hauptmann.

Die Unteroffiziere, Korporale und Gemeinen wurden in den Adelsstand erhoben und erhielten Wappen mit dem Aufdruck «Für Eifer und Treue».

Auch ein wenig Geld gab es. Außerdem teilten sie die

Dörfer mit den Leibeigenen unter sich auf, die man den in der Nacht zum fünfundzwanzigsten November Verhafteten weggenommen hatte. Sogar die Röcke, Hemden, Strümpfe, Bettwäsche, getragene Gewänder und andere Gegenstände der Garderobe von Frau Münnich und Frau Ostermann verschenkte Elisabeth an ihre Kammerherren und Kammerjunker.

Einer Anordnung zufolge sollte in Zukunft auf der Rückseite des Rubels ein Grenadier dargestellt sein.

9

Elisabeth sagte zu Baron Korff: «Ich gebe Euch den Auftrag, gnädiger Herr, schnell nach Kiel zu fahren und meinen Neffen, den Herzog von Holstein, zu holen.»

Die Obristin des Preobrashenski-, Semjonow- und Ismajlow-Regiments, der Reitergarde und des Kürassier-Regiments erwies sich als treu sorgende Tante.

«Ich habe den unaufschiebbaren Wunsch, gnädiger Herr, ihn hier bei mir zu sehen.»

Der Obrist von fünf Regimentern bekam feuchte Augen.

«Ich bringe meinem Neffen familiäre Gefühle entgegen, die aus tiefstem Herzen kommen.»

Und Elisabeth erinnerte sich an ihre Schwester Anna, die vom Fürsten Menschikow aus Russland vertrieben worden war; sie erinnerte sich, wie Mawrutka Schepeljowa geschrieben hatte: «Euer künftiger Neffe strampelt schon jeden Tag in ihrem Bauch.»

An der Wand hing ein Porträt des Herzogs Karl Peter Ulrich von Holstein: ein Kopf wie ein Rettich, eine kleine Missgeburt.

Elisabeth hob ihre feuchten Augen mit Zärtlichkeit in Richtung Porträt.

Auch der Baron Korff hob seine Augen. Und dachte: «Was für eine unvorteilhafte Visage!» Und musterte die unvorteilhafte Visage mit großer Begeisterung.

Elisabeth ließ ihre weichen Hände auf den Rock fallen und seufzte: «Ach, wie scheußlich es sein muss, in der Stadt Kiel umzukommen.»

«Als ob es irgendwo angenehm wäre, umzukommen!», dachte der Baron.

«In Kiel gibt es mächtige Regen und Winde.» Und Elisabeth umfasste die runden Knie und schaukelte im Sessel hin und her; aus den geöffneten Augen fielen ihr Tränen auf den Rock. «Ich sollte Mawrutka rufen lassen; die kann erzählen, wie sie Windeln genäht haben, wie der Neffe im Bauch gestrampelt hat und wie meine Schwester vor Heimweh nach Russland weinte.»

Da fiel Elisabeth ein, dass sich ein von dem preußischen Minister Freiherr von Mardefeld gemaltes Porträt ihrer verstorbenen Schwester im Besitz der Fürstin Johanna Elisabeth von Anhalt-Zerbst befand.

«Man müsste darum bitten.»

Sie trocknete sich die Augen mit einem Tuch.

«In Kiel, gnädiger Herr, drängt Ihr meinen Neffen unermüdlich zur Abreise. Russland und ich brauchen ihn. Beeilt Euch mit Gott, dass Ihr vor dem großen Matsch wieder zurück in Petersburg seid.»

Als Korff weggegangen war, rief sie Woronzow und diktierte ihm ein Schreiben an die Fürstin von Anhalt-Zerbst.

Erlauchteste Fürstin, freundlich liebenswerte Nichte …

Elisabeth verfiel beim Aussprechen der Worte in einen Singsang.

Das Schreiben Ew. Liebden vom 27. Dezember vorigen Jahres und die in demselben enthaltenen wohlgemeinten Glückwünsche konnten mir nicht anders als angenehm sein.

Weiter, sagte sie, er solle auf das Porträt eingehen.

Woronzow kritzelte.

«Bitte, Michail Larionowitsch, lasst mich den letzten Abschnitt hören.»

Michail Larionowitsch las:

Da kein anderes so gutes Porträt hier vorhanden ist, wollt Ihr es mir überlassen und zuschicken; ich bin bereit, diese Dienstfertigkeit bei jeder Gelegenheit wieder zu vergelten.

«Gut, und die Unterschrift: Ew. Liebden freundschaftlich gewogene Elisabeth.»

«Jetzt, mein lieber Michail Larionowitsch», sagte Elisabeth, «erkundigt Euch aber, was da mit einem solchen Krach umgefallen ist.»

Aber er musste sich gar nicht erkundigen. Der Wirkliche Geheimrat Lestocq kam herein und meldete zornig, ein betrunkener Soldat der Leibkompanie habe aus Ärger über jemand kurzerhand den voll gedeckten Tisch umgeworfen.

«Körbeweise, Majestät, muss man die zerschlagenen Teller und Schüsseln wegschaffen.»

«Verhaftet ihn.»

Am nächsten Tag ließ sich kein Soldat der Leibkompanie im Palast blicken.

«Wo sind meine Kinder? Warum sehe ich keins meiner Kinder?», fragte die Kaiserin verstimmt.

Woronzow hatte die richtige Vermutung: «Vielleicht sind sie beleidigt, Majestät.»

«Weswegen sollten sie denn beleidigt sein?»

«Weil man den verhaftete, der das Porzellan zerschlagen hat.»

Elisabeth erschrak und befahl, den Soldaten sofort freizulassen. Da verzieh die Leibkompanie ihrer Kaiserin.

10

Die Bewohner verließen ihre Häuser.

Bisher haben wir geschlafen, nun aber sind uns die Augen aufgegangen, und wir sehen: Ostermann und Münnich sind mit ihrem Haufen wie Emissäre des Teufels nach Russland eingedrungen, das sagte der Archimandrit des Saikonospasski-Klosters und Rektor der Moskauer Akademie Kirill Florinski in seiner Predigt.

Die Tore waren verriegelt.

Auch die Sonne kann weiß sein wie Sahne.

Priester und Kirchendiener hielten Wache an den Schlagbäumen und bei Bränden und übernahmen auch andere Polizeifunktionen.

Im Viertel der Barbiere, wo die Feldscher untätig mit ihren Rasierklingen saßen, kursierte das Gerücht, die Kaiserin habe befohlen, die Barttracht wieder einzuführen.

«Selbst der Wodka haut diese Garde-Scheusale nicht um!»

«Die feiern doch den Sieg.»

«O Gott, o Gott, als ob die Pest in der Stadt herrschte!»

«Denen haben sie aber eingeheizt!»

«Gibt es denn keine Ruten für diese Hurensöhne?»

«Wenn das Feuer einmal wütet, ist es nicht mehr aufzuhalten.»

«O Gott, o Gott!»

So redeten die Bewohner von Petersburg.

Die Soldaten des Preobrashenski-Regiments trugen rote Kragen, die Semjonower blaue und die Ismajlower grüne. Die Grenadiere hatten ihre Schnurrbärte mit schwarzem Wachs hochgezwirbelt. Die Soldaten der Leibkompanie hatten Bänder aus geflochtenen Schnüren auf den Schultern, die Reitgardisten trugen goldene Schärpen. Die Kürassiere stellten ihre breiten Stiefel mit den Stulpen zur Schau.

«Sie nennen das Durchfall, Mist, Kot, Exkremente und wie noch? Ich behaupte, Safran aus Spanien ist das.»

An die Kutscherstände traten keine Fahrgäste; Fuhrleute und Pferde froren.

Die Kaiserin beschloss: «Aus dem ganzen Reich sind alle Juden männlichen und weiblichen Geschlechts mit all ihrer Habe unverzüglich über die Grenze zu schicken.»

Die Kaufleute schlossen die Läden, weil niemand etwas kaufte.

Die Popen salbaderten in leeren Kirchen.

Wie geht's dir, Apemantus? Ich wollte, ich hätte eine Rute in meinem Munde, um dir eine heilsame Antwort geben zu können.

Es begann das Jahr 1742.

11

«Schon wieder trommeln sie.»

«Ja, schon wieder.»

«Fell ist geduldig.»

«Das kann man wohl sagen.»

An den Straßenkreuzungen schlugen sie die gestreiften, mit Messingreifen eingefassten Trommeln und riefen eine öffentliche Hinrichtung aus.

Als der Generalfeldmarschall Münnich den Regenten Biron verhaftet hatte und bevor Wolynski geköpft wurde, schlugen sie ebenfalls die gestreiften Trommeln und schrien.

Die wenigen Menschen blieben auf den ausgestorbenen Straßen stehen und glotzten die Trommler gleichgültig an.

«Und wer ist diesmal dran?»

«Weiß der Teufel.»

Und da sie die deutschen Namen nicht behalten konnten, gingen sie weiter und dachten an ihre eigenen Angelegenheiten.

Vor dem Gebäude des Kollegiums auf dem Senatsplatz hatten Soldaten in Bauernrock ein Schafott aufgebaut.

Die Hinrichtung war auf den achtzehnten Januar angesetzt.

Natürlich stellten sich schon in aller Herrgottsfrühe Schaulustige ein. Männer waren gar nicht so zahlreich. Kann es sein, dass Frauen und Kinder mehr nach Blut und fremdem Leiden gieren?

Um das Schafott herum standen die Musketiere des Astrachaner Regiments mit schwarzen, reifbedeckten Wollhüten. Der Wind riss ihnen die kornblumenblauen, am Hals mit einem Kupferknopf geschlossenen Umhänge von den Schultern.

Am Schafott lehnte ein kurzes, dickes, noch nicht rot bespritztes Brett. In dem Brett steckte ein Beil. Solche Bretter sah man sonst auf dem Platz mit den Garküchen bei den Buden, wo mit Fleisch gehandelt wurde.

Den von der Gicht an Händen und Füßen unbeweglichen Ostermann brachten sie auf einem einspännigen Schlitten. Münnich, Golowkin, Mengden, Temirjasew und Löwenwolde kamen zu Fuß. Der Klepper, der den Schlitten zog, blieb stehen. Ostermann wurde vom Schlitten gezerrt und auf einer Trage zum Schafott gebracht. Dort stand ein Stuhl. Sie hatten vorgesorgt.

«Danke, ich danke sehr», sagte Ostermann, zupfte sich den Fuchspelz zurecht und nahm Platz, als handelte es sich um den Schreibtischsessel seines zweiten Departements, wo über die Außenpolitik und das Seewesen entschieden wurde.

Der Senatssekretär mit dem Urteil betrat das Podium.

Ostermann nahm ehrfürchtig seine Samtkappe ab. Der stürmische Newawind hätte ihm beinah die zerdrückte Perücke vom Kopf gerissen.

Der Senatssekretär begann die Verlesung des Urteils.

Frauen und Kinder begannen, sich zu langweilen.

Ostermann hörte aufmerksam zu und stieß sich in Gedanken nicht am Wesentlichen, sondern an den stilistischen Fehlern und Grobheiten. Seit Peter dem Großen galt er in Stilfragen als unangefochtener Meister des Russischen Kaiserreichs.

Der Senatssekretär las lange. Dem Astrachaner Regiment, das vorn abgestumpfte schwarze Schuhe mit hohen Absätzen trug, erfroren die Zehen.

Ostermann wurde der Hals schwer. Mit dem gelben Fingernagel des Daumens stützte er sein mit weißen Haaren bewachsenes, markiges Kinn ab.

Der Senatssekretär las.

«Sie können einfach nichts», dachte er, der laut Urteil gerädert werden sollte.

Doch ein Rad hatten sie nicht vorbereitet.

Alles, was Graf Ostermann während der sechs Regierungen des Russischen Kaiserreichs geschrieben und gesagt hatte, konnte man auf zweierlei Art verstehen. Aber hier in dem Papier der siebten Regierung, die ihn aufs Schafott brachte, konnte man, wie sehr man sich auch anstrengte, keinen zweiten, gegenteiligen Sinn entdecken.

Ostermann wurde beschuldigt, das Testament von «Kaiserin Katharina I. seligen Angedenkens» unterschlagen zu haben, in dem es hieß, wenn der Großfürst (also Peter II.) ohne Erben verscheide, solle die Zarentochter Anna und ihre Nachkommen (also die Missgeburt von Holstein) und nach ihr die Zarentochter Elisabeth und ihre Nachkommen die Thronfolge antreten, «aber niemals kann jemand, der nicht griechischen Glaubens ist, den russischen Thron innehaben».

Ferner wurde Ostermann beschuldigt, Elisabeths Hochzeit mit einem kümmerlichen fremdländischen Prinzen geplant zu haben. Ferner wurde er verschiedener Untaten gegen Elisabeth beschuldigt. Ferner …

Münnich, Golowkin, Löwenwolde, Mengden und Temirjasew stellte man im Halbkreis am Schafott auf. Der rote Mantel des Siegers über Herzog Biron und etliche Völker bauschte sich im Wind über dem Kaftan, der die Farbe einer Degenklinge hatte. Münnich hielt sich gerade, als hätte er einen Stock verschluckt; ja, er strafte die

Astrachaner sogar mit bösen Blicken. Nur war sein Gesicht mit den feinen Zügen schneeweiß. Bei der Verhaftung in der Nacht zum fünfundzwanzigsten November hatten die Musketiere den Generalfeldmarschall übel zugerichtet. Auf der Nase, über dem linken Auge, über der Lippe, auf dem Backenknochen waren blutige Platzwunden und Schwellungen aufgesprungen, aber da sich die Untersuchung in die Länge gezogen hatte, war der hässliche Schorf inzwischen von dem schönen Gesicht abgefallen.

Als der Senatssekretär das Urteil verlesen hatte, gingen die Soldaten auf Ostermann zu, hoben ihn vom Stuhl und legten ihn mit dem Gesicht nach unten auf den Boden.

Die Frauen nahmen die Kinder schnellstens auf die Arme; manche setzten sie sich auch, damit sie besser sehen konnten, auf die Schultern.

Der Henker riss dem Verurteilten die zerdrückte Perücke vom Kopf und knöpfte ihm den Kragen von Schlafrock und Hemd auf. Ein gelber, sehniger Hals kam zum Vorschein.

Frauen und Kindern hörten auf, sich zu langweilen.

Der Henker schleuderte den Alten auf den Block und packte ihn bei den Haaren. Golowkin, Löwenwolde, Mengden und Temirjasew senkten die Augen, während Münnich offen lächelte und den Blick nicht abwandte. Er hatte in diesem Moment vergessen, dass er das Schafott als Nächster besteigen sollte. Löwenwolde, einst ein schöner Mann, ein Spieler und Schürzenjäger, hörte, wie sein Nebenmann sagte: «Das ist wirklich gut!» Er glaubte, der Generalfeldmarschall habe den Verstand verloren.

Der zweite Henker hob das Beil.

Da zog der Senatssekretär ohne Hast ein anderes

Schriftstück hervor und las: «Gott und die Kaiserin schenken dir das Leben.»

Ostermann wurde hochgehoben.

Münnich schob verächtlich die Unterlippe vor.

Die Erste aus der Menge, die zu schimpfen begann, war eine Kaufmannsfrau im Marderpelz; die anderen fielen ein.

«Bitte gebt mir meine Perücke und die Kappe zurück», sagte der Begnadigte leise.

Man gab sie ihm.

Er setzte sie auf.

Knöpfte mit zitternden Fingern den Kragen von Hemd und Schlafrock zu.

Der langnäsige Profos des Astrachaner Regiments, der einen Bauernrock mit grünen Manschetten und eine Hose aus Ziegenleder trug, wischte sich mit der Faust eine Träne weg.

Den Begnadigten trugen Soldaten vom Podium hinunter.

Das Schlittenpferd wedelte mit seinem vereisten Schwanz.

Ostermann zupfte den knielangen Fuchspelz zurecht, machte es sich in dem Schlitten bequem, ließ die Knöchel seiner dünnen Finger mit den gelben Fingernägeln knacken und befand ein zweites Mal über Elisabeth und ihre Senatoren: «Sie können einfach nichts.»

Münnich, Golowkin, Löwenwolde, Mengden und Temirjasew mussten nicht aufs Schafott.

+ +

«Nach Sibirien!»

Und sie fuhren los: Ostermann nach Beresow, Münnich nach Pelym.

Biron aber wurde begnadigt, er durfte Pelym verlassen und nach Jaroslawl fahren.

+ +

Am Dorfrand traf sich der Schlitten, der Münnich fortschaffte, mit dem Schlitten, der Biron zurückbrachte.

VIERTES KAPITEL

I

Fiekes Lippen waren von den Küssen geschwollen.

«Schluss jetzt. Sonst kann ich die Tasse nicht mit dem Mund berühren, ohne dass es wehtut, und am Abend keinen Tee trinken. Das macht meiner Mutter Kummer.»

«Liebt Ihr mich, meine gute Fieke?»

«Ja, und wie!» Und sie schmiegte ihren Kopf an die breite Brust des schönen Offiziers der preußischen Armee und sagte: «Ihr seid doch mein Onkel, wie könnte ich Euch da nicht lieben.»

Sie sagte das im Ton einer engen Verwandten und durchaus aufrichtig. Zumindest schien es dem Prinzen Georg Ludwig so, dem Bruder ihrer Mutter, einem schönen Offizier.

Nun ist es kein Geheimnis, dass Dummheit sich gern mit Schönem umgibt: Wie oft haben die Köpfe, in denen sie logiert, eine den strengsten Gesetzen der Harmonie entsprechende Form, während die nachlässige Weisheit sich allerorten mit einem hässlichen, von einer Glatze gekrönten Gefäß bescheidet!

Der schöne Offizier sagte seufzend: «Ihr seid ein Kind, mit dem man nicht sprechen kann.»

«Ich bin schon vierzehn, lieber Onkel.»

«Haltet den Mund», schrie der vierundzwanzigjährige Offizier. «Ihr habt ja gar keine Ahnung, wie schwer es mir wird, Euer Onkel zu sein.»

«Ach bitte, sagt das nur meiner Mutter nicht. Sie nimmt

es mir sehr übel, wenn sie erfährt, dass ich eine so schlechte Nichte bin.»

«Schon wieder! Ihr habt kein Herz.»

Aber das Mädchen gab keine Ruhe.

«Sagt, Onkel ...»

Der Brust des armen Verwandten entrang sich etwas Seufzerähnliches.

«Onkel!», rief die Heuchlerin mitleidig aus. «Leitet mich doch an, was ich tun soll, um eine vorbildliche Nichte zu sein, sodass Ihr keine Schwierigkeiten habt, mein ...»

Der Offizier presste sie so fest in seinen Armen, dass die Heuchlerin das verflixte Wort «Onkel» eher hauchte als laut aussprach. Doch der Offizier hatte es trotzdem vernommen.

«Fieke», sagte er mit flehender Stimme, «Gebt Euer Einverständnis, mich zu heiraten. Wirklich, es ist doch nicht von Bedeutung, dass ich zufällig noch ... noch ...»

Fieke sah ihn mit glücklichen Augen an.

Aber am Abend konnte sie wirklich keinen Tee trinken.

Braunschweig war schon die dritte Stadt, in der sie sich küssten. In Berlin hatte es begonnen; da störte sie Babet Cardel. Dann kam Hamburg; da störte Babet Cardel sie nicht. Und schließlich Braunschweig; da stand sie unter dem Schutz von Johanna Elisabeth, ihrer leichtsinnigen Mutter.

Fieke war um halb elf ins Bett gegangen, konnte aber erst einschlafen, als die Bronzeuhr mit dem himmelblauen Zifferblatt schon vier geschlagen hatte.

Sie lag auf dem Bauch und dachte an den Offizier mit der breiten Brust und den großen kräftigen Händen. Er war ihre erste Liebe. Ihr gefielen seine Augen, die einzig imstande waren, Gefühle auszudrücken, und seine Stimme, die wie eine Kriegstrompete dröhnte. Sie war dem Schicksal, das sie verkuppelt hatte, dankbar. «Was wäre aus mir geworden, wenn ich dem Onkel nicht begegnet wäre? Ich wäre gestorben, ohne die Liebe kennen gelernt zu haben.» Ihr schien, nie könne sie einen jungen Mann mit dünnen Händen lieben, mit einer weniger breiten Brust, mit einer Stimme, die nicht wie eine Kriegstrompete dröhnte, und mit Augen, die womöglich das Wechselspiel von Gedanken ausdrückten.

Fieke lag auf dem Bauch und redete sich ein: «Ich werde ihn mein ganzes Leben anbeten, bis zum Grab. Ach, mein lieber Onkel, ich werde mir Mühe geben, dich immer glücklich zu machen. Ich will keinem einzigen Mann hinterhergucken, egal, was für kräftige Hände er hat. Und du? Mein lieber Onkel, du hast solche Augen, solch eine Stimme und solch große Hände, dass sich dir wahrscheinlich alle Berliner Schönheiten an den Hals werfen werden. Aber ich gebe dich nicht her. Der Ersten, die sich dir an den Hals wirft, kratze ich die Augen aus. Und der Zweiten, Dritten und Vierten ebenfalls. Und wenn du mir untreu wirst, nehme ich Gift und sterbe.»

Als die Zeiger der Bronzeuhr mit dem himmelblauen Zifferblatt bei Viertel nach vier angelangt waren, schlief Fieke endlich ein.

+ +

Am nächsten Tag, zu einer Zeit, da die Schatten sich über uns lustig machen, indem sie unsere Beine in Stelzen und unsere Köpfe in sonderbare Krüge verwandeln, konnte man den Onkel mit seiner Nichte auf den Straßen von Braunschweig antreffen.

Aus dem aus Blei gegossenen Brunnen, der mitten auf

dem Markt stand, fielen ein paar Spritzer auf Fiekes glänzende braune Haare und auf die grüne Uniform mit den breiten Manschetten und den nach hinten gezogenen Rockschößen. Vom Brunnen lenkten Onkel und Nichte ihre Schritte zum Rathaus, das die gotischen Türme zum Himmel reckte, und gingen unter dem Balkon spazieren, der nicht bedrohlich wirkte, weil ihn neun Braunschweiger Herrscher mit ihren Steinköpfen abstützten.

«Fieke ...»

Die großen kräftigen Finger drückten den kleinen Ellbogen.

Es ist schwer, zu erklären, wie dieses unglaublich dünne Mädchen mit zwei kurzen Strohhälmchen an Stelle der Beine und mit zwei langen weißen Fädchen an Stelle der Arme in dem vierundzwanzigjährigen Offizier mit der wie eine Kriegstrompete dröhnenden Stimme leidenschaftliche Gefühle hatte wecken können.

«Fieke ... Ihr habt immer noch nicht geantwortet.»

Sie schmiegte ihren Kopf mit der großen Stirn an die Schulter des Offiziers, die fast so hart war wie die Schultern der neun Braunschweiger Herrscher, die mit ihren Steinköpfen den Balkon abstützten.

«Seid Ihr einverstanden, Fieke?»

Siehe da, auch eine Trompete aus Kupfer kann also ein unerhört zärtliches Liebeslied säuseln.

Eine Woche später mussten sich die Verliebten trennen. Der Onkel fuhr in die Kaserne nach Berlin, Christian Augusts Familie nach Zerbst.

Beim Abschied begoss Fieke die großen kräftigen Hände mit zahllosen untröstlichen Tränen und schwor dem schönen Offizier feierlich, ihn nicht einen Augenblick zu vergessen, ihm bis ans Grab treu zu bleiben und ihn auf der

Stelle zu heiraten, sobald die, welche über ihr Los zu entscheiden hätten, ihre Einwilligung gäben.

+ +

Über Braunschweig steht in der kurzen politischen Geographie des Jahres 1745: «Große, recht gut befestigte Stadt, berühmt für ihre reichen Messen sowie für die verschiedenen Belagerungen, die sie aushielt, und zu guter Letzt für das dortige Bier mit dem Namen Mumme.»

2

Ein kluger Wintertag. Weder blies ein wilder Wind vom vereisten Fluss, noch herrschte grimmiger Frost, noch gab es sinnloses Januargetröpfel. Es war angemessen winterlich kalt und angemessen winterlich warm. Vom Himmel kam, so schien's, gefrorene Milch geflogen.

Christian August aß Kartoffelsuppe. Es gibt wohl keinen, der nicht die Augen von Tieren gesehen hätte, die kauen, trinken oder pinkeln. Augen, ruhig und voller Ernst. Solche Augen hatte Christian August, wenn er Kartoffelsuppe aß.

Johanna Elisabeth litt. Sie fragte sich: «Warum muss denn das so laut vonstatten gehen? Nein, nicht umsonst sagt man von den Engländern, sie gingen es sich anhören, wie die Deutschen Suppe essen.»

Begleitet von dieser Musik, hing Fieke den Träumen von ihrem Onkel nach. Er hatte versprochen, spätestens Anfang Februar nach Zerbst zu kommen. Das braunhaarige Mädchen stellte sich lebhaft vor, wie sie sich küssen würden, bis die Lippen anschwöllen, unter der schneebestäubten Rolandsäule, bei den Ruinen der Burgbefestigungen des fünfzehnten Jahrhunderts und auf allen Bänken, die am Ufer des gefrorenen Flusses stehen. Die Verliebten würden beim Schein der weißen Sterne – Fiekes poetischer Name für den Schnee – anfangen, sich zu küssen, und aufhören, wenn die vom Himmel fallenden Sterne sich blau färbten. Die Sterne würden auf dem heißen Gesicht des Onkels schmelzen. Der Onkel würde einen nassen Mund haben. Er würde sie mit seinem nassen Mund küssen. Der Gedanke an dieses Detail war dazu angetan, Fieke vollends zu entzücken.

Kalbfleisch mit Sahnesauce wurde hereingetragen. Christian August hatte noch keinen Bissen heruntergeschluckt, da kam der Kammerdiener herein und meldete einen reitenden Boten aus Berlin.

«Bringt das Paket hierher», sagte der Feldmarschall.

+ +

An dieser Stelle müssen wir wohl eine Information nachtragen. Kaum hatte Elisabeth Petrowna den väterlichen Thron bestiegen, da beförderte der preußische König Friedrich II., da er die Sympathie der Kaiserin für ihre ganze Verwandtschaft, darunter die holsteinische, kannte, den Fürsten Christian August schnellstens zum Feldmarschall.

Der preußische König, später mit dem Beinamen der Große versehen, hielt es für unbedingt notwendig, die Freundschaft mit den russischen Barbaren zu pflegen. Er ging davon aus, auch die zukünftigen Herrscher Preußens würden im Interesse des Vaterlands gezwungen sein, seinem Beispiel zu folgen.

«Der Fürst von Anhalt-Zerbst ist vom König zum Feldmarschall befördert worden», meldete der russische Gesandte von Berlin nach Moskau an den Hof.

✣ ✣

Der Feldmarschall stocherte mit einer Gabel an dem Siegel, das einem riesigen geronnenen Blutstropfen glich.

«Das Kalbfleisch wird kalt, gnädiger Herr», sagte die Fürstin von Zerbst gereizt.

Als Dame von Welt konnte sie es ihrem Mann nicht verzeihen, dass er beim Essen mit der Gabel an Siegeln herumstocherte und Schriftstücke las.

«Ach, diese Leute Friedrich Wilhelms!» So nannte man damals die Herrschaften alten Schlages, die sich nicht nach der Mode kleideten, sprachen, bewegten und dachten.

Dazu ist zu sagen: Zu allen Zeiten gehören diejenigen, die sich nicht nach der Mode kleiden, sprechen, bewegen und denken, entweder zu den Dummköpfen oder zu den Rebellen. Leider kann man den Fürsten auf keinen Fall der zweiten Kategorie zurechnen. Übrigens versicherte Kaiserin Katharina II. später, ihr Vater habe republikanische Überzeugungen gehabt, und in dieser Beziehung sei sie eine direkte Nachfolgerin des preußischen Feldmarschalls.

Als Christian August die Papiere durchgesehen hatte, sagte er mit seiner nicht auf Zimmerlautstärke eingestellten Stimme: «Gnädige Frau, da ist auch für Euch etwas dabei.» Und er fügte wichtig hinzu: «Aus Petersburg.»

«Dann gebt es doch her! Ach, wie langsam Ihr seid!», rief die Dame von Welt und riss ihm den großen, dicken, elfenbeinfarbenen Umschlag aus den steifen Fingern.

Aber bevor sie ihn öffnete, musste sie ihn gegen das Licht halten und untersuchen, in den Händen drehen und wenden und dreimal die nichts sagenden Worte der Anschrift studieren, die aus großen, schönen Buchstaben bestanden.

So verfahren die meisten Frauen mit Briefen.

Schließlich erbrach die Zerbster Fürstin, alle gute Erziehung vergessend, nervös das Siegel.

«Das ist von Hofmarschall Brümmer, gnädiger Herr.»

«Was hat er über unseren jungen Freund mitzuteilen?»

+ +

Der junge Freund, das heißt, der Enkel Peters des Großen und Großneffe Karls XII., der kleine Teufel und die Missgeburt Karl Peter Ulrich, der in Holstein militärische Haltung, Drill, Quadrigen und sonst nichts gelernt hatte, war am fünften Februar 1742 in St. Petersburg angekommen. Zu seinem Gefolge gehörten Kammerherr Ducker, Oberkammerherr Bergholz und Obermarschall Brümmer, der wunderbare Zuchtmeister. Entzückt über die Ankunft des Neffen hatte Elisabeth Petrowna ihm sofort den St.-Andreas-Orden mit einem wertvollen, von Brillanten übersäten Stern an die Brust geheftet und ihn zum Geburtstag zum Obristleutnant der Leibgarde des Preobrashenski-Regiments befördert. Und gegen Ende des Jahres wurde ein Manifest veröffentlicht, in dem Karl Peter Ulrich, der zum griechisch-russischen Glauben übergetreten war und nun Peter Fjodorowitsch hieß, als Großfürst zum Thronfolger Russlands ausgerufen wurde. Der Delegation, die Stockholm nach Moskau geschickt hatte, um dem Großneffen Karls XII. die Krone von Schweden anzutragen, wurde gesagt, sie könne getrost wieder dahin gehen, woher sie gekommen sei.

+ +

Während der Lektüre von Brümmers Brief wurde das Kalbfleisch mit Sahnesauce auf dem Teller kalt, und das Gesicht der Fürstin von Zerbst bedeckte sich durch die Gemütserregung mit bunten Flecken.

Der Umschlag aus Petersburg hatte Fiekes schwärmerischen Träumen ein Ende gesetzt. Über die Schulter der Mutter schielte sie mit dem linken Auge in das Schreiben des Oberhofmarschalls und konnte so folgende Bruchstücke entziffern:

... Ich habe es mir lange angelegen sein lassen und alle meine Bemühungen darangesetzt, um die Angelegenheit zu einem gewünschten Ende zu führen ... Die erhabenste Kaiserin wünscht, dass Ew. Durchlaucht in Begleitung der Prinzessin, Ihrer ältesten Tochter, so schnell wie möglich und ohne Zeit zu verlieren nach Russland kommen ... Ew. Durchlaucht sind zu aufgeklärt, um den wahren Sinn nicht zu verstehen ... und die Prinzessin Tochter, von der das Gerücht so viel Schönes sagt ... hat unsere unvergleichliche Monarchin mir geboten, vorzubeugen, dass der Fürst, Ew. Durchlaucht Gemahl, nicht mit Euch kommt ...

«Eine sehr weise Anweisung», beschied die untreue Ehefrau in Gedanken.

«Der arme Vater», dachte die Tochter in Liebe.

Johanna Elisabeth steckte den Brief nach der Lektüre unter den Teller.

«Gnädiger Herr, kommt nach dem Essen zu mir ins Zimmer. Ich muss mit Euch reden», sagte sie zu ihrem Mann.

Selbst dem Feldmarschall war nicht entgangen, dass seine Gattin ihre Gemütserregung nur mit Mühe unterdrückte.

Als Fieke sich bedankte und vom Mittagstisch aufstand, sah die Fürstin von Zerbst ihr nach.

«Gnädiger Herr, seht Euch einmal Eure Tochter an. Ist ihr Gang nicht der einer Königin?»

Der Feldmarschall betrachtete seine Frau höchst verwundert aus seinen schönen kugelrunden Pferdeaugen, denen allerdings, wie wir schon sagten, die Nachdenklichkeit eines Pferdes fehlte.

Fieke aber bewegte sich wirklich mit komischer Gravität auf ihren kurzen Strohhalmen fort. Das eiserne Korsett des Henkers und das schwarze Halsband, die sie erst seit kurzem nicht mehr trug, hatten das Mädchen übertrieben gerade, übertrieben steif werden lassen.

Die aufgewühlte Fürstin schaffte es noch nicht einmal, dem Feldmarschall die Hälfte ihrer Überlegungen zu dem Brief von Oberhofmarschall Brümmer darzulegen, da traf in Zerbst ein zweiter reitender Bote mit Post aus Berlin ein.

Die vollkommene Achtung, die ich für Euch und alles, was Euch betrifft, hege, veranlasst mich, Euch mitzuteilen, was der eigentliche Zweck dieser Reise ist. Das Vertrauen, das ich in Eure herrlichen Eigenschaften setze, lässt mich hoffen, dass Ihr Euch vorsichtig zu meiner Mitteilung einer Angelegenheit verhalten werdet, deren Erfolg von der Bewahrung eines vollständigen undurchdringlichen Geheimnisses abhängt. In dieser Überzeugung will ich nicht länger verhehlen, dass bei der Achtung, die ich für Euch und die Prinzessin, Eure Tochter, hege, immer gewünscht habe, derselben ein ungewöhnliches Glück zu bereiten. Da ist mir denn der Gedanke gekommen, ob es nicht möglich wäre, dieselbe mit ihrem Vetter dritten Grades, dem Großfürsten von Russland, zu verheiraten. In der Hoffnung, dass es Euch nicht unangenehm sein würde, habe ich Befehl gegeben, diese Angelegenheit im tiefsten Geheimnis zu betreiben. Das schrieb Friedrich II., König von Preußen, an Johanna Elisabeth.

3

Es schneite.

Fieke stand am Fenster.

Die Verbindung, der Fluss, das Zusammen- und Auseinanderfließen ihrer Gedanken musste seltsam erscheinen. Offenbar hatte ihre Denkweise doch noch viel zu viel Kindliches. Damit meinen wir, ihr Denken war zu berechnend.

«In Petersburg», dachte sie, «fallen die flauschigen weißen Sterne ganze halbe Jahre vom Himmel. Aber sie sind da natürlich sehr viel größer und schöner. In Petersburg sehen sie wahrscheinlich aus wie mit Brillanten übersäte Orden. Die russische Kaiserin hat mehr Brillanten als die ganze Welt. Sie bewahrt sie vielleicht in Säcken auf, wie Erbsen oder Kartoffeln. Darum tut es der Herrscherin nicht Leid um sie. Sie hat sogar meiner Mutter ein mit Edelsteinen übersätes Porträt von sich geschickt. Ich möchte nur in Petersburg leben. Das ist die beste Stadt der Welt. Sie wurde von dem größten Kaiser erbaut. Der russische Thronfolger Peter Fjodorowitsch ist sein Enkel. Peter Fjodorowitsch hat fast gelbe Augen. Die gelben sind die schönsten Augen. Es gibt kein größeres Glück, als eine Krone zu tragen. Ich gäbe alles darum, wenn ich eine Krone tragen könnte. Es ist nicht wahr, wenn Mutter sagt, dass Peter Fjodorowitsch eine Frau aus einem Herrscherhaus haben muss. Wozu? Seine Ansprüche auf den Thron müssen nicht von einer Frau aus einem Herrscherhaus unterstützt werden. Peter Fjodorowitsch ist ja selbst Herrscher. Man hat ihn schon zum russischen Thronfolger ausgerufen. Das größte Glück ist, eine Krone zu tragen. Ich möchte eine Krone tragen. Ich werde eine Krone tragen. Peter

Fjodorowitsch braucht keine mächtige Gattin, er braucht eine kluge, gebildete, eine, die ihn liebt. Ich bin für ihn die optimale Gattin. Ich werde ihn mehr als alles auf der Welt lieben. Die fast gelben Augen gefallen mir ausgesprochen gut. Auch die Krone ist gelb. Mutter sagt recht oft die Unwahrheit. Die russische Kaiserin hat befohlen, es solle ein Porträt von mir gemalt und nach Russland geschickt werden. Es ist nicht wahr, wenn Mutter sagt, Elisabeth Petrowna wolle das, weil sie so an ihren Verwandten hängt. Ich bin für sie nur eine sehr entfernte Verwandte. Aber schon drei Porträts von mir sind nach Petersburg gegangen. Wie dumm ich war, Mutter zu glauben! Wozu braucht die russische Kaiserin so viele Porträts von einer entfernten Verwandten? Vater sagt auch recht oft die Unwahrheit, stellt das aber sehr ungeschickt an. Es ist nicht wahr, wenn Vater sagt, Elisabeth Petrownas Interesse an unserem Haus beruhe auf der Liebe der Kaiserin zu meiner Mutter. Mutter hatte einen Bruder, den Bischof von Eutin und Lübeck. Das stimmt. Dieser Bischof ist in Petersburg an den Pocken gestorben. Das stimmt ebenfalls. Der Bischof war der Bräutigam von Elisabeth Petrowna. Auch das stimmt. Alles Weitere aber ist reine Phantasie. Vater sagt, Elisabeth Petrowna habe Mutters Bruder so sehr geliebt, dass sie ihm immer noch nachtrauere und ihn nicht vergessen könne. Ich bin mir sicher, sie hat ihn längst vergessen. Ich habe einmal gehört, wie Mutter sagte: ‹Die russische Kaiserin hat mehr Favoriten, als ich Kleider habe.› Und überhaupt meine ich, Mutter spielt bei dieser Geschichte eine ganz unbedeutende Rolle. Wenn Elisabeth Petrowna an meiner Mutter und nicht an mir läge, hätte sie für Petersburg um drei Porträts von Mutter und nicht um drei von mir gebeten. Jetzt verstehe ich auch, warum man mich dem aus

Russland angereisten Kammerjunker Sievers mit offenem Haar vorführte. Man hätte Mutter und nicht mich mit offenem Haar vorführen müssen, wenn das stimmte, was Vater sagt. Herr Sievers hat mich sehr aufmerksam und von allen Seiten betrachtet. Das war etwas grob. Es heißt, der Kammerjunker Sievers habe früher in Russland in der Schenke eines Landsmanns von uns Geige gespielt. Die russische Kaiserin soll ihn gesehen und zu ihrem Kutscher gemacht haben. Und beförderte ihn dann vom Kutscher zum Höfling. Die russische Kaiserin kann machen, was sie will. Es gibt kein größeres Glück, als Kaiserin zu werden. Wenn ich die Frau des russischen Thronfolgers werde …»

Es schneite.

Fieke drückte immer wieder ihre heißen Finger an die Scheibe. Wenn sie dann kalt waren, legte sie die Finger auf die glühenden Augen. Doch das half nicht.

Vor ihr ragte die schneebedeckte Rolandsäule in die Höhe. Sie wirkte wie ein Schatten. Ein Schatten, der sich erhoben, ja ein Schatten, der sich von der Erde gelöst hat. Die am Ufer des vereisten Flusses stehenden Bänke sahen mit ihren vier Beinen aus wie kleine weiße Tiere.

Es schneite. Am dunklen Himmel zogen Sterne auf, kleine und große. Wie bei Menschen und Tieren gab es Sterne, die Einzelgänger waren, Sterne, die bei ihrer langsamen Bewegung am Himmel Gefährten hatten, und Sterne, die sich dicht zusammendrängten.

«Der russische Thronfolger hat Augen wie Sterne», dachte Fieke. Vergessen war, dass Peter Fjodorowitsch keine Schultern hatte und sein Körper aussah wie ein endlos lang gezogener Hals.

Babette Cardel sah ins Zimmer. Als sie entdeckte, dass ihr Zögling am Fenster erstarrt war, nicht lächelte und den

Blick in den Sternenhimmel gerichtet hatte, schlich sich Babet auf Zehenspitzen an sie heran, schlang ihr zärtlich die Arme um die niedrige Taille und flüsterte ihr in das glühende Ohr: «Ich weiß schon, von wem Ihr träumt!» Und mit einem listigen Lächeln nannte sie den Namen des schönen vierundzwanzigjährigen Offiziers.

Fieke blickte mit echter Verwunderung auf die ahnungslose dicke Frau.

«Mademoiselle Babet, wo habt Ihr nur einen solchen Unsinn her!»

«Ihr braucht doch kein Geheimnis daraus zu machen!»

«Da kann ich wirklich nur lachen, Mademoiselle», schnitt Fieke ihr das Wort ab und verließ mit einer Miene höchster Verachtung das Zimmer, sodass die verunsicherte Dicke ihren Verdacht wirklich für unsinnig hielt.

«Was für eine dumme Kuh!», dachte Fieke, während sie gravitätisch den Gang mit den bunten Glasscheiben durchschritt. «Eine blinde, dicke, dumme Kuh.»

4

Drei Tage waren vergangen, aber niemand hatte mit Fieke über den Brief von Oberhofmarschall Brümmer gesprochen. Sie konnte nicht schlafen und hatte keinen Appetit. Sogar ihr Lächeln hatte sie eingestellt.

«Die kaiserliche Hoheit wünschen, Eure Durchlaucht möge in Begleitung der Prinzessin, Eurer ältesten Tochter, so schnell wie möglich und ohne Zeit zu verlieren nach Russland kommen …» Nicht einen Augenblick ging ihr dieser Satz aus dem Sinn.

«Herrgott, es heißt in dem Brief doch ganz klar, ‹ohne

Zeit zu verlieren›, und da haben sie sich schon den dritten Tag im Arbeitszimmer eingeschlossen und konferieren immer noch. Allmächtiger Gott, was muss man sich da beraten? Worüber reden? Was abwägen?», dachte sie und drückte ihre zu hohen Schläfen zwischen ihren Händen, dass es schmerzte.

Es hatte schon den Tag gegeben, da Fieke Frikadellen aus Schweinefleisch gegessen, Spaziergänge durch Zerbst unternommen, sich ins Bett gelegt und auf den Nachttopf gesetzt hatte – all dies mit der Krone auf dem Haupt, deren Kälte und Gewicht ganz deutlich zu spüren gewesen waren. Ja, Fiekes Hals wurde sogar ein wenig müde davon. Aber was für eine angenehme Müdigkeit war das doch gewesen! Und jetzt … «O Gott, o Gott!» Die geröteten Augen der Märtyrerin von Zerbst sahen schon diese wunderbare schwere russische Krone auf dem Haupt der Tochter des französischen Königs, auf dem der Schwester Friedrichs II., auf dem einer sächsischen Prinzessin und – was völlig aberwitzig war – auf dem Haupt der dicken Babet, die ihren Zögling in böser Absicht einem mickerigen preußischen Offizier als Frau andienen wollte.

Fieke hielt es nicht mehr aus und ging, um ihre Mutter zur Rede zu stellen.

«Ich bin's. Darf ich reinkommen?», fragte Fieke in einem Ton, der befremden musste.

«Bitte, gnädiges Fräulein.»

Johanna Elisabeth betrachtete eine Puppe, die sie gerade aus Paris bekommen hatte. Die Puppe war nach der neuesten Mode frisiert und gekleidet.

Fieke näherte sich schüchtern ihrer Mutter. Diese nahm die Puppe nicht aus der Hand und fragte: «Seid Ihr beunruhigt? Und platzt vor Neugier, gnädiges Fräulein?»

«Ja, natürlich», antwortete Fieke lächelnd.

Noch nie in ihrem Leben war es ihr so schwer gefallen zu lächeln. «Der aus Petersburg stammende Brief beschäftigt nicht nur mich. Er beschäftigt alle hier im Haus.»

«Was sagt man denn darüber?», fragte Johanna Elisabeth und bekundete damit ihr Interesse, während sie sich beim Betrachten der Modelle kleiner Reifröcke von der Farbe rostigen Eisens nicht im Mindesten ablenken ließ. «Hat diese Puppe nicht ein göttliches Kleid an? Die Deutschen oder Engländer würden doch so etwas nie hinkriegen! Die Franzosen sind einfach ein von Gott auserwähltes Volk.»

Fieke stimmte zu. Obwohl sie andererseits die Aussage ihrer Mutter gerne mit der Einschränkung versehen hätte, diese Worte stimmten natürlich, aber nur für die französischen Näherinnen und nicht für alle Franzosen. Denn das von Gott erwählte Volk waren für das stocksteife Mädchen jetzt die russischen Barbaren.

«Was sagt man denn in unserem Haus zu dem Petersburger Brief, gnädiges Fräulein?»

«Alle möglichen Dummheiten.»

«Und Ihr, gnädiges Fräulein, was meint Ihr dazu? Was, meint Ihr, enthält dieser Brief?»

«Er enthält …»

Ach, Fieke hätte ihre Aufregung in diesem Augenblick gerne verborgen; aber nicht alles klappt gleich auf Anhieb. Schließlich sind wir nur Menschen. Keiner von uns kommt gleich als großer Koch, großer Philosoph oder großer Schauspieler auf die Welt. Aber das Leben verfährt gnädig. Es hat die Angewohnheit, seinen Auserwählten relativ große Möglichkeiten zu bieten, sich in den Richtungen, die sie wünschen, zu vervollkommnen. Dabei gibt es leichte und schwere Ziele. Nehmen wir die Auserwählten, von denen dieses Buch leider handelt. Wir sind der Meinung, ein Auserwählter hat größere Chancen, ein anständiger Mensch als ein anständiger Lump zu werden. Für Letzteres, so scheint uns, müsste man entschieden mehr Mühe, Ausdauer und Zeit aufbringen. Wer Paradoxe liebt, mag hinzufügen: und Talent!

Fieke antwortete auf die Frage der Fürstin von Zerbst aufgeregt: «Er enthält eine Einladung der russischen Kaiserin. Man will Euch und mich in Russland sehen.»

«Woher wisst Ihr das, meine Liebe?»

Fieke wurde ein wenig unsicher; sie konnte doch nicht verraten, dass sie mit dem linken Auge in das Schreiben des Oberhofmarschalls geschielt hatte.

«Ich warte auf eine Antwort», so setzte die Fürstin, die in angenehmster Gemütsverfassung war, ihr Verhör fort.

Fieke verlegte sich aufs Lügen: «Ich habe es durch Wahrsagerei erfahren.»

«Wie bitte?»

«Ja, wirklich!», rief die Lügnerin ganz aufrichtig aus. «Den Satz über unsere Einladung nach Russland habe ich aus den Buchstaben gewonnen, die Euren und meinen Namen bilden. Ich habe diese Kunst von einer Frau in Braunschweig gelernt.»

Und Fieke erklärte wie ein erfahrener alter Magier: «Buchstaben und Zahlen werden gitterförmig angeordnet. Man muss natürlich wissen, wie dieses Gitter auszusehen hat. Dazu muss man die Sterne zu Hilfe nehmen. Dann bestimmt man mit Hilfe von Punkten die Abfolge. Das ist alles andere als einfach. An diesem kurzen Satz habe ich dreizehn Stunden gesessen.»

«Wenn Ihr so gelehrt seid», sagte die Fürstin von Zerbst

spöttisch, «müsst Ihr nur noch den restlichen Inhalt des zwölfseitigen Briefes erraten.»

«Gut, ich will es versuchen», antwortete Fieke, verneigte sich und verließ das Zimmer mit einer ruhigen Gravität, die wiederzugewinnen ihr schneller gelang, als sie zu verlieren.

Am Abend übergab die junge Komödiantin der Fürstin von Zerbst eine Notiz folgenden Inhalts: «Ich sage nach allen Anzeichen voraus: Peter Fjodorowitsch wird dein Gatte.»

Nachdem Johanna Elisabeth die Notiz gelesen hatte, tat sie äußerst erstaunt.

«Gnädiges Fräulein, Ihr seid ja eine richtige Pythia!»

Da fiel Fieke auf die Knie, küsste der Mutter die Hände und bat flehentlich um die Einwilligung in die Reise nach Russland.

«Ich weiß in tiefster Seele: Da liegt mein Glück», flüsterte sie und schielte unauffällig mit dem linken Auge nach der Fürstin.

«Und mein Bruder Georg? Was wird der sagen?», fragte Johanna Elisabeth auf einmal.

Mit dieser – hinterlistigen oder dummen? – Frage hatte Fieke absolut nicht gerechnet. Innerhalb von drei Tagen war es ihr gelungen, den schönen preußischen Offizier mit den großen, kräftigen Händen und der wie eine Kriegstrompete dröhnenden Stimme gründlich zu vergessen.

«Was schweigt Ihr, gnädiges Fräulein?»

Fieke richtete sich auf, blickte ihrer Mutter in die Augen und sagte mit einer rührenden Naivität: «Ich bin sicher, der Onkel wird sich sehr für mich freuen. Nichts wünschte er mehr als mein Wohlergehen und Glück.»

5

Christian August fiel es nicht leicht, Tochter und Frau ziehen zu lassen. Russland, das ist: Beil, Rad, Knute, Festungshaft, Sibirien, Pocken, Palastrevolten und griechischer Glaube.

«Die dumme kleine Fieke, woher soll sie wissen, worin das Glück besteht?»

Und ganz gegen seine Gewohnheit setzte sich der Feldmarschall seine Tochter auf den Schoß und betrachtete sie mit Augen, die traurig wie die eines alten Pferdes waren; dann drückte er das Köpfchen mit der großen Stirn an seine kalten Knöpfe, an die stacheligen Orden und an die von tiefen Seufzern erschütterte Brust; danach streichelte er mit seinen rauen Soldatenhänden ihr braunes Haar und ließ sich mit einer Stimme, die eigentlich nicht auf Zimmerlautstärke eingestellt war, jetzt aber ganz zärtlich, wahnsinnig zärtlich klang, auf moralische und kritische Überlegungen ein: «Wie alt seid Ihr? Vierzehn! Also noch nicht einmal im Brautalter. Wozu dann die Eile? Wenn es so weit ist, verheiraten wir Euch mit einem Prinzen aus der Nachbarschaft, mit dem Prinzen eines zivilisierten Landes. Ihr werdet sehen, wir finden schon einen stattlichen Bräutigam, der auch lutherischen Glaubens ist. Das größte Glück ist doch, eine reine Seele zu haben. Wie schrecklich, wenn ich mir vorstelle, man könnte Euch in Russland veranlassen, Euren Glauben zu ändern! Denkt an Eure Seele.»

Die kritischen und moralischen Überlegungen des Feldmarschalls waren sehr langatmig und nicht sehr vielseitig: Seele, Glaube, Russland, Gott, Himmelreich, irdisches Reich, reines Herz … Reines Herz, irdisches Reich, Himmelreich, Gott, Russland, Glaube, Seele …

«Es ist besser, wenn es nicht die richtige ist, auf die Krone zu verzichten, als wider sein Gewissen zu handeln.»

Seele, Glaube, Russland, Gott …

Das wievielte Mal?

Fieke weinte als Antwort nur. Sie konnte sich sehr gut denken, dass es für den Feldmarschall schwieriger war, den Tränen der geliebten Tochter etwas entgegenzuhalten als ihren Worten.

«Sagt doch etwas», flehte der arme Vater.

Aber Fieke bedeckte seine Hände mit Küssen. Frauen und Feldherren wissen: Die richtige, die beste Waffe ist die unredliche. Deshalb zögern sie auch im kritischen Moment nicht, sie einzusetzen.

Von einem schmerzlichen Vorgefühl geplagt, sagte Christian August: «Geht in Euer Zimmer und richtet aus, ich möchte nicht gestört werden.»

Fieke erhob sich von seinem Schoß und ging mit hängenden Schultern zur Tür. Auf der Schwelle wandte sie dem Vater ihr nasses Gesicht zu und verneigte sich respektvoll.

Die Tür fiel ins Schloss.

Das fügsame, sanftmütige Kind stand einen Augenblick in dem menschenleeren Flur, klatschte in die Hände, sprang hoch, um sich über das Treppengeländer zu hängen, und rutschte auf dem Bauch ins Erdgeschoss.

Der Feldmarschall war unsicher und saß, die Augen auf das Kruzifix gerichtet, im Sessel. Er beriet sich mit Gott und mit sich selbst. Diese Beschäftigung nahm geraume Zeit in Anspruch.

Der Mond ging auf.

Der Feldmarschall trat an seinen Schreibtisch und zündete die Kerzen an.

Dumme Menschen zweifeln in der Regel nicht an ihrer Klugheit. Genauso wenig bezweifeln sie meist sogar, dass Freunde und Bekannte sie für klug halten. Das ist der Grund, warum sie, von Zweifeln nicht angekränkelt, gewöhnlich so überaus gesprächig in Gesellschaft, wortreich in Briefen und großzügig mit Sentenzen sind.

Der Feldmarschall spitzte seine Feder. Vor der kleinen Fieke lag das Leben. Der Vater beschloss, seiner Kleinen ein paar weise Ermahnungen mit auf den Weg zu geben, einen festen Stab sozusagen, mit dem sie, ohne zu straucheln, durchs Leben gehen könne. Sie musste ihn nur mit ihren schwachen Händen festhalten und nicht loslassen.

Der Feldmarschall hatte sein Leben nicht umsonst gelebt. Er hatte sich unterwegs durchaus umgeguckt. Gott gab uns Ohren, um zu hören, und Augen, um zu sehen. Die Dummen verschließen sie. Lasst uns danksagen dem Herrn, dass er im Feldmarschall keinen Dummkopf geschaffen hat. Da hat der Feldmarschall nun die heilige Pflicht, all seine Lebensweisheit an seine Tochter weiterzugeben. Gottes Wege sind unerforschlich. Wer weiß, vielleicht wartet auf die kleine Fieke wirklich die russische Krone? Wie sollte der Vater da nicht versuchen, ihr etwas von ihrer Schwere zu nehmen?

Christian August tauchte die Feder ein, bekreuzigte sich und malte die ersten Worte:

Pro memoria.

Er schrieb die ganze Nacht. Zweimal zog ein Krampf seine knotigen Gichtfinger zusammen. Das erste Mal bei dem Satz, der Fieke empfahl, *der Kaiserin Majestät fußfällig allen ersinnlichen Respekt zu beweisen*, das zweite Mal bei der praktischen Anweisung, *Domestiken und Favoriten des Herrn mit einer gnädigen Miene anzusehen.*

Die flackernden Kerzen führten zu einem Brennen in den Augen, das immer stärker wurde.

Den Absatz, *Handgeld, das irgend gegeben wird, selbst an sich zu nehmen und zu verwahren und davon sukzessive einem Bedienten auf Rechnung etwas zu geben*, schrieb der Feldmarschall schon in halb blindem Zustand.

Vor den ersten Strahlen der weißen Wintersonne, die sich mit dem Aufgehen Zeit ließ, verblassten die flackernden Flammen der tropfenden Kerzen, genauer: der Stummel, die von ihnen übrig geblieben waren.

Der Feldmarschall setzte einen dicken Punkt.

«Es ist schon Morgen!»

Er zog die Stiefel aus; lehnte sich im Sessel zurück; streckte die Beine aus, streckte die Arme aus – in Ellbogen und Knien knirschten die Knochen dabei lyrisch – und seufzte dann aus voller Brust: «Was für ein wundervoller Morgen!»

Der überaus gewöhnliche Wintermorgen, den die ängstlichen weißen Strahlen durchdrangen, schien ihm so wundervoll, denn er hatte sowohl das angenehme Gefühl, seine Pflicht getan zu haben, als auch das durchaus verständliche Gefühl des Stolzes auf die Kraft und Tiefe seiner Gedanken.

6

Das so kluge Wetter hatte sich in das dümmste verwandelt: Wind, Nässe. Der Rolandsäule rann der kalte Schweiß hinunter. Die Bänke, die am Flussufer standen, sahen aus wie dreckige herrenlose Hunde. Niemand wäre auf die Idee gekommen, sich auf solchen Bänken zu küssen. Die Krähen fielen auf die Hausdächer und Ruinen der alten Befestigungen wie nasse, schwarze Lappen.

Die Reisenden verließen Zerbst auf Rädern.

Die dicke Babet hatte vom Weinen eine Nase, die aussah wie eine blaue Pflaume.

Fieke sagte zu ihrer Gouvernante: «Wir fahren nach Berlin und sind in ein paar Wochen wieder zurück.» Die russische Kaiserin und der preußische König hatten angeordnet, äußerste Geheimhaltung über diese Reise zu bewahren. Und entsprechend machten auch alle ein Geheimnis daraus. Fieke noch mehr als die anderen. Aber da es keine hermetisch verschlossenen Geheimnisse auf der Welt gibt, kannten genau die, die es nicht wissen sollten, sehr wohl Zweck und Ziel der Reise.

Babet war überzeugt, dass sie ihre «kleine Bohnenstange» zum letzten Mal sah. Deshalb weinte die Mademoiselle auch so bitterlich.

Wenn Sie überzeugt sind, Sie sehen einen Kettenhund oder Ihr Kinderbett oder den Himmel, unter dem Sie aufgewachsen sind, zum letzten Mal, dann weinen Sie vielleicht auch. Und zwar bestimmt nicht deshalb, weil Ihnen das alles so unendlich teuer ist. Nein, es ist einfach traurig, etwas das letzte Mal zu sehen. Es erinnert uns an die Kürze und Endlichkeit des Lebens.

Das Gefolge bestand aus Dienstmädchen, Dienern und einem Koch. Ein paar Leute nur. Das Gepäck war nicht schwer: Kleider und etwas Wäsche. Sie hatten mitgenommen, was gerade da war. Nicht ein Dutzend von allem.

Am elften Januar kamen sie in Berlin an. Beim Hofdiner saß Fieke neben dem preußischen König. Friedrich II. erging sich gegenüber dem Mädchen mit der großen Stirn in Liebenswürdigkeiten.

«Ihr seid voller Anmut, Amouren und Grazien», so sagte er zu dem hässlichen Mädchen und dachte dabei: «Hol's der Teufel, dieses Russland, mit seinen Mongolen, Tataren, Kirgisen, Kosaken, mit seinen tausendmeilenweiten Räumen und den verfluchten Städten, bis zu denen es keine Armee schafft.»

Über die Musik sagte Fieke, sie sei «gewaltig». Und auch über die Dichtung sagte das Mädchen etwas Komisches.

Der König war ein Mann des Parlierens. Er redete und redete über Komödien, Ballette, Maskenbälle.

Die einsilbigen Antworten schienen den König zu begeistern; das auf dem kindlichen Gesicht mit dem langen Kinn eingefrorene Lächeln schien ihn ganz gefangen zu nehmen.

«Hol's der Teufel, dieses Russland! Hoffentlich ist das Benehmen dieses Mädchens wenigstens anständig. Tataren, Kirgisen, Kosaken … Das Mädchen ist zu gewöhnlich, nichts Besonderes. Tataren, Kirgisen …»

Der König bekam Kopfschmerzen.

7

Fieke döste. Ihr kam es vor, als führe ihr Schlitten durch kalten schwarzen Kaffee. Sie öffnete die Augen. Der Matsch sah wirklich aus wie Kaffeebrühe.

Die Pferde zogen die Kutsche nicht, sondern schleiften sie vorwärts.

Christian August pfiff durch die Nase. Johanna Elisabeth litt darunter. Wenn sie selbst schlief, pfiff sie ebenfalls durch die Nase, nur etwas anders: feiner.

Fieke verstand sich nicht aufs Träumen, aber was sie konnte und liebte, war: sich in Gedanken die Zukunft vorstellen, von der sie sich ihr eigenes Bild machte. Ihre Zukunft hatte nie geheimnisvolle Konturen. Sie war nicht wie ein Nebel, der verschwimmt, sich auflöst, schwankt. Fieke war noch nie im Traum geflogen. Sie stand auch im Traum entweder mit beiden Beinen auf der Erde oder saß im Sessel oder aß Kalbfleisch.

Das Mädchen, das noch nicht einmal ein Dutzend Nachthemden besaß, probierte recht häufig nachts den Purpurmantel an; sie tat das ernst und konzentriert, auch wenn eine Steppdecke den Dienst von Purpurmantel und Hermelin versah.

Die Hufeisen patschten durch den Matsch.

Christian August pfiff durch die Nase.

Fieke saß mit geschlossenen Augen da.

«Am wichtigsten ist es, zu gefallen. Ich werde alles tun, um zu gefallen. Jawohl, ich werde gefallen. Ich muss gefallen.» Das wiederholte sie sich zum zwanzigsten, zum dreißigsten, zum fünfzigsten, zum hundertsten Mal.

«Vor allem muss ich Elisabeth Petrowna gefallen, dann Peter Fjodorowitsch, meinem Bräutigam, dann Russland.»

+ +

In Schwedt an der Oder verabschiedeten sie sich von Christian August. Beide Frauen bekundeten ihren Respekt, indem sie bitter weinten. Der Feldmarschall bekundete seine Liebe, indem er eine Träne zerdrückte.

In Stargard begann der Frost. Sie reisten in Wollmasken mit Löchern für die Augen. Die Straße war hart geworden.

Zwecks Geheimhaltung gab sich Johanna Elisabeth als Gräfin Reinbeck aus.

Vom ständigen Zwischenzustand zwischen Sitzen und Liegen waren Fiekes Beine geschwollen. Man trug sie auf Händen aus der Kusche heraus und wieder hinein.

Die Präsidenten der Provinzen führten den Befehl des preußischen Königs aus und erwiesen der Reinbeck und ihrer Tochter allerhand Aufmerksamkeiten.

In den Städten übernachteten die geheimnisvollen Reisenden in Wohnungen, auf dem Land in Herbergen.

In Köslin setzte sich Johanna Elisabeth an einen Brief für ihren Mann. Darin beschrieb die Pseudogräfin eingehend die Reise, wobei sie solche Lebewesen in Erinnerung rief und erwähnte, die sie bei anderen Gelegenheiten für der Erwähnung unwürdig gehalten hätte. Wir meinen die Wirte und Wirtinnen und deren Kinder in Wiegen, Betten, hinterm Ofen und auf Strohsäcken sowie die Hofhunde und Hähne der Wirtsleute. All das lag, nach den Worten der Pseudogräfin, in völliger Unordnung um sie herum und dicht beieinander wie Kraut und Rüben.

Zwischen Schlawe und Marienwerder wurden die Reisenden von Räubern überfallen. Gott sei Dank gelang es ihnen, sich ihrer zu erwehren. Der Koch und ein Diener bewiesen offenbar echte Tapferkeit. Aber aus irgendeinem Grund ist es nicht üblich, begeisterte oder, wie man früher sagte, enthusiasmierte Relationen über die Tapferkeit von Dienern abzufassen. Die Tapferkeit der Soldaten hebt man gern hervor, obwohl wir aus der Geschichte der Schlachten sehr wohl wissen, dass gewöhnlich auf jeden Sieger ein Besiegter kam und dass es, wenn man den Kriegsschriftstellern glaubt, immer weitaus mehr Drückeberger unter den Haudegen gab als Helden.

In Königsberg mussten die Reisenden zwei Tage Pause machen. Die Pseudogräfin beschloss aus Langeweile, Christian Augusts Opus laut vorzulesen. Fieke musste sich hinsetzen, während die Mutter *Pro memoria* aus dem Koffer holte; dann deklamierte sie vom Blatt, wobei sie den Tonfall einer berühmten Berliner Schauspielerin nachahmte.

Fieke hing ihren Gedanken nach und hörte anfangs nicht besonders aufmerksam zu.

«Gnädiges Fräulein», wandte sich Johanna Elisabeth deklamierend an sie, «ich möchte Euch dringend empfehlen, keinen Satz zu verpassen. Euer Vater wünscht, seine Tochter solle eine dem Guten zugeneigte Seele haben.»

Und ohne der Sünderin die Möglichkeit zu geben, den Mund aufzumachen, setzte sie die Lesung in diesen schrillen Tönen fort: … *niemand kann durch eigne Werke, Gelübde und Worte der Heiligen etwas verdienen noch erlangen, sondern alles muss aus dem Verdienst Christi, des Sohnes Gottes, kommen. Was diesem Glauben ähnlich ist, kann sie selbst prüfen und annehmen, das andere nicht. Wobei sie dann die lutherische Bibel, Gebet und andere Bücher bei sich zu behalten und Gott anzurufen habe, dass Er ihren Glauben erhalten wolle bis ans Ende.*

Damit war die Lesung auch schon beendet, obwohl Fieke nach Kräften bestrebt war, sich, wie man damals sagte, «ein aufmerksames Ansehen» zu geben. Wir müssen gestehen, um die Geduld von Johanna Elisabeth war es schlechter bestellt.

Nicht umsonst nannte sie selbst sich ein Irrlicht.

«Gnädiges Fräulein, räumt das Opus Eures Vaters in den Koffer. In Petersburg wollen wir die Lektüre wieder aufnehmen.»

Fieke nahm die Blätter und trug sie auf den ausgestreckten Händen zum Koffer. Offenbar fürchtete sie, sie könne die Weisheit, die in ihnen steckte, verschütten.

Die erschlaffte Pseudogräfin Reinbeck schickte den ersten feinen Triller durch die Nase.

«Wünsche, allerliebst zu träumen», sagte Fieke und legte dem Irrlicht ein Seidenkissen unter den Kopf.

«Danke, gnädiges Fräulein.»

+ +

Eine gerade Straße. Gerade Häuser. Als höben sie die Hände zum Himmel: Türme, Türme, Türme.

Fieke schrieb auf dem Fensterbrett einen Brief an ihren Vater.

Mein Herr! …

Aufs Papier legten sich so kalte, so gehorsame, so zähflüssige Worte, dass sie sogar Fieke selbst an den preußischen Matsch erinnerten, den sie hinter sich gelassen hatten, an die Kaffeebrühe: … *Ich beschwöre Euch, versichert zu sein, dass Eure Ermahnungen und Ratschläge für immer in meinem Herzen eingegraben sein werden, gleichwie die Samenkörner unserer heiligen Religion in meiner Seele. Ich bitte Gott, mir die Kraft zu senden, deren ich bedarf, um den Versuchungen zu widerstehen, denen ich unterworfen sein werde …*

Fieke hob die Augen: eine gerade Straße, gerade Häuser; als höben sie die Hände zum Himmel.

Als sie den Brief fertig geschrieben hatte, malte die vorbildliche Tochter mit der kratzenden Feder: *Königsberg, in Preußen, 29. Januar 1744.*

Genau. Ordentlich.

Eine Deutsche!

Was für eine Begrüßung! Die Fürstin von Zerbst fühlte sich, als nähme sie ein Bad in warmer Milch.

«O Gott, ich bin durcheinander gekommen», fuhr sie auf, «der wievielte Salutschuss war denn das jetzt, gnädiges Fräulein?»

«Als ob das so wichtig wäre!», sagte Fieke.

Sie stand da: kerzengerade, lächelnd, ruhig, mit Respekt. Das ist doch nichts Besonderes. Das gehört sich nun mal so: hier, der Kammerherr Naryschkin mit wertvollen Zobelmänteln und Pelzstolen von der Kaiserin. Fürst Dolgorukow, Vizegouverneur der Stadt Riga, der über das Eis der Düna gekommen war, um sie zu begrüßen. Hier die Verbeugungen von Generalfeldmarschall Lascy. Verbeugungen von Saltykow, General en Chef, der im Schloss Dünamünde die einstige Regentin des Reichs, den einstigen kleinen Kaiser und Prinz Anton Ulrich, den einstigen Generalissimus der russischen Armee, gefangen hält.

Trompeten, Trompeten, Trompeten.

Pauken, Pauken, Pauken.

Trommeln, Trommeln, Trommeln.

Verbeugungen des zur Begrüßung erschienenen Magistrats. Hier, die vergoldete Kutsche, in der die Reisenden aus Zerbst in die Stadt einzogen. Die Hofquartiermeister. Die Leibgardisten mit weißen Spitzenmanschetten, weißen Seidenschleifen und goldenen Quasten. Die Kürassiere des Regiments von Peter Fjodorowitsch in Paradeuniform: sämischlederne Reitjacken mit roten Borten.

«Wie im Traum», flüsterte Johanna Elisabeth.

Wachposten, Wachposten, Wachposten, die nachts mit dem Gewehr dastehen.

«Mir kommt unser Leben in Zerbst wie ein Traum vor», antwortete Fieke.

+ +

Aus Riga ging die Reise um elf Uhr morgens weiter.

«Ihr müsst das Bein hochschwingen», leitete Kammerherr Naryschkin, der größte russische Stutzer, die steife Prinzessin an, «schwingt es hoch, seht her, so.»

Und der Kammerherr legte eine unheimlich komische Pirouette hin.

«Gnädiger Herr, ich kann das nicht.»

«Wie bei der Quadrille: eins, zwei!»

Eins, zwei.

«Es geht nicht.»

Fieke hatte nicht vorhergesehen, dass von der Braut des russischen Thronfolgers verlangt würde, dass sie das Bein hochschwingen kann.

Verlegen rechtfertigte sie sich vor dem Kammerherrn. «Das ist aber ein merkwürdiger Schlitten.»

Naryschkin sagte: «Das ist ein Schlitten Peters des Großen.»

Da schwang Fieke, ohne zu zögern, das Bein hoch und landete komisch auf den seidenen Federkissen, über die eine Atlasdecke gespannt war.

«Im Grunde genommen ist das ein Bett auf Kufen», erklärte Naryschkin. «Macht es Euch bequem. Legt noch ein Kopfkissen unter den Kopf. Ich wünsche Euch die wunderschönsten Träume.»

Der Schlitten war innen mit Marderpelz gepolstert, außen prangte rotes Tuch mit silbernem Zierrat.

Vertreter des Hofs und der Dienst habende Offizier der Leibgarde des Ismajlow-Regiments setzten sich auf das

Vorderteil von Peters Schlitten; hinten auf dem Wagentritt hatten zwei Grenadiere des Preobrashenski-Regiments und zwei Kammerdiener Platz.

Das Kommando des Offiziers der Kürassiere erklang.

Die hoch gewachsenen Hengste und Stuten bekamen die Sporen zu spüren und wedelten mit ihren glänzenden Kruppen.

Johanna Elisabeth bekreuzigte sich.

Der Schnee knirschte unter den Kufen.

Das Kommando des Offiziers des livländischen Regiments erklang.

Schnaubende Pferde hinten, schnaubende Pferde vorn.

Dieses Konzert, das Fieke in zartem Alter zu hören bekam, behielt sie ein halbes Jahrhundert als schönste Musik in Erinnerung.

Und los ging's.

Der Zug erstreckte sich über eine Länge von mehr als einer deutschen Meile: der Schlitten des Vizegouverneurs, der Schlitten des Kommandanten, der Schlitten des Kammerherrn Naryschkin, der Schlitten des Magistrats, der Schlitten von Vertretern des Adels, der Schlitten der Handwerkerinnungen, Schlitten, Schlitten, Schlitten.

Auf, nach Moskau!

FÜNFTES KAPITEL

1

Moskau fluchte.

Auf den niedrigen Hausdächern, auf den hölzernen Torbögen, Dächern und den goldenen Töpfen und Näpfen ähnelnden Kuppeln lag in Haufen schmutziger Wäsche der Schnee.

Die Kaiserin Elisabeth Petrowna war eine perfekte Tänzerin. Sie war für den ganzen Hof ein Vorbild, wie man richtig und anmutig tanzt.

Aber Salz gab es in Moskau nicht.

Nur wenige Straßen waren von Öllaternen auf blau und weiß gestrichenen Pfosten beleuchtet.

+ +

«Ohne Salz geht's dem Bauch wie einem Kind ohne Mutter», sagte ein Bengel in seiner löchrigen Weiberjacke mit finsterem Ernst.

«Was? Was?» Ein gebückter Alter zog den Jungen, der sich wild mit den Ellbogen den Weg zum Laden freikämpfte, wohlwollend an seinem roten Schopf. «Na, du bist aber ein ganz fixer!»

«Wessen Bengel ist das denn?»

«Der Sohn der Witwe Petuchowa.»

Jemand sagte: «Da möchtest du in die Kohlsuppe pinkeln, dass da Salz drin ist, Christus vergib mir.»

«Und die Soldaten feiern mal wieder», schrie ein Weib mit langer Nase.

«Für die ist es ein Kinkerlitzchen, sich staatliches Salz zu besorgen.»

«Ein Glück haben diese blauen Teufel!»

«Diebe sind das!»

«Die Fliege riecht die Wunde.»

«Diebe!»

«Von vorn würd ich sie lieben, von hinten glatt durchsieben», brummte der Sohn der Witwe Petuchowa mit demselben finsteren Ernst und steckte den Finger in seine Rübennase.

«Pfählen müsste man sie!»

«Jawohl, pfählen müsste man sie, diese Teufel!»

«Uch, ein ganz fixer!», wiederholte der gebückte Alte freundlich.

Aber der Bengel mit Augen wie zwei große Sommersprossen würdigte ihn keines Blickes.

+ +

Die Barone Stroganow schrieben einen Bericht an den Senat und die Kollegien, dass sie keine Schuld an dem Salzmangel hätten, dass alles Gottes Wille sei, dass das Salz aus den Siedereien von Perm wegen des seichten Wassers aufgelaufen sei und man Leute zum Umladen brauche, sie aber nicht habe.

Wenn eine Dame ihren Handschuh hinwarf, galt das als Zeichen für eine Aufforderung zum «Menuett».

«Diebe! Diebe! Diebe!», rumorte es in den Moskauer Straßen, die dicht an dicht lagen wie Gedärme im Bauch.

Die berittenen Patrouillen sorgten für Ruhe.

Um sich vor dem Spiegel zu pudern, hielten die Kavaliere und Damen ein silbernes Becken auf dem Schoß, in das man den Puder geschüttet hatte.

Die herrlichen Moskauer Kirchen sind «auf den Knochen Hingerichteter und Getöteter und auf Blut» gebaut.

Die Barone Stroganow jammerten vor dem mitleidigen Senat über die großen Verluste beim Salzgewerbe und bettelten, man möge sie «aufrichten durch gnädige Vergeltung».

«Diebe! Diebe! Diebe!»

Die Kaiserin kam beim Tanzen stark ins Schwitzen und zog sich während eines Balles dreimal um.

Auf der anderen Moskwa-Seite drangen nachts Soldaten in das Haus des Kaufmanns Petrow, prügelten seine Frau und seine Nichte zu Tode, stachen mit dem Degen zu und raubten Hab und Gut.

Der Generalprokurator fuhr am Morgen durch die Stadt und berichtete danach dem Senat: *Bei den Läden steht eine ungeheure Zahl Bauern und anderes gemeines Volk, und wenn sie sich zu den Läden vorgearbeitet haben, ist kein Salz mehr da, und das schon den wievielten Tag, die Soldaten aber verstehen, sich vor dem gemeinen Volk vorzudrängeln, um das Salz an sich zu reißen; die ersten Aufkäufer sind die Soldaten; in ganz Moskau treiben sie Handel, vor allem die Leibgarde; sie nehmen von den Gemeinen einen merklich überhöhten Preis.*

Auf den niedrigen Dächern lag der dunkle, poröse Schnee.

In Erfüllung des Erlasses zum «Schweigen» sammelten in den Ruhestand getretene Offiziere und Soldaten in den Kirchen Geldstrafen von denen ein, die während des Gottesdiensts schwatzten.

In Äthiopien, sagt Aristoteles, richtet sich die staatliche Macht der Bürger nach ihrer Größe oder Schönheit.

«Wo hat man je gehört, dass im Tempel Gottes der Soldat das Sagen hat?», beklagte sich der Pope von der Wschiwojedskaja-Straße im Jausa-Viertel.

Der Senat kam zu dem Schluss, was die Räuberei betreffe, so sei die Polizeimeisterkanzlei schwach und nachlässig vorgegangen; die Angelegenheit müsse allen Garderegimentern und dem Kriegskollegium gemeldet werden mit der Aufforderung, bei allen Dragonern und Soldaten zu prüfen, ob etwas von dem gestohlenen Hab und Gut auftaucht und ob sie in der besagten Nacht alle ohne Unterbrechung in ihrem Quartier waren.

Die russischen Gesandten an den Höfen von Versailles, Sachsen und der Königin von Ungarn legten ihren alleruntertänigsten Relationen Listen bei mit der Beschreibung der Modeneuheiten und dem Preis.

Bevor sie ein Papier von Bedeutung für den Staat unterschrieb, legte Elisabeth Petrowna es unter die Ikone mit dem Tuch von Christi Grablegung und wartete ohne Hast auf den Ratschlag des Himmels.

In den Schenken, wo der Wein in kleinen Schnapsgläsern ausgegeben wurde, in den Hütten der Marketender, an den Märkten und Handelsplätzen, wo die armen Leute ihre Kohlsuppe löffelten, hörte man immer wieder: «Diebe! Diebe! Diebe!»

Der Vizekanzler Alexej Petrowitsch Bestushew-Rjumin im Kollegium für Auswärtige Angelegenheiten bekam nervöse Anfälle, wenn ein politisches Dokument einen Monat und länger nicht von der Kaiserin zurückkam.

«Mutter, vom Weinen ändert sich nichts», sagte der Sohn, der Salz in den Hosentaschen brachte, streng zur Witwe Petuchowa.

2

Die großen, gesprenkelten Pferde, sechzehn an der Zahl, stürmten mit dem Schlitten Peters des Großen über die glatt gewalzte Straße. In der scharfen Kurve eines Dorfes bei Moskau streifte das rote Tuch des Schlittens eine Hütte.

Die Preobrashenzen kullerten vom Wagentritt in eine Schneewehe. Aus den eingeschlagenen Schädeln floss Blut.

Schnee, Schnee, Schnee.

Und schwarz: die krummen Weiden.

Und schwarz: vereinzelte Vögel.

Und Hundegeheul.

Die Frauen, die im roten Schlitten Peters des Großen lagen, schwiegen.

Johanna Elisabeth hatte sich die weiche Hand unter die Wange gelegt und dachte an die Preobrashenzen, die mit eingeschlagenen Schädeln in den Schnee rollten.

Fieke, die auf dem Rücken lag und wie ein Mann die Arme verschränkte, dachte an ihr schillerndes rosa Kleid ohne Reifrock.

Sie hatte sich gegen die Fürstin durchgesetzt und bewusst ein schlichtes Gewand gewählt.

Man muss es diesem Mädchen lassen, wenn es darauf ankam, konnte sie ihre Gedanken ausgezeichnet auf das Wesentliche konzentrieren. Sollte sie nicht in einer Stunde der Kaiserin, dem Großfürsten und der Nation vor Augen treten? Nation nannte Fieke Elisabeths Hofstaat. Hatte die Prinzessin sich nicht schon in Zerbst in den Kopf gesetzt, sie müsse gefallen? Kann nicht ein Kleid eine Frau bescheiden oder dreist, keusch oder unzüchtig, anmutig oder vulgär und letztlich auch klug oder dumm erscheinen lassen?

Die Pferde dampften. Man hätte auf die Idee kommen können, sie müssten glühende Holzscheite verschluckt haben und hätten ein Feuer im Bauch.

«Schnell wie der Pfeil fliegen wir vorwärts», sagte die Fürstin von Zerbst und strich sich über die geschwollenen Beine.

Die Pferde legten nicht mehr als fünfundzwanzig Werst in der Stunde zurück. Machen wir uns nicht darüber lustig! In hundertneunzig Jahren wird man auch über uns lächeln.

Um die Langeweile, oder genauer: die Müdigkeit zu verscheuchen, versuchte Johanna Elisabeth, sich das Gesicht des Vizekanzlers Graf Alexej Petrowitsch Bestushew-Rjumin vorzustellen: «Hakennase und schwarze Vogelaugen».

Obwohl sie an ihren Feind dachte, musste die Fürstin unwillkürlich lächeln: Wie oft hatte sie schon versucht, sich das Aussehen von irgendjemand auf diese Weise vorzustellen! Aber jedes Mal war das von der Phantasie gezeichnete Porträt eine komische Karikatur der Realität gewesen.

In Berlin hatte der König zu ihr gesagt: «Ich bitte Eure Durchlaucht um Hilfe. Wie Ihr wisst, verstehe ich es, mich erkenntlich zu zeigen. Die staatlichen Interessen Preußens sowie Eure eigenen Interessen lassen den Sturz Bestushews wünschenswert erscheinen. Bitte vergesst nicht, dass der Herr Vizekanzler nichts weniger will, als dass Eure anmutige Tochter Gattin des russischen Thronfolgers wird. Der Vizekanzler besteht der Kaiserin gegenüber auf der sächsischen Prinzessin Marie Anna. Bestushew hat die idiotische politische Vorstellung von einem Bündnis Russlands mit den beiden Seemächten England und Holland und den beiden Kontinentalmächten Sachsen und Österreich. Ein idiotischer Gedanke! Russland ist historisch der Bündnispartner Preußens. Vergesst nicht, Fürstin, in Petersburg werden die Freunde von mir die Freunde Eurer Durchlaucht sein.» Der König nannte Mardefeld, Brümmer, Chétardie und den ersten Leibmedicus Lestocq.

Ein Bett auf Kufen

Bäume, die aussehen wie schwarze Skelette.

Neun Werst vor Moskau schüttelte Fieke auf einmal den Kopf, als wollte sie einen schrecklichen Gedanken verjagen, der sich in ihrem Bewusstsein festzusetzen drohte: «Wir kommen nicht heil ans Ziel, es passiert etwas, ein Unglück.»

Schluchten, mit porösem Schnee zugeschüttet.

Kurven auf glattem Weg.

Fünf Werst vor Moskau beschimpfte Fieke die sechzehn dampfenden Tiere, oder genauer: die versehentlich vor den Schlitten gespannten Untiere als Klepper.

Auch Elisabeth Petrowna fluchte ungerechtfertigterweise über das Schneckentempo.

Lockere Dunkelheit.

Zwei gelbe Sterne am Himmel.

Drei Werst vor Moskau begrüßte der Kammerjunker Sievers im Namen der Kaiserin und des Thronfolgers die hohen Gäste.

«Ihre kaiserliche Majestät und der Großfürst», versicherte der Kammerjunker, «zählen die Minuten und Sekunden in ungeduldiger Erwartung dieses heiß ersehnten Treffens.»

Um acht Uhr abends hielt der rote Schlitten Peters des Großen vor Golowins Holzpalast.

3

Sie hatten die von der Kaiserin geschenkten roten Zobelmäntel noch nicht ausgezogen, da kam Peter Fjodorowitsch mit langem, hüpfendem Schritt ins Zimmer.

Er begrüßte sie mit einem Quaken.

Die Stimme des Großfürsten hatte etwas Froschähnliches bekommen, der Mund ebenfalls.

Uns scheint, nicht die Augen sind der wahre Spiegel der Seele, es ist der Mund.

Den Großfürsten begleiteten Hoffräulein mit geschminkten Wangen und der Prinz von Hessen-Homburg mit seinen Ordenszeichen.

«Was für ein Glück, dass Ihr hier seid!», wandte Peter

Fjodorowitsch sich an Johanna Elisabeth in einem ohrenbetäubenden Gequake.

Fieke kam es vor, als seien die Augen des Enkels von Peter dem Großen noch gelber geworden. «Sterne, richtige Sterne».

«Was ist denn mit dem passiert?», dachte Johanna Elisabeth. «Er ist ja grün wie ein Frosch.»

Und sie rief aus: «Ihr seht prächtig aus, Hoheit. Offenbar hat das Klima dieses ungewöhnlichen Landes Eurer Natur unschätzbare Dienste geleistet.»

«Oh, das Wetter ist abscheulich hier, in diesem Russland», sagte Peter Fjodorowitsch und hopste dabei hoch, wie von einer Feder gezogen, «in Kiel hatte ich nie entkräftendes Fieber, während ich hier nur mit Kranksein beschäftigt bin. Im November ging es mir so schlecht, dass ich sogar die Musikanten aus meinem Vorzimmer verjagt und dem engelgleich singenden Kastraten befohlen habe, den Mund zu halten.»

Der kränkelnde Junge legte seine Zeigefinger an die Mundwinkel und zog den Mund in die Länge wie einen Strumpf.

«So eine Grimasse hat der verehrte Arzt Boerhaave gemacht, als man ihm das meldete. Und dann hat er, wie man mir berichtete, gebrummelt: ‹Oh, das ist ein sehr schlechtes Zeichen.› Die Canaille wusste, dass ich die Musik über alles liebe.»

Und der Großfürst hopste ein zweites Mal hoch, als hinge er an einer Feder.

Johanna Elisabeth dachte: «Was für ein unsäglicher Hanswurst!»

Sagte aber: «Ach, was für ein originelles Gespräch Ihr doch zu führen wisst, Eure Hoheit!»

Peter Fjodorowitsch sah sich um. Das rotnäsige Hoffräulein, das kein Wort Deutsch verstand, hatte aufmerksam ihrem Gespräch gelauscht.

«Gnädige Tante, weiß der Teufel, ich muss Euch enttäuschen, Ihr habt es hier mit einem wilden und dummen Land zu tun.»

So sah die Meinung des Thronfolgers über Russland aus.

+ +

Elisabeth Petrowna glich einer angemalten Puppe. In einem Haufen Fuchshaare, die mit Brillanten übersät waren, steckte eine schwarze Vogelfeder von halber Beinlänge. Der ausladende Reifrock aus silbernem Glacé waberte wie Dampfwolken im Bad.

Fieke sah, wie ihre Mutter der prächtigen Puppe die Hand küsste und dann … «Was ist denn nun los?», fragte das Mädchen, das sich mächtig erschreckt hatte. «Warum sehe ich, wie Mutter den Mund auf- und zumacht, höre aber ihre Worte nicht? Hat Mutter vor Schreck die Stimme verloren, oder bin ich ertaubt?»

Und in ihrer äußersten Verzweiflung kniff sich Fieke in den Arm. Das bewährte alte Mittel half: Wie aus weiter Ferne hörte sie die bekannte Stimme, die an eine Schelle erinnerte: «… erbitte Eure Gunst für mich, meine restliche Familie und die Tochter, die Eure Majestät der Erlaubnis, mich auf der Reise zu Eurem Hof zu begleiten, für würdig befunden hat.»

Als Antwort wippte, nickte und verneigte sich die schwarze Feder. Das Deutsch der prächtigen Puppe war der Aussprache nach nicht sehr provinziell.

«Alles, was ich getan habe, ist nichts im Vergleich zu dem, was ich für meine Familie gerne tun würde. Mein Blut ist nicht wertvoller als Eures. Meine Absichten werden immer dieselben bleiben, und meine Freundschaft soll nach meinen Taten zum Nutzen von Euch allen bewertet werden.»

Während sie das sagte, nahm die Kaiserin Fiekes Kopf in ihre weichen Hände. Genauso hält ein Weib in der Garküche einen Becher Milch. «Mein Gott, was für ein reizendes Kind!»

«Das Mädchen ist nicht besonders magnifique. Etwas schwindsüchtig die Kleine.»

Und schaute ihr in die Augen.

Und küsste sie mit einem Schmatzen.

Die Liebkoste bekam am ganzen Körper eine Gänsehaut.

Später tröstete sich Fieke damit, dass auch die Herren Minister der ausländischen Höfe sich nicht besonders wohl fühlten, wenn Elisabeth «das Innere der Seele inspizierte», wie es die Hofdame Mawra Jegorowna nannte.

4

Fieke schlief schlecht: Die Wanzen bissen sie, das unbewegliche Bett stürmte auf Löwentatzen vorwärts, die Kaiserin schaute ihr in die Augen, das Federbett war zu heiß, die Schweißtropfen auf dem Bauch zu kalt, und Peter Fjodorowitsch unterhielt sich nur mit fetten Frauen.

Die Arme erwachte mit dem Gedanken: «Herrgott, wenn ich doch wenigstens ein bisschen dicker werden könnte!»

Und betastete ihre Pobacken, die hart waren wie eine Faust.

Und weinte.

Sie rollte ihr Hemd hoch, hauchte darauf und legte den warmen Leinenwulst an die Augenlider, damit sie nicht rot aussähen.

«Ich muss mich bald ankleiden und in den Palast begeben. Am heutigen Geburtstag des Großfürsten wird es wohl sehr feierlich zugehen. Er wird sechzehn. Er hat Augen wie Sterne. Aber sie halten irgendwie nur nach fetten Frauen Ausschau. Selbst während er mit mir redete, hat der Großfürst nur Augen für Mutters Po gehabt. Herrgott, wenn ich doch wenigstens am Geburtstag fett sein könnte! Warum geschehen Wunder nur auf dem Papier?»

Sie weinte.

Hauchte auf den Leinenwulst und hielt ihn an die Augenlider.

«Wahrscheinlich wird sich die ganze Nation im Palast versammeln.» Fieke nannte den Hofstaat nach wie vor so.

In Petersburg versorgte man Gattin und Tochter des preußischen Feldmarschalls, die nur mit ein paar Koffern nach Russland gekommen waren, mit modischer Garderobe. Die jungen Frauen Karr und Saltykowa zeigten Fieke eine Frisur mit bis zur Wange reichender Korkenzieherlocke und Schleifen, in denen Blumen steckten. Es stellte sich heraus, dass die Kaiserin diese Frisur nicht ausstehen konnte, weil sie eine Kreation von Anna Leopoldowna war.

«O Gott, welches von den Petersburger Kleidern soll ich anziehen, um dicker auszusehen? Sonst wird Peter Fjodorowitsch, wenn er sich mit mir unterhält, wieder nur Augen für Mutters Po haben. Der Hintern der Kaiserin ist sehr viel breiter als Mutters, doppelt so breit. Man sagt, Elisabeth Petrowna isst zum Mittagessen einen ganzen

Schweinebraten, eine Pute und eine Schaufel Piroggen. Ich werde jetzt auch immer schaufelweise Piroggen essen und davon doppelt so dick wie Mutter werden. O Gott, o Gott, was soll ich mir denn für eine Frisur machen, um der Kaiserin zu gefallen? In Russland haben alle Frauen geschminkte Gesichter. Man soll mir weiße Tünche, Wangenrot und Schwarz für die Augenbrauen bringen. Die Nation mag Geschminkte. Ich werde immer rote Wangen, eine weiße Nase und schwarze dicke Augenbrauen haben. In Russland mag man alles Dicke. In Braunschweig würde man mit dem Finger darauf zeigen, Braunschweig ist eine bedauernswerte Stadt.»

Und wieder weinte sie – diesmal darüber, dass sie kein Russisch konnte. «Vater ist schuld. Er wusste doch, dass Russland ein mächtiges Land ist.»

Sie gab sich Mühe, so zu weinen, dass sie nur mit den Lippen zuckte, ohne Tränen, «sonst sind die Augenlider rot, und ich gefalle ihnen nicht.»

5

Alexej Petrowitsch Bestushew-Rjumin spähte durch seine scharfen Augenschlitze auf Moskau.

«Sogar die winzigen Berge, auf denen dieses Dorf liegt, haben unsinnige Namen: Warjunicha Berg, Warwara-Berg, Pupyschi … Pupyschi … Die sind doch alle Pupyschi!»

Die letzten Worte bezogen sich nicht mehr auf die unbedeutenden Moskauer Hügel, sondern auf die Feinde des Vizekanzlers, auf Lestocq, Brümmer, Chétardie und die angereiste Fürstin von Anhalt-Zerbst. «Friedrichs Ofenkrücke, mit deren Hilfe der preußische König uns die Hölle heiß machen will.»

Über Mardefeld dachte der Vizekanzler: «Den Gesandten eines neidischen Staates kann man nur mit einem im eigenen Haus geduldeten Spion vergleichen.»

Das Glockenspiel der Turmuhr läutete den Morgen ein.

Die Kutscher trabten mit den ersten, in grüne Schlittendecken gewickelten Fahrgästen los.

Alexej Petrowitsch zog seinen himbeerroten Kaftan an.

Besah sich im Spiegel, um den sich eine silberne Weinranke wand.

Machte irgendeine Bewegung mit den Lippen.

Fast jeder stellt irgendetwas mit seinen Lippen an, wenn er sich im Spiegel betrachtet: Der eine presst sie zusammen, der andere kaut auf ihnen herum, der dritte stülpt sie vor.

Die Lippen des Vizekanzlers glichen zwei dunklen Fäden.

«Nebel, weißer Nebel.» Bestushew kamen auf einmal ausländische Städte in den Sinn. In Kopenhagen hatte Alexej Petrowitsch an der Adelsakademie studiert, in Berlin am Höheren Kollegium; dann war er mit Genehmigung Peters des Großen in die Dienste des Kurfürsten Georg Ludwig von Hannover getreten. Als der Kurfürst König von England wurde, schickte man Bestushew-Rjumin als englischen Minister mit der Urkunde über die Thronbesteigung von London nach Petersburg.

«Wenn der Pfannkuchen fertig ist, löst er sich von selbst», sagte Alexej Petrowitsch laut und dachte dabei an seinen Hauptfeind, den Marquis Chétardie.

«Dieser dünnbeinige Teufel!»

Nach dem schwedischen Krieg war der Marquis aus Petersburg abberufen worden.

Der König bestellte ihn nach Versailles und ließ sich seine Geschenke von Elisabeth zeigen.

Chétardie gab mit seinen Juwelen und Pelzen an.

Sie taxierten die Sachen wie auf einer Messe.

«Ich zahle dafür anderthalb Millionen Livre», sagte der König aus Spaß. Er hatte den Preis niedrig angesetzt.

Im November 1743 kehrte Chétardie auf Elisabeths Wunsch nach Russland zurück. Er wurde jedoch nicht als Gesandter akkreditiert, da er keine Vollmachtsurkunde mit dem Kaisertitel für die Monarchie vorwies.

Ich habe Kenntnis davon, dass der Brigadier der französischen Truppen Chétardie über Beglaubigungsschreiben zweierlei Art verfügt, in dem einen wird die Herrscherin als Kaiserin tituliert, in dem anderen als Zarin, sagte Bestushew-Rjumin dem Senat. *Monsieur Chétardie hat die ungerechtfertigte Hoffnung, als Gegenleistung für den Titel ein Bündnis mit Russland aushandeln zu können.*

Chétardie, der als einfacher und, wie man damals sagte, «charakterloser Mann» am russischen Hofe lebte, zog in einem großen politischen Intrigenspiel an den Fäden.

Der Sturz des Vizekanzlers, schrieb er in einer chiffrierten Passage aus Russland, *ist eine Sache, die absolut zwingend als Erstes zu geschehen hat.*

Die Übersetzung aus dem Französischen war nicht besonders flüssig, stammte aber von einem tüchtigen Mann, dem Staatsrat Goldbach aus Bestushews Kollegium für Auswärtige Angelegenheiten. Dieser Staatsrat, halb Deutscher, hab Jude, beherrschte die «besondere Kunst», den Geheimcode ausländischer Depeschen zu entschlüsseln.

«Glaubt mir, Monsieur, in einem barbarischen Land sind der Koch und Amor die besten Verbündeten», sagte Chétardie einmal zu seinem Freund Mardefeld.

«Es gibt noch einen recht starken Dritten im Bunde», antwortete der Preuße.

«Und wer ist das?»

«Die Vorsicht.»

«Ach, mein lieber Freund, wer beim Spiel immer kleinlich ist, riskiert, viel zu verlieren.»

«Glaubt Ihr das wirklich?», fragte der Preuße, gewohnt, ein Wort nach seinem Gewicht und nicht nach seiner Brillanz zu bewerten.

«Ich glaube, dass man am besten mit dem Glück rechnet», sagte der Franzose lächelnd.

«Ich sehe das ein wenig anders», widersprach sein fader Gesprächspartner.

«Und wie?»

«Richtig zu rechnen ist das Glück.»

«Ihr seid sehr kühn, Monsieur. Ihr habt noch nicht einmal Angst, das Glück zu beleidigen, indem Ihr ihm Hilfe vorschlagt.»

Geistreich war der Marquis nicht nur im Gespräch mit Freunden bei einem Glas Wein, sondern auch in den ausführlichen Meldungen an seinen Hof, die in einem Geheimcode verfasst waren, von dem er glaubte, er sei für Nichteingeweihte undurchschaubar.

+ +

Bestushew trat vom Spiegel zurück, in dem auch der neblige Morgen zu sehen war.

Eine rotbeinige Taube setzte sich auf ein Ornament unter dem Fenster und sah ins Zimmer.

Die Glocken sangen in vielstimmiger Harmonie.

Alexej Petrowitsch war es leid, tagaus, tagein diese Moskauer Musik zu hören.

«Ich werde der Kaiserin ein italienisches Sprichwort auftischen», beschloss Bestushew, «ich sage: Eure Majestät, wer zu sehr schmeichelt und einem Honig um den Mund schmiert, der hat betrogen oder will betrügen.»

Das bezog sich ebenfalls auf den Marquis Chétardie, an den Bestushew unaufhörlich dachte. Im Grunde genommen war er bereit, das italienische Sprichwort auf alle Franzosen auszudehnen. Der Vizekanzler zog England vor, ein cleveres Land.

«Ein altes, von Peter dem Großen stammendes politisches Prinzip: Russland und England haben gemeinsame Interessen.»

Bestushew hatte ebenfalls gemeinsame Interessen mit England.

Die Brillanten, die das Porträt Peters des Großen verzierten, funkelten in grünen und blauen Strahlen.

Der Vizekanzler glaubte an seine eigene moralische Überlegenheit. «Gott ist mein Zeuge: Ich habe nie mein Vaterland und meine Wohltäter zu betrügen versucht.»

Leider ist Gott von gar nichts Zeuge.

Der Vizekanzler hatte seinen Wohltäter Biron vergessen, den er bei der gerichtlichen Untersuchung ohne Skrupel angeschwärzt hatte; und noch gründlicher hatte er seine Korrespondenz mit dem Zarensohn Alexej vergessen, als jener auf der Flucht in der Stadt Wien war. In diesen Korrespondenzen hatte Bestushew seinem künftigen Zaren und Herrscher Alexej «alle Bereitschaft und Ergebenheit» angetragen; und seinen Wechsel in den ausländischen Dienst hatte er servil mit der Unmöglichkeit erklärt, die «Interessen des Zarensohns in Russland voranzutreiben», die mit Peters divergierten. Wie soll man sie auch bei solch einem Zaren vorantreiben können?

Die grünen und blauen Strahlen, die das Bestushew-Rjumin von Peter dem Großen geschenkte Porträt in blauer Schärpe umgaben, funkelten.

«Von Anbeginn habe ich im Dienst für Russland die Politik meines Herrschers und Schöpfers Peters des Großen verwirklicht und werde sie bis ans Ende meiner Tage weiter verwirklichen», dachte der Vizekanzler und spürte eine moralische Befriedigung ob der Unbeugsamkeit seiner Prinzipien. Dabei hatte er die Korrespondenz mit dem Zarensohn Alexej in Wien total vergessen.

Die Glocken sangen in vielstimmiger Harmonie.

Zu der rotbeinigen Taube, die auf dem Ornament unter dem Fenster saß, kam ein Täuberich geflogen.

Bestushew schlug mit der Faust gegen die Scheibe: «Und den Medicus Lestocq sollte man vernünftigerweise nach Sibirien schicken, in die Erzgruben, zu lebenslanger schwerer und immer währender Arbeit! An wie vielen Öfen wärmt sich dieser Dieb eigentlich die Hände? Frankreich, das ist der eine Ofen, Friedrichs Preußen der zweite, Sachsen der dritte, England der vierte. Erster Leibmedicus und Dieb! Peters Narr Lakosta hat ihm mit einem Stock auf den Kopf gehauen; im Châtelet, dem Gefängnis von Paris, hat der Herr Leibmedicus fast ein ganzes Jahr gesessen; in Danzig hat er eine Meute Windhunde gestohlen; er bezieht von Frankreich eine Pension; er bezieht von England eine Pension. Dieser Dieb! In die Erzgruben mit ihm!»

6

In den kaiserlichen Gemächern herrschte Gedränge. Es stank nach verschwitzten Achselhöhlen, Schnupftabak,

Ofenhitze, schlechtem Perückenpuder und aufgestoßenem Kwass.

Bleich, ungeschminkt, mit matten Augen und mit einer Frisur, die nicht nach dem Geschmack der Kaiserin war, bahnte sich Johanna Elisabeth hinter der lächelnden und geschminkten Fieke einen Weg. Die Menge war in Samt, Seide, Moiré, Glacé, Brokat, Gold und Silber gekleidet und mit Juwelen behängt.

Lächelnd und geschminkt ging Fieke vor ihrer Mutter her.

Alexej Petrowitsch Bestushew-Rjumin im himbeerroten Kaftan und mit altmodischer weißer Perücke mit langen Locken tauschte manieriert geschliffene Höflichkeiten in vier Sprachen aus.

Schmale Augen undefinierbarer Farbe, Lippen wie zwei Fäden, Pracht und Prunk.

Vor Bestushew zitterten sie.

Die Würdenträger, deren Goldstickerei und Juwelen, Ordenszeichen und Schärpen blitzten, die in ihrer Mehrheit aber ihre Muttersprache nicht lesen und schreiben konnten, zitterten: Der Vizekanzler war rachsüchtig, hinterlistig, wendig, unversöhnlich, kleinlich, mächtig und Amateurchemiker.

«Hat in Kopenhagen Lebenstropfen erfunden», flüsterte einer.

«Tinctura tonico nervina Bestuscheffi», bestätigte ein ausländischer Arzt.

«Tynktura tonyka nyrvyna», wiederholte ein Russe tiefsinnig.

«Die haben den Pulsschlag des französischen Königs wiederhergestellt.»

«Wundertropfen.»

«Dieser Teufel!»

«In puncto Härte steht der Teufel einem Holzscheit in nichts nach.»

«Das kann man wohl sagen.»

Beide Türflügel öffneten sich.

Elisabeth Petrowna trat ein, von oben bis unten mit Brillanten übersät. Ihr folgte der Oberjagdmeister Rasumowski, ein schöner Mann mit ägyptischen Augen. Er hielt ein Tablett, auf dem St.-Katharinen-Orden blitzten: weiße Emailkreuze mit acht Strahlen.

Die Kaiserin zog zuerst Fieke das rote, drei Finger breite Ordensband über, dann Johanna Elisabeth.

Die Staatsdamen hefteten ihnen die Sterne an die linke Brustseite.

Danach fuhr Elisabeth Petrowna zur Mittagsmesse, während Gattin und Tochter des preußischen Feldmarschalls sich mit den Damen vom Hof und aus der Stadt bekannt machten.

Die Gattin des preußischen Feldmarschalls sprach viel, die Tochter wenig. Die Gattin richtete ihre Aufmerksamkeit nur auf die «höchstgestellten Personen», damit ihr Ansehen nicht leide; die Tochter war zu allen gleich liebenswürdig, damit ihr Ansehen steige.

7

Sie speisten in den Gemächern des Großfürsten. Peter Fjodorowitsch saß neben Fieke. Sie wurde nicht müde, ihm zuzuhören. Er wurde nicht müde zu schwatzen.

«Oh, mein liebes Holstein! Was meint Ihr, gnädiges Fräulein, werde ich es jemals leibhaftig wieder sehen?»

«Natürlich, Eure Hoheit.»

«Träume, Träume, Träume … Hol's der Teufel, das ist mir zu wenig! Obwohl ich nur im Traum glücklich bin.»

Russische gebratene Hühner mit Zitrone wurden aufgetragen.

«Heute bin ich zum Beispiel die ganze Nacht durch die Straßen meiner Hauptstadt gelaufen.»

Träume erzählen ist ausgesprochen angenehm. Alle erzählen ihre Träume gerne. Sie zu hören ist dagegen schrecklich langweilig, trotzdem hören alle zu. Fast alle. So kommt keiner zu kurz. Wenn man einen gewissen Egoismus besitzt, zieht man im Leben eigentlich nie den Kürzeren. Aber wie, um Gottes willen, soll ein rücksichtsvoller Mensch durchkommen? Da er weiß, dass es sehr angenehm ist, Träume zu erzählen, wird er es nie übers Herz bringen, seiner Frau, seinem Bekannten oder Kollegen das Wort abzuschneiden. Da er ebenfalls weiß, dass es schrecklich langweilig ist, den Erzählungen zu lauschen, wird er sich nicht trauen, einen Zuhörer zu suchen. Ein rücksichtsvoller Mensch hat ein Leben wie ein Zuchthäusler. Aber wahrscheinlich bereitet ihm das Bewusstsein seiner Rücksicht großes Vergnügen. Auch er kommt also nicht zu kurz.

Nachdem er einen endlos langen Traum erzählt hatte, fragte der russische Thronfolger: «Gnädiges Fräulein, wart Ihr mal in Kiel?»

«Nein, Eure Hoheit.»

«Ach, das tut mir Leid für Euch. Wisst Ihr, es ist sehr klein, mein Kiel. Wie alles, was es umgibt: kleine Wälder, kleine Seen, kleine Hügel, ein kleiner Hafen mit zwei aufeinander zulaufenden Landzungen. Das ist ganz nach meinem Geschmack.»

«Nach meinem auch», flüsterte Fieke.

Der Thronfolger leerte in einem Zug sein Glas ungarischen Wein.

«Hol's der Teufel, das Widerlichste in Holstein, gnädiges Fräulein, war Herr Brümmer, und gerade den musste ich auch nach Russland mitnehmen. Habt Ihr ihn gesehen, gnädiges Fräulein? Ich sage Euch, er ist ein Ungeheuer, und zwar ein äußerst abstoßendes. Er hat mir einmal in Kiel einen ganzen Tag lang nichts zu essen gegeben und mir dann einen Eselskopf aus Karton auf den Hals gesetzt und mir befohlen, in diesem Aufzug an der Tür des Saales zu stehen, in dem die tapferen Offiziere Holsteins ihre Zechgelage abhielten. Wie findet Ihr das, gnädiges Fräulein? Ein Eselskopf auf dem Hals des Anwärters auf beide Kronen des Nordens.»

«Das ist schrecklich, Eure Hoheit.»

«Und das, weiß der Teufel, nur, weil ich mir ein Dutzend schwedische Wörter nicht merken konnte. Diese Canaille! Ich schwöre bei allen Hexen: Am Tage meiner Krönung hänge ich ihn auf und lasse aus den größten Kanonen Salut schießen. Und alle anderen Erzieher, Lehrer und russischen Popen schmeiße ich achtkantig aus meinem Reich.»

Es wurde gebratene Gans mit Kartoffelauflauf und Zwiebelsauce aufgetragen.

«Hat man noch nicht angefangen, gnädiges Fräulein, Euch Lesen und Schreiben des idiotischen Russisch beizubringen und Eure Konversion, hol sie der Teufel, zum griechisch-russischen Glauben vorzubereiten?»

«Nein, noch nicht, Eure Hoheit.»

«Dann werden sie bald damit loslegen. Ich kann Euch nur raten, meinem Beispiel zu folgen.»

«Ich würde mich glücklich schätzen, Eure Hoheit.»

«Gebt ihnen in keinem Punkt nach, ohne erbittert zu kämpfen. Der fromme Archimandrit des Hypatius-Klosters war dick und rosig, wenn er zu mir kam, und dünn und puterrot, wenn er mich verließ. Der Teufel ist mein Zeuge, ich habe unsere heilige reformatorische Religion mit solchem fanatischen Eifer verteidigt, als ob es mir in der Seele Leid täte, mich von ihr zu trennen. Oh, wir haben so gebrüllt, gnädiges Fräulein, der fromme Simeon Teodorski seine Argumente, die für den griechisch-russischen Glauben sprechen, und ich die dagegen, sodass nicht selten der ganze Hof, mit Ihrer Majestät der Tante an der Spitze, in unser Zimmer gelaufen kam. Und die Staatsdame Mawrutka flehte mich an, dem Archimandriten nachzugeben, mit der Begründung, ich habe mit meiner unüberwindlichen Widerspenstigkeit ‹sämtliche Lebensgeister der Kaiserin aufgestört›.»

Nur Fieke konnte Peter Fjodorowitsch zuhören, ohne zu ermüden.

«Gnädiges Fräulein, wie gefällt Euch dieses idiotische russische Gericht: Gans mit Kartoffelauflauf?»

Und der Großfürst streckte seine lange spitze Zunge heraus, die aussah wie ein Kohlblatt, und prustete auch noch, nicht ohne die Nachbarin rechts und die Nachbarin links zu bespritzen.

Wenn man jemanden bespuckt hat, schämt der sich, den Speichel wegzuwischen.

Fieke beantwortete die Frage nicht, aß aber «Gans mit Kartoffelauflauf und Zwiebelsauce» mit großem Appetit, wahrscheinlich, weil es sich dabei um ein russisches Gericht handelte.

Der Thronfolger hatte sich eine ordentliche Hand voll Brotkügelchen geknetet und schickte sich an, die dicken Staatsdamen und Hoffräulein damit zu bombardieren.

8

Fieke erkrankte am Dienstag, dem sechsten März.

Johanna Elisabeth dachte, ihre Tochter habe die Pocken. Der Leibmedicus Boerhaave vermutete eine Pleuritis. Die «St. Petersburger Nachrichten» sprachen von «Flussfieber». Der Marquis Chétardie dagegen schrieb an seinen Hof, man habe eine Geschwulst in ihrer Brust gefunden.

Der Leibmedicus schlug vor, sie zur Ader zu lassen.

Er wurde in diesem Vorschlag lautstark unterstützt von der Gräfin Woronzowa, der Gräfin Rumjanzewa und einem Hoffräulein mit Karottennase.

Aber Johanna Elisabeth beteuerte, durch Aderlass habe man ihren Bruder, den Bräutigam der Kaiserin, von Russland aus ins Jenseits befördert.

Fieke hatte starkes Fieber, ein quälendes Stechen in der rechten Seite und Kopfschmerzen, von denen sie das Bewusstsein verlor.

Elisabeth Petrowna war zum Dreifaltigkeitskloster gepilgert.

Der Leibmedicus Boerhaave schickte einen Kurier zum ersten Leibmedicus Lestocq, der gerade bei der Kaiserin war.

In heller Aufregung eilte Elisabeth sofort auf dem schlechtesten Weg nach Moskau und kam, begleitet von Rasumowski, Lestocq und dem Chirurgen Werre, gleich nach dem Verlassen der Kutsche in Fiekes Zimmer gelaufen.

Die Kranke lag bewusstlos da.

Das Hoffräulein mit Karottennase flüsterte der Kaiserin zu, die Fürstin von Anhalt-Zerbst verbiete ihrem Kind zu stöhnen, weil sich das für eine Prinzessin nicht schicke.

Die Kaiserin sagte: «Die Mutter ist eine dumme Gans.»

Der erste Leibmedicus Lestocq und der Chirurg Werre stimmten mit dem Leibmedicus Boerhaave überein, man müsse einen Aderlass vornehmen.

Rasumowski war derselben Meinung.

Die Kaiserin sagte: «Nehmt ihn vor.»

Johanna Elisabeth zeterte wieder, man habe schon ihren Bruder ins Jenseits befördert, weil man die Pocken mit Aderlässen behandelt habe.

Das Hoffräulein mit Karottennase flüsterte der Kaiserin zu, die Prinzessin habe nicht die Pocken, sondern «Flussfieber».

Elisabeth befahl der Fürstin von Anhalt-Zerbst, sich in ein hinteres Gemach zurückzuziehen.

Die erregte Mutter rang die Hände.

Da fixierte Elisabeth sie mit ihren weiten Augen. Wir haben ja erwähnt, dass die gewandtesten ausländischen Minister – von unseren russischen ganz zu schweigen – sich nicht besonders wohl fühlten, «wenn Ihre Majestät das Innere der Seele inspizierte», wie das die Hofdame Mawra Jegorowna nannte.

Die Fürstin von Zerbst hörte auf, die Hände zu ringen, und zog sich in ein hinteres Gemach zurück.

«Schließt die dumme Gans ein», sagte Elisabeth.

Das Hoffräulein mit Karottennase, das auf der Seite von Bestushew-Rjumin stand, führte den Befehl mit großer Freude aus.

Man ließ Fieke zur Ader.

Sie kam in den Armen der Kaiserin zu Bewusstsein.

Im hinteren Zimmer rang die arme Mutter die Hände.

«Gebe Gott, dass du bald wieder gesund bist», sagte Elisabeth, «Ihr habt Euch eine Erkältung im Schlitten geholt, meine Liebe. Ihr seid zu viel durch Moskau gefahren.»

«Nein, Eure Majestät», hauchte die Kranke kaum vernehmlich, «in dem Zobelpelz, den Ihr mir gnädig geschenkt habt, ist es schön warm. Die Erkältung habe ich mir nicht im Schlitten geholt, Eure Majestät.»

«Wo denn sonst, meine Liebe?», fragte die Kaiserin teilnahmsvoll.

«Hier im Zimmer. Ich bin nachts mit nackten Füßen über den Boden gegangen», sagte Fieke noch leiser.

Sie war extrem schwach. Selbst die dünnen, bläulichen Augenlider kamen ihr unerhört schwer vor; sie musste sich gehörig anstrengen, damit sie nicht herunterfielen.

«Ach, wie unvorsichtig!», rief Elisabeth auf Russisch. «Aber was musstet Ihr denn auch mitten in der Nacht ohne Schuhe gehen, meine Liebe?»

Fieke hatte mit dieser Frage gerechnet. Mit schwachem Stimmchen gestand sie, *da sie den starken Wunsch gehabt habe, im russischen Lesen und Sprechen gute Fortschritte zu machen, sei sie jede Nacht aufgewacht, vom Bett aufgestanden und barfuß durchs Zimmer gegangen, um die Hefte auswendig zu lernen, die Herr Adadurow voll geschrieben habe.*

An den Wimpern der Kaiserin zitterten Tränen begeisterter Rührung. An den Wimpern der Gräfin Woronzowa, der Gräfin Rumjanzewa und des Hoffräuleins mit Karottennase ebenfalls. Rasumowski hob seine ägyptischen Augen zur Decke und damit dahin, wo man Gott vermutete. Die Ärzte folgten seinem Beispiel.

«Gott wird Euch dafür belohnen, mein Kind», sagte die Kaiserin überzeugt und küsste die Lügnerin bebend auf die bläulichen Augenlider, die vor Schwäche herunterfielen.

Für den ersten Aderlass bekam Fieke von Elisabeth eine Brillantenschleife und Ohrringe im Wert von «zwanzigtausend Rubeln», wie die Gräfin Rumjanzewa schätzte, und vom Thronfolger eine mit Rubinen eingefasste Uhr im Wert von «viertausend Rubeln».

Ein Pud Mehl kostete damals in Moskau dreiundzwanzig Kopeken, ein Pud Grütze dreiunddreißig Kopeken.

Zwei Wochen lang war Fieke dem Tode nah.

Man ließ sie sechzehnmal zur Ader.

Die Luft in dem Zimmer war so abgestanden, dass sich bei Ausländern – selbst bei ganz gesunden – das Bewusstsein trübte; die Russen waren solche «Lüfte» gewohnt.

Wenn sie aus der Bewusstlosigkeit halb zu Bewusstsein kam, hörte Fieke jedes Mal: «Ssssuuuuu.»

Wie eine riesige Mücke, die im Zimmer herumfliegt.

Aber als die Kranke die Kraft hatte, die Augenlider zu heben, sah sie, dass es keine im Zimmer herumfliegende Mücke war, sondern ein Dutzend Frauen, junge und alte, schöne und hässliche, mit dem Porträt der Kaiserin geschmückte Staatsdamen und Damen ohne das Porträt.

Es ist natürlich schwieriger, zu schweigen, als zu reden, denn reden kann man auch über nichts, schweigen muss man aber über irgendetwas.

Die Frauen schwiegen keine einzige Minute.

Wie eine riesige Mücke, die von einer Wand zur anderen fliegt: «Bestushew ist der Feind der Anhalt-Zerbster, die Anhalt-Zerbster sind die Feinde von Schuwalow, Schuwalow ist der Feind von Trubezkoj, Trubezkoj ist der Feind von Bestushew, Bestushew ist der Feind von Mardefeld, Mardefeld ist der Feind von Hersdorf, Hersdorf ist der Feind von Chétardie, Chétardie ist der Feind von Mawrutka, Mawrutka ist die Feindin von Lestocq, Lestocq der von

Bestushew, Bestushew der der Anhalt-Zerbster, die Anhalt-Zerbster …»

Feinde, Feinde, Feinde.

Ssssuuuuu.

Das Fieber sank nicht.

Wiederholt kam die Kaiserin, setzte sich ans Kopfende und weinte, nach Weiberart durch die Nase schniefend.

Es waren die Ärzte, die als Erste von einem Geistlichen sprachen.

«Sucht die Mutter», befahl die Kaiserin. «Sie hockt wahrscheinlich bei Bezki und konferiert über irgendeinen Blödsinn mit Chétardie und Brümmer und Mardefeld. Das Leben ihrer Tochter hängt an einem seidenen Faden, das schert die überhaupt nicht. Diese dumme Gans! Wie viel Geduld soll ich denn noch mit ihr haben?»

Man brachte die Politikerin, die bei Iwan Iwanowitsch Bezki gewesen war.

Elisabeth sagte zu ihr: «Eure Tochter bräuchte einen Geistlichen. Wen soll ich holen lassen?»

«Meine Tochter ist eine leidenschaftliche Lutheranerin», rief die Fürstin von Zerbst aus, «sie ist so erzogen. Beim tränenreichen Abschied von ihrem Vater hat sie dauernd vom Samen unserer heiligen Religion geredet. Und wenn Ihr erst die Briefe in ihr Vaterland lesen könntet!»

Und Hände ringend schloss sie: «Ich flehe Euch an, Eure Majestät, lasst einen lutherischen Geistlichen kommen.»

An diesem Tag hatte man die Kranke viermal zur Ader gelassen. Endlich kam sie wieder zu Bewusstsein.

«Mein Kind», sagte Elisabeth mit mütterlicher Sorge, «möchtest du, dass wir einen lutherischen Geistlichen kommen lassen?»

Fieke versuchte, den Kopf zu schütteln. Sie schaffte es nicht.

Die Gedanken gehorchten ihr besser.

Wozu? Schickt lieber nach Simeon Teodorski, hauchte die Sterbende, *mit diesem will ich gerne sprechen.*

Johanna Elisabeth erstarrte zur Salzsäule.

Rasumowski hob nicht nur die Augen, sondern auch die Hände zur Decke und damit dahin, wo er Gott vermutete.

Die Kaiserin schluchzte schniefend auf.

Die Staatsdamen und Hoffräulein ebenfalls.

Eine Kutsche eilte zu Simeon Teodorski, dem Archimandriten des Hypatius-Klosters.

Die Fürstin von Zerbst hatte sich aus ihrer Erstarrung gelöst und rang erneut die Hände.

«Schafft die dumme Gans weg», sagte die Kaiserin.

Johanna Elisabeth fuhr zu Bezki.

Über die scharfsinnige Ablehnung des lutherischen Priesters zugunsten eines orthodoxen Popen schrieb Katharina II. später: *Dies gewann mir die größte Zuneigung der Kaiserin und des ganzen Hofes.*

9

Eine Besserung trat nach dem neunzehnten März ein, als, wie es in einer Verlautbarung der «St. Petersburger Nachrichten» hieß, «die Kranke viel Nasses auswarf».

Fieke schlief tagsüber stundenlang. Um die Gespräche der Damen nicht zu stören, tat sie recht oft auch nur so, als schliefe sie.

Auf diese Weise erfuhr sie manches Neue und Nützliche.

Einmal gab es eine höchst interessante Unterhaltung

zwischen der Gräfin Anna Karlowna Woronzowa und der Gräfin Maria Andrejewna Rumjanzewa. Die beiden waren eindeutig die vornehmsten Damen des Hofes.

So hatte die Kaiserin nach Anna Karlownas und Michail Larionowitsch Woronzows Trauung mit großem Gefolge und unter Voranschreiten von Trompetern und Paukenschlägern die Brautleute höchstpersönlich in ihr Haus geleitet.

Und die Rumjanzewa, Maria Andrejewna, wiederum hatte noch in ihrer Mädchenzeit die Ehre gehabt, aus Eifersucht vom Schöpfer Russlands, Peter dem Großen, auf dem Speicher körperlich gezüchtigt zu werden.

Wir wiederholen: Das waren die vornehmsten Personen des Hofes, was sie nicht hinderte, im brieflichen Stil womöglich nicht voll auf der Höhe zu sein.

Aber wir wollen das Urteil darüber lieber dem Leser selbst überlassen:

Iere Hoheit gerutn mich im Venster zu seen, gerutn mich sofort hohlen zu lassen.

Bei diesem Beispiel handelt es sich um ein zufälliges Schreiben an die Kaiserin, verfasst von einer der vornehmsten Personen, einer mit dem Porträt der Kaiserin geschmückten Staatsdame.

Aber kehren wir zu dem interessanten Gespräch zurück, das die Verheiratung des Thronfolgers betrifft.

«Der Herr Kanzler, so scheint mir, hat immer noch die sächsische Prinzessin Marie Anna im Visier», sagte die Gräfin Rumjanzewa.

«In den Augen der Kaiserin verliert die Fürstin von Anhalt-Zerbst jeden Tag so viel Gewicht, dass es nicht verwundern kann, wenn Bestushews Kandidatin richtig magnifique wirkt», antwortete Anna Karlowna.

«Und der Baron Gorsdorf, der sächsische Gesandte, entfaltet für seine Prinzessin starke Aktionen und Lauferei und schmeißt einen Haufen Geld dafür aus dem Fenster.»

Die Kranke schnarchte fleißig, um die Gräfinnen zu dem Gespräch zu animieren, das auf Russisch geführt wurde.

«Vizekanzler ... sächsische Prinzessin ... Fürstin von Anhalt-Zerbst ... Bestushew ... Aktionen», das waren die wenigen Worte aus dem interessanten Gespräch, die Fieke verstand.

Aber das Mädchen war nicht auf den Kopf gefallen.

Am Donnerstag erfreute Gräfin Anna Karlowna die Genesende mit der Nachricht, nach dem Vesperbrot kämen die Kaiserin und der Thronfolger.

«Ihr habt jetzt ein unvergleichlich besseres Aussehen als gestern, gnädiges Fräulein. Ihre Majestät wird glücklich sein, eine so schnelle Besserung zur Gesundheit zu sehen.»

«Nein, das kommt Euch nur so vor», widersprach die Genesende, «ich fühle mich heute sehr viel schlechter. Das Fieber breitet sich wieder im Körper aus.»

Anna Karlowna und Maria Andrejewna trösteten Fieke, das komme von ihrer regen Phantasie, dabei herrsche im Körper «völlige Kühle».

Eine halbe Stunde später fiel die Genesende in schweren Schlaf.

Als Elisabeth Petrowna, der Oberjagdmeister mit den ägyptischen Augen und der sich langweilende Peter Fjodorowitsch um ihr Bett standen, fing Fieke an zu phantasieren.

«Mein Gott, mein Gott», schluchzte die Kaiserin, während sie eine schreckliche, durch Stöhnen unterbrochene Mär vernahm, «hört ihr, meine Herren, was sie da sagt? Das arme Mädchen, sie denkt, der sächsische Gesandte habe sie vergiftet, um seine Prinzessin Marie Anna durchzusetzen. Da seht ihr einmal, auf was für furchtbare Gedanken sie das kranke Kind gebracht haben mit ihren Spekulationen, die weder Verstand noch Ehre kennen! Ich schwöre bei Gott, obwohl ich geduldig bin, wenn mich erst einmal der Zorn packt, dann kriegen die Herren aber noch Grund zum Weinen. Und ihr, was steht ihr untätig da, ihr dummen Gänse? Holt einen Arzt und lasst sie zur Ader.»

Sobald die Damenmeute losgestürzt war, um den Chirurgen zu holen, hörte Fieke auf zu phantasieren; sie seufzte tief und öffnete die Augen.

«Warten wir noch mit dem Aderlass! Wenn Gott will, wird's ihr leichter», sagte Elisabeth.

Es muss erwähnt werden, dass Fieke auf Französisch phantasierte. «Die Nation soll so schnell wie möglich vergessen, dass ich eine Deutsche bin», hatte sie beschlossen.

SECHSTES KAPITEL

1

Das Vesperbrot wurde zubereitet.

Schuwalow forderte: «Mawra, stell Wodka und etwas Käse oder Wurst auf den Tisch.»

«Welchen Wodka willst du, den mit Zimt oder den mit Kardamom, Peter Iwanowitsch?», fragte Mawra Jegorowna.

«Stell mehrere auf den Tisch. Ich will trinken.»

Es wurden volle Karaffen Wodka mit Zimt, mit Kardamom, hochprozentiger Wodka ohne Zusätze und Wodka mit Anis gebracht.

Schuwalow trank ein großes Schnapsglas aus, wischte sich die Lippen mit einer Serviette ab und sagte, ohne den Käse und die Wurst angerührt zu haben: «Der Senat verteilt Rügen, aber es ändert sich nichts zum Besseren. Frau, du solltest der Kaiserin ins Gewissen reden. Was für Leute sitzen im Senat? Was für Leute sitzen in den Kollegien? Das ganze Vaterland schimpft. Die Leute haben weder Verstand noch Fleiß. Wenn sie wenigstens geduldig auf ihren Stühlen säßen und sich wie in alten Zeiten die behaarten Stellen kratzten, aber selbst dazu sind sie zu faul. Ich besuche extra Kollegien und Kanzleien; danke Gott, wenn du dort jemand antriffst. Die Sekretäre kannst du auch bei Tage mit der Fackel suchen. Mawra, red mit der Kaiserin.»

Und er trank Wodka mit Kardamom.

Mawra Jegorowna assistierte ihrem Mann: «Das Meer kannst du nicht auslöffeln. Bei diesen Bastarden helfen Rügen nicht. Der Schöpfer des Vaterlands, Peter Alexejewitsch, beherrschte das Geheimnis, wie man aus Rieseneseln Elefanten macht.»

Und sie legte los und kam in Fahrt.

Sie hatte eine große Nase und schnelle Augen. Ihr Mund war hässlich, als sei das Innere nach außen gestülpt. Sie war sehr klein und trug fast immer Männerkleidung: Hose, Wams, Kaftan.

«Uff, ein zänkisches Weib, uff, die macht Dampf!», sagte der Hof.

Peter Iwanowitsch Schuwalow, ihr Mann, Mitglied der Leibkompanie und Kammerherr, hatte eine stattliche Figur, runde Backen, stechende Augen und war jünger als Mawra Jegorowna: Sie war bei der Hochzeit vierunddreißig, er zweiunddreißig.

Diese Hochzeit hatte stattgefunden, ein paar Wochen nachdem Elisabeth den Thron ihres Vaters bestiegen hatte.

Vorher hatte Mawra Jegorowna wiederholt der schreckliche Gedanke heimgesucht: «Hoffentlich werde ich nicht als alte Jungfer versauern!»

Als Paar waren Peter Iwanowitsch und Mawra Jegorowna klüger als der ganze Senat zusammen.

Sie standen auf der Seite von Alexej Petrowitsch.

«Was rührst du denn die Wurst nicht an, Peter Iwanowitsch? Nimm doch wenigstens ein dünnes Scheibchen», sagte die sorgende Gattin.

«Schweig. Tu die Nase weg.»

Und er nahm sich doch ein Scheibchen und knabberte auch am Käse.

«Was haben unsere Würdenträger schon für eine Ahnung von den Interessen des Vaterlands? Was haben die für eine Ahnung von ihren eigenen Interessen, sag mir das mal, Mawra!»

«Du hast Ahnung, Peter Iwanowitsch!», antwortete Mawra Jegorowna zärtlich.

«Ja, habe ich», stimmte Schuwalow zu, «ich guck mir England an und lerne bei Frankreich und blicke durch. Jedes Jahrhundert hat seine Entwicklung. Unser Jahrhundert ist das des Handels und der Finanzen. Soll man deshalb das Steuerrad des Ruhms den Kaufleuten anvertrauen?»

Und wieder sprang die Staatsdame vom Stuhl auf und assistierte ihrem Mann.

Der zuckte mit seiner dünnen Braue und sagte: «Setz dich, Mawra, setz dich. Und zappel nicht mit den Füßen unter dem Stuhl.»

«Ja», sagte Mawra Jegorowna gehorsam.

Schuwalow goss sich Wodka mit Zimt ein. Er schluckte, ohne zu krächzen oder zu lallen.

«Die Würdenträger, Mawra, sind die Zierde unseres Vaterlands.»

Und nachdem er wieder einen Schluck getrunken hatte, schrie er, als säße er auf heißen Kohlen: «Ich, Mawra, ich sollte im Senat sitzen! Wie lange soll ich denn vor dir Reden schwingen? Du machst einem nur den Mund wässerig, du dumme Gans, unternimmst aber nichts.»

Dann fiel er über die Gouverneure und die Heerführer her, weil sie aus den Schenken die staatlichen Spirituosen und vom Zoll Brennholz und Kerzen klauten: «Würdenträger sollen das sein, das sind mir schöne Würdenträger!»

Und rums, rums, rums, haute er mit der Faust auf den Tisch, sodass die Karaffen, das Schnapsglas, die Teller mit dem Vesperbrot, der Wurst und dem Käse unter großem Scheppern hochhopsten.

«Das sind keine Würdenträger, sondern Köterschwänze. Zweirubelstücke! Halbe Fuffziger!»

Mawra Jegorowna sah die runden, roten, wackelnden Backen und schmolz vor Liebe.

«Mein Platz ist im Senat, Mawrutka! Ich muss in den Senat, du Großnase! Ich will mein Vaterland auf die höchsten Stufen heben. Ich werde, wie Peter der Große, aus Rieseneseln Elefanten machen. Ich vertraue den Ruhm unseres Jahrhunderts nicht den Kaufleuten an. Ich muss in den Senat, Mawrutka! In den Senat!»

2

Elisabeth Petrowna nahm höchstpersönlich im kaiserlichen Sessel Platz und sagte: «Beginnen wir, meine Herren Senatoren.»

Bestushew erhob sich, legte seine langen Finger auf das massive Holz des großen Kieferntisches, der mit purpurrotem Samt bedeckt war, und wandte seine undurchschaubaren Schlitze in die Richtung der Kaiserin. «Eure Majestät …»

Die durch die staubigen Scheiben einfallenden Sonnenstrahlen sahen staubig aus.

Die Herren Senatoren saßen da, ohne mit ihren Samtrücken die purpurnen Sessellehnen zu berühren.

Der Generalprokurator Fürst Nikita Jurjewitsch Trubezkoj saß an einem kleinen Einzeltisch.

Wohin man blickte: Samt über Samt.

Die beiden Purpurdecken des Senatoren- und des kleinen Generalprokuratortisches waren mit einer zwei Finger breiten Goldborte besetzt.

Der Vizekanzler sprach mit gleichmäßiger, klangloser Stimme. Auch Stimmen können klug oder dumm sein. Klanglose, heisere, krächzende Stimmen sind meist klug, samtige dagegen dumm.

Auf den Tischen standen silberne Tintenfässer und Wachskerzen in silbernen Leuchtern.

Wenn der Vizekanzler in Gegenwart der Kaiserin redete, bekam er Ähnlichkeit mit einer Wachskerze im silbernen Leuchter.

Der gedrungene, aufgedunsene Generalprokurator mit seiner ausladenden Puderperücke und dem reich mit silbernen Stickereien verzierten Kaftan dagegen ähnelte einem Tintenfass.

Der Vizekanzler redete in zähflüssigen, altmodischen Wendungen.

Elisabeth dachte: «Man müsste Mawrutkas Mann zum Senator machen; er ist zwar ein Spitzbube, dafür aber schlagfertig und temperamentvoll; nicht so muffig.»

Von Schuwalow wandte sich die Kaiserin in Gedanken der eigenen Person zu: «Ich habe mich schon wieder voll gefressen; ich müsste mir ein warmes Tuch auf den Bauch legen, und ab ins Bett; wieso bin ich nur in aller Herrgottsfrühe aufgestanden? Wieso eigentlich? Schön blöd!»

Sie nahm selten an den Senatssitzungen teil – einmal in drei, vier Monaten.

«Um das alte russische Staatssystem zu stürzen», äußerte der Vizekanzler, «sammelt Monsieur Chétardie unter Zuhilfenahme französischen Goldes mit unerhörter Frechheit eine riesige Partei von Gesinnungsgenossen männlichen und weiblichen Geschlechts.»

Hier schweifte Elisabeth mit ihren Gedanken nicht ab, sondern horchte auf.

«Und was diese intriganten Anschläge betrifft, so beliebt der einfache französische Reisende Chétardie keine Grenzen zu kennen.»

Bestushew strich mit seinen langen Fingern über den Tisch, als wollte er den staubigen Sonnenstrahl vom Samt wischen.

«Ohne Sinn und Verstand breitet dieser charakterlose Mann hinterlistig ein Netz über eine hohe Person, die durch Blutsbande mit der kaiserlichen Majestät liiert ist.»

«Über wen?», fragte Elisabeth grob.

«Über die Fürstin von Anhalt-Zerbst, Kaiserin.»

Die Kaiserin zog die aufgemalten Brauen hoch; wenn über die Manufakturen oder Salz, Unruhen im Magistrat, Hanf oder Fischleim debattiert wurde, fiel es ihr schwer, aufzuhorchen, dann lenkten sie dauernd andere Gedanken ab.

Wieder strich der Vizekanzler mit seinen dicken Fingern über den Samt, als wollte er den staubigen Sonnenstrahl abwischen.

«Und als General Uschakow staatlichen Befehl hatte, den Livländer Stackelberg zu vernehmen, nachdem selbiger unser geliebtes Vaterland in der preußischen Stadt Königsberg widerlich verleumdet und eine zweite Revolution, die Prinzessin Anna wieder an die Macht bringen sollte, vorausgesagt hatte, da besaß Monsieur Chétardie doch die Frechheit, sich in die Angelegenheiten der Geheimen Kanzlei einzumischen, indem er seinen Hof von der Absicht unterrichtete, zum Verhör des Livländers eine zweite, Frankreich und Preußen gewogene, Person hinzuzuziehen.»

Bei den letzten Worten des Vizekanzlers lief über die aufgedunsenen Backen des Fürsten Nikita Jurjewitsch Trubezkoj ein feines Zittern. «Von wem hat Bestushew das erfahren?», fragte Nikita Jurjewitsch sich in Gedanken. «Hat der Marquis nicht dichtgehalten? Diese Franzosen, da sieht man mal wieder! Die haben eine so lange Zunge, dass ihnen der Mund überläuft, während in ihrem Schädel um das Spatzenhirn herum gähnende Leere herrscht.»

Traurige Staubstrahlen der Frühlingssonne spielten auf der Goldborte der purpurnen Samtdecke, die in schweren Falten vom Senatorentisch herunterhing.

Schwankend marschierte draußen eine Kompanie des Preobrashenski-Regiments in der Uniform aus englischem Tuch vorbei.

Von der leichten Brise schaukelten die weißen Federbüsche auf den Gardehüten hin und her.

Nikita Jurjewitsch schaute aus seinen geschwollenen Augen böse in die schneidenden Schlitze von Bestushew und dachte: «Das Vaterland würde gehörig davon profitieren, wenn es dieser räsonierenden Person, die England favorisiert, an die Kehle ginge.» Und weiter dachte er: «O Gott, der schmaläugige Teufel hat die russischen Manufakturen geplündert, um den englischen Hof bewirten zu können; von sämtlichen industriellen Unternehmungen des Schöpfers Russlands ist nichts mehr da. Könnte der Schöpfer doch mit seinem Stock aus dem Sarg steigen.» Und Nikita Jurjewitsch kam vor Vergnügen ins Schwitzen, wenn er sich vorstellte, wie Peters Stock am Vizekanzler entzweibricht.

Die meisten Menschen lieben solche Vorstellungen. Sie malen sich die Auferstehung eines berühmten Verstorbenen aus und raten, was er beim Anblick von etwas sagen, wie er sich über etwas wundern und wie er sich im einen, dem anderen oder dem dritten Fall verhalten würde.

Trubezkoj setzte seinen Gedanken fort: «Peter der Große rauft sich wohl im Jenseits die Haare: Es hat doch russische Manufakturen gegeben, aber jetzt: Fehlanzeige, der Vizekanzler hat sie auf dem Gewissen, samt und sonders.»

Im Jahre 1743 hatte sich Trubezkoj gegen den Vertrag gestellt, nach dem englische Händler den groben Importstoff für die Uniform der Garde- und Armee- sowie der Artillerie- und Flottenregimenter lieferten.

Die Brüder Bestushew, schrieb der englische Gesandte Cyrill Wache von Petersburg nach London, *haben handfeste Sympathiebeweise Ihrer Majestät verdient*.

In einem silbernen Tintenfass spiegelte sich der staubige Himmel.

Bestushew ließ seine langen Finger knacken.

«Eure Majestät, hat man je gehört ...»

Elisabeth betrachtete zornig ihren kleinen grünen Schuh mit der abgerundeten Spitze.

«... hat man je gehört, dass ein charakterloser Ausländer in der Außenpolitik und den inneren Angelegenheiten des Russischen Reichs das Sagen hatte?»

Der Vizekanzler ließ seine undurchschaubaren Schlitze über die Herren Senatoren schweifen.

Die Strahlen der staubigen Frühlingssonne legten sich auf die Wand, die Tintenfässer, die Kaftane mit den blitzenden Knöpfen und auf die stinkenden weißen Perücken.

Vielleicht sehen nur Kinderaugen den Frühling richtig. Als Jugendliche und in mittleren Jahren wundern wir uns dann auf einmal, wie fad das Rauschen der Bäche ist und wo die Eiszapfen hin sind und dass die Aprilsonne nicht so wie ein Vierteljahrhundert zuvor scheint.

Elisabeth war fünfunddreißig. Sie saß im Senat, unausgeschlafen und mit einem Magen, der schwer war von in Butter gebratenen Piroggen, Leber im Schlafrock mit saftigen Därmchen, Ferkel in Salzlake und Bratente in Gurken, mit süßem Tokaier begossen.

Die Strahlen, die das quadratische Zimmer beleuchteten, fand sie staubig, die Senatoren dumm, Nikita Trubezkoj intrigant, Bestushew fad und feindselig.

Ohne den Vizekanzler seine zähflüssige Darstellung, «wie Chétardie vor seinem Hof damit prahlte, er selbst habe die politischen Antworten Russlands projektiert», zu Ende führen zu lassen, hob Elisabeth ihre erlauchte Person geräuschvoll aus dem kaiserlichen Sessel und sagte: «Ich möchte Eure Eifersüchteleien nicht mehr weiter hören, mein Herr; all das ist eine Lüge, in Umlauf gesetzt von den Feinden des Marquis, zu denen auch Ihr selbst gehört, mein Herr.»

Und sie spreizte ihre Finger und zupfte sich den Rock zurecht.

Nikita Jurjewitsch Trubezkoj kam es vor, als verzögen sich die schwarzen Fäden von Bestushews Lippen zu einem Lächeln.

«Eure Majestät», sagte der Vizekanzler, «lasst mich den Beweis vorlegen, dass meine Worte die pure und lautere Wahrheit sind; und wenn Eure Gnade noch weiter reicht, lasst mich Auszüge aus Schriftstücken des Marquis Chétardie vorlegen, die in der ganzen Welt nicht ihresgleichen haben.»

3

Weiße Pferde zertraten Gänse und Enten, die in fetten Pfützen badeten, und zogen die Kutsche der Kaiserin im Galopp durch die Moskauer Straßen.

Elisabeth fuhr nie anders: ob zwei oder zweitausend Werst, auf den Dorfstraßen Moskaus oder den krummen Wegen der Steppe, ob durch Schnee, Schlamm oder Staub, über die Ebene oder bergauf – immer im Galopp.

«Diebe! Spitzbuben! Tragen die Nase hoch wie Spanier und ducken sich wie Knechte», schalt sie ihre Senatoren.

«Lisa, es bekommt dir nicht, zum Senat zu gehen. Lass es doch bleiben, ihn aufzusuchen», riet ihr der Oberjagdmeister mit den ägyptischen Augen, «du siehst doch, er erzürnt dich nur.»

Als Fieke den hoch aufgeschossenen Rasumowski zum ersten Mal neben der Kaiserin gesehen hatte, fand sie, er sei der schönste Mann bei Hof.

«Sobald Bestushew Vaterland und das Russische Reich beschwört», sagte Elisabeth, den pathetischen Tonfall des Vizekanzlers nachäffend, «werden die Gesichter sämtlicher Senatoren auf der Stelle zu Stein.»

Rasumowski zog seine breiten Schultern hoch und wiederholte seinen Rat, den Senat seltener aufzusuchen.

Die Kühe und Schweine stoben mit schrecklichem Muhen und Quieken vor den spuckenden Pferdemäulern zur Seite und rissen dabei die Hecken, Pfähle und rohen Bretterzäune um, die Moskaus Brachen, Wiesen, Gärten und Gemüsebeete einfriedeten.

Moskau fluchte.

Die Kaiserin fluchte: «Das ist das Einzige, worin sie Übung haben: steinerne Visagen aufsetzen. Wie Helden aus dem alten Rom!»

Sie fasste Rasumowski am Brillantknopf und fragte: «Weißt du noch, Aljoscha, als mein Vater Peter Alexejewitsch … Ach, wie sollst du Tölpel das denn wissen! Du hast damals wahrscheinlich noch bei dir in Lemeschy die Herden der Dorfbewohner gehütet.»

Rasumowski war 1709 im Dorf Lemeschy geboren, das am neunten Werst der alten Straße von Koselez nach Tschernigow liegt. Er hatte als Kind tatsächlich Kühe gehütet. Später sang er in einer Kirche der benachbarten Ortschaft Tschemer. Nach Petersburg hatte ihn ein gewisser Oberst Wischnewski gebracht, ein Liebhaber des Gesangs.

Elisabeth drehte an dem Brillantknopf des Oberjagdmeisters und erzählte, wie ihr Vater Peter Alexejewitsch den Leibeigenen freigestellt hatte, auf Wunsch ihre Gutsherren zu verlassen und in die Armee einzutreten.

«Alle Völker zitterten damals vor Russland. Ach, ich armes Weib! Wo soll ich für diese Ölgötzen von Senatoren denn die Kraft hernehmen, Aljoscha?»

Als Peters Tochter den Thron ihres Vaters bestieg, *hatte sich unter den Leibeigenen das Gerücht verbreitet, sie dürften sich wieder zu den Freiwilligen melden, und sie reichten einzeln und in Scharen bei der Kaiserin Gesuche um Aufnahme beim Militär ein; andere entliefen ihren Gutsbesitzern einfach so, um sich als Soldat zu melden.*

Elisabeth erinnerte sich daran, aber natürlich nicht wie an ein historisches Dokument, und fuhr aus der Haut: «Und die Satanssenatoren, diese Helden aus dem alten Rom, wie haben die da reagiert?»

«Denk nicht daran, Lisa. Du störst nur sämtliche Lebensgeister auf, ohne dem Vaterland damit zu nutzen», sagte Rasumowski und griff damit auf eine Lieblingsformulierung der Base Mawrutka zurück.

«Was soll ich denn machen, Aljoscha, wenn diese römischen Helden, diese Teufel, einhellig im Senat beschlossen haben, das gemeine Volk auf den Plätzen mit Peitschen und

Ruten zu empfangen. Und die ein Gesuch an mich gerichtet haben, die sollten zu lebenslänglicher Zwangsarbeit nach Sibirien kommen. Uch, diese Teufel! Uch, diese Ölgötzen! Uch, diese Diebe!»

Um die Kaiserin zu trösten, streichelte der Oberjagdmeister mit der rechten Hand ihre die Korsage vorwölbenden hohen Brüste.

Die Kaiserin erschlaffte sofort.

Der Oberjagdmeister küsste sie auf die dicken heißen Lippen.

Vorbei an den nicht enden wollenden Zäunen, Hecken und Pfählen, die Brachen und Gemüsegärten einfassten, vorbei an Kirchen aus Stein und Holz, an bemalten und unbemalten Häusern und an Häusern mit Lattenrohren, vorbei an den gestreiften Laternen, Toren mit abgeschrägten Dächern und kleinen verwitterten Ikonen, vorbei an windschiefen verräucherten Hütten, an Hütten mit Schindeldach und Hütten mit Strohdach – kurz, quer durch die Hauptresidenzstadt Moskau, zogen die schäumenden Pferde im Galopp die Kutsche der Kaiserin.

4

Es gab Abendessen in den Gemächern des Großfürsten. Wie es sich eingespielt hatte, saß Peter Fjodorowitsch neben Fieke. Nach der Krankheit hatten sich ihre Haare stark gelichtet, die Stirn trat noch stärker hervor, das Kinn hatte sich noch mehr in die Länge gezogen, aber die Wangen, die die Backenknochen umspannten, leuchteten in strahlendem Rosa, das aus der von der Kaiserin geschenkten Schminkdose stammte.

Der Sommer ist eine Jahreszeit, da der Mensch luftige Zerstreuungen sucht und mit Vergnügen aus dem Zimmer in Garten, Feld, ja in wildeste Schluchten läuft, heißt es bei einem Schriftsteller des achtzehnten Jahrhunderts.

Und Peter Fjodorowitsch suchte luftige Zerstreuungen; Fieke aber war zu schwach und lief ungern aus dem Zimmer, weder in Garten, Feld, noch in wildeste Schluchten; deshalb sahen sie sich auch nicht sonderlich oft.

«Hol's der Teufel, gnädiges Fräulein, dabei fühle ich mich mit Ihnen besonders wohl», rief Peter Fjodorowitsch aus.

«Das höre ich außerordentlich gern, Eure Hoheit.»

«Und wisst Ihr auch, warum? Weil Ihr eine Deutsche und meine Cousine zweiten Grades seid. Das ermöglicht es, offen zu sein.»

Allerdings legte Fieke auf diese Offenheit keinen sonderlichen Wert; denn ihr schien, dass der glupschäugige Offizier der Leibkompanie, der gegenüber saß, sehr wohl die deutsche Sprache verstand.

«Ich bin nämlich verliebt», teilte Peter Fjodorowitsch völlig überraschend mit.

«Was Ihr nicht sagt!»

Fiekes Ohrmuscheln wurden rot.

«Ihr werdet es nicht für möglich halten, gnädiges Fräulein, die Liebe hat mir einfach den Kopf verdreht.»

Ach!

Fieke schlug die glücklichen Augen nieder und fixierte den Hecht auf ihrem Teller.

«Soll ich Euch den Namen meiner Angebeteten verraten?»

«Ja!», sagte Fieke kaum hörbar, ohne die glücklichen Augen von dem Hecht abzuwenden.

«Dieses wunderbare Wesen, gnädiges Fräulein ...»

«Ach, bitte nicht! Schweigt lieber!»

«Warum denn? Also, dieses wunderbare Wesen ... ist das Hoffräulein Lopuchina.»

Fieke fiel die Gabel herunter.

«Es würde mich natürlich riesig freuen, sie zu heiraten, aber, wie der Teufel will, ist die Tante dagegen. Und da ich leider russischer Thronfolger und nicht Thronfolger von Schweden bin, als den die Tante Euren Onkel bestimmt hat, muss ich mich, wie Ihr verstehen werdet, ihrem Willen beugen. Und Euch heiraten. Ich hoffe, Cousine, Ihr habt nichts dagegen?»

«Natürlich nicht.»

Fiekes Ohrmuscheln liefen bis zum Ende des Abendessens nicht mehr rot an und wurden überhaupt nie wieder rot, wenn ihr Bräutigam, der bald ihr Mann wurde und vielleicht zu offen war, ihre Nähe suchte.

Über die Offenheit, so scheint uns, müsste man sich bei Gelegenheit einmal ausführlich auslassen. Was das für eine Eigenschaft ist und welche Seelen, Herzen und Köpfe sie auszeichnet: gute oder böse, hohe oder niedrige, ehrliche oder verbrecherische.

«Cousine, kennt Ihr eigentlich die Geschichte der Natalija Lopuchina, der Mutter meiner Herzensdame?», fragte Peter Fjodorowitsch mit nicht ganz fester Stimme.

«Nein, Hoheit, die kenne ich nicht.»

«Frau Lopuchina ist in Sibirien. Ich schwöre bei der Hölle, eine finstere Geschichte! Und bevor man sie dorthin schickte, hielt man es für opportun, hol's der Teufel, ihr die Zunge herauszuschneiden, und peitschte sie auch noch aus. Ist das nicht barbarisch, gnädiges Fräulein?»

Um Peter Fjodorowitsch von der unpassenden Erzählung abzubringen, schwärmte Fieke: «Dieser Hecht hier, ist das nicht ein vorzügliches Gericht, Eure Hoheit?»

Als hätte der Erzähler an den Fisch denken können!

«Gnädiges Fräulein, sicher werdet Ihr wissen wollen», schrie er, «was für ein Staatsverbrechen diese schöne Frau begangen hatte. Für diesen Fall, erlaube ich mir, Euch zu berichten, dass die Hauptschuld der Frau Lopuchina ihre Schönheit war. Glaubt mir, Cousine, weiß der Teufel, ihre Schönheit war nicht von dieser Welt, sie war die schönste Frau von Petersburg. Und nun ist die Tante die schönste. Wer hat schon Lust, Zweiter zu sein, wenn es ganz leicht ist, Erster zu werden, stimmt's, gnädiges Fräulein?»

«Ihr esst ja gar nichts, Hoheit.»

«Und wenn ein Monarch einen Konkurrenten loswerden will, dann, schwöre ich, ist es gar nicht sonderlich schwer, einen Vorwand zu finden.»

«Wie ist eigentlich die Entenjagd gestern verlaufen, Eure Hoheit?»

«Zufrieden stellend, gnädiges Fräulein. Meine Tante hatte noch nicht von einer Anzeige gegen Frau Lopuchina träumen können, da lag sie auch schon vor, und die Untersuchungskommission, in der auf eine Canaille zwei Schufte kamen ...»

«Hoheit ...»

«Zufrieden stellend, zufrieden stellend ... Und die Untersuchungskommission, die aus Canaillen und Schuften bestand, hol's der Teufel, hatte schon alle Geheimnisse in Erfahrung gebracht.»

«Eure Hoheit ...»

«Aha! Ich sehe, Ihr brennt vor Neugier, zu erfahren, welche Geheimnisse diese Canaillen und Schufte in Erfahrung gebracht hatten.»

Fieke brach der kalte Schweiß aus.

«Gnädiges Fräulein, Ihr müsst wissen, dass die Folterbank ihre rechte Hand war und das Rad, hol's der Teufel, die linke, und in Erfahrung brachten die Schufte folgende Geheimnisse», und er drehte mit seinen zehn Fingern eine mordskomische Nase.

«Aber Eurem Gesicht nach zu urteilen, Cousine, wollt Ihr mich wieder fragen, ob die Entenjagd zufrieden stellend verlief.»

«Da irrt Ihr, Eure Hoheit», sagte Fieke verlegen.

«Dann», ereiferte er sich, «hört mir doch endlich einmal zu, Cousine!»

Fieke dachte: «Ich werde ihm doch nie gefallen, wenn ich nicht die Geduld aufbringe, seine Geschichten anzuhören, die leider etwas unpassend sind.»

«Also, Frau Lopuchina hatte irgendwo auszuschwatzen gewagt, Ihre Majestät, meine Tante, habe einen unmoralischen Lebenswandel, sie treibe sich herum …»

Bei diesen Worten musste der russische Thronfolger die interessante Erzählung abbrechen, denn Fieke bekam auf einmal schwerste Koliken in der Brust.

«Meinen Glückwunsch, gnädiges Fräulein, Ihr habt Euch zum zweiten Mal erkältet. Ich habe Euch doch gewarnt, dieses Russische Reich ist ein verfluchtes Land. Ihr werdet sehen, in weniger als drei Monaten könnt Ihr hier Eure Seele Gott befehlen. Erlaubt Ihr, Cousine, dass ich Euch mit der Faust gegen den Nacken schlage? Das hilft manchmal, wenn man keine Luft bekommt.»

Fieke blieb nichts anderes übrig, als den Vorschlag des Enkels von Peter dem Großen mit Dank anzunehmen. «Soll er mir lieber mit der Faust auf den Nacken schlagen, als seine Geschichten zu erzählen.»

«Gnädiges Fräulein, erlaubt Ihr, dass ich kräftiger zuschlage?»

Die Arme stammelte: «Bitte, Eure Hoheit.»

«Ah, es hat geholfen? Dann will ich in der Geschichte fortfahren. Also, als man die Frau Lopuchina nach der öffentlichen Züchtigung am Senat vorbeiführte und sie in den Fenstern die Canaillen von Senatoren sah, die das barbarische Urteil unterschrieben hatten … Halt, hol's der Teufel, halt, Cousine, wartet mit dem Husten, ich erzähle erst zu Ende … Also, da reckte Frau Lopuchina die Hände zum Himmel, spie ihnen Blut entgegen und wandte sich mit Verachtung ab. Wie findet Ihr das, Cousine? Ist das nicht eine heldenhafte Tat?»

Aber Fieke antwortete nicht, denn wieder wurde sie von einem unerhört tückischen Hustenanfall geschüttelt.

«Was für eine ärgerliche Erkältung», jammerte Peter Fjodorowitsch, der die ihm angetragene Braut mit einer weiteren Erzählung unterhalten wollte, und zwar über die in dieselbe Angelegenheit verwickelte Sophia Lilienfeld, die Frau eines Kammerherrn. Die mit der Untersuchung Betrauten hatten ihr gegenüber Gnade walten lassen wollen, weil sie schwanger war, aber Elisabeth Petrowna hatte eigenhändig zur Feder gegriffen und verfügt: «Betrüger haben keine Milde verdient; besser, zu ihren Lebzeiten nichts mit ihnen zu tun zu haben, als sich noch auf Früchte von ihnen gefasst machen zu müssen.»

5

Die Sonne brannte. Der Himmel sah hart aus, schwer. Der Himmel sah aus wie eine umgedrehte blaue Schale.

Am Klostereingang stand der in die heiligen Gewänder gehüllte Archimandrit Arseni Mogiljanski mit dem Kreuz, um die Kaiserin zu empfangen.

Die Glocken dröhnten.

Die Mönche waren streng nach der Rangordnung angetreten und schwitzten in ihren kostbaren Samtroben. Ihre Schuhe hatten Brillantschnallen, die Strümpfe waren wie die der Staatsdamen aus Seide, das Unterkleid, das sich mittels goldener und silberner Haken schließen ließ, war aus feinstem ausländischen Tuch.

Nicht alle Mönche konnten sich auf den Beinen halten.

Jedem Bruder des Dreifaltigkeitsklosters standen täglich zu: eine Flasche guter Rotwein, eine Karaffe Schaumwein, ein Krug Met, Bier und Kwass. Die Wodkaration für die Bruderschaft belief sich auf dreitausend Eimer im Jahr.

Die Glocken dröhnten.

Kräftige puterrote Seminaristen in weißen Engelsgewändern und mit grünen Lorbeerkränzen in ihrem mit Kwass gewaschenen Haar hielten Palmzweige und Preisgedichte in der Hand.

Mit gesenktem Kopf ging der Thronfolger hinter der Kaiserin her und wackelte unübersehbar mit den Ohren, weil er auf seine Froschlippe biss, um nicht vor Lachen loszuprusten.

Die Glocken dröhnten.

Fiekes Gesicht leuchtete gleichsam von innen heraus. Sie tat so, als merke sie nicht, wie der Bräutigam ihr mal den Ellbogen in die Seite rammte, mal das spitze Knie in den Schenkel bohrte.

Der Archimandrit schwenkte das Kreuz auf eine besonders kunstvolle Weise.

Die Seminaristen in den Engelsgewändern streckten der

Kaiserin ihre roten Fäuste mit den Palmzweigen entgegen und schmetterten die Preisgedichte.

Die grünen Lorbeerkränze rutschten ihnen in den nach Kwass stinkenden Nacken.

Die Sonne brannte.

Bäche von Schweiß troffen in großen, dreckigen Tropfen auf die Engelsgewänder.

Das Gold der Kuppeln schmolz.

Das Dreifaltigkeitskloster hatte hunderttausend Leibeigene. Die Bauern der Gutsbesitzer beneideten die Bauern des Klosters nicht.

Elisabeth Petrowna blickte mit Rührung und Dankbarkeit auf die breiten Klostermauern, die ihren Vater während des Moskauer Aufstands versteckt hatten.

Dieselben Mauern hatten das Dreifaltigkeitskloster schon in der Kindheit von Iwan dem Schrecklichen umgeben.

Die Seminaristen intonierten die Preisgedichte mit dicken und dünnen Stimmen. Bäche von Schweiß gruben dreckige Furchen um die Wangen und ließen die roten Gesichter gestreift wirken.

Als Peter Fjodorowitsch dem Blick des goldbärtigen Archimandriten begegnete, rutschte sein Ohr höchst komisch fast bis zur Halsmitte herunter.

Der Goldbärtige öffnete den Mund vor Verwunderung.

Die Sonne brannte.

Fieke, die begeisterte Blicke gen Himmel schickte, dachte: «Um Gottes willen, wofür hat die Welt Gedichte erfunden? Es kann doch wohl nicht sein, dass sie jemand gefallen; wahrscheinlich verstellen sich die anderen alle genauso wie ich.»

Ein ähnlicher Gedanke kam ihr auch später in reiferem

Alter recht häufig in den Sinn, wenn sie die Künste förderte. «Es kann doch wohl nicht wahr sein», zweifelte sie wiederholt, «dass Worte, die kein Mensch in den Mund nimmt und die auch noch falsch angeordnet sind, angenehm zu lesen sein sollen.»

Der Thronfolger quakte wütend: «Ach, Cousine, wenn Ihr wüsstet, wie ich mich zurückhalten muss, um diese als Cherubim verkleideten Hornochsen nicht zum Schinder zu schicken.»

«Liebt Ihr eigentlich die Dichtung, Eure Hoheit?»

«Ich bitte Euch, gnädiges Fräulein, wie sollte ich denn die leibliche Schwester der Musik nicht lieben!»

Fieke kam zu dem Schluss: «Nein, er verstellt sich also nicht.»

Die Seminaristen pressten die roten Fäuste mit den Palmzweigen an ihr Herz.

Der Thronfolger prustete los.

Der Goldbärtige dachte: «Ein richtiger Possenreißer.»

Die Sonne brannte.

Der Archimandrit war einer der ständigen Begleiter der Kaiserin. Er ging mit ihr, natürlich ohne Verkleidung, zu Maskenbällen, zur deutschen Komödie und zur Oper, wo neben den italienischen Opernsängern und Opernsängerinnen in den stummen Rollen auch junge Adelige mitspielten, die im Sucharjow-Turm gelernt hatten.

Als der Thronfolger den Blick des Goldbärtigen auffing, rutschte ihm das Ohr zum zweiten Mal fast bis zur Halsmitte herunter.

«Er ist seinem Großvater Peter Alexejewitsch nachgeschlagen», sagte sich der Archimandrit, und da er den Spott der starren Augen des Thronfolgers nicht aushielt, zog er sich unter seine buschigen goldenen Brauen zurück. «O

Gott, warum setzt du schon wieder einen Satan auf den russischen Thron?»

Die Sonne brannte.

6

Gegen Abend kam Michail Larionowitsch Woronzow zum Kloster und brachte ein dickes Paket von Bestushew für die Kaiserin.

+ +

«Was schweigst du? Lies weiter. Du, ich rede mit dir, Mawrutka, nun lies doch», sagte Elisabeth ganz leise und eben deshalb erschreckend. «Pass bloß auf, wenn du ein Wort auslässt, ich schwöre bei Gott, uff, du kriegst einen Schuh in die Fresse.»

Wenn die Kaiserin brüllte und der blitzende Teller ihres Gesichtes rot angelaufen war, dann rutschte Mawra Jegorownas Herz nicht in einen Abgrund; wenn der Teller jedoch weiß wurde und die Kaiserin so leise zu sprechen begann, dass man in einer Entfernung von drei Schritten kein Wort mehr verstand, dann stürzte das Herz der Base unaufhaltsam in die Tiefe.

«Lies.»

Elisabeth saß auf dem Bett und hatte beide Arme um das im Knie gebeugte nackte Bein geschlungen; ihr anderes Bein, das rechte, fuhr ununterbrochen auf dem Laken hin und her.

«Na?»

«Verehrte Majestät, welchen soll ich denn jetzt lesen?»

«Den da», sagte die Kaiserin und deutete mit der Ferse

auf ein großes, weißes Blatt, das getrennt vom Stapel der anderen Briefe Chétardies lag, die von dem Staatsrat Goldbach, einem Beamten aus dem Kollegium für Auswärtige Angelegenheiten, entziffert worden waren.

«An wen ist er gerichtet?»

«An Amelot, Verehrte.»

«Lies, was der Herr Vizekanzler rot unterstrichen hat.»

«Jawohl, verehrte Kaiserin», sagte die Base, fuhr mit den Augen über die großen, langen Zeilen und machte sich ans Vorlesen: *Um in Erfahrung zu bringen, was im Herzen der Zarin vor sich geht oder, mehr noch, wann man sich ihre abergläubischen Befürchtungen zunutze machen sollte, ist es in vollem Umfang und unter allen Umständen erforderlich, ihren Beichtvater und die zum Synod gehörenden Bischöfe zu bestechen.*

«Gut, wirf ihn auf die Seite», sagte Elisabeth, ohne mit den vor Wut weißen Augen zu zucken.

Mawra Jegorowna warf ihn auf die Seite.

«Den hier!», sagte Elisabeth und deutete mit der Ferse auf ein anderes Blatt. «Lies den.»

«Verehrte Majestät, wo soll ich anfangen? Da wo rot unterstrichen ist?»

«Ja.»

Was den Sturz des Vizekanzlers betrifft, so ist dieser Punkt noch nicht in die Tat umgesetzt, aber wir zählen sehr auf die Hilfe der Zerbster Prinzessin …

«Na klar», sagte Elisabeth, «diese dumme Gans ist genau die Richtige, um diesen Dummköpfen zu helfen. Ein Kluger würde sich nicht dafür hergeben. Uff, ich schwöre bei Gott, die kriegt was von mir zu hören, diese dumme Deutsche. Lies weiter.»

«Verehrte Majestät, unter dieser Passage von Chétardie

steht eine Bemerkung, die von Alexej Petrowitsch stammt.»

«Die Worte des Herrn Vizekanzlers sind zähflüssig wie Hundespeichel. Lass den Anfang weg und fang in der Mitte an.»

«Zu Befehl, Eure Majestät», sagte sie und begann in der Mitte. *Ob meines traurigen und bekümmerten Zustandes liegt der einzige Trost im Gerechtigkeitssinn Ihrer kaiserlichen Majestät, mit ihrem allzu großzügigen Schutz nicht zuzulassen, dass der Vizekanzler ein unschuldiges Opfer werde.*

«Was denn für ein Opfer!», empörte sich Elisabeth. «Selbst ein blutrünstiger Henker würde sich doch wohl glücklich schätzen, einem solchen Opfer, wie es Graf Bestushew ist, lebendig entkommen zu sein.»

Die Base gab zu bedenken: «Verehrte, Graf Alexej Petrowitsch ist doch ein scharfsinniger Mann.»

«Schon gut, du Minister, dich habe ich nicht gefragt», knurrte die Kaiserin.

Die Base schob ihre mit Speichel bespritzten Lippen zusammen.

Wieder deutete Elisabeth mit der Ferse auf ein Blatt.

«Lies das!»

Mawra Jegorowna ließ schleunigst ihre quäkende Stimme hören: *Die Zarin, die einzig ihren Vergnügungen frönt und die manchmal ein totaler Widerwille gegen die Staatsgeschäfte befällt …*

«Nimm den», sagte Elisabeth kaum hörbar, «und lies bloß deutlich und laut.»

«Ja, verehrte Majestät.»

Und sie las: *Das vier- oder fünfmal am Tag wiederholte Umkleiden und das Amüsement in den Privatgemächern mit allem möglichen Gesindel …*

Hier erkühnte sich die Base denn doch, zusammen mit ihrem kalten Speichel ein paar harte Worte von Chétardie hinunterzuschlucken.

Elisabeth hob unauffällig ihren Schuh.

«Kaiserin, Eure Majestät», hob die Sklavin und Base, so schnell es ging, an, «kann man einen solchen Dreck denn überhaupt laut vorlesen?»

Verstohlen drehte, wand und drückte Elisabeth den Schuh.

«Ein einziges faules Ei reicht, damit sieben Männer ihre Beine in die Hand nehmen, sagt man; und hier, Verehrte …»

Aber die Base konnte nicht ausreden. Der nicht mit Weiberkraft geschleuderte Schuh traf sein Ziel ohne Fehl.

«Das hast du dir selbst zuzuschreiben, Mawra Jegorowna.»

Zusammen mit einem Blutklumpen spuckte die Base zwei dunkle Vorderzähne aus.

«Verschwinde sofort aus dieser Zelle», sagte Elisabeth, wobei sie dachte: «Sie ist ja schließlich keine Himbeere, die sofort vom Strauch fällt.»

Der warme Juniwind strömte durch die halb geöffneten Fensterflügel und ließ die Ikonenlämpchen flackern.

Die Base würgte in großen Schlucken das salzige Blut herunter und entfernte sich.

Hinter der Tür heulte sie wegen ihrer Zähne laut auf.

Die Kaiserin war mit der Stirn auf das Kopfkissen gefallen und heulte ebenfalls laut auf. Sie war unglücklich.

Ein Hahn krähte; offenbar litt er an Schlaflosigkeit.

Die Nacht war von Sternen übersät, die leider nicht so golden waren wie die Kreuze und Kuppeln des Dreifaltigkeitsklosters.

Ein Maikäfer kam in die Zelle geflogen.

Die mitleidige Kaiserin fing ihn ein, trat ans Fenster und entließ ihn in die warme Nacht.

«Leb schön, mein Kleiner.»

Und sie lehnte sich mit ihren hohen rosigen Brüsten auf die Fensterbank, strich sich mit den Fingern durch die rote Mähne und dachte: «Da habe ich das Weib aber übel zugerichtet.»

Sie rief: «Mawra! Mawrutka! Mawra Jegorowna …»

Die verheulte Base verdeckte beim Betreten der Zelle den Mund mit der Hand.

«Weine nicht, Mawra Jegorowna», sagte Elisabeth zärtlich, «dein Mann wird dich auch so lieben. Ich kenne ihn wie die fünf Finger meiner Hand. Meine Gute, er wird dich jetzt noch mehr lieben als früher. Mawra Jegorowna, ich befördere deinen Mann, den Herrn Schuwalow, hiermit in den Senat.»

Und völlig zufrieden mit sich, reichte sie der Sklavin und Base ihre Hand zum Kuss.

«Das ist das Unerträgliche an der Unwissenheit», heißt es bei Platon, «dass sie, obwohl weder schön noch gut noch klug, trotzdem völlig zufrieden mit sich ist.»

Die Blätter der Birken schimmerten rosig.

Hinter den schwarzweißen Baumstämmen tauchte der Diakon auf: im Chorgewand mit dem Stab in der Hand und auf einer mächtigen schwarzen Stute thronend.

«So müssten die Reitgardisten im Sattel sitzen», fand der Archimandrit Arseni Mogiljanski und räkelte sich in den weichen Kissen seiner goldenen Kutsche.

Ein Sechsergespann schlanker Pferde im Farbton von

Kutsche, Bart und Klosterkuppeln brachte den Archimandriten in die Sauna.

Ein paar Schritte hinter der Kutsche polterte eine kleine Fuhre mit allerlei Speisen und Getränken auf beschlagenen Rädern.

Der glatte Boden in der Sauna war mit Blumen und duftendem Gras ausgelegt.

Aus den Schöpfgefäßen gossen sie ungarischen Wein auf den glühenden Stein. Der daraus entstehende Dampf machte die Knochen geschmeidig.

Als er das offene Fenster in der Zelle der Kaiserin sah, dachte der Archimandrit: «Wie schön es wäre, sich mit einem Weib in der Sauna zu waschen!»

Die Birken raschelten mit ihren rosigen Blättern.

Elisabeths Zorn war verflogen, sie schlief ein; aber als sie am Nachmittag die Augen aufschlug, widerte sie alles an.

Das kommt vor.

7

«Die Tante kocht», verkündete Peter Fjodorowitsch, dessen Zelle direkt neben der kaiserlichen lag, «die Staatsdamen und Hoffräulein brauchen sich die Backen nicht rot zu pudern.»

Fieke fragte nach: «Wieso?»

«Die Tante wird schon dafür sorgen, dass sie rote Wangen kriegen», erklärte der Thronfolger. «Von ihren Backpfeifen wird sich ihre Haut so richtig rosig färben.»

«Ihr macht schlechte Witze, Eure Hoheit.»

«Von wegen! Das ist absolut kein Witz! Wirklich, Cousine, man merkt sofort, dass Ihr erst seit kurzem am glanzvollsten Hof Europas lebt.»

«Ihre Majestät hat nach Mutter geschickt, als es gerade zur Mittagsmesse läutete», erklärte Fieke.

«Sie wird ihr bestimmt rosige Wangen machen», sagte der Thronfolger unbeeindruckt. «Soll ich Euch vorführen, Cousine, was für ein Gesicht die Tante jetzt zieht?»

Er machte runde Augen, blähte die Nüstern, blies die Wangen auf und schob die Unterlippe über die obere.

«Mein Gott, wie Ihr der Kaiserin gleicht!», rief Fieke aus.

«Und jetzt seht mal, was für ein Gesicht Eure Mutter zieht.»

Und er ahmte Johanna Elisabeth so zum Verwechseln komisch nach, dass Fieke es nicht aushielt und losprustete.

«Und nun schaut Euch mal Herrn Lestocq an, wie er der Aussprache der hohen Damen beiwohnt.»

Peter Fjodorowitsch schnitt ein urkomisches Gesicht. Der erste Leibmedicus, der ausgerechnet in diesem Moment die Zelle betrat, erkannte sich in der Karikatur sofort wieder.

«Verflixter Clown!», knurrte der Doktor beleidigt.

Fieke vergoss Tränen vor Lachen.

Der Thronfolger hielt es nicht für nötig, seine komische Maske abzulegen, als er Lestocq erblickte.

Dem ersten Leibmedicus kam es vor, als sähe er sich in einem Spiegel aus schlechtem Glas.

Fieke wischte sich hastig die Tränen ab. «Wie unvorsichtig!», ärgerte sie sich. «Bestimmt ändert Herr Lestocq jetzt seine Einstellung zu mir.»

«Eure laute Fröhlichkeit wird Euch gleich vergehen», sagte der Leibmedicus und ballte die Fäuste.

Mit welchem Vergnügen er jetzt die «holsteinische Visage» blutig schlüge!

«Wie, gnädiger Herr, Ihr meint, die Fröhlichkeit wird uns vergehen?», fragte der Thronfolger und sprach nicht natürlich, sondern mit Lestocqs vor komischer Wut heiserer Stimme.

»Ja, Eure Hoheit, das meine ich. Und was Euch betrifft, gnädiges Fräulein», wandte sich Lestocq an Fieke, «so bleibt Euch nach meinen Informationen nichts anderes übrig, als Eure Sachen für die Rückreise zu packen.»

Fieke knickten die Beine ein.

Sie sagte sich in Gedanken: «Um Gottes willen, dahin haben also Mutters politische Einlassungen geführt!» Und sie fügte auf Russisch, die Kaiserin imitierend, hinzu: «Die dumme Gans!»

Lestocq hatte die Fäuste nicht gelockert, als er die Zelle verließ.

«Na, wie ist es, Cousine, habe ich nicht gesagt, dass die Tante heute dafür sorgt, dass Eure Mutter rote Bäckchen kriegt?», quakte der Bräutigam fröhlich, der dabei war, seine Braut zu verlieren. «Ich möchte mal wissen, mit wem die mich dann eigentlich verheiraten wollen.»

Fast jeder von uns, der Beste ebenso wie der Schlechte, nimmt die Nachricht, dass jemand ein Unglück zugestoßen ist, unwillkürlich mit Freude auf. Und es ist seltsam, dass wir sogar dann mit diesem schäbigen Gefühl reagieren, wenn das Unglück einen guten Bekannten, Freund oder Verwandten trifft. Besonders verwunderlich aber ist, dass dieses Gefühl sogar dann nicht weicht, wenn das Unglück, das einen nahen Menschen getroffen hat, Konsequenzen für uns selbst hat. Natürlich verstehen wir uns inzwischen gut darauf, dieses schäbige Gefühl anstandshalber unter dem Anschein von Kummer zu verstecken. Wenn das Unglück keinen Feind, sondern einen guten Bekannten oder Freund getroffen hat, folgt auf den gespielten Kummer gewöhnlich echtes und tiefes Bedauern.

+ +

Der Thronfolger sagte:

«Psssst! Die Tante kommt.»

Fieke, die auf dem hohen Fensterbrett des Klosters neben dem Thronfolger saß, schmiegte sich zärtlich an ihn und neigte den Kopf gegen seine Schulter.

Der Junge blickte verwundert auf seine Cousine zweiten Grades.

Die Kaiserin trat ein, mit schlecht nachgezeichneten Brauen, rot und verschwitzt vom ausgiebigen Schreien. Ihr folgte Johanna Elisabeth mit tränengeschwollenen Augen und Nase; offenbar flossen ihr die Tränen auch aus minder poetischen Löchern.

Fieke verstand mit einem Blick, dass die Worte des Arztes über die Reisekoffer keine leere Drohung gewesen waren: Die tränengeschwollenen Augen und die Nase der Fürstin von Zerbst deuteten auf einen Sturm, aller Wahrscheinlichkeit nach auf Schiffbruch.

«Mutters elendem Aussehen nach zu schließen, hat sie ordentlich was abgekriegt», dachte Fieke, die von diesem Gedanken fast begeistert war.

Es wäre ein Fehler, Fieke für eine besonders schlechte Tochter zu halten.

«Und was wird mit mir?», war ihr zweiter Gedanke.

Und obwohl sie in den russischen Thronfolger kein bisschen verliebt war, schmiegte sie sich noch verliebter an seine Schulter.

«Ach, was für ein große Liebe!», dachte die Kaiserin, die wie die meisten Frauen für ihr Leben gern Leute verkuppelte. «Die lieben Kinder, was können die dafür, dass die Mutter in der Politik eine dumme Gans ist!»

8

Der englische Gesandte Lord Tyrawly meldete aus Moskau nach London: *Ich hatte keine ruhige Minute während der Chétardie-Affäre, denn es ging darum, wer siegen würde: England oder Frankreich. Als wir seine Schachzüge vor der Kaiserin offen legten und ihn nicht nur als gefährlich, sondern auch als äußerst lächerlich darstellten, tat das sehr schnell seine Wirkung auf sie.*

Die britischen Untertanen kauften Russland zwei Drittel seines für den Export bestimmten Hanfes ab, mehr als die Hälfte des gesamten Leders, genauso viel Flachs, mehr als drei Viertel der gesamten Leinwand, mindestens so viel Eisen, die gesamte Pottasche, einen Großteil der Produktion von Rhabarber, Fischleim und Borsten und so weiter.

Am sechsten Juni erhielt der Marquis de la Chétardie die Aufforderung, Moskau binnen vierundzwanzig Stunden zu verlassen.

Eine solche Konfusion und Hast hätte man von Chétardie nie erwartet, schrieb Bestushew an Woronzow, der bei der Kaiserin im Dreifaltigkeitskloster weilte, *er kam gar nicht zur Besinnung, bat weder zu Tisch noch etwas zu seiner Rechtfertigung vorbringen zu dürfen, sondern er stand da, ließ den Kopf hängen und schnaufte die ganze Zeit.*

Graf Alexej Petrowitsch Bestushew-Rjumin wurde zum Großkanzler ernannt, Michail Larionowitsch Woronzow zum Vizekanzler.

9

«Ehrwürden fahren jetzt in die Sauna», so verkündete fröhlich der Diakon, der besser als ein Reitgardist im Sattel saß.

«Wieso das?»

«Ihm blutet das Herz. Die Bauern vom Nikolaj-Kloster haben ihre Mönche zu Krüppeln geschlagen.»

«Um Gottes willen.»

In den Siedlungen und Dörfern des an der Pesnoscha gelegenen Nikolaj-Klosters, das zum Dreifaltigkeitskloster gehörte, «war den Bauern die Geduld gerissen, und sie fassten den Entschluss, die lebenslange Sklaverei abzuschütteln.»

Zu ihrem Unglück versuchten die Klosterherren, während sie warteten, bis Soldaten anrückten, die Bauern zur Vernunft zu bringen: zuerst mit Gebetsstimme, später, vom Geschrei der Bauern erzürnt, mit Schmähreden.

Der Erfolg war gering.

«Huuuu, huuuu», heulte der Abt Elias. «Ich bin doch kein Bär, meine Söhne, ich bin kein wildes Tier des Waldes, als dass ihr mit dem Spieß auf mich losgehen könntet.»

«Schlimmer als ein Bär», antworteten die Bauern, «ein Bär stürzt sich auf das Vieh, du, Vater, auf Menschen.»

Im Dorf Rogatschewo banden sie Bruder Wassili an eine Kette und badeten ihn in einem tiefen Teich.

«Bis acht Blasen aufsteigen», befahl der Anführer von Rogatschewo, ein ergrauter Bauer mit ausgemergeltem Gesicht und frechen jungen Augen.

«Die Karausche mag den Schlamm», erklärten die Mädchen, die der Mönch geschändet hatte.

Dem Alten Hiob aus dem Dorf Koselskoje rissen sie die ganze Haut vom Rücken.

Das Urteil der Bauern war salomonisch: Jeder Leibeigene, der von Hiob ausgepeitscht worden war, versetzte dem Mönch fünf Hiebe. Männer, Weiber, Mädchen und Kinder peitschten den Tyrannen von Koselskoje aus.

10

Elisabeth setzte die Verlobung auf den Tag Peter und Paul fest.

«Und am Vorabend muss das Mädchen den griechisch-orthodoxen Glauben annehmen und mit heiligem Öl gesalbt werden.»

Fieke ließ sich das Glaubensbekenntnis vorsprechen, und ohne dass sie die russischen Worte verstand, lernte sie es wie ein Papagei auswendig.

Sie fastete.

Ihre Patin war die Äbtissin des Neujungfrauenklosters, eine Alte mit Habichtsnase und dunklen Fingernägeln, deren Segen die Leute zitternd entgegennahmen, denn sie fühlten sich wie ihre Beute, wie Küken oder Schafe. Die Hexe war eine berühmte Asketin.

Dank der gelungenen Theaterproben sagte Fieke das Glaubensbekenntnis so auf, dass die ganze Kirche vor Rührung zerfloss: der Senat, der Synod, die Generalität und die Würdenträger; ganz zu schweigen von den Damen, deren Tränen wir als weniger wertvoll einzustufen gewohnt sind. Mit einem Wort, die russische Nation, wie Fieke die Gesellschaft des Hofes nach wie vor nannte, war hingerissen.

Das Herz der Kaiserin schmolz dahin.

Der Enkel Peters des Großen klatschte insgeheim seiner Braut Beifall.

Die Deutsche Sophie Friederike Auguste bekam den Namen Jekaterina Alexejewna.

Nach der Beendigung der Zeremonie schenkte die Kaiserin ihr eine Agraffe und ein Collier mit Brillanten im Wert von einigen hunderttausend Rubeln.

Ein Pud Rindfleisch kostete damals in Moskau zwölf Kopeken.

+ +

Am Abend verließ der Hof Golowins Holzpalast und begab sich in den Kreml.

Die Verlobung fand am neunundzwanzigsten Juni statt.

Elisabeth zog in die Mariä-Himmelfahrt-Kathedrale ein, im Kaisermantel und der Krone, die mit 2605 Edelsteinen besetzt war, darunter der schon unter Alexej Michajlowitsch beim Kaiser von China gekaufte berühmte Rubin, der blutrot leuchtete wie eine offene Wunde.

Stämmige Generalmajore, acht an der Zahl, trugen mit ausdruckslosen Gesichtern den silbernen Baldachin.

Elisabeth kam in dem Mantel heftig ins Schwitzen.

«Gut, dass wenigstens der Baldachin da ist, sonst würde ich wirklich eingehen.»

Rasumowski schien, seine Lisa habe Schulterzucken. «Ach! Was für ein Unglück! Verhüte Gott, dass ein Anfall sie zu Boden streckt.»

Die Kaiserin hatte die Krankheit von ihrem Vater geerbt.

Die Garderegimenter bildeten Spaliere, in denen die goldenen Schärpen über der rechten Schulter, die goldenen Degentroddeln, die goldenen Griffe und die gezackten goldenen Tressen auf den Borten des Kaftans blitzten und glänzten.

Die Ringe, die die Kaiserin den Verlobten an die Finger steckte, nannte Johanna Elisabeth «wahre kleine Ungeheuer» zu fünfzigtausend Écu.

Ein Pud Schinken kostete in Moskau fünfzig Kopeken.

Alle Moskauer Glocken sangen in vielstimmiger Harmonie, als der Bischof den kaiserlichen Erlass vorlas, der Jekaterina Alexejewna zur Großfürstin mit dem Titel Ihre kaiserliche Hoheit erklärte.

Nach dem Gottesdienst wurden Kanonensalven abgefeuert.

Am Abend fand ein Ball statt.

Auf dem Teppich am Fuße des Thrones tanzten: die Kaiserin, Großfürstin Jekaterina Alexejewna, deren Mutter («Pfui, diese dumme Gans») und die Prinzessin von Hessen. Nur vier Paare.

Der englische Gesandte Lord Tyrawly, der nicht von besonders vornehmem Stande war, tanzte auf dem Teppich am Fuße des Thrones.

SIEBENTES KAPITEL

1

Im Dezemberfrost sahen die Hengste und Stuten wie riesige weiße Igel aus: Ihr Fell stand ab, als wären es Stachel.

Die Kaiserin fuhr in einem Schlitten, der einen Kartentisch im Inneren hatte und wie ein Haus durch einen Ofen beheizt wurde.

Wenn die Pferde mit einem Todesröcheln in den Schnee stürzten, wurden sie durch welche aus der Reserveherde ersetzt, die hinter den Kufen herrannte.

Um ein Maximum an Geschwindigkeit zu erreichen, folgten in dem stürmischen Heer von Dschingis Khan jedem Reiter achtzehn ungesattelte Pferde. Dschingis Khan beeilte sich, siebenhundertzwanzig Völker zu unterwerfen.

Elisabeth hatte die Maskenbälle in Moskau hinter sich gebracht und eilte nach Petersburg zu den Quadrillen und «Menuetten der Metamorphosen», wo das männliche Geschlecht, in Röcke verkleidet, quasi zum weiblichen Geschlecht wurde und das weibliche zum männlichen, was große schlanke Weiber lustig fanden, fette kleine – in Hose! – dagegen Tränen kostete.

+ +

Am Morgen teilte Peter Fjodorowitsch in Twer seiner Braut mit, «die Tante sei in der Nacht vorbeigaloppiert».

Jekaterina Alexejewna schaute ihren Bräutigam an und fragte beunruhigt: «Fühlt Ihr Euch auch nicht krank, Eure Hoheit?»

«Ich bin in Russland!», antwortete er und gab durch die Ironie des Tonfalls zu verstehen, es sei in diesem verfluchten Land ausgeschlossen, dass man sich anders als scheußlich fühlt.

Aber der Bräutigam sah noch schlimmer aus als sonst.

Brümmer sagte, Ihrer Hoheit sei seit dem Morgen übel, die Schlittenfahrt setze ihr wohl zu, aber es gäbe keinen Grund zur Beunruhigung.

Peter Fjodorowitsch klagte über Kopfschmerzen.

«Das kommt sicher von dem blöden Glockenläuten. Diese Esel, hol sie der Teufel, haben uns neben einer Kirche einquartiert. Eine Schenke wäre mir lieber. Wenn ich König bin, befehle ich, allen Glocken die Klöppel herauszureißen.»

Und überraschend fügte er hinzu: «Und den Schuften, die den preußischen König schmähen, lasse ich die Zunge herausreißen.»

Alexej Petrowitsch Bestushew-Rjumin hatte in Anlehnung an die Kaiserin Friedrich II. in Gegenwart von Freunden einen «preußischen Nadir Schach» genannt.

Sie gingen zu den Schlitten, der Thronfolger fuhr mit Brümmer, Jekaterina mit ihrer Mutter.

Der Weg hatte Schlaglöcher, die Reisenden wurden gerüttelt und geschüttelt.

Der Schneesturm: ein weißes Feuer.

Die lodernden Pechfässer.

Peter Fjodorowitsch streckte den heißen Kopf hinter dem Vorhang hervor und erbrach Galle in den Schnee.

Das Pechfeuer schien seine zitternden, blutigen Hände nach dem langen Hals des russischen Thronfolgers auszustrecken.

Schnee.

Erbrochenes.

Flamme.

Die gequälten gelben Augen.

Die wenigen Stufen des am Weg liegenden Palasts in Chotilowo, vierhundert Werst von Moskau entfernt, konnte Peter Fjodorowitsch kaum die Füße hochschleppen.

Er legte sich nicht hin, sondern kippte ins Bett.

Jekaterina, die durch die Wand hörte, wie der Bräutigam mit den Zähnen klapperte, bekam es richtig mit der Angst zu tun: «Was hat er denn, was hat er? Ach, es geht ihm schlecht!»

Sie bat: «Lasst mich zu ihm, lasst mich rein!»

«Setzt Euch, gnädiges Fräulein», sagte die zukünftige Schwiegermutter des Thronfolgers, «beruhigt Euch, gnädiges Fräulein.»

«Wo ist der Arzt? Wo ist Boerhaave? Schnell, schnell, holt Boerhaave!»

«Hört auf zu schreien, gnädiges Fräulein, Ihr seid doch kein Marktweib.»

Als der schwerhörige Leibmedicus bei Peter Fjodorowitsch dreieckige rote Flecken unten am Bauch sowie auf der Brust und unter den Achseln entdeckt hatte, brummte er: «Ihre Hoheit hat die Pocken.»

«Pocken!», hallte es wie der Wind durch den Palast von Chotilowo.

«Pocken!»

«Pocken!»

«Pocken!»

«Mein Bruder ist in Russland ebenfalls an den Pocken gestorben», sagte Johanna Elisabeth.

«Auch Kaiser Peter II. starb an Pocken», sagte Brümmer.

Jekaterina fiel in Ohnmacht.

Ein Kurier galoppierte mit den unerfreulichen Nachrichten zur Kaiserin nach Petersburg.

An den Pocken starben damals in Westeuropa jährlich mehr als anderthalb Millionen Menschen. Im Laufe eines Jahrhunderts hatten sie zwanzig gekrönte Häupter dahingerafft. Der einzige Schutz vor ihnen war die chinesische Göttin Dou-Shen-Nian-Nian. Aber auch in Indien gab es steinerne Statuen, die heilten. Die Ärzte dagegen halfen kaum, wie man zugeben muss. Obwohl man sie auf alle mögliche Art zu ermuntern suchte. So erfüllte man zum Beispiel die letzte Bitte der an Pocken gestorbenen burgundischen Königin Austrigilda und richtete die beiden gelehrten Ärzte Donatus und Nikolaus, die vor der Krankheit kapituliert hatten, zur Abschreckung mit dem Schwert.

«Fahrt sofort ab», riet der Leibmedicus Johanna Elisabeth.

Jekaterina küsste der Mutter die mit kaltem Schweiß bedeckten Hände und flehte um die Erlaubnis, in Chotilowo bleiben zu dürfen, um sich um den Bräutigam zu kümmern.

Diesmal war der Grund, weshalb sie weinte und flehte, nicht der Wunsch, der Nation und dem Thronfolger zu gefallen.

«Ach, gnädiges Fräulein, wenn Ihr mich wenigstens in solch einem Augenblick mit Eurem Theater verschonen könntet!», zischte die Mutter, die fest davon überzeugt war, dass die Tochter den Anwesenden die große Liebe vorspielte.

Aber diesmal spielte Jekaterina nicht.

Wirklich große Gefühle sollte man in allen Fällen verbergen, schon aus dem einfachen Grund, weil sie unecht wirken.

Obwohl Jekaterina ihren Bräutigam nicht liebte, liebte sie in ihm ihre eigene Zukunft.

Sie schrie: «Ich will mit ihm sterben!»

Johanna Elisabeth befahl, die Großfürstin in den Pelz zu wickeln und zum Schlitten zu tragen.

Der Schneesturm drehte sich wie ein betrunkenes Weib, torkelte im Nachthemd und heulte mitten in der Nacht russische Lieder.

Aber das Schnauben der langmähnigen kaiserlichen Rosse hörte Jekaterina doch.

Die Kaiserin war im leichten Schlitten ohne Zögern Hals über Kopf von Petersburg nach Chotilowo gestürmt.

«Halt! Halt!»

«Was habt Ihr mir zu melden, gnädige Frau?», wandte sich Elisabeth an die Fürstin von Zerbst.

Die kaiserlichen Pferde, die schwankten wie nach einem Zechgelage, schnappten mit dem Maul nach dem Schnee.

Die zukünftige Schwiegermutter «erstattete» mit Begeisterung «Meldung».

Elisabeth Petrowna weinte.

Jekaterina weinte.

Die lodernden Pechfässer glichen riesigen bösen Wolfsaugen.

Nachdem sie die Einzelheiten in Erfahrung gebracht hatte, wandte sich Elisabeth an die Tochter: «In Nowgorod, wohin es nicht mehr weit ist, bete du bei der Messe so inbrünstig wie möglich zu Gott, mein Kind.»

Und sie bekreuzigte sich wieder und wieder.

«Christus sei mit dir, mein Mädchen.»

Und die Rösser preschten mit dem leichten Schlitten los.

Und der Schneesturm brüllte russische Lieder.

2

Wenn sich auf der juckenden Haut des Neffen rote Pusteln bildeten, drückte Elisabeth sie mit den Fingern aus: hier, da, dort. Die Pusteln verschwanden.

«Ja, Pocken», sagte die Kaiserin streng.

Ihre Augen waren trocken.

Schon ein paar Tage später hatte Peter Fjodorowitsch statt eines Gesichts eine schreckliche, eitrige Maske. Die aufgequollene Zunge, von der stinkender Speichel troff, hing aus dem Mund wie ein fauler Rettich.

Die Qualen müssen unermesslich gewesen sein. Zutiefst erschöpft schickte der vereiterte Neffe röchelnd Gebete zum Himmel, er möge ihn umbringen, erstechen, erdolchen.

Oder schimpfte über «das verfluchte Russland».

Elisabeth, die Tag und Nacht an dem Pockenbett weilte, zweifelte an Gott.

«Ach, ein Unglück ist über uns hereingebrochen. Wenn der Neffe stirbt, wie willst du dann dem Reich einen Thronfolger gebären? Von Aljoscha, dem kleinen Banduraspieler, vielleicht? Und wenn du ein Mädchen kriegst? Die wird nur tanzen wollen, das dumme Ding. Vertanzt doch glatt das Vaterland, das dumme Ding.»

Und glühend und brennend vor Zorn, sprang sie vom Stuhl auf, um sich mit geballten Fäusten und tränenerfüllten Augen auf die verschreckte Gottesmutter zu stürzen, die in goldener Einfassung zwischen den flackernden Lämpchen an der Wand hing.

Der eiternde Fleischkloß stieß von dem stinkenden Bett röchelnd Verwünschungen gegen Russland aus.

Ängstlich vor der tobenden Kaiserin zurückweichend,

presste die hölzerne Madonna den gut genährten rosigen Säugling an ihre Brust.

«Warte, Mutter, da hast du, was du verdienst!» Und Peters Tochter riss das Lämpchen weg, fegte die Ikone von der Wand, warf sie in die Ecke und drohte ihr mit schrecklichen Schwüren, obszönen Worten und Unflätigkeiten, wie sie selbst eine so große Lästerzunge wie der Bombardier Peter Alexejewitsch mit Staunen vernommen hätte.

3

In Petersburg wurde Johanna Elisabeth aufgrund des Befehls, den die Kaiserin hinterlassen hatte, von ihrer Tochter getrennt.

«Sie betrachten uns nicht mehr als eine Einheit, und das ist gut so», beschloss Jekaterina und vergaß die Anwesenheit ihrer Mutter, obwohl sie dieser bei den täglichen Treffen durchaus Aufmerksamkeiten erwies.

Sie waren nicht durch Straßen voneinander getrennt, sondern wohnten unter einem Dach: In einem zum Hofe gehörenden Kavaliershaus, das in der Nähe des Palasts stand, war die Mutter rechts von der Treppe in vier mit rotem und blauem Stoff bespannten Zimmern untergebracht und die Tochter links von der Treppe, in vier ebenfalls mit rotem und blauem Stoff bespannten Zimmern.

«Mein Geist ist in Chotilowo: an seinem Bett», sagte Jekaterina zu der Gräfin Rumjanzewa. Und das war keine Lüge, insofern man besorgte Gedanken ja als «Geist» bezeichnen kann.

An einem frostigen Januarfreitag, als die geizige finnische Sonne so tat, als sei sie eine natürliche russische, kam aus dem Pockenpalast eine Nachricht nach Petersburg, die die strahlende Jekaterina noch fürchtete, eine gute Nachricht zu nennen: «Wenn du's aussprichst, geht's nicht in Erfüllung.»

Und am Dienstag tanzte die Großfürstin schon wieder wie immer: morgens von sieben bis neun, nach dem Mittagessen von vier bis sechs und einen Teil der Nacht.

Am Mittwoch aber fiel ihr ein, dass Graf Gyllenborg in Petersburg war.

Er war ein Mann mittlerer Schönheit und mittleren Alters und mochte schlanke Mädchen sehr. Schon in Hamburg waren ihm die knabenhaften Beine der Prinzessin von Zerbst aufgefallen. «Ihr habt eine Stirn wie Sokrates», hatte er Fieke damals erklärt. Aber damals war das Mädchen in seinen Onkel mit den nassen Lippen und der wie eine Kriegstrompete dröhnenden Stimme verliebt gewesen.

Nach Russland war der Mann mittlerer Schönheit aus Stockholm gekommen, um die unangenehme Nachricht von der Hochzeit des schwedischen Thronfolgers mit der preußischen Prinzessin zu überbringen.

«Wie er das wieder geschafft hat!» Gemeint war Friedrich II. und die Tatsache, dass er zwei Deutsche mit den Thronfolgern der nordischen Länder verkuppelt hatte.

So machte man nicht nur im achtzehnten Jahrhundert Sicherheitspolitik.

Graf Gyllenborg kam in ein Zimmer, das mit rotem Stoff bespannt war, setzte sich Jekaterina gegenüber, schaukelte leicht in dem abgewetzten Sessel und brachte die Sprache auf die Tugend, deren sich die alten Griechen und Römer, aber bestimmt nicht der russische Hof rühmte.

Da Jekaterina die Augen des Grafen mochte, unter deren grauer Ruhe sie die Erregung erriet, und auch die trockenen Lippen, die ihr glühend schienen (wie sich der Geschmack ändern kann!), fand sie die Reden von der Tugend nicht langweilig, auch wenn sie ihnen nicht immer aufmerksam lauschte.

Vielleicht weil die Großfürstin sehr selten den Mund aufmachte, nannte der Graf sie eine «fünfzehnjährige Philosophin».

Jekaterina nahm diesen Spitznamen mit Vergnügen an.

Maria Andrejewna Rumjanzewa sagte im Vertrauen: «Der Schwede kommt immer, um ein leidenschaftliches Auge auf unsere Deutsche zu werfen; aber er richtet kein Unheil an.»

\+ +

Der Graf schwang eine wunderbare Tirade über den tugendhaften Brutus.

Über Brutus, von dem Julius Cäsar sagte: «Ich weiß nicht, was dieser junge Mann sich wünscht, aber alles, was er wünscht, wünscht er mit Leidenschaft.»

Über den Brutus mit der niedrigen Stirn und der hohen Seele.

Über Brutus, der Antonius schrieb: «Ich rate dir, nicht darüber nachzudenken, wie lange Cäsar gelebt, sondern wie kurz er regiert hat.»

Über Brutus, der Cicero erklärte: «Du willst eine gemäßigte Sklaverei einführen, während unsere Vorfahren noch nicht einmal sanfte Despoten duldeten.»

Der Graf schwang eine wundervolle Tirade, in der es vor Auszügen aus Plutarch wimmelte.

Die Großfürstin hörte dem Herrn Gyllenborg so gebannt zu, dass sie seine Kniescheiben doch tatsächlich für Sesselbeine hielt.

Sie schaute auf die trockenen Lippen, die ihr wie die Lippen von Demosthenes vorkamen, und wartete zitternd, was sie noch über den Römer sagen würden, der seine Feinde nicht durch die Waffe, sondern durch die Sittlichkeit besiegte. Allerdings brauchte der tugendhafte Brutus für Gaius Julius Cäsar denn doch ein Schwert.

«Wie schade, gnädiges Fräulein, dass Ihr den Großfürsten heiraten wollt!», rief der Demosthenes von der schwedischen Gesandtschaft aus.

Was für ein wunderbares Finale!

«Inwiefern?», fragte Jekaterina naiv.

Ohne auf diese recht direkt gestellte Frage zu antworten, erinnerte der Graf an Platon und zitierte ohne einen Anflug von Ironie zustimmend dessen Worte: «Der Liebende ist göttlicher als der Geliebte.» Dazu ist anzumerken, dass dies bei dem großen Griechen in einem etwas anderen Sinn gemeint ist.

«Ach, gnädiger Herr, ich habe nichts von Platon gelesen», klagte die fünfzehnjährige Philosophin.

«Gnädiges Fräulein, sagt mal, wie oft habt Ihr seit Eurer Ankunft in Russland ein anständiges Buch aufgeschlagen?»

Die Großfürstin musste zugeben: «Kein einziges Mal.»

«Wie entsetzlich! Da sieht man, was es heißt, an einem Hof von Ignoranten zu leben!»

«Aber wenn ich wirklich aufrichtig bin, gnädiger Herr, muss ich zugeben, dass ich auch in meiner Heimat nicht mehr gelesen habe.»

«Und trotzdem seid Ihr eine Philosophin.»

«Ratet mir bitte, gnädiger Herr, was soll diese Philosophin als Erstes lesen?»

«Das, was in meinen Augen geschrieben steht», antwortete der Demosthenes von Stockholm.

Wir können nicht abstreiten, dass selbst ungewöhnliche Menschen ihre Gefühle recht platt äußern und kluge Menschen dumme Liebeserklärungen machen. Vielleicht sollte man sich in diesen Fällen den Wörtern, diesen zweitrangigen Beteiligten an den Siegen und Niederlagen unseres Herzens, gar nicht erst anvertrauen.

Die praktische Jekaterina nahm den trivialen Satz mit affektiertem Wohlwollen zur Kenntnis und wiederholte ihre Frage: «Mit welchen Büchern soll ich eine anständige Lektüre beginnen, gnädiger Herr.»

Abgekühlt riet ihr Graf Gyllenborg, sich Plutarchs «Lebensbeschreibungen» und Herrn Montesquieus «Betrachtungen über die Ursachen von Größe und Niedergang der Römer» anzuschaffen.

In Petersburg existierte damals nur ein einziger Buchladen.

«Und dann, gnädiges Fräulein, den beeindruckenden Essay ‹Das Leben Ciceros›.»

Der Graf verabschiedete sich.

Zwei Seiten aus «Das Leben Ciceros» reichten Jekaterina völlig. Plutarch war in der Hauptstadt nicht zu finden. Montesquieu fesselte drei Tage lang ihre Aufmerksamkeit. Trotzdem fielen der eifrigen Leserin am Freitag, lange bevor die Kerzen angezündet wurden, sanft die Augen zu über dem Satz: «Die Römer hatten vor dem Müßiggang mehr Angst als vor Feinden.»

So war also auch Monsieur Montesquieu kein Hindernis für die Übungen der Großfürstin mit Monsieur Landé, dem Tanzlehrer.

4

«Sie sind angekommen und erwarten Ihre Hoheit im Saal.»

«Er ist da! Er ist da!» Jekaterina kniff die Augen zusammen und schlang sich die Arme ganz, ganz fest um den Leib.

Fünf Uhr.

Februar.

Petersburg.

Ein kalter, halbdunkler Saal. Die Kaiserin hat es aus irgendeinem Grund versäumt, die Kerzen anzünden zu lassen.

Jekaterina hält vor den Türflügeln inne, um Luft zu holen.

Prachtvoll gekleidet, geht Peter Fjodorowitsch unruhig in einem dunklen Winkel auf und ab.

Sein langer, wie ein Zeigefinger biegsamer Hals hat den mit einer riesigen Perücke bedeckten Kopf auf die Brust fallen lassen.

Die Türe quietscht.

Der Bräutigam zieht das Gesicht hoch.

Darum also hat die Kaiserin die Kerzen nicht anzünden lassen.

«Ach!», entrang es sich der Braut.

«Findet Ihr mich sehr schrecklich?», fragte der Bräutigam mit unglücklicher Stimme.

«Ihr seid stark gewachsen, Eure Hoheit», antwortete die Großfürstin leise und lächelte bemüht.

Doch das Herz ist nicht so gehorsam wie die Lippen.

«Küsst Euch doch, Kinder», sagte die Kaiserin flehend, «die Folter ist endlich vorbei. Gott sei Dank!»

«Gott sei Dank», wiederholte die Braut noch leiser.

Und lächelte.

Und stellte sich auf die Zehenspitzen, um die rote, aufgequollene, wie ein Sieb löcherige, schreckliche Fratze unter der riesigen Perücke zu küssen.

«Und jetzt, ein fröhliches Gelage und auf zur Hochzeit», sagte die Kaiserin.

Die Großfürstin dankte für das Glück, indem sie niederfiel und ihre kalten Lippen auf die weiche Hand mit den schönen, voller Ringe steckenden Fingern presste.

«Nur zu, nur zu!», sagte die Tante und drückte den steifen Kopf mit der hohen Stirn an ihren weichen Bauch. «Nur zu! Nur zu! Was hast du, na? Na?»

Peter Fjodorowitsch wandte sich fröstelnd von den Spiegeln in dem halbdunklen, kalten Saal ab.

«Da haben diese Barbaren aber nicht mit blitzenden Scheiben gespart!»

Am Petersburger Himmel hing die übliche Brühe.

Ein schwarzer Vogelschwarm, der von den feuchten hohen Bäumen aufflog, die dicht gedrängt um die Fontanka standen, ließ sich auf der goldenen Kuppel der Peter-und-Pauls-Festung nieder.

«Sie scheißen sie voll, diese Dreckspatzen», dachte die Kaiserin nüchtern.

Die übliche Brühe fiel vom Himmel auf die Stadt.

«Und jetzt, ein fröhliches Gelage und auf zur Hochzeit, und jetzt, ein fröhliches Gelage und auf zur Hochzeit», ging der Braut durch den Kopf, als sie mit lustigen Schritten durch die Gänge des Kavaliershauses rannte.

Aber als sie das mit rotem Stoff dekorierte Zimmer betrat, sah Jekaterina plötzlich die schreckliche, aufgequollene, löcherige Fratze vor sich.

Und das rote Zimmer, in dem ein paar Stühle und Sessel standen, kam ins Zittern, schwankte, machte einen Purzelbaum wie ein Clown und kippte der Braut seine Möbel auf den kalten Scheitel.

«Oi! Oi! Oi!», schrie Maria Andrejewna Rumjanzewa, und ihr fielen die Karten, mit denen sie leidenschaftlich gern spielte, aus der Hand. «Sie ist einfach ohnmächtig geworden! Sie hat wohl einen Stoß abgekriegt.» Und sie bespritzte die Daliegende mit Wasser. Und hielt ihr geriebenes Hirschhorn unter die Nase, das man gegen Ohnmachten einsetzte.

Jekaterina kam drei Stunden später wieder zu Bewusstsein.

5

Senator Schuwalow hatte im Traum ein Weib gesehen. Ein großes, dralles Weibsbild in einem schmutzigen, löchrigen Rock aus grobem Leinen, wie man es für Säcke und Segel braucht, zu einem Preis von achtzehn bis zwanzig Rubel pro tausend Arschin. Das Weib saß auf einer Bank an einem Badehäuschen und verschlang, sich mit ihrer Kuhzunge ableckend, reines Salz aus einem großen Trog, den sie auf den Knien hielt. Verschlang das Salz, verschlang's und flitzte ab hinter das Badehäuschen, ihre Notdurft verrichten. Fünf stattliche Häufchen hatte sie schon aufgetürmt: das erste aus Kupfermünzen, das zweite aus silbernen Fünfzehnkopekenstücken, das dritte aus Fünfundzwanzigkopekenstücken, das vierte aus goldenen Zweirubelstücken und das fünfte aus Imperialen.

«Mawra! Mawrutka!» Peter Iwanowitsch packte seine

Gemahlin an der warmen Schulter. «Wach auf, bei Gott, ich muss mit dir reden.»

Mawra Jegorowna zuckte zusammen, als hätte man einen Eimer Wasser über ihr ausgegossen.

«Leg dich hin, dumme Rübe!», ordnete der Senator an. «Wieso hast du dich aufgesetzt? Was ruderst du herum? Du lässt mit deinem Charakter nur den Frost unter die Decke!»

Und Peter Iwanowitsch wischte mit dem Finger eine kalte Morgenträne weg, hinter der weder Freude noch Kummer stand, und machte sich daran, Mawra Jegorowna seinen Traum von dem Weibsbild mit der dicken Statur der Reihe nach zu erzählen.

Die verliebte Gemahlin hörte sich das ohne einen Muckser an.

«Und jetzt sag mir mal, Mawra, wer ist wohl dieses Weib?»

«Axinja, vielleicht?», setzte Frau Schuwalowa schüchtern an und verdeckte ihren zahnlosen Mund mit der Hand.

«Axinja!», wütete der Senator spöttisch. «Axinja! Und so etwas ist Minister bei der Kaiserin! Pfui!» Und er spuckte aus, um zu zeigen: «So ein Innenminister bist du.»

Wenn einer geliebten Frau eine so naive Antwort herausgerutscht wäre, hätte man das wahrscheinlich reizend und rührend gefunden.

«Dieses dicke Weibsbild, ja, das ist unser teures Vaterland!», eröffnete Schuwalow. «Russland! Jawohl.»

«Russland», wiederholte Mawra Jegorowna, «ach, da soll einer drauf kommen, Russland.»

«Da soll einer drauf kommen! Da soll einer drauf kommen!»

«Nimm mir nicht übel, dass ich etwas begriffsstutzig bin», sagte die gescheiteste Frau im Staat, folgt man den Erklärungen ihrer Feinde.

Und wem in dieser Welt soll man glauben, wenn nicht den Feinden?

In unserer Zeit würde man Peter Iwanowitschs Traum als Wunscherfüllung interpretieren.

Und in der Tat kreisten die Gedanken des Senators ständig um das Salz.

Das Reich bereitete sich auf die Hochzeit vor. Seit Frühlingsanfang wurden aus den ausländischen Häfen Frachtschiffe nach Petersburg geschickt: mit Kutschen, Wagen, Taft, Brokat, Samt, Seide, Hüten, Schuhen, Strümpfen, Knöpfen, Borte, Garn.

Die russischen Gesandten am französischen und am sächsischen Hof studierten, wie man Feste feierte, nicht mit dem Ziel, sich mit Paris und Dresden, den Verschwendungssüchtigsten der Welt, im Glanz vergleichen zu können, sondern um sie zu übertreffen.

«Wenn das Vaterland wieder zum Alltag zurückkehrt, wer soll sich darum kümmern, Mawra, wenn nicht Schuwalow? Wer hat denn noch Verstand im Senat? Wer dient Russland? Gott weiß, den Würdenträgern ist jedes Unglück recht, Hauptsache, es ist nicht das eigene. Die bringen das Vaterland doch glatt an den Bettelstab. Ach, Mawra, mit dieser Hochzeit schmeißt die Kaiserin den letzten Imperial aus dem Fenster.»

+ +

Auf höchsten Befehl wurde allen Rängen der vier Klassen das etatmäßig zustehende Gehalt für ein Jahr im Voraus ausgezahlt.

«Ein Tropfen auf den heißen Stein», jammerten die Ränge, die für die Feierlichkeiten reiche Kleider, Wagen mit Pferden und andere Equipagen in Gold- und Silberausstattung bestellen mussten.

«Für eine männliche Persönlichkeit je eine Equipage und für eine weibliche je eine.»

«Paradekleidung für die Reiter, für die Pagen, für zwei Eilboten, zwei Heiducken, zwölf Diener sowie für die eingespannten Pferde.»

Sumarokow wurde einmal von einer hochgestellten Persönlichkeit gefragt: «Was ist gewichtiger, Klugheit oder Dummheit?» – «Die Dummheit», antwortete er, «Euch müssen sechs Viecher ziehen, gnädiger Herr, mir reichen zwei.»

Aufgrund der riesigen Belastungen kamen die Persönlichkeiten aller Klassen unter großen Druck.

Ganze Dörfer mit Leibeigenen wurden zum halben Preis verschleudert. Auf dem Markt konnte man, ohne langes Feilschen, für zwanzig Kopeken eine alte Frau mit Zähnen kaufen.

+ +

Schuwalow streckte sich im Bett und knurrte durch die Zähne: «Man muss Friedrich besser heute als morgen Zügel anlegen, der preußische Held plündert Europa und bringt das Gleichgewicht ins Wanken.»

«Das kann man wohl sagen», pflichtete Mawra Jegorowna ihm bei.

«Er leistet ganze Arbeit.»

«Das kann man wohl sagen.»

«Und in was für einem Tempo!»

Mawra Jegorowna wollte den Mund aufmachen, um etwas zu dem Tempo zu sagen, aber Peter Iwanowitsch klopfte ihr mit dem Fingerknöchel so empfindlich gegen die Stirn, dass sie nur noch Funken sah.

«Ah, den Mund halten», begriff die Gemahlin reichlich spät.

«Wer setzt denn die russischen Regimenter in Bewegung? Etwa eine Laus, die auf dem verfilzten Kopf sitzt? Was meinst du, Mawrutka? Eine Laus?» Und er fuhr streng fort: «Der Imperial! Der setzt sie in Bewegung. Die Finanzen! Das ist in unserem Jahrhundert die erste Kraft.»

Aber Mawra Jegorowna schwieg.

«General Keith hat mir vor kurzem gesagt, er habe weder Männer noch Vorräte noch Ausrüstung», fuhr der Senator nach einer kleinen Pause fort. «In den Lagerhäusern krepieren die Ratten vor Hunger. Und Feldmarschall Lascy lacht bitter und sagt dazu, die Befehle des Kriegskollegiums stünden nur auf dem Papier und man müsste mit ihnen eben auch so umgehen. Graf Bestushew rauft sich die Haare und tönt: ‹Die Hochzeit! Die Hochzeit!› Aber sich um das Vaterland zu kümmern, schafft er nicht. Das sind doch allesamt Ochsen. Sehen nur die Rückstände und die Kopfsteuer und rennen gegen diese Mauer an. Dabei stoßen sie sich doch nur die Stirne wund. Vor der Kopfsteuer und den Rückständen ist ganz Russland davongelaufen, die einen zu den Polen, die anderen nach Buchara und nach Persien zu den Ungläubigen, die Dritten nach Sibirien. Allein in den staatlichen Manufakturen arbeiten sechzehntausend flüchtige Bauern. Um sie auf die Höfe zurückzubringen, würde die ganze sibirische Truppe nicht ausreichen.»

Schuwalow stemmte sich mit dem Ellbogen auf das Kopfkissen und stützte seinen klugen, struppigen Kopf auf die Faust.

«Na, Mawra, wie ist es, vielleicht hast du wenigstens jetzt eine Ahnung, was dieser Traum sagen will?», fragte der Senator seine Gemahlin.

Natürlich hatte Mawra Jegorowna ihre Ideen dazu; sie hatte bei dem dicken Weib, das Salz verschlingt und einen reichen Schatz ausscheidet, selbstverständlich nie an die Magd Axinja gedacht, sondern sofort in ihr das teure Vaterland erraten.

«Nein, Peter Iwanowitsch, ich habe keinen blassen Schimmer. Das musst du deinem Dummerchen von Frau schon erklären, gnädiger Herr», sagte sie gedehnt und stellte sich einfältig, um ihrem Mann einen Gefallen zu tun.

Sie wusste, dass der Senator sich als Riese unter Zwergen sehen wollte.

Frauen sind überhaupt, so will uns scheinen, die besseren Beobachter als die Männer. Das Leben anderer liegt gleichsam hinter vier Wänden. Der Mann schaut en passant durch das unverhängte Fenster, die Frau bückt sich und lugt durchs Schlüsselloch. Uns scheint, durchs Schlüsselloch sieht man immer mehr. Vielleicht tratschen die Männer deshalb so wenig. Vielleicht, ja sogar wahrscheinlich haben sie gar nichts zu sagen. Was sieht man schon durch ein nicht verhängtes Fenster? Jedenfalls nichts Interessantes.

Der Senator senkte die Augenlider wie ein Geiger, der mit Leidenschaft spielt.

«In jedem Gouvernement wird für das Salz ein anderer Preis verlangt», begann er in dem angenehmen Tonfall, mit dem man sich über erhabene Gegenstände ausbreitet: über die Unsterblichkeit, über die Zeit, über den Raum, über die Gestirne.

Ein typisches Männergespräch. Ach, was für eine gähnende Langeweile!

«Im einen Gouvernement verlangen sie für das Salz drei Kopeken pro Pud, im anderen zwanzig Kopeken, woanders sogar fünfzig Kopeken. Aus den Salzblättern der Kontore geht hervor, dass unser Vaterland im Jahr fast siebeneinhalb Millionen Pud Salz verzehrt, womit es dem Staat 755 600 Rubel und 24 Kopeken einbringt.» Der Senator hob leicht die Augenlider und senkte sie wieder wie ein Geiger, der mit Leidenschaft spielt. «In Anbetracht des großen Bedarfs an Geld und im Interesse des Vaterlands, meine Herren …» Schuwalow sah durch die gesenkten Augenlider die Herren Senatoren in den roten Sesseln und fuhr fort: «… habe ich, meine Herren, Berechnungen angestellt, die, wie ich annehmen möchte, unserem teuren Vaterland neue Pforten in eine Finanzära öffnen, die man ohne Übertreibung mit einem blühenden Garten vergleichen könnte.»

Und Peter Iwanowitsch stellte in demselben angenehmen Tonfall, mit dem man sich über Zeit und Raum ausbreitet, simple Berechnungen an, aus denen hervorging, dass man den Gewinn leicht um eine Million steigern kann, vorausgesetzt, man verkauft das Salz in sämtlichen Gouvernements zu demselben Preis von fünfunddreißig Kopeken das Pud.

«Worauf beruht die Macht des Vaterlands eigentlich?», fragte der Senator mit hochgezogenen Augenlidern. «Die Macht des Vaterlands beruht auf dem Volk.»

Peter Iwanowitsch, der auf den feuchten morgendlichen Federbetten, die nicht immer einmal monatlich vom schweren Mief gelüftet wurden, neben Mawra Jegorowna lag, schwelgte in der Vorstellung, er schwinge eine Tirade vor der Nachwelt und sichere sich damit den Ruhm eines russischen Cicero.

«Es reicht nicht, meine Herren Senatoren, wenn du dir selbst Gerechtigkeit widerfahren lässt, wenn du dich nur um dich selbst sorgst. Auch der Wolf beißt sich nicht in den eigenen Schwanz, meine Herren Senatoren.»

Und mit einer Rhetorik, von der die Russen sich nicht hätten träumen lassen, eröffnete Schuwalow seiner Mawrutka, deren Person den allmächtigen Senat ersetzte, wie gerecht die Salzprinzipien seien und dass die Bevölkerung durch sie dem Staat eine zusätzliche Million brächte, die das durch die Hochzeit ruinierte Vaterland dringend brauche.

«Salz, meine Herren, wird von allen verzehrt: von mir, von euch, aber auch von den Gemeinen», so nannte der russische Cicero das Volk. «Dergestalt, meine Herren Senatoren, indem ein jeder von uns eine Prise Salz in die Kohlsuppe streut, greift er unserem teuren Vaterland mit einer Hilfe unter die Arme, die genauso groß ist wie die des Knechtes. Auch ein von den Plebejern gewählter römischer Tribun, meine Herren Senatoren, könnte gegen diese in ihrer umfassenden und totalen Gleichheit gerechten Salzprinzipien nichts entgegnen!» So schloss der russische Cicero und zukünftige Bezieher von Pachtzahlungen, die ihm einen Jahresgewinn von vierhunderttausend Rubeln brachten.

Der Moskauer «Plebejer» dagegen bekam vom Großen Tuchhof für die Reinigung eines Pfunds Ziegenwolle, wofür er vierzehn Stunden arbeiten musste, nur eine Kopeke.

Märzschnee kam herunter, nass und schwer wie Quark.

Mawra Jegorowna, eine große Freundin des «Champagners», verglich die Rede ihres Cicero mit ebendiesem französischen Schaumwein.

«Du suhlst dich im Bett, während die Kaiserin wartet.»

Mit diesen Worten setzte der Herr Senator seine Gemahlin an die Luft. «Steig aus dem Bett und zieh die Röcke an.»

Und um ihre nackten Beine mit den blauen Venen und den krummen Zehen nicht zu sehen, drehte er sich zur Wand.

6

Schuwalow aß in seinem Arbeitszimmer zwischen den Stapeln von Senatspapieren zu Mittag.

«In Petersburg ist in einem Jahr dreimal Herbst», fand der Senator, der in seinem mit Marderfell gefütterten Schlafrock fröstelte.

Die Stadt hatte keinen Himmel. Oder vielleicht lag der fahle Himmel auf den Fahrdämmen der Stadt, und die Pferde wuschen ihn mit ihren Hufen und scheuerten ihn mit den Schlittenkufen.

«Ein verfluchter Ort», schimpfte der Senator. «Ob ich eine Kerze anzünden soll?» Und er rieb die fleißige Feder an den welligen Haaren ab und steckte sie hinters Ohr.

In Nachahmung von Schuwalow könnte man sagen: In Petersburg ist sowohl morgens als auch tagsüber als auch zu einer festen Zeit Abend.

Vom Gut traf eine Fuhre mit Lebensmittelvorräten und Brot ein.

«Das ist mir ein Volk!», murrte der Senator, während er einen Blick durch das Fenster auf den Hof warf. «Als wäre ein Feuer ausgebrochen!»

Und tatsächlich, das Geschrei stand in keinem Verhältnis zur Arbeit. Wie es ihre Art war, gab es beim Entladen ein Durcheinander.

«Ich krempele ganz Russland um», versprach Peter Iwanowitsch und legte den mit chinesischem Taft bezogenen Schlafrock ab.

«Ich sollte den Oberjagdmeister besuchen. Es heißt, er fühle sich im Augenblick nicht besonders wohl.»

+ +

Als der Senator Rasumowskis Zimmer betrat, kurierte der sich gerade mit einem Schnapsglas.

Elisabeth sagte immer von ihrem Oberjagdmeister: «Er verhält sich, wie es in der alten Anekdote heißt: ‹Titus, geh Erbsen dreschen.› – ‹Ich habe Bauchschmerzen.› – ‹Titus, geh Wein trinken.› – ‹Hurra, au ja!›»

Auf einem Hocker, über den ein besticktes Handtuch gebreitet war, stand ein Eimer reiner Wodka.

Der Oberjagdmeister küsste den Gast und setzte ihm einen großen Teller dünner Buchweizengrütze mit finnischer Butter vor.

«Peter Iwanowitsch, kurier du dich auch.» Und er goss ihm ein Schnapsglas reinen Wodka ein.

«Es schneit», sagte Schuwalow, nur um nicht zu schweigen. (Worüber soll man denn mit dem Oberjagdmeister nur sprechen?) «Auf dem Newski Prospekt reicht der Schnee den Pferden bis an die Stelle, wo der Schwanz sitzt.»

«Das ist scheußlich.»

«Ja, man kommt nur langsam vorwärts.»

«Wenn der Schnee den Pferden bis zu den Rippen reicht, kann man natürlich nicht schnell fahren», nahm der Gastgeber mit den ägyptischen Augen den Gesprächsfaden auf.

«Wenn er doch endlich seine Lieder singen würde!», flehte Schuwalow in Gedanken.

«Kurier dich, Peter Iwanowitsch.»

«Ich kuriere mich, Alexej Grigorjewitsch.»

Sie leerten das Glas in einem Zug.

«Also, du sagst, auf dem Newski Prospekt geht der Schnee den Pferden bis zu den Rippen?»

«Ja, bis zu den Rippen.»

«Dann kommt man da wohl nur schlecht vorwärts.»

«Gott sei Dank, er hat die Bandura rausgeholt», seufzte der Senator erleichtert.

Der Oberjagdmeister hatte sich den goldenen Fingerhut, an dem ein biegsames Stück Holz befestigt war, auf den zweiten Finger gesteckt und zupfte an den Saiten aus Schafdarm.

«Wie viele Jahre wird die Welt,
Bis sie das Ende überfällt ...»,

setzte der Oberjagdmeister mit heiserer, zutiefst ergreifender Stimme an.

«Das hat mir gerade noch gefehlt», verwünschte der Gast den Hausherrn, denn er konnte Kirchenlieder nicht ausstehen.

«Amselschlag!
Schrecklich der Tag ...»,

sang Rasumowski, und aus seinen ägyptischen Augen rannen Tränen.

Schnee kam herunter, schwer wie Quark.

Sie sangen Lieder und kurierten sich mit Wodka bis Mitternacht. Schuwalows runde, fette Backen waren blutunterlaufen, die ägyptischen Augen des Oberjagdmeisters waren es ebenfalls.

«Heute Nacht habe ich von einem dicken Weibsbild geträumt, Alexej Grigorjewitsch», sagte der Senator. «Die verschlingt aus einem Trog Salz und flitzt dann hinter das

Badehäuschen, ihre Notdurft verrichten. Fünf Riesenhaufen türmt sie da auf, zwei aus Gold und drei aus Silber. Rate mal, was dieser Traum wohl bedeuten soll und wer dieses Weibsbild ist.»

Rasumowski dachte nach und legte seinen schönen Kopf mit den blutunterlaufenen ägyptischen Augen auf den Tisch.

«Kommst du nicht drauf, Alexej Grigorjewitsch?»

«Nein», antwortete der Hausherr mit Tränen in den ägyptischen Augen.

«Dann will ich dir helfen», erbarmte sich der Senator. «Dieses dicke Weib, das ist unser Vaterland.»

«Wer soll das sein?», fragte der Oberjagdmeister nach.

«Das Vaterland», sagte der Senator bestimmt.

Der Hausherr erhob sich aus dem Sessel, richtete sich auf, nahm die Bandura, und mit einem Krächzen zerschmetterte er den Lindenholzbauch des Instruments auf dem Kopf seines Gastes.

«Da hast du dein Vaterland!», erklärte der Hausherr, warf das kurze, breite Griffbrett mit den zwölf lose hängenden Saiten beiseite und ließ sich gravitätisch in den Sessel fallen.

Der Oberjagdmeister tat sich im Umgang keinen Zwang an.

Schuwalow wurde sofort nüchtern.

«Mich muss der Teufel geritten haben, dass ich den Mund aufgerissen habe», war der wenig tröstliche Schluss, zu dem Schuwalow kam. «Mit Dummköpfen muss man Lieder grölen und nicht sich unterhalten.»

Leider kommen nicht alle weisen Gedanken früh genug.

«Wer?», heulte der Oberjagdmeister ein zweites Mal auf. «Wer soll dieses Weib sein?»

«Alexej Grigorjewitsch, ich habe doch nur Spaß gemacht», sagte der Senator besänftigend und wagte nicht, sich zu rühren.

«Über das Vaterland, darüber willst du dich lustig machen?», fragte der Mann, der die Kaiserin «Lisa» oder auch «Lisko» nannte.

Und er rief nach den Knechten und befahl, Herrn Schuwalow im Wagenschuppen mit der Rute bis aufs Blut auszupeitschen.

Der Senator fiel auf die Knie.

Der nüchterne Rasumowski hatte die Seele eines Lammes, der betrunkene die eines Tigers.

«Nein.» Er schüttelte den Kopf.

Und sie zerrten den Cicero Russlands in den Wagenschuppen.

7

In der engen preußischen Uniform mit breiten Manschetten und nach hinten geschlagenen Rockschößen inspizierte der Enkel Peters des Großen, auf dem Stuhl reitend, seine preußischen Zinnsoldaten: die Jäger, Füsiliere und Musketiere in weißen Gamaschen, die auf dem Fußboden in langen, dünnen, entfalteten Linien aufgebaut waren, wie es der neuesten Taktik von Friedrich entsprach.

Der alte schwedische Dragoner Rumberg inspizierte, ebenfalls auf dem Stuhl reitend, die russischen Zinnregimenter, die in befestigten Stellungen lagen.

Die fast gelben Augen des Thronfolgers brannten vor Entschiedenheit und Wagemut. Die Backenwülste in dem blassen, pockennarbigen Gesicht standen keinen Augenblick still. Die langen, unruhigen Finger krochen wie Bandwürmer über den vergoldeten Degengriff.

Nachdem der siebzehnjährige Feldherr an der ersten Linie vorbeigeritten war, riss er sein Holzpferd abrupt am imaginären Maul, sprich: der Stuhllehne, in Richtung auf die Russen.

Die Zinnsoldaten des Preobrashenski-, Semjonow- und Ismajlow-Regiments sowie die Reitgardisten lagen hinter Büchern, leeren Kästen und, zu guter Letzt, hinter einer auf dem Boden ausgebreiteten abgewetzten Dragonerhose, die als Festungsschanze diente.

Der alte Rumberg, der die russischen Truppen befehligte, ritt auf seinem Stuhl hinter die linke Flanke, die an das Sofa stieß.

Ein verächtliches Lächeln verzerrte die blutleeren Lippen von Peter Fjodorowitsch: «Was für eine barbarische Taktik!», urteilte er in Gedanken. «Diesen russischen Janitscharen, die wie zu Mose Zeiten kämpfen, schlage ich aufs Haupt. Sie taugen nur im Kampf gegen die Türken. Welcher Feldherr, der auf sich hält, beginnt heutzutage eine Schlacht mit Beschuss aus den Festungsschanzen. Das sind doch Esel!» Peter Fjodorowitsch erinnerte sich gut daran, dass der preußische König es abgelehnt hatte, seine Armee in befestigte Stellungen zu verlegen, um dem Gegner keine Chance zu geben, zum Angriff überzugehen.

«Hurraaa! Hurraaa! Hurraaa!»

Peter Fjodorowitsch griff nach der Klinge, in die wie in alle anderen Offiziersdegen auch «Vivat Elisabeth die Große» eingraviert war, zog sie aus der Scheide und befahl den drei Kammerdienern, die mit den Knien auf dem Boden herumrutschten, die Linie der preußischen Infanterie vorrücken zu lassen zum Angriff gegen die Hose, durch die die linke Flanke der russischen Truppen gedeckt wurde.

«Immer in die Flanke, nie frontal», war Friedrichs Devise.

Auf die preußischen Grenadiere und Füsiliere hagelten Erbsen.

«Hurraaa!», brüllte der Thronfolger, bäumte sich mit dem Stuhl auf und schwang den Degen über dem Kopf.

Massen preußischer Zinnleichen übersäten das Schlachtfeld.

Der Thronfolger riss sich den Dreispitz vom hitzigen wackelnden Kopf und quakte: «Peletonfeuer von der Flanke zum Zentrum und zurück!»

Aber die Kichererbsen brachten dem ersten russischen Garderegiment fast keine Verluste bei, denn es lag im Schutz der abgewetzten Dragonerhose.

Da führte Peter Fjodorowitsch nach Friedrichs Regel die Kürassiere und Karabiniers in schnellem Tempo und geschlossener Formation zum Angriff mit der kalten Waffe. Aus einer Höhe von vier Kissen spien die Mörser zerknitterte Papierbälle auf die preußische Kavallerie.

Ein Krampf schnürte dem siebzehnjährigen Oberkommandeur der Zinnarmee den Hals zu.

Die Kammerdiener, die zu Recht über das vernichtende Artilleriefeuer erschrocken waren, beschlossen, die schwere preußische Kavallerie in feine Reservelinien umzugruppieren.

«Ihr Schufte!», krächzte Peter Fjodorowitsch in wilder Wut. «Ihr habt es gewagt, zu überlegen?» Und er sprang in wilder Wut von seinem Holzpferd und bestrafte sie für die Verletzung der Disziplin mit Tritten in den Hintern.

Bekanntlich hatten die Soldaten und Offiziere des preußischen Königs nur ein einziges Recht und eine einzige Pflicht: «Befehle ausführen». Jedes Überlegen während der Schlacht wurde von Friedrich und folglich auch von Peter Fjodorowitsch als Verletzung der Disziplin geahndet, worauf dieselbe Strafe wie auf Verrat stand.

«Ich erschieße euch! Hänge euch auf! Ihr Sch… Sch…»

Ein Papierball flog dem Heerführer geradewegs in den Mund.

«Sch… Schurken!», schimpfte er trotzdem weiter und verschluckte die Kugel in der Hitze des Gefechtes.

Das Artillerie- und Gewehrfeuer haute auf der Stelle zwei Drittel der Kürassiere und Karabiniers um. Die anderen wurden von der russischen Infanterie, die nun endlich ihre befestigten Stellungen verließ, mit dem Bajonett aufgespießt.

«Rumberg!», rief der Enkel Peters des Großen leise den alten Dragoner und wackelte dabei mit dem kleinen Kopf, der wie ein Rettich aussah.

Der schlohweiße Dragoner näherte sich mit großem Soldatenschritt dem schluchzenden Heerführer, baute sich kerzengerade vor ihm auf und presste den Kiefer zusammen, um, ohne mit der Wimper zu zucken, zwei Ohrfeigen einzustecken.

«Eure Hoheit, erlaubt Ihr nun, die Verfolgung Eurer gestürzten Armee aufzunehmen?», fragte der unbeirrbare Soldat mit markiger Stimme.

«Ja, das erlaube ich», sagte Peter Fjodorowitsch mit einem Stöhnen, schlang die Bandwurmfinger um seinen kleinen hitzigen Kopf und machte sich nervös daran, Anordnungen zu brüllen, die aus dem Munde von Friedrich II. vielleicht richtig gewesen wären.

8

Jekaterina hatte Zahnschmerzen.

«Der Bräutigam, Eure Hoheit!», kreischte das Kammermädchen.

Die Braut hielt sich die Backe und lief ans Fenster.

Peter Fjodorowitsch stieg aus der Kutsche.

Die Braut hätte nichts dagegen gehabt, wenn er erregt die Augen zu den beschlagenen Scheiben des mit rotem Stoff dekorierten Zimmers gehoben hätte. Dem war nicht so.

Jekaterina stürzte zu dem Spiegel, an dessen Rahmen die Vergoldung abplatzte. Da sie den unrussischen Geschmack Peter Fjodorowitschs kannte, legte sie kein neues Puder und Rouge auf.

«Wie steht es mit Eurer Gesundheit, gnädiges Fräulein?»

«Danke, Eure Hoheit, ich fühle mich bestens», rief die Braut fröhlich aus, während sie höllische Zahnschmerzen hatte.

«Ausgezeichnet. Ihr seht aus wie das blühende Leben, gnädiges Fräulein», quakte der Charmeur, während er aufmerksam einen Riss an der Decke studierte.

«Vielleicht wollt Ihr Euch setzen, Eure Hoheit.»

Demütig lächelnd schob sie ihm einen abgeschabten Sessel hin.

«Nein, ich danke ergebenst. Ich gehe lieber ein wenig auf und ab. In der Kutsche sind mir die Beine eingeschlafen.»

Peter Fjodorowitsch hatte sich ein für alle Mal hinter die Ohren geschrieben, dass man vor einer Braut besser im Stehen als im Sitzen die Flucht ergreifen kann.

«Worüber soll ich mich nur mit ihr unterhalten?», dachte er und ärgerte sich. «Musik mag sie nicht, Dichtung mag sie nicht, Gemälde mag sie nicht, und vom Krieg versteht ein Weib so viel wie eine Kuh vom Benimm.» Plötzlich strahlten seine fast gelben Augen, denn er erinnerte sich an seine Debatten mit dem schwedischen Dragoner über das Eheleben.

«Heute Morgen, hol's der Teufel, hat mir der alte Rumberg brauchbare Ratschläge gegeben.»

«Und worauf bezogen sie sich, Eure Hoheit?»

«Auf das Eheleben, gnädiges Fräulein.»

«Interessant, was Euer Dragoner dazu meint.»

«Gestattet.» Mit diesen Worten ließ sich der Bräutigam ohne erneute Aufforderung plötzlich in den Sessel plumpsen, dass dessen aus dem Leim gehende Beine krachten. «Vor allem, gnädiges Fräulein, muss eine Frau vor ihrem Mann zittern und darf die Nase nicht in seine Angelegenheiten stecken, das heißt, hol's der Teufel, sie darf nicht zu viel überlegen. Das ist Männersache.»

«Nein, Eure Hoheit, ich teile die Philosophie Eures Soldaten im zweiten Punkt nicht ganz. Es gibt Dinge, über die eine Frau durchaus nachdenken und wo sie überlegen muss, nehmen wir zum Beispiel die Garderobe und Feste, aber auch die Erziehung ihrer Kinder in sittlichen Tugenden», so endete Jekaterina, die Kindern gegenüber nur Abscheu empfand.

«Aus dieser langweiligen Person, der jeglicher Ehrgeiz abgeht, lässt sich meiner Meinung nach die optimale Gattin für einen Monarchen formen», beschloss der russische Thronfolger in Gedanken.

«Ich kann mich Eurer Einsicht nur anschließen, gnädiges Fräulein.»

Der graue Staub der Langeweile, der wie ein Film auf dem pockennarbigen Gesicht des Bräutigams lag, war weit davon entfernt, sich auf das lange, niedliche Gesichtchen zu setzen, in das ein ewiges Lächeln eingebrannt war.

«Ich bin gespannt, was Ihr noch zu erzählen habt, gnädiger Herr.»

«So interessant ist es nun auch wieder nicht, gnädiges Fräulein. Wozu soll man einem Schaf, das sich von Gras ernährt, einschärfen, nicht das Fleisch von einem Stier zu essen, das der Löwin mundet?» Und er rieb sich die Hände vor Zufriedenheit über seine blumige Antwort.

9

Friedrich II. erklärte Sachsen den Krieg.

Die Arbeiter des Tuchhofs für grobe und freche Worte bestrafen: beim ersten Mal mit der Peitsche, beim zweiten Mal mit der Rute unter Einbehaltung des Lohns für drei Monate, beim dritten Mal mit Verbannung zu Zwangsarbeit für ein Jahr; wenn jemand handgreiflich wird, ihn mit der Knute schlagen und zu lebenslänglicher Zwangsarbeit verbannen.

Die Hochzeit des russischen Thronfolgers mit der Großfürstin Jekaterina Alexejewna wurde auf den einundzwanzigsten August angesetzt.

Das Wasser in der Newa ist wie flüssiger Granit.

Der preußische König nannte Soldaten «die unentbehrlichste Ware für die Regenten».

Die Zeitgenossen nannten Friedrich II. den «Philosophenkönig».

Der größte Petersburger Modenarr Semjon Kirillowitsch Naryschkin ließ sich zur Hochzeit einen Kaftan anfertigen, auf dessen Rückseite ein silberner Baum mit Ästen gestickt war, die sich über die Ärmel verzweigten.

Naryschkins Kutsche hatte überall Spiegel, sogar an den Rädern.

Die russischen Damen und Kavaliere waren begeistert von dem raffinierten Geschmack des Petersburger Modenarrs.

Bestushew sagte, Bündnisse zwischen Staaten müssten auf gegenseitigem Nutzen und auf dem Handel gründen.

Peter Fjodorowitsch dagegen gerierte sich als Ritter, erging sich in Spott über die merkantile Politik und versprach unter seiner Regentschaft «Bündnisse zwischen Ehre und Herzensadel».

In Mähnengewand ich reiten nach Tscharsko Selo, so sahen die Schreibkünste des russischen Thronfolgers aus.

Herolde im Harnisch, eskortiert von einer Abteilung der Reitergarde und Dragonern, ritten durch Petersburg und informierten die Bevölkerung zum Klang von Paukenschlägen über die bevorstehende Hochzeit.

Eine ungestrichene Steinmauer, gesprenkelt von Morgenstrahlen, erscheint einem Städter manchmal herrlicher als der eigentliche Sonnenaufgang.

Für die Braut wurde ein Kleid aus Silberglacé genäht, dessen Rock halb mit Rauschgold verbrämt war.

Jetzt herrscht Krieg zwischen den beiden Verbündeten Russlands: Preußen und Sachsen; beide haben sie das Recht, von uns die Einhaltung der Verträge zu fordern: auf welche Seite sollen wir uns stellen? – Natürlich auf die von Sachsen, denn wer die allgemeine Ruhe gefährdet, das ist Friedrich II. (aus einer schriftlichen Notiz von Bestushew, niedergeschrieben kurz nach der Hochzeit).

Sokrates stahl bei einem Gelage eine Schöpfkelle.

«Diese vulgäre russische Sprache ist nur für Hunde und Sklaven geeignet», sagte Brümmer, der Erzieher des russischen Thronfolgers.

Im Jahre 1745 bemühte sich die Kaiserin kein einziges Mal in den Senat.

In ebendiesem Jahr verschied Akinfi Nikititsch Demidow, der seinen Erben einundzwanzig Fabriken hinterließ, dreißigtausend Leibeigene, dreiundzwanzig Stadthäuser, einen Magnetberg, einen Schleifberg, eine Salzmine mit Umland, reichlich Kapital, Siedlungen, Dörfer, Sägemühlen, Wertgegenstände und Silbergeschirr.

Ein Arbeiter mit seinem Pferd bekam in Akinfi Nikititschs Bergwerken im Winter sechs Kopeken pro Tag.

Die Prinzessin von Hessen-Hamburg wird der Neuvermählten das Hemd anziehen, Oberjagdmeister Graf Alexej

Grigorjewitsch Rasumowski wird dem Bräutigam die Hose ausziehen.

Die Braut bekam von der Kaiserin die Anweisung, das Bad aufzusuchen.

Senator Schuwalow war der Meinung, Monopole und Pachten müssten in den Händen der Würdenträger liegen.

Alles ist verdorben, wenn der gewinnsüchtige Beruf des Pächters dank seiner Reichtümer auch noch zu einem ehrenwerten Beruf erhoben wird. (Montesquieu)

Wir enthalten uns der Beschreibung der Hochzeitsnacht, umso mehr, als Kaiserin Katharina II. sich offenbar weniger schämte und selber recht genau die wichtigsten Details fixierte: *Seine kaiserliche Hoheit ging, nachdem er reichlich zu Abend gespiesen hatte, schlafen, und als er sich hinlegte, fing er ein Gespräch mit mir an, in dem es hieß, was für einen Spaß es einem seiner Kammerdiener machen würde, wenn er uns zusammen im Bett sähe; danach schlummerte er (d. h. der Bräutigam) ein und schlief seelenruhig bis zum nächsten Tag durch. Die Laken aus Kammertuch, auf denen ich lag, fand ich schon im Sommer so unbequem, dass ich sehr schlecht schlief, umso mehr, als mir am Morgen das Tageslicht zu schaffen machte, da das Bett gegenüber dem Fenster stand und, obwohl es mit großer Pracht in rosa Samt mit Silberstickerei ausstaffiert war, keine Vorhänge hatte. Kruse (die Kammerfrau) wollte das Brautpaar am nächsten Tag ausfragen, aber ihre Hoffnungen wurden enttäuscht; und in diesem Zustand blieb die Angelegenheit neun Jahre lang, ohne die geringste Änderung.*

«Mutter ist abgereist und hat sich noch nicht einmal verabschiedet», sagte Katharina.

«Das hat sie getan, um Eure empfindliche Seele nicht zu sehr aus dem Gleichgewicht zu bringen», erklärte der junge Ehemann.

ACHTES KAPITEL

1

In einem kleinen, von der Maisonne erwärmten Zimmer des Sommerpalasts gab Peter Fjodorowitsch ein Konzert für ein paar Persönlichkeiten des Hofes.

Jekaterina erreichten die Geigenklänge nicht, sie dachte an den Diener.

Peter Fjodorowitsch berauschte sich an Musik wie am Wodka.

Wenn schwierige Läufe sich in reine Musik auflösten, das heißt in alles auf der Welt und nichts, dann konnte Peter Fjodorowitsch sich nicht halten, den Bogen oder die Saiten zu küssen, wobei er für die Quinte eine besondere Schwäche hatte.

Einmal während eines Nachmittagskonzerts, als die mit einem haarfeinen Silberdraht umwickelte vierte Saite, die tiefste, scheußlich verstimmt war, geriet Peter Fjodorowitsch in Rage und durchbiss ihr die silberne Kehle mit seinen langen Zähnen.

Jekaterina dachte an den schönen Diener. Einen Sashen war er groß, seine Brust ein Tanzsaal, die Schultern Bänke.

Peter Fjodorowitsch schloss die Augen, wenn er Geige spielte.

«Er wird heute seine Quinte küssen», wusste Jekaterina. «Jawohl! Er hat völlig den Verstand verloren.»

Und sie verließ das Zimmer auf Zehenspitzen.

Die Base Mawrutka, die sich gern über die Menschen lustig machte, erzählte immer wieder, die Großfürstin habe einmal auf die Frage, welche Musik sie am liebsten möge, ohne Zögern geantwortet: «Eine, die möglichst leise ist.»

Im großen Saal des Sommerpalasts wurde die Decke gestrichen. Auf dem wackelig zusammengenagelten Gerüst schwankten die Maler, in der Hand Pinsel auf langen Stöcken.

Der einen Sashen große Diener stand am Fenster und betrachtete gleichgültig die Wildenten, die in der fauligen Fontanka plätscherten.

Die gegenüberliegenden Fenster des Saals gingen auf den stinkenden, dreckigen Hof hinaus.

Die Großfürstin wagte nicht, den Diener anzusprechen, sie schritt zu ihrem Zimmer, blieb in der halb geöffneten Tür stehen und starrte wie gebannt auf den schweren, runden Nacken.

Der Diener strich sich über das dichte, eingefettete Haar und drehte sich nicht um.

Jekaterina rang nach Luft, die ihr glühend heiß erschien.

Die Maler mit den Pinseln an langen Stöcken standen schwankend unter der Decke, in ihrem Innersten aufgewühlt von der Geige, die «herrlich winselte», auch wenn sie dies weder auf russische noch auf Nowgoroder Art noch wie ihr warmes Weib zu Hause tat.

Jekaterina warf quer durch den ganzen Saal einen Nagel nach dem Diener. Sie traf seinen Ellbogen.

«Blöder Teufel!», fluchte der Diener, der einen Maler verdächtigte.

Es war ein Nagel von Amor.

Peter Fjodorowitsch spielte mit geschlossenen Augen.

«Wirklich, in dieser Missgeburt steckt ein wunderbarer Künstler», beschloss der für Musik empfängliche Graf Dévière in Gedanken und drehte sich in der Absicht um, einen Blick mit der Gattin des Geigers auszutauschen. «Was ist denn nun los! Wo ist die Großfürstin?»

Wenn Jekaterina meinte, ein Maler könne einen Blick nach unten werfen, bog sie die großen heißen Arme des Dieners zur Seite.

Den Grafen Dévière aber, der diese Szene beobachtete, hatte sie nicht bemerkt.

«Ist in Eurem Zimmer auch niemand?», fragte der Diener heiser.

Jekaterina schüttelte den Kopf.

Der Diener sah sich um.

Sie ebenfalls. Und griff sich an die Brust.

Das wackelig zusammengenagelte Gerüst, die Maler mit den Pinseln an langen Stöcken und die an die Decke gemalten Cupidos mit den roten Pobacken begannen vor ihren Augen zu tanzen.

«Um Himmels willen», flüsterte der Diener. «Mutter, liefer mich nicht an den Galgen!»

Jekaterina rang nach Luft, die ihr eiskalt erschien.

Graf Dévière, der die erstaunliche Szene beobachtet hatte, sagte mit einer Verbeugung: «Der Großfürst lässt Eure Hoheit zu sich bitten.»

Und glitt mit den Wimpern taxierend über die einen Sashen große Gestalt.

Noch in derselben Nacht wurde Andrej Tschernyschew, so hieß dieser Diener, von den Dragonern zur Geheimen Kanzlei gebracht.

+ +

«Wenn der Hengst wiehert, antwortet die Herde.» Mit diesem Ausspruch legte sich Mawra Jegorowna vor der Kaiserin für die Großfürstin ins Zeug.

2

Dem Großkanzler Alexej Petrowitsch Bestushew glaubte die Kaiserin weniger als der Gottesmutter von Kasan. Obwohl ihr manchmal auch der sündige Gedanke in den Sinn kam: «Wieso sollte Mutter» – so nannte die Kaiserin die Gottesmutter – «eigentlich von auswärtigen Angelegenheiten sonderlich viel verstehen?»

England verhandelte mit Peters Tochter um dreißigtausend russische Soldaten, die für die Interessen der Seemächte am Rhein und in den Niederlanden kämpfen sollten.

Bestushew sagte: «Das wird der Beginn zweifelsfreien Nutzens für das Vaterland sein. Der Schöpfer Russlands wollte sich schon immer in die Geschicke Europas einmischen. Und man kann ja auch nicht auf Geld verzichten, wenn es sattsam gebraucht wird. Nach Austausch der Ratifikation bin ich dafür, von den Seemächten hundertfünfzigtausend holländische Albertstaler für die russischen Soldaten zu fordern. Insgesamt besteht die Hoffnung, einen Betrag von zehn Pfund pro Kopf herauszuschlagen, was dreihunderttausend Pfund Sterling im Jahr bedeuten würde.»

«Klingt gut», sagte die Mutter des Vaterlands, die Alexej Petrowitschs Ausführungen aufmerksam lauschte, «das kann sich sehen lassen, gnädiger Herr.»

Der Großkanzler hatte vor nicht allzu langer Zeit bereits durch Vermittlung des Konsuls Wolf eine zinslose Anleihe vom englischen Hof bekommen: fünfzigtausend Rubel.

«Klingt gut», wiederholte die Kaiserin.

Aber bevor sie den Vertrag mit den Seemächten absegnete, beschloss sie für alle Fälle, sich bei der Gottesmutter Rat zu holen.

«Weise mir den Weg, Mutter, was ich tun soll, meine Soldaten an die Ungläubigen verkaufen oder nicht. Ich bin sehr knapp mit Geld, Mutter.» Nachdem sie das auf einen Zettel geschrieben hatte, kniete die Kaiserin vor der Ikone nieder, deren goldene Einfassung mit nussgroßen Brillanten und Rubinen besetzt war. Solchen Schmuck trug also die Mutter des bettelarmen Jesus.

«Weise mir den Weg, Mutter», flüsterten ihre dicken, heißen Lippen.

Bei dem Gebet flossen Tränen.

Trotzdem beeilte sich die Gottesmutter von Kasan nicht besonders mit der Antwort auf den in die Einfassung mit den funkelnden nussgroßen Purpursteinen gesteckten Zettel.

Bestushew fürchtete schon, Lord Hyndford, dem englischen Minister am russischen Hof, unter die Augen zu kommen.

Schließlich hatte Elisabeth einen Traum, in dem ihr ein Engel mit silbernen Flügeln erschien, der mit einem großen Sack in den Zähnen über St. Petersburg flog. «Was hast du in dem Sack, mein Lieber?», rief die Kaiserin dem Engel zu. Aber der flog unter einer Wolke und hörte nichts. Da setzte sich die Kaiserin über die Verwunderung der Einwohner von Petersburg hinweg und erklomm mit wunderbarer Geschicklichkeit die in den Wolken liegende Spitze der Peter-und-Pauls-Festung. «Um Gottes willen, mein Lieber, sag doch: Was hast du in dem Sack?», rief die Kaiserin ein zweites Mal und drehte sich dabei wie eine lustige Frauengestalt aus einem kuriosen Spektakel schneller als ein Rad um die Turmspitze. – «Ich habe hundertfünfzigtausend holländische Albertstaler in meinem Sack», antwortete der verwunderte Engel mit Bassstimme. – «Du hast dich wohl erkältet, mein Lieber», dachte die Kaiserin, wobei sie sich weiter wunderbar drehte, «wie kann man nur bei einem solchen Wetter splitternackt durch die Gegend fliegen, da muss man ja heiser werden.» Und sie bot dem verwunderten Engel an: «Komm, mein Lieber, flieg in mein Gemach, ich schenk dir meinen Zobelpelz.»

Am Morgen gab Elisabeth ihr Einverständnis, die Ratifikationen auszutauschen, sie hatte die rechte Entscheidung getroffen: Die Gottesmutter riet ebenso wie Bestushew, England und Holland dreißigtausend russische Soldaten zu verkaufen.

3

Lord Hyndford, der zu einer Konferenz mit der Kaiserin bestellt war, sagte: «England, Eure Majestät, kauft von Russland Hanf, Leder, Eisen, Leinwand, Pottasche, Rhabarber, Fischleim, Borsten und Wachs. Preußen aber versucht durch Vermittlung und mit Hilfe des Grafen Lestocq sowie seiner Freunde, des Herrn Woronzow und des Herrn Trubezkoj, Russland seine große Zukunft abzukaufen. Was für ein unverschämter und aberwitziger Wunsch, Majestät!»

«Der erste Leibmedicus und seine Sympathisanten sind reine preußische Partisanen», erklärte der Großkanzler und rückte mit seinen langen Fingern das Porträt Peters des Großen am blauen Band zurecht, «kühne und beherzte preußische Partisanen, als solche preist sie ja auch Herr Finck von Finckenstein in seinen Relationen an den König.»

Elisabeth hob die Augen nicht und pustete auf ihre weichen Hände. Im Palastzimmer, das von dem schlecht ziehenden Ofen erwärmt wurde, war es zwar nicht so frostig wie in dem großen Saal mit der grünen Holztäfelung, aber doch recht kühl – jeder, der sich zu Wort meldete, sah den Dampf, der aus dem eigenen Mund aufstieg.

Die Kaiserin dachte: «Man müsste vor einer Konferenz die Wachmannschaften ins Zimmer rufen.»

In solchen Fällen traten die Grenadiere in mehreren Reihen an und bliesen sich die Wärme aus dem Leib, dass ihre Adern auf der Stirn blau anschwollen. Diese «schnellste Zimmerheizung» war eine Erfindung der Monarchin.

Lord Hyndford forderte mit Nachdruck als Zugabe zu Hanf und Borsten den Kopf des Grafen Lestocq, der gegen die englischen Interessen intrigierte.

«Überall nur Diebe und Spione», schloss die Kaiserin in Gedanken und lauschte ängstlich auf das schwere Schlagen ihres verfetteten Herzens.

Aus den vom Kollegium für Auswärtige Angelegenheiten abgefangenen Depeschen von Finck von Finckenstein, der Mardefeld in Petersburg abgelöst hatte, hatte Elisabeth Kenntnis von den Geldzuwendungen Friedrichs II. an den ersten Leibmedicus und den Grafen Michail Larionowitsch Woronzow, der Vizekanzler des Staates, Leutnant der Leibkompanie und Ritter des St.-Alexander-Newski-Ordens, des St.-Annen-Ordens, des polnischen Weißen Adlers und des preußischen Schwarzen Adlers war.

«Sieh mal einer an, der Allmächtige hat Michail nicht gerade mit besonders viel Verstand begabt, und trotzdem schlägt er sich auf deren Seite, die der Spione», sagte die Kaiserin und durchbohrte die Redenden mit ihren blauen Augen. «Weise mir den Weg, Mutter, was soll ich mit dem Medicus tun, was mit Michail?»

Und in der denkwürdigen frostigen Nacht, als sie das Vaterland vor den Ausländern rettete, wer hatte da als Kutscher auf dem Bock des Schlittens gesessen, der zu den Stuben der Garde des Preobrashenski-Regiments stürmte? Michail Woronzow war das gewesen. Und wer hatte auf dem Wagentritt gestanden? Der Arzt Lestocq.

«Ach, Mutter, mir ist schwer ums Herz! Sehr schwer!» Die Monarchin hatte den Lord vergessen und schniefte laut durch die Nase.

Ach, diese verfetteten Frauenherzen!

Die dicken Lippen von Bestushew zuckten wie Würmer.

«Er verkauft die Kaiserin für bares Geld an die Engländer, Österreicher und Sachsen, ohne sich dadurch die Freiheit nehmen zu lassen, auch woanders abzusahnen», schrieb Daillon über den Großkanzler.

«Ich kenne doch deine guten Eigenschaften zur Genüge, Alexej Petrowitsch», zürnte die Kaiserin in Gedanken.

Der schlecht ziehende Ofen verströmte blauen Rauch.

«So viel verkauft England ja gar nicht an das Russische Reich», fuhr Lord Hyndford fort, «aber die britischen Kaufleute kaufen mehr als zwei Drittel aller von hier ausgeführten Waren. Über eine Million englisches Geld geht jährlich nach Russland.»

Weiter legte der Engländer dar, dass all das nicht um des Nutzens willen, nicht aus merkantilen Interessen, die den Inselbewohnern fremd seien, geschehe, sondern aus allerehrlichsten Motiven und aufgrund der uneigennützigen Freundschaft, die Georg II. fest mit der Tochter Peters des Großen verbinde.

«Schließlich könnten die britischen Kaufleute guten Fischleim und Borsten, genauso wie die Untertanen des preußischen Königs, für ihr Geld auch in einem anderen Land kaufen», sagte der Lord lächelnd.

Die Monarchin durchbohrte ihn mit ihren Blicken und spuckte in Gedanken aus: «Diese Borsten und den Fischleim hat mir Finch schon unter die Nase gerieben, jetzt kommt der hier auch noch damit. Pfui, ihr Krämerlords!»

«Was den preußischen König betrifft», so schloss der uneigennützige Inselbewohner, «so befürchte ich wirklich, dass er wie die Athener Knaben im Aglauros-Tempel einen Eid geleistet hat, die Grenze seines Vaterlands da anzusetzen, wo Weizen, Hafer, Flachs und Hanf wachsen, mit anderen Worten: bebauten und bearbeiteten Boden grundsätzlich als sein Eigentum zu betrachten.»

«Sieh mal an, was der für schweres Geschütz auffährt, der Teufel!»

Bestushew nickte, dass der Puder von seiner prächtigen Perücke stob.

«Hanf, Leder, Rhabarber, Borsten, Fischleim … Du lieber Gott!»

Der Ofen rauchte.

Die Konferenz dauerte zweieinhalb Stunden.

Der Kaiserin schien, als sei im Gesicht des Engländers alles umgedreht: die Unterlippe an der Stelle der Oberlippe, die Oberlippe an der Stelle der Unterlippe, und die Augenlider genauso. Und die Ohren erst: «Oje, oje, oje! Spitz zulaufend am Haaransatz und an den Ohrläppchen eine Muschel.

Der Leibhaftige persönlich!»

4

Nachdem Peter Fjodorowitsch seine Kammerherren, Kavaliere, Professoren, Kastraten und Diener das Kriegshandwerk gelehrt hatte, nahm er sich Jekaterina vor, die er unbarmherzig bei ihrer Lektüre der schamlosen Bände des frivolen Brantôme unterbrach, seltener bei Plutarchs «Lebensbeschreibungen», die sie endlich aufgetrieben hatte, und noch seltener bei den historischen Folianten des Bischofs Péréfixe und des Paters Barre.

+ +

«Muskete bei Fuß!»

Um den Befehl auszuführen, kam die Großfürstin nicht umhin, mit dem dicken Kolben auf eine kleine, aber gegen Berührungen äußerst empfindliche Blase zu drücken.

«Muskete schultern!»

Mit demselben Gehorsam warf sich die Dulderin zum zwanzigsten Mal das Gewehr auf das rechte Schlüsselbein, das, wie es bei ausgemergelten Jugendlichen vorkommt, ein wenig unter dem Ausschnitt vorsprang.

«Ihr seid ein Ausbund an Ungeschicklichkeit, hol's der Teufel!»

Als Antwort auf die mehr oder weniger gerechte Beurteilung schluckte Jekaterina eine Träne herunter.

«Zurrrrück, marsch, marsch!», dröhnte das durchdringende Gequake des russischen Thronfolgers, der die Uniform eines holsteinischen Offiziers trug. «Rrrrechtsum, marsch: fünf Schritte zurück, dann llllinksum, marsch auf den Platz, Ausgangsposition einnehmen, Verbeugung.»

Angesichts einer so komplizierten Exerzierübung bekam die Großfürstin es mit der Angst zu tun: «O Gott, o Gott,

Hauptsache, ich vertu mich nicht.» Und sie schleuderte die kurzen Beine vorwärts und zählte krampfhaft: «Eins, zwei, drei, vier, fünf, sechs.»

«Du Esel! Esel!», brüllte der Holsteiner und funkelte mit seinen fast gelben Augen: «Fünf habe ich gesagt! Fünf! Und wie viele hast du gemacht, du Hurensohn?»

«Sechs», antwortete die Großfürstin kaum vernehmlich und traute sich nicht, in Schluchzen auszubrechen.

«Verzeihung», sagte Peter Fjodorowitsch, als er sich gefangen hatte, «Ihr seid für mich in diesem Moment ein Soldat und keine Frau, Eure Hoheit.»

«Ja, richtig», unterstützte ihn die fügsamste aller Frauen.

Und um die Zuneigung der adligen Großmütter, Tanten und Muttis der Gardeoffiziere zu gewinnen, gewöhnte sich Jekaterina an, sich während der Verlustierungen bei Bällen und Maskeraden in die Nähe der Alten zu setzen, um angeregt zu plaudern über Rheuma, Gicht, Mixturen, Familienfeiern und Todestage, Daten, die sie ebenso zuverlässig im Kopf hatte wie die Namen der zahllosen Möpse, Katzen, Papageien und Dummerchen, die den alten Damen das Leben versüßten.

«Marschieren!», quakte der Folterknecht. «Eins, zwei, drei, vier. Eins, zwei, drei, vier.»

Nach fünfzig Runden im Zimmer brachte Peter Fjodorowitsch seine erschöpfte Gemahlin endlich nach draußen.

«Muskete präsentieren!»

Jekaterina führte den Befehl aus.

«Du hast den Pulverkeller zu bewachen», teilte ihr der Folterknecht mit.

Jekaterina bemühte sich nach Kräften, in ihrem Gesicht, das vom Exerzieren grün geworden war, echtes Verständnis für diese wichtige Wache aufscheinen zu lassen.

Peter Fjodorowitsch entfernte sich mit langem, hüpfendem Schritt.

Es kam vor, dass sie derartige Pulverkeller und Magazine drei oder vier Stunden an einem Stück bewachte.

Da soll mal einer sagen, unsere Dame sei eine gewöhnliche Sterbliche.

Nach der Überlieferung hat die Mutter von Perikles, ein paar Tage bevor sie mit ihm niederkam, geträumt, sie werde einen Tiger gebären. Wenn wir uns einmal einen Augenblick lang vorstellen, solche in ihrer Metaphorik prophetischen Träume wären ein ganz gewöhnliches Phänomen, was für ein Tier würde dann die leichtsinnige Johanna Elisabeth in einem Traum vom April 1729 auf die Welt gebracht haben?

Vielleicht ein Chamäleon?

Ehrgeizige Kinder suchen sich ihre Brüder und Schwestern vorzugsweise im Reich illustrer Schatten.

«Ich bin ein Held», bedeutete Jekaterina, die mit der schweren Muskete entkräftet an dem imaginären Pulverkeller stand, überzeugt der leeren Galerie, «jawohl, Gott weiß es, ich bin ein echter Held wie bei Plutarch.»

Aber mit der ihr eigenen Bescheidenheit verglich sie sich in dieser Minute nicht mit Cicero, der wie ein kleiner Junge prahlte, nicht mit Antonius, von dem es heißt, er habe während des Vergnügens mit Kleopatra das wertvollste Gut verschleudert, nämlich die Zeit, nicht mit Lykurgos, der Reichtum und Armut für die schrecklichsten Krankheiten des Staatskörpers hielt, nicht mit Brutus, dem allzu sittlichen, der sich andererseits aber nicht scheute, sein Geld unter fremdem Namen zu Wucherzinsen zu verleihen, und erst recht nicht mit Julius Cäsar, der sich nur aus purer Feigheit nicht den Kaiserkranz auf seinen Kahlkopf setzte, sondern sie verglich sich mit dem Chamäleon Alkibiades, der bei den Ioniern faulenzte, in Sparta ernst war, sich die Haare kurz schor und dünne Suppe aß, am Hof des Satrapen Tissaphernes aber in einem solchen Luxus schwelgte, dass, wie Plutarch sagt, der berühmte persische Prunk dagegen ein Nichts war.

Jekaterina drohte buchstäblich, vor Müdigkeit umzufallen, als Peter Fjodorowitsch auf einmal wie aus einer Erdspalte angesprungen kam.

Sein von den Pocken entstelltes Gesicht loderte, und die langen Arme schaukelten hin und her wie zwei wild gewordene Pendel.

«Gnädiges Fräulein, eine schreckliche Nachricht», schrie er aus der Tiefe der Galerie, «Graf Lestocq ist von der Geheimen Kanzlei verhaftet worden!»

Der Großfürstin fiel die schwere Muskete aus der Hand.

5

«Die Wurzeln unseres Vaterlands reichen bis zum Nabel der Erde. Und du wolltest unser Vaterland mit deinem Rüssel untergraben! Das hat die Welt noch nicht gehört, dass ein Schwein einen so mächtigen Baum umschmeißt», sagte Alexander Iwanowitsch Schuwalow, der ältere Bruder des Senators, der durch Mawrutkas Einfluss bei Hof zu einem der Leiter der Geheimen Kanzlei ernannt worden war.

Der zweite, der Lestocq verhörte, war ein Freund von Bestushew, Obristleutnant der Garde des Semjonow-Regiments und Vizepräsident des Kriegskollegiums, Stepan Fjodorowitsch Apraxin, ein Mann, der die Pracht liebte, ein reichlich beleibter Lüstling mit einem schönen Weibergesicht.

«Das Schwein hat sich auf der Eiche eingenistet», knurrte Apraxin und reinigte sich die Fingernägel mit einem Stück Wildleder.

Lestocq schwieg.

Schuwalows Backenknochen zuckten, als er sagte: «Offenbar hat er kein besonderes Verlangen, sich mit uns zu unterhalten.»

«Gott sei Dank, bist du endlich dahinter gekommen», sagte Lestocq wütend.

«Warum sollen wir dann unsere Geduld umsonst strapazieren», knurrte Apraxin zurück. «Wie lautet der nächste Anklagepunkt, Ew. Erlaucht?»

Alexander Schuwalow, dessen rechte Gesichtshälfte zuckte, las von einem großen Blatt: «‹Während der Verhandlungen mit den Seemächten über die Überlassung des Hilfscorps hast du versucht, vom Vizekanzler alle Geheimnisse in Erfahrung zu bringen, und alles Finckenstein weitergegeben; es ist bereits bewiesen, dass auch der Vizekanzler persönlich dem preußischen Minister solche Einblicke verschaffte, er stand mit dir in enger Freundschaft.› Antworte.»

Lestocq beobachtete dreist und spöttisch, wie die rechte Gesichtshälfte des Leiters der Geheimen Kanzlei zuckte, und schwieg.

Der beleibte Lüstling reinigte sich die Fingernägel mit dem Stück Wildleder.

«Antworte, du Schuft, antworte, du Spürhund von Friedrich!», schrie Schuwalow.

Sein Gesicht hüpfte.

«An einen fremden Mund kannst du keinen Knopf annähen», sagte Lestocq mit Abscheu und wandte sich zum Fenster, um die Dohlen zu betrachten und die Anklagepunkte nicht zu hören.

✣ ✣

Weder der Wippgalgen noch das darüber räuchernde Feuer noch die Knute, die Bestushew bei der Kaiserin erwirkte, «um von dem preußischen Partisan die vielen Schrecklichkeiten seines Hochverrats in Erfahrung zu bringen», konnten Lestocq dazu bewegen, sein Schweigen zu brechen.

Bestushew nannte den Leiter der Geheimen Kanzlei ein «Kalb».

Jekaterina dagegen rief aus, als sie von der Folter erfuhr: «Und das im achtzehnten Jahrhundert!»

Die Zeitgenossin Voltaires hatte eine hohe Meinung von ihrer Zeit.

✣ ✣

Einem am Wippgalgen Aufgehängten band man an die Füße schwere Klötze, auf die der Folterknecht sprang, um die Qual zu erhöhen: Die Knochen traten dann aus den Gelenken, krachten, brachen, manchmal platzte die Haut, die Sehnen wurden lang gezogen und rissen, was unerträgliche Schmerzen verursachte, so beschreibt ein Spezialist für die Folter sein Metier.

6

Aber der Diener mit den großen heißen Armen geriet nicht sofort in Vergessenheit.

Hier der Beweis:

… *Das Mädchen ging dorthin und brachte mir von ihm (sc.*

von Andrej Tschernyschew) einen langen Brief, in dem er mir seine Abenteuer während zweier Jahre erzählte. Sie konnte nur frei mit mir sprechen, wenn ich auf meinem Nachtstuhl saß. Ich steckte dann den Brief zwischen Strumpfband und Bein, und als man mir die Strümpfe ausziehen wollte, steckte ich ihn einen Augenblick vorher in meinen Ärmel; ich wagte ihn nicht in einer Tasche zu lassen, aus Furcht, man könne sie durchsuchen. Ich las den Brief, als alles schlief, antwortete ihm und schickte ihm Geld und andere Kleinigkeiten, die er vielleicht nötig haben konnte. Er schrieb mir noch mehrere Male, und ich antwortete ihm auf demselben Wege.

Das stammt aus den Memoiren von Katharina II.

7

Am Ende des Jahres zog der Hof nach Moskau.

8

Ein Dichter des achtzehnten Jahrhunderts würde sagen: «Sie glitten im Boot über das Wasser, im Schlepptau die Waldhörner, die, während sie das Nass zerteilten, ihre klingenden Töne in der Luft erschallen ließen.»

Elisabeth glich einer steinernen Venus-Statue. Die Göttin stand auf einem Damm inmitten vergoldeter Blumenschalen und schöner Baluster.

In der Mitte des Himmels prangte der Mond in seiner vollen Nacktheit.

Unter dem Damm tollten steinerne Cupidos. Sie waren ebenfalls vergoldet.

Neben Elisabeth saß Wanjuscha Schuwalow, ein Cousin des Senators.

Und alle neun Seen, Kanäle und Schleusen, die die Brunnen mit Wasser speisten, waren vergoldet, aber nicht von Malern, sondern vom Mond und vom Herbst.

Wanjuscha Schuwalow war eine Idee des russischen Cicero. Mawra Jegorowna oblag die Realisierung der politischen Idee ihres Gemahls.

Der Oberjagdmeister Rasumowski hatte seine ägyptischen Augen gesenkt und kaute an dem Onyxknauf seines Krückstocks mit der Darstellung einer nacktbusigen Sirene mit Brillantkrone.

Mawra Jegorowna tat der Oberjagdmeister sogar ein bisschen Leid. In dieser Welt fliegt die Liebe vorzugsweise auf Dummköpfe. Die ernsthaftesten Leute bringen ihnen Zärtlichkeit entgegen. Und wenn ein glücklicher Zufall es will und der Dummkopf auch noch ein Säufer ist, dann wächst die Zahl seiner Freunde wahrlich ins Unermessliche, während man nach Feinden gar nicht erst zu suchen braucht.

Welchem klugen Mann hätte Mawra Jegorowna denn jemals die Narben von der Rute auf dem Rücken ihres Senators verziehen?

In den herbstlichen Hainen plätscherten Brunnen und Wasserfälle.

Als die kaiserliche Wasserkutsche bei den nicht vom Mond, sondern von Malern vergoldeten Sphinxen ankam, verstummten die Waldhörner alle auf einen Schlag.

«Leise, leise, meine Lieben, das ist mein Musikteich», sagte die Kaiserin und legte ihre warme, weiche Hand auf das Knie des jungen Schuwalow.

Ihr Musikteich wimmelte von Fröschen, die speziell zu

diesem Zweck von Kleinrussland herbeigeschafft worden waren.

Die von Malern vergoldeten Moskauer Sphinxen, die von den Moskauern ohne komische Absicht «Schweinchen» genannt wurden, waren stupsnasig, hatten breite Backenknochen und dicke Lippen und wirkten überhaupt nicht rätselhaft, sondern wie gewöhnliche Mägde.

Elisabeth fragte Wanjuscha, ob er seine Ohren gerne mit Quakmusik verwöhne.

Da er das Faible der Kaiserin für die «grünen Kreaturen» kannte, antwortete er, er sei ganz verrückt danach. Der Junge log schamlos. Er war vielleicht verrückt nach französischer Literatur, aber bestimmt nicht nach «kuriosen Fröschen».

Dann fuhren sie zu goldenen Verschlägen, aus denen man aus diesem Anlass die exotischen Vögel mit ihrem bunten Federkleid ins Freie ließ.

«Ach, meine Lieben, ich komme mir vor wie im Paradies», staunte die Kaiserin begeistert, «wirklich, man kann sagen, das hier ist ein moskowitischer Garten Eden.»

Das Bootfahren auf dem Wasser, die Brunnenspiele, die Quakmusik und die bunten Vögel bereiteten ihr ein solches Vergnügen, weil Wanjuscha ihr gefiel. Er war einundzwanzig, hatte graue Augen, graue Brauen, lange graue Wimpern, ein zartes Doppelkinn, rote Backen und einschmeichelnde Hände.

Nicht umsonst nennt man ja die Hände die Sprache der Gefühle.

Neuerdings wies aber der glänzende Teller von Elisabeths Gesicht erste verhängnisvolle Risse auf. Wie Porzellan.

Seit Neujahr hatten die Kammerdiener sechs- oder siebenmal die Scherben zerschlagener Spiegel aus den Staatsgemächern gefegt.

Der Oberjagdmeister blickte Lisa in die Augen, und ihm schien, sie glichen jetzt den Augen seiner irischen Hündin, wenn diese sich mit der rasenden Leidenschaft ihrer Hinterpfote die Flöhe aus ihrem roten Fell kratzte.

Aber Mawrutka bibberte und zitterte immer noch, ob sie nun Fortunas Lächeln glauben sollte: «Und wenn die Kaiserin auch heute Wanjuscha nicht zum Schlafen mitnimmt? Was zieht sie denn die Zeit in die Länge, wenn sie solche Gefühle für ihn hegt?»

Sie näherten sich den vergoldeten steinernen Adlern, die auf niedrigen Säulen an der mit späten Rosen übersäten flachen Treppe thronten.

«Alexej Grigorjewitsch, geh dir mit Mawra Jegorowna die Orangerien angucken», sagte Elisabeth freundlich. «Mein Gott, diese Orangerien, was die an Aufsicht brauchen, damit sie gute Resultate bringen. Das sind doch alles Gauner hier.»

«Was kann man da nachts denn schon sehen, in Euren Orangerien?», sagte der Oberjagdmeister mit niedergeschlagenen Augen; in dieser kurzen Nacht waren seine Wangen gänzlich eingefallen.

«Das wirst du schon sehen, Alexej Grigorjewitsch, das wirst du schon sehen. Man wird euch mit einer Fackel leuchten.» Mawra Jegorowna hüpfte wie ein kleiner Spatz aus der Wasserkutsche.

In den Orangerien, um die herum ein weitläufiger Apotheker-, Frucht- und Gemüsegarten angelegt war, züchtete man für die Tafeln von Kaiserin und Adligen Zitronen mit dünnen Schalen, pustelige Apfelsinen, Bergamotten, weißen und roten Wein, Pfirsiche und Ananas.

9

Der Beamte, der die Funktion eines Sekretärs im Manufakturkollegium ausübte, sagte, sich vor Senator Schuwalow überschlagend: «Sie sind samt und sonders zu Bolotins und Dokutschajews Fabrik gefahren. Dort findet Ihr sicher auch den Fürsten Wladimir Abramowitsch, Ew. Erlaucht.»

«Und was für ein Erdbeben erschüttert die Fabrik?»

«Die Arbeiter, Ew. Erlaucht, haben die Werkgestelle verlassen, befolgen keine Anweisungen, denken nicht daran, zu arbeiten. Von fast tausend, Ew. Erlaucht, sind achthundertachtzig abgehauen. Den Herrn Bolotin hätten sie fast gesteinigt. Ein wahres Erdbeben, Ew. Erlaucht.»

Neugierig geworden, ritt Schuwalow zur Tuchfabrik.

Traurige, verkohlte Straßen flogen vorüber. Als ob Khan Tochtamysch nicht vor einem Jahrhundert, sondern erst gestern mit seiner schlitzäugigen Horde aus Moskau abgezogen sei.

Ein Jahr reicht nicht, um nach so verheerenden Bränden die Häuser wiederaufzubauen.

Den Sommer des Jahres 1748 nannten die Städter mit bitterem Hohn den «roten». Allein am zehnten Mai verbrannten tausendzweihundertzwei Häuser, fünfundzwanzig Kirchen und sechsundneunzig Menschen.

Verkohlte Straßen flogen vorüber.

Der Senator befand sich in angegriffener geistiger und seelischer Verfassung. Deshalb war er auch in aller Frühe aus dem Haus gelaufen. Egal, worüber er nachdachte, unter der Oberfläche seiner bewussten Gedanken bohrte ständig der eine geheime Gedanke: «Und was, wenn Wanjuscha ihr nicht passt, ihr nicht gefällt?»

Der Senator holte seine rübenförmige goldene Uhr aus

der Tasche: Sie zeigte vierzehn nach neun; er holte die zwiebelförmige goldene Uhr heraus: sie zeigte zwei Minuten weniger; die mit Rubinen besetzte zeigte gar nichts: Das verdammte Ding war in der Nacht stehen geblieben. «Früher als um fünf Uhr abends wird Mawrutka kaum von der Kaiserin zurück sein», schätzte Peter Iwanowitsch.

Die Kaiserin machte die Nacht zum Tag – sie ging morgens, wenn die Hähne krähten, ins Bett und stand weit nach zwölf auf, wenn die Leute schon das Mittagessen hinter sich hatten. Und nun handelte es sich ja immerhin um eine «Neuerrungenschaft»!

Der Fabrikhof hatte die Form eines Quadrats. Bevor die Beamten eintrafen, hatte man ihn mustergültig gereinigt.

Die Amtspersonen aus dem Manufakturkollegium hatten an einem großen, rohen Kieferntisch Platz genommen, über den ein grober, hellblauer Stoff gebreitet war. Etwas davon entfernt saßen die Fabrikanten Bolotin und Dokutschajew auf Hockern, einer wie der andere in derselben starren Haltung: rechte Hand auf rechtem Knie, linke Hand auf linkem Knie. Beide Fabrikanten trugen den bis zum Überdruss gewohnten Bart: Dokutschajew einen dichten feurigen, Bolotin einen dünnen aschblonden.

An der Ziegelmauer drängten sich zwei unterschiedlich große Gruppen von Tucharbeitern. Die größere bestand aus hundert bis hundertzwanzig Männern. Das waren diejenigen, die die Arbeit nicht verweigerten. Manch einer von ihnen hatte Schuhe an, und Wams und Hose waren mehr oder weniger intakt. Wie es sich für Tuchmeister, die bis zu vier Rubel im Monat verdienen, gehört, hielten sie auf sich. Den Meistern hatten sich Alte und Gebrechliche angeschlossen. Sie sahen äußerst traurig aus. Die Armut war zu früh zu ihnen gekommen, der Tod ließ auf sich warten. «Ej, ihr da – Grabesheer!», rief ein sommersprossiger Aufscherer aus der kleinen Gruppe von fünfzehn Mann. Diese waren an den Stadttoren abgefangen und morgens mit den Dragonern aus der Polizeikanzlei hergebracht worden.

Fürst Wladimir Abramowitsch fragte missmutig, warum sie die Werkgestelle verlassen hätten und nicht arbeiten wollten.

Schwere Fabrik-Fliegenschwärme schwirrten über den Köpfen.

«Seid ihr etwa Ungläubige? Versteht ihr kein Russisch? Oder habt ihr gar nichts gegen die Herren Fabrikanten vorzubringen und seid nur fortgelaufen, weil ihr mal kurz eure Hose in der Moskwa waschen oder einfach angeln gehen wolltet? Soll ich das so verstehen?»

Die Tucharbeiter, die von den Dragonern hergebracht worden waren, meldeten lauthals Protest an und schubsten den sommersprossigen jungen Aufscherer Petuch nach vorn.

Ohne die Hände von den Knien zu nehmen, richteten die Fabrikanten den Blick auf ihn.

Der missmutige Fürst Wladimir Abramowitsch bedeckte seine geschwollenen Augenlider mit den Fingern.

«Sprich», forderte er den Sommersprossigen brummig auf.

Schuwalows Kutsche traf am Fabriktor ein.

«Ach, du ahnst es nicht, der Salzteufel stattet uns einen Besuch ab», staunte ein buckliger Aufrauer aus dem Grabesheer.

Und die Tucharbeiter brüllten: «Der Salzteufel … Salzteufel … Salzteufel …»

Dieser Spitzname war an Peter Iwanowitsch hängen geblieben, nachdem der Senat den berühmten Prinzipien zugestimmt hatte, die der Staatskasse eine zusätzliche Million bringen sollten. Der Einheitspreis für das Salz in Höhe von fünfunddreißig Kopeken pro Pud war für das bettelarme Land die Erfindung eines Unmenschen. So konnte sich etwa der bucklige Aufrauer, der von dem Fabrikanten einen Monatslohn von einem Rubel und siebzig Kopeken bekam, nun nicht mehr jeden Tag leisten, sein Stück Brot zu salzen.

Aber auch die Staatskasse hatte sich bei Schuwalows Prinzipien verrechnet: Ab dem Jahr 50 ging der Salzverbrauch so stark zurück, dass keine Rede von einer Million sein konnte; stattdessen breiteten sich nach dem Zeugnis eines Zeitgenossen diverse Krankheiten aus.

Die Amtspersonen aus dem Manufakturkollegium rückten bereitwillig zusammen, damit Peter Iwanowitsch neben dem missmutigen Fürsten Platz fand.

«Wie ist Ihr wertes Befinden, Wladimir Abramowitsch?», fragte der Senator.

«Schlecht, Peter Iwanowitsch. Ich schwitze, esse ohne Appetit, ärgere mich mit den Leuten herum. Und wie geht es Euch?»

Und er fuhr sich mit den Fingern über die geschwollenen Augenlider und befahl dem Aufscherer zum zweiten Mal: «Sprich.»

Der Strubbelkopf hatte kluge, freche Augen, die aussahen wie zwei große Sommersprossen.

Schuwalow sagte sich: «Das ist der Anführer des Aufstands.» Und hörte aufmerksam zu.

«Wir haben unsere Klagen über die Herren Fabrikanten in allen Einzelheiten mit der Feder festgehalten und der Kaiserin in einem dicken Paket überreicht! Offenbar dauert es seine Zeit, bis das elende Leben, das uns die Herren Fabrikanten bereiten, von der Kaiserin zur Kenntnis genommen wird.»

Bolotin, der Fabrikant mit dem aschblonden Bart, blickte nicht auf den Strubbelkopf, sondern auf Schuwalows behaarte, dicke Finger, die das Tuch befühlten, das über den Tisch gebreitet war.

«Fass es mal an, Wladimir Abramowitsch», flüsterte der Senator, «was für ein knotiges, schlecht durchwalktes Mistzeug.»

«Ja, Mist ist das», stimmte der missmutige Fürst zu.

Schwere Fabrik-Fliegenschwärme schwirrten über den Köpfen.

Der Strubbelkopf redete in wohlgesetzten Worten und ließ seine zwei Sommersprossen immer stärker blitzen: «Von der Zwangsarbeit unterscheidet uns in der Fabrik der Herren Bolotin und Dokutschajew nur die Tatsache, dass unsere Hände und Füße nicht in Eisen geschmiedet sind, einen anderen Unterschied zur Zwangsarbeit gibt es, da sei Gott Zeuge, nicht. Vielleicht ist es bei der Zwangsarbeit sogar besser. Da arbeiten sie, wie zu hören ist, nicht in Tierhöhlen, während wir wie Maulwürfe sind. Wir reinigen und zupfen die Wolle im Dunkeln für zwei Kopeken am Tag. Und genauso scheren wir das Tuch im Dunkeln über einen Zeitraum von nicht weniger als vierzehneinhalb Stunden nach diesen Sandungetümen.» Und der junge Aufscherer warf einen Blick auf die große Sanduhr, die mitten in dem quadratischen Hof hing.

«Über die Stunden beschweren wir uns nicht», brüllten die von den Dragonern Hergeschafften, «wir haben nichts gegen das Tuchreglement, aber die Dunkelheit ist gegen das Gesetz.»

«Und Bestrafungen dürfen nicht grundlos vorgenommen werden», sagte ein alter großer Presser, «sie dürfen nicht wie Schnee im Juli kommen, aus heiterem Himmel.»

«Und Schläge ins Gesicht, Ew. Erlaucht, sollte es nicht einfach so hageln, sondern sie sollten einen Grund haben.»

«Und Auspeitschungen auch.»

«Und mit Sinn und Verstand.»

Der missmutige Fürst rümpfte die lange Nase und mahnte: «Nicht alle zusammen reden, sondern einer nach dem anderen.»

Ohne die Hände von den Knien zu nehmen, flüsterte Bolotin seinem Kompagnon zu: «Und Graf Schuwalow, der Salzteufel, warum ist der wohl gekommen?»

«Woher soll ich das wissen?»

«Vielleicht ist er auf Tuch umgeschwenkt?»

«Kann sein.»

«Er hat die Salzbergwerke des Kaufmanns Jewreinow in seinen Besitz gebracht.»

«Dazu gehört nicht viel.»

«Jetzt wird er wohl unser Tuch haben wollen.»

«Gut möglich», stimmte der Kompagnon zu.

«Der verfluchte Scheffler.»

«Hat haarige Pranken wie ein Teufel.»

Zu Pachtzahlungen an Schuwalow waren verpflichtet: das Talggewerbe bei Archangelsk und auf der Kola-Halbinsel, der Grupland-Walfang sowie der Fischfang im Kaspischen Meer, in der Ostsee und im Weißmeer.

«Der baut sich jetzt eine Flotte wie Peter der Große», schloss der Fabrikant finster.

Ein goldener Strahl, so rann der Sand in der Uhr, die mitten in dem quadratischen Hof hing.

Der Aufscherer schniefte durch seine sommersprossige

Nase und sagte: «Um all unser Elend mit der Feder zu beschreiben, reicht wohl die Tinte in Russland nicht, und tut man es mit Worten, ist ein Sommertag zu kurz.»

Und die beiden großen Sommersprossen unter den roten Brauen Petuchs erloschen.

Schwere Fabrik-Fliegenschwärme schwirrten über den Köpfen.

«Und wann wollt ihr an die Werkgestelle zurückkehren?», fragte der missmutige Fürst auf einmal und fuhr sich mit den Fingern über die geschwollenen Augenlider. «Wenn ihr morgen früh zu den Werkgestellen zurückkehrt und das Tuch schert und raut, dann habt ihr keinerlei Bestrafung zu fürchten. All eure Verbrechen werden euch verziehen. Aber wenn ihr nicht zurückkehrt, dann braucht ihr euch auch nicht zu wundern. Ihr habt eure Hose jetzt in der Moskwa gewaschen, und damit hat es sich. Und ihr braucht mich gar nicht so anzustarren, ich rede schließlich Russisch, das versteht nun wirklich jeder, da kann er so dumm sein, wie er will.»

Peter Iwanowitsch, der mit einem Ohr dem ermüdenden Fürsten zuhörte, dachte: «Und was, wenn Wanjuscha, dieser verfluchte Stümper, der Kaiserin nicht passt? Ojojoj!»

Sie machten sich im Trab auf den Weg nach Hause. Der missmutige Fürst hatte nichts dagegen, in Schuwalows Kutsche umzusteigen.

«Zur Zeit von Wladimir Monomach fertigte man bei uns in Kiew und in Nowgorod vortreffliches Tuch und trieb damit in Europa Handel. Der Ausländer kleidete sich in unser Tuch. Das, mein aufrichtiger Freund Wladimir Abramowitsch, habe ich in einer Chronik gelesen. Und heute? Da kriegt man doch Gewissensbisse, wenn man einen Soldaten in dieses knotige Mistzeug steckt. Man kann es kaum glauben, dass man im zivilisierten achtzehnten Jahrhundert lebt. Nein, mein aufrichtiger Freund, für den Ruhm des Vaterlands muss man sich dringend darum kümmern, dass wir, die aufgeklärten Würdenträger, dem wilden russischen Kaufmann Finanzen, Pacht und Industrie entreißen. Gerade erst am letzten Donnerstag oder Mittwoch bin ich in Eurem Manufakturkollegium auf eine Meldung der Seidenfabrikanten gestoßen, die ist ja zum Lachen, Wladimir Abramowitsch! Rate mal, Ew. Erlaucht, wie viele Paare Seidenstrümpfe oder wie viel persische Spitzen die russischen Fabrikanten in einem Jahr herstellen können.»

Der Fürst rieb sich die Augenlider und sagte: «Das habe ich nicht im Kopf, wie viel die herstellen können.»

«Dann sag ich's dir eben: an Seidenstrümpfen hundert Paare, an persischen Spitzen zweihundert Schrägen. Das ist doch nun für unser zivilisiertes Jahrhundert absolut lachhaft, Ew. Erlaucht.»

«Ja, hundert Paare, das ist ein bisschen wenig», stimmte der missmutige Fürst, mit der langen Nase nickend, zu und dachte sich: «Aber seitdem du, mein aufrichtiger Freund, den Fischhandel in die Hand genommen hast, gibt es wirklich nichts mehr zu lachen, sondern nur noch Heulen und Zähneknirschen in ganz Russland. Den Leuten bleiben deine Gräten im Hals stecken, so sehr hast du den Preis in die Höhe getrieben.»

Die verkohlten Straßen stimmten einen traurig.

Bei einem zweistöckigen Gebäude, das mit Holzschnitzerei verziert war, bat der missmutige Fürst zu halten.

«Ich wünsche gute Besserung für den Appetit», sagte Schuwalow. «Gegen Schmerzen in der Brust, Wladimir

Abramowitsch, da hilft übrigens in Wasser aufgekochtes Betonienkraut.»

Und der Senator galoppierte nach Hause.

Auf den Moskauer Straßen rupften Kühe und Ziegen Gras; Frauen schöpften Wasser aus den Brunnen.

«Da warte ich doch tatsächlich schon eine geschlagene Viertelstunde auf Euch, Peter Iwanowitsch!», schrie Mawra Jegorowna und klatschte in ihre zu kurzen Hände.

«Spann mich nicht auf die Folter, du dumme Gans.»

«Und ob er ihr gefallen hat! Und ob!»

Und mit einem kurzen Blick auf die Ikone bekreuzigten die Gatten sich und küssten einander, als feierten sie Christi Auferstehung.

+ +

Nach Abschluss der Fahndung waren noch fünfhundertsechsundachtzig Tucharbeiter flüchtig.

Jeden zehnten Arbeitsverweigerer befahl der Senat schonungslos mit der Knute auszupeitschen, in Eisen zu schmieden und zur Zwangsarbeit zu schicken.

Der sommersprossige Aufscherer Petuch wurde zwar bis zum Aushauchen der Seele geschlagen, sein junger Körper aber war zu kräftig, um zu sterben.

Das Leben ist wie eine grüne Eiche!

Der bis zum Aushauchen der Seele Ausgepeitschte atmete durch und sagte: «Ich halt mich an die Eiche rund, die wurzelt tief im Erdengrund.»

Und Petuch gelang es auch, um die Verschickung zur Zwangsarbeit nach Sibirien herumzukommen.

NEUNTES KAPITEL

1

Es liegt etwas unglaublich Schönes in den Augen einer schwangeren Frau, in der Gelassenheit ihrer nachdenklichen Bewegungen und in ihrem Gang, den ich ohne Angst, lächerlich zu erscheinen, auf eine eigene Weise graziös nennen möchte, sofern man dieses Wort nicht oberflächlich versteht. Und wie wunderbar ist das Lächeln, ein ganz eigenes, leuchtendes, mit dem die Frau auf die Regungen des lebendigen Wesens unter ihrem Nabel lauscht, der so gar nichts von einem literarischen Herzen hat! Oder die Zärtlichkeit, mit der sie den hoch aufragenden Neunmonatsbauch streichelt, der selbst in den Augen des Vaters des zukünftigen Kindes scheußlich ist.

All das traf allerdings auf die schwangere Jekaterina in keiner Weise zu. Mein Gott, von was für einem Hass, von was für einem Ekel gegen ihren Bauch war sie erfüllt! Das war eigentlich ein wenig verwunderlich bei ihrem berechnenden Herzen: Womit sonst hätte sie der Kaiserin, ihrem neuen politischen Freund Alexej Petrowitsch Bestushew und, was das Wichtigste ist, sich selbst einen größeren Gefallen tun können als mit der Geburt eines zukünftigen russischen Kaisers oder – schlimmstenfalls – einer Kaiserin?

In der bemerkenswerten Instruktion, die der Großkanzler verfasst hatte, hieß es doch ganz offen: *Sie ist in die gegenwärtige Würde einer Kaiserlichen Hoheit mit keiner anderen Aussicht und Hoffnung erhöht worden als nur, damit Ihre Kaiserliche Hoheit durch ihre Vernunft, ihren Verstand und ihre*

Tugenden Seine Kaiserliche Hoheit zu aufrichtiger Liebe veranlassen, sein Herz sich geneigt machen und dadurch das Reich den gewünschten Erben und Nachkommen unseres allerhöchsten kaiserlichen Hauses erhalten könne.

Folgendes aber war im Jahre 1753 geschehen, nachdem sowohl die Monarchin als auch der Großkanzler und die Nation, wie die Großfürstin die Hand voll Höflinge nannte, alle Hoffnungen auf Peter Fjodorowitsch verloren hatten.

Frau Tschoglokowa, die ständig mit ihrer Lieblingssorge, nämlich die Thronfolge zu sichern, beschäftigt war, erzählt Jekaterina in ihren Memoiren, *nahm mich eines Tages beiseite und sagte: ‹Hört Ihr, ich muss ernstlich mit Euch reden.› Ich war natürlich ganz Ohr. Sie begann nach ihrer Art mit einer langen Rederei über ihre Anhänglichkeit gegenüber ihrem Gemahl, ihre Ehrbarkeit, das, was für gegenseitige Liebe und für die Erleichterung oder Erschwerung der ehelichen Bande nötig oder nicht nötig sei. Dann erklärte sie plötzlich, es gebe zuweilen Situationen von höherer Wichtigkeit, die eine Ausnahme von der Regel bedingten. Ich ließ sie reden, so viel sie wollte, ohne sie zu unterbrechen, denn ich sah nicht, wohin sie zielte, und war auch sehr überrascht und mir nicht im Klaren darüber, ob sie mir eine Falle stellte oder aufrichtig mit mir sprach. Während ich innerlich diese Erwägungen anstellte, fuhr sie fort: ‹Ihr werdet sehen, wie groß meine Liebe zu meinem Vaterland ist und wie aufrichtig ich es meine. Ich zweifle nicht, dass Ihr irgendjemand bevorzugt. Ich lasse Euch die Wahl zwischen Sergej Saltykow und Lew Naryschkin. Irre ich nicht, so ist es der Letztere.› Ich aber rief rasch: ‹Nein, nein, gewiss nicht!› Sie erwiderte: ‹Nun gut, ist er es nicht, so ist es sicher der andere.› Darauf antwortete ich kein Wort.*

Uns scheint es richtig, dass wir uns an den heikelsten Stellen als Autor zurückziehen. Man kann nie wissen, wie misstrauisch der Leser ist! Soll er doch lieber Katharina der Großen Auge in Auge gegenüberstehen.

2

«Es ist so weit», dachte die Großfürstin, als sie von Schmerzen im Bauch aufwachte. Aber die ersten Wehen waren nicht so stark, und ihr kamen Zweifel: «Vielleicht kommt das von den Gedanken … Oder ich habe verdorbenen Fisch gegessen.»

Im Nebenzimmer schnarchte Praskowja Nikitischna.

Die Septembernacht ließ ihre Sterne in die faulige Fontanka fallen.

Jekaterina legte sich das vom Schlaf warme Kissen auf den riesigen Bauch und versuchte, sich zu erinnern: «Was hab ich denn zu Abend gegessen? Vielleicht kommt das von den Pilzen in Teig mit Zitrone und Honig?»

Der Wind schaukelte den Vorhang, denn das Fenster schloss wegen der verzogenen Rahmen schlecht.

Jekaterina hatte schon zwei Fehlgeburten gehabt. Ihr gefiel die Vorstellung, dass sie jedes Mal von Saltykow, einem schönen Mann und Gecken, schwanger geworden war.

Obwohl sie die falsche Zeit anzeigte, tickte die Uhr.

«Meine Entbindung wird leicht sein.» Sie mochte die Frauen nicht und dachte: «Sie lügen bestimmt, dass die Qualen so entsetzlich groß sind; sie lügen ihren Männern etwas vor, um sich wichtig zu tun.»

«Ach, Gott! Ach!»

Und sie biss sich auf die Lippe und wand sich im Bett. «Nein, offenbar ist doch etwas dran.»

Aber wenn der Schmerz nachgelassen hatte, wollte sie

wieder nicht ganz glauben, dass es eine Wehe war. «Man sollte Praskowja Nikitischna wecken.»

Doch sie traute sich nicht, sie zu wecken. «Vielleicht kommt es von den Pilzen mit Zitrone?» Sie wollte nicht ängstlich erscheinen.

Das Zimmer war ungemütlich und leer. An den Wänden, die mit weinrotem Tuch ausgeschlagen waren, standen ein paar gemusterte Stühle, ein Sofa, das statt auf dem hinteren Bein auf einem Klötzchen stand, und zwei Sessel von Münnich.

Und auf einmal war es, als hätte jemand ihr Herz gegen ein klitzekleines, unglückliches Frauenherz eingetauscht!

Praskowja Nikitischna erwachte.

Die Angst schlich sich gleichsam auf Zehenspitzen in Jekaterinas Seele.

Sie rannten, die Hebamme zu holen.

Sie rannten, den Großfürsten zu holen.

Sie rannten, die Kaiserin zu holen.

«Die Großfürstin erträgt die Erschöpfung der Physis mit großer Geduld», meldete man Ihrer Majestät.

Die Kaiserin schlüpfte ohne die Hilfe ihrer Kammerfrau in ihre Röcke.

Peter Fjodorowitsch knöpfte mit seinen unausgeschlafenen Fingern lange sein braunes Wams zu; spritzte sich dann träge kaltes Wasser auf die pockennarbige Nase; kämmte sich mit einem Schildpattkamm gemütlich die verfilzten Haare. «Was soll ich denn da? Ich bin doch keine Hebamme! Oder wie? Diese verfluchten Quälgeister!»

Wenn die Wehen nachließen, wurden Jekaterina die Augenlider schwer; sie sagte, sie sei sehr müde und wolle schlafen. Aber die Hebamme Frau Andriana von Derschart wollte nichts davon hören.

Mit Ausnahme der Gebärenden – natürlich – wusste keiner, wie er sich verhalten, was er tun oder sagen sollte. In solchen Fällen weiß die Liebe am ehesten Rat.

Die Kaiserin wandte sich inständig an ihre Mutter, wie sie die Gottesmutter der Einfachheit halber nannte, und bat, sie möge dem Reich einen Jungen schenken: «Mein Neffe taugt nichts, hol ihn der Teufel, den Holsteiner, ich möchte ihm Russland nicht überlassen.»

Jekaterina ertrug die «Erschöpfung der Physis» mit großer Geduld.

Selbst die zärtlichsten Mütter denken bei der Niederkunft nicht an das Kind.

Der Kaiserin fiel mit Bedauern ein, dass sie sich nicht geschminkt hatte.

Langsam kam der Morgen herauf: in einer wässerigen, fahlen Petersburger Dämmerung, die das Aussehen einer Frau Anfang vierzig in nichts beschönigt.

Peter Fjodorowitsch betrachtete die Falten und Fältchen, die schlaffen und aufgequollenen Stellen auf dem tellerrunden Gesicht seiner Tante nicht ohne Interesse. Er sah sie vielleicht zum ersten Mal in seinem Leben ungeschminkt.

Doch nicht das Gesicht, sondern der Hals ist der unerbittliche Kalender des Alters einer Frau.

Um halb zehn begann Jekaterina zu schreien. Damit hatte sie am wenigsten gerechnet.

Peter Fjodorowitsch überkam Ekel.

Gelbe und rote Blätter flogen aus dem Sommergarten, den der Hannoveraner Caspar Vogt angelegt hatte.

Nervös fror die Kaiserin in ihrer Mantille aus blauem Atlas.

Aller Wahrscheinlichkeit nach nicht ohne die Hilfe der

Gottesmutter gebar die Großfürstin gegen Mittag endlich einen Sohn.

Elisabeths Beschluss, ihn Paul zu nennen, stand seit langem fest.

Die Hebamme gab dem Neugeborenen zwei Klapse auf den Po.

Ein schwaches Piepsen antwortete.

Nach diesem Laut wird gewöhnlich der junge Vater geboren, und in der Frau erwacht das Gefühl einer Mutter.

Doch weder mit dem Großfürsten noch mit Jekaterina geschah dergleichen.

Man brachte das Neugeborene in die Gemächer der Kaiserin.

Erst vierzig Tage später fand die zweite Begegnung der zärtlichen jungen Mutter mit dem Säugling statt.

Nach der Entbindung fühlte sich Jekaterina ungewöhnlich leicht, ja glücklich. Als habe es die «Erschöpfung der Physis» gar nicht gegeben.

So verlief also die «ersehnte Geburt», wie es in der Sprache der «St. Petersburger Nachrichten» hieß.

Jekaterina bekam dafür von der Kaiserin hunderttausend Rubel.

Aber aus nahe liegenden Gründen hatte man Peter Fjodorowitsch vergessen. Er schlug Krach und bekam ebenfalls hunderttausend.

Saltykow, den man so schnell wie möglich aus den Augen schaffen wollte, wurde nach Schweden geschickt, um die freudige Nachricht von dem geschenkten Erben zu überbringen.

Von diesem Zeitpunkt an zog der russische Geck bis zum Ende seiner Tage durch die Länder Europas.

Jekaterina weinte, sie liebte ihn sehr.

Der Geck dagegen hatte sich nur auf Drängen des Großkanzlers mehr oder weniger gewissenhaft Mühe gegeben, den Entflammten zu mimen. Und auch das nur kurze Zeit. Er war ein Anhänger von Bestushew und hatte sich Jekaterina angenähert, «um die Geheimnisse des jungen Hofes auszukundschaften» sowie um die Interessen der Großfürstin auf die Linie des Großkanzlers zu bringen, dem der englische Gesandte Sir Guy Dickens geraten hatte, mit dieser Frau, die Voltaire und Montesquieu gelesen hatte, ein politisches Bündnis einzugehen.

Der Engländer runzelte seine grauen Brauen und sagte zu Bestushew: «Gnädiger Herr, wir haben den Vogel erlegt und halten nun das Federkleid in der Hand, aber das Fleisch ist fortgeflogen.»

Mit dem Federkleid war Lestocq gemeint, mit dem Fleisch: Woronzow, Trubezkoj und die Schuwalows.

Der Engländer klagte: «Ich bekomme schlecht Luft, Herr Kanzler, und habe Probleme mit dem Herzen. Bei Euch in Petersburg finden jeden Tag Komödien, Empfänge und Maskenbälle statt, die sich bis Sonnenaufgang hinziehen. Bei meiner Atemnot kann ich es mit den anderen Ministern nicht aufnehmen. Ja, gnädiger Herr, ich habe um meine Heimreise gebeten, nach London.»

3

Die «St. Petersburger Nachrichten» meldeten: *Seine Erlaucht Herr General en Chef, Senator, Ihrer Kaiserlichen Majestät Wirklicher Kammerherr, Generaladjutant, Secondeleutnant der Leibkompanie und Ritter verschiedener Orden, Graf Peter Iwanowitsch Schuwalow, richtete in seinem Haus an einem Tisch mit sechsundzwanzig Gedecken ein reiches Mittagessen aus für den Herrn Gesandten der Römisch Kaiserlichen und Königlichen Majestät, alle ausländischen Herren Minister und ein paar höfische Kavaliere. Statt auf das übliche Dessert am Schluss des Mahls zu warten, gingen alle vornehmen Gäste vom Tisch in eine Grotte oberhalb des Saals, in deren Mitte auf einem runden Tisch ein ganz außerordentliches Dessert neuer Invention aufgebaut war. Es hatte die Form eines hohen Bergs, der aus verschiedenen Stein- und Mineralerzen sowie verschiedenen kuriosen versteinerten Gegenständen bestand, beispielsweise Bäumen, Muscheln, Pilzen und anderem, was zu dem umfangreichen Mineralienkabinett Seiner Hochgräflichen Erlaucht gehörte. Auf dem Gipfel des Bergs befand sich eine Zeche von vortrefflicher Architektur und mit allegorischen Statuen verziert, in der man die Erzgrube mit vielen Leuten sah, welche die übliche Bergarbeit verrichteten, und an der Seite standen die Hochöfen. Auf der anderen Seite ergoss sich von dem Berg ein großer Fluss, der in einen Seehafen mündete, wo ein paar Schiffe mit ihrer ganzen Takelage sowie einige Schaluppen mit Fischern zum Robben- und Walfang ausliefen. Auf dem Fluss war eine prächtige Brücke zu einem Bergschloss gebaut, und am Ufer stand ein Leuchtturm, dessen Feuer brannte, ganz zu schweigen von vielen anderen Bauten und Figuren, die dieses kuriose Dessert vorstellte.*

4

Auch über London erstrahlt manchmal der Himmel ohne eine einzige Wolke.

Sir Williams las die Instruktion, die er soeben vom Minister bekommen hatte, und unterstrich mit seinem langen, gelben Fingernagel folgenden Punkt: «Man muss die Russen davon überzeugen, dass sie eine asiatische Horde bleiben werden, wenn sie untätig dasitzen und dem preußischen König dadurch die Möglichkeit bieten, seine ehrgeizigen, gefährlichen und eindeutig bereits in Angriff genommenen Pläne zur Vergrößerung seines Königreichs in die Tat umzusetzen.»

Sir Charles Hanbury Williams aus der alten Grafschaft Worcester, ein Anhänger der Partei der Whigs, satirischer Dichter, guter Maler und politischer Fuchs, hob die Augen zum wolkenlosen Himmel.

«Wie angenehm, sich auf den Weg zu machen, wenn die Natur günstige Zeichen setzt!», dachte er.

Und er lächelte und ließ dabei seine Zähne sehen, die lang wie Finger waren.

Der Gesandte vertraute dem viel versprechenden Wetter.

Warum sollte man auch daran zweifeln, dass der Himmel vorzugsweise den Engländern, vor allen anderen menschenähnlichen Geschöpfen, von denen die Erde bevölkert ist, Ratschläge erteilt?

Nach seiner Ankunft in Petersburg wurde Sir Williams eine Privataudienz gewährt.

«Eine Wachreihe soll ins Gewehr treten», so die Anordnung der Kaiserin, «und wenn der Herr Botschafter aufbricht, in Reih und Glied salutieren, ohne Trommelwirbel das Gewehr präsentieren, wobei die Oberoffiziere den Hut zu ziehen haben.»

Wir wiederholen, Sir Williams war ein politischer Fuchs.

Alexej Petrowitsch Bestushew beeilte sich, die Großfürstin mit der Meldung über den aus London eingetroffenen «wahren Freund» zu erfreuen.

Auch über Petersburg erstrahlt manchmal der Himmel ohne eine einzige Wolke.

Die Kaiserin fragte den Großkanzler: «Stimmt es, dass Herr Williams ein vorzüglicher, unermüdlicher Tänzer und witziger Mensch ist?»

Alexej Petrowitsch lobte den neuen Gesandten über den grünen Klee.

«Ich bin der Menuette etwas müde», wandte sich Elisabeth an Iwan Iwanowitsch Schuwalow, «ich möchte ins Grüne, barfuß durchs tauige Gras laufen und Blümchen pflücken.»

Die ganze vergangene Nacht hatte sie auf ihren geschwollenen Beinen durchgetanzt, verkleidet mal als französischer Musketier, mal als Kosakenhetman, mal als holländischer Matrose und mal als Purpurdomino mit Gold.

Zehntausend Kerzen waren in den Kronleuchtern und Kerzenhaltern des großen Saals gleichzeitig entflammt.

«Den kleinen Paul juckt es im Mund, er kriegt wohl wieder einen Zahn», sagte die Kaiserin und strahlte Iwan Iwanowitsch aus weit geöffneten Augen an.

Elisabeth wurde alt. Sie verfasste neuerdings nachts Gedichte.

Uns scheint, die lyrischen Gefühle welken, wenn man vierundzwanzig ist, und treiben, wenn man Anfang fünfzig ist, wieder neue Blüten.

+ +

Sir Williams lachte in Petersburg über die Holzhütten, Holzpaläste und die mit Kreide geweißten Säle der Würdenträger, über die riesigen, «ochsenaugengroßen» Brillantknöpfe des Präsidenten der Akademie, Kirill Rasumowski, des jüngeren Bruders des Oberjagdmeisters, über die dichten, feuchten Wälder, die die Prospekte einengten, über die von Grenadieren in Ledermützen mit Federn bewachten marmornen Venusstatuen im Sommergarten, über die Jäger, die auf die Wildenten an der Fontanka schossen, über den «englischen Brauch» des Grafen Bestushew, sich jede Nacht betrunken schlafen zu legen, über die bunt bemalten Kutschen, deren Fahrgäste die Zügel halten mussten, während die Kutscher untätig hinten standen, und über die acht Werst weit zu hörende Hornmusik, eine Erfindung von Naryschkin, bei der jede Stimme von einem anderen – in der Größe zwischen einer Spanne und zehn Fuß variierenden – Horn gespielt wurde.

Und der Nebel in Petersburg, so meinte Sir Williams, äffte nur den von London nach.

Bei dem Empfang, wo vier Tische strahlenförmig um den Tisch der Kaiserin gruppiert waren, saß der politische Fuchs neben Jekaterina.

Die Waldhörner klangen wie Kastraten.

Beim süßen Imbiss mit Pralinen, Konfitüre und Obst sagte Jekaterina zu Graf Bestushew: «Ich glaube auch, Alexej Petrowitsch, dass Herr Williams ein wahrer Freund von uns ist.»

Zum Gefolge des englischen Gesandten gehörte der Tischaufseher des Großfürstentums Litauen, Stanislaus Poniatowski. Er war etwas über zwanzig.

Jekaterina äußerte den Verdacht, «wenn die Engel ein Menuett tanzten, sähe das weniger reizend aus als bei diesem jungen Polen.» Nachdem Saltykow sie verlassen hatte, sehnte sich Jekaterina nach Trost oder vielleicht auch nach Rache.

Sir Williams beeilte sich, ihr den Grafen Stanislaus vorzustellen. Er blinzelte einnehmend mit seinen kurzsichtigen Augen und erzählte mit weitläufiger Leichtigkeit von Voltaire.

«Eure Hoheit, habt Ihr gehört, dass Herr Voltaire eigens ein Taschenwörterbuch von Ausdrücken, die Könige gebrauchen, zusammengestellt hat?»

«Nein, gnädiger Herr, ich gestehe, das habe ich nicht gehört. Aber ich bin davon überzeugt, dass es genauso bewundernswert ist wie alles andere, was aus der Feder dieses großen Schriftstellers strömt. Bitte kommt meiner weiblichen Neugier doch ein wenig entgegen, gnädiger Herr», so lautete die gezierte Antwort der Großfürstin.

Seit der Geburt von Paul war sie in den Hüften und in der Brust in die Breite gegangen und hatte ein wenig Fett angesetzt.

«Herr Voltaire findet, wenn ein König ‹mein Freund› sagt, Eure Hoheit, heißt das ‹mein Sklave›, wenn er ‹mein teurer Freund› sagt, heißt das, ‹du bist mir völlig gleichgültig›, der Ausdruck ‹ich werde Euch beglücken› bedeutet ‹ich werde dich dulden, solange ich dich brauche›, und die königliche Einladung ‹lasst uns heute zusammen zu Abend essen› ist gleichbedeutend mit ‹ich möchte mich heute über dich lustig machen›. Solche Früchte und Lehren, Eure Hoheit, haben Herrn Voltaire die hehre Freundschaft mit dem preußischen Herrscher beschert.»

Sir Williams, der Gesandter in Berlin gewesen war und den Philosophenkönig da mit der Bissigkeit seiner Witze geärgert hatte, warf unpassenderweise ein: «Ich habe gehört, Herr Voltaire nennt Friedrich II. ‹Luc›, in Anlehnung an einen Affen, der die schlechte Angewohnheit hat zu beißen.»

Und das Gespräch plätscherte weiter in diesem Fahrwasser.

Die Waldhörner klangen wie Kastraten.

Die Kaiserin tanzte ungewöhnlich graziös auf ihren geschwollenen Beinen.

Was die Größe der Brillantknöpfe betraf, so konnte es der Präsident der russischen Akademie, Kirill Rasumowski, fast mit Peter Iwanowitsch Schuwalow aufnehmen.

+ +

Die Großfürstin hat mir dieser Tage offen ihre Meinung über den König gesagt: Sie ist nicht nur davon überzeugt, dass Friedrich II. ein natürlicher und gefährlicher Feind Russlands ist, sondern sie hasst ihn auch persönlich.

Diese Meldung beeilte sich Sir Williams nach London abzuschicken.

5

Nach dem Projekt des Senators Schuwalow wurde die erste russische Bank mit einer Staatseinlage für den Adel gegründet.

Durch die Moskauer Zeitungen ging eine Nachricht aus Jütland: *In der Nacht haben vier Fischer überraschend eine so genannte Sirene oder Meerfrau gefangen. Besagtes Meeresungeheuer gleicht oben einem Menschen, unten einem Fisch; der Körper ist von blassgelber Farbe; die Augen sind geschlossen; auf dem Kopf hat sie schwarze Haare, die Finger sind mit einer Schwimmhaut verbunden.*

Nach dem Projekt des Senators Schuwalow wurden die Binnenzölle abgeschafft.

Bei einem Brand im Golowin-Palast verbrannten viertausend Kleider von Elisabeth, was einen gewissen Teil ihrer Garderobe ausmachte.

Nach dem Projekt von Senator Schuwalow wurde in Russland die erste Bank für die Kaufmannschaft gegründet.

Jekaterina schrieb mit einer silbernen Feder, die man die ewige nannte, weil sie ein Tintendepot hatte.

Der Senat debattierte über zwei junge Bären für die Kaiserin: *Ziel der Aufzucht muss sein, dass sie auf den Hinterbeinen gehen und über einen Stab zu springen verstehen.*

Der Palast in Zarskoje Selo hatte Maschinen, mit denen Gäste, während sie auf weichen Sofas saßen, auf die anderen Stockwerke gehoben werden konnten.

Senator Schuwalow erhielt die Fabriken von Goroblagodat, die eine große Belegschaft hatten und flächenmäßig sehr ausgedehnt waren.

Den Weg nach Zarskoje Selo säumten Pferdekadaver.

Die Kaiserin kam auf den Gedanken, allen Damen des Hofes zu befehlen, sich den Kopf rasieren zu lassen. Die Damen weinten, aber sie gehorchten sämtlich. Die Kaiserin schickte ihnen schlecht gemachte Perücken. Auch sich selbst hatte die Kaiserin rasieren lassen.

Zu den Fabriken von Goroblagodat gehörten nach ihrer Übergabe an Schuwalow 16 132 Leibeigene.

Leonti Schamschurenkow, Bauer eines Dorfes bei Jaransk, erfand eine durch einen Motor angetriebene Kalesche und erklärte, er könne nun auch einen Schlitten herstellen, der im Winter ohne Pferde führe; er könne auch eine Uhr herstellen, die an der Hinterachse der Kalesche zu befestigen sei und deren drehbarer Zeiger maximal tausend Werst anzeige, wobei nach jedem zurückgelegten Werst ein Glöckchen ertöne.

Das Jahreseinkommen von Senator Schuwalow belief sich auf vierhunderttausend.

Der Regierungssenat beschloss, für die Unterhaltung der Moskauer Universität und zweier Gymnasien jährlich fünfzehntausend Rubel bereitzustellen.

Ein Mensch, der nicht weinen und nicht lachen kann, ist kein Mensch, sondern eine Bestie.

Nach einem Projekt des Senators Schuwalow wurde eine Geldreform durchgeführt.

Die Ärzte, die den Hebammen Unterricht gaben, hatten sich «Professoren für Weiberangelegenheiten» zu nennen.

Da er gemerkt hatte, dass man in der Armee sehr nachlässig mit dem Einexerzieren und im Umgang mit dem Korps war, richtete Senator Schuwalow eine vorbildliche Abteilung ab und führte sie dem Kriegskollegium vor, um auf diese Art die ganze Armee umzudrillen, wozu ihm höchste Approbation erteilt wurde.

6

Jekaterina Ich glaube, Alexej Petrowitsch, in Russland kann man der Nation nicht gefallen, wenn man einen leeren Geldbeutel hat.

Bestushew Ich denke, Eure Hoheit, das ist in der ganzen Welt so.

Jekaterina Es gereicht den Völkern nicht zur Ehre, dass sie merkantil sind.

Bestushew Vielleicht hat da der Teufel seine Hand im Spiel.

Jekaterina Stimmt es, Alexej Petrowitsch, dass die Kaiserin Wasser im Bauch hat?

Bestushew Ihre Majestät schmilzt dahin wie eine Kerze.

Jekaterina Um Gottes willen, was wird nur aus Russland, wenn der Herrgott die Kaiserin zu sich ruft?

Bestushew Eure Hoheit, ich wage es nicht, an diese traurige Minute überhaupt zu denken.

Jekaterina Mein Mann liebt Russland nicht.

Bestushew Ein Kaiser, der sich von seinem Land abwendet, ist wie eine Stiefmutter für ein Kind. Eigentlich hat Euer Gemahl doch einen durchaus wachen Geist.

Jekaterina Peter Fjodorowitsch ahmt mit seinen Grimassen den ganzen Hof hervorragend nach und karikiert auch seine Tante, der er alles zu verdanken hat, was er besitzt.

Bestushew Nur den preußischen König, den Todfeind Russlands, verehrt Seine Hoheit.

Jekaterina Es ist Eure heilige Pflicht, Alexej Petrowitsch, an das Vaterland zu denken.

Bestushew Eure Hoheit, darf ich mir erlauben, mich mit derselben Replik an Euch zu wenden?

Jekaterina Ich wüsste wirklich nicht, was eine Persönlichkeit unternehmen können soll, der ganze dreißigtausend Rubel im Jahr für ihre Ausgaben zur Verfügung stehen.

Bestushew Wenn man in den Mitteln eingeengt ist, sollte man Freunden nicht aus dem Weg gehen.

Jekaterina Ich bin zu arm, Alexej Petrowitsch, um welche zu haben.

Bestushew Das stimmt nicht.

Jekaterina Ich kann doch nicht Euch um Geld bitten, wo ich weiß, dass Ihr um jede Kopeke kämpft.

Bestushew Habt Vertrauen zu mir altem Mann, Eure Hoheit, Sir Williams ist ein wahrer Freund von Euch.

+ +

Der Großkanzler hatte kluge trockene Hände mit hervortretenden blauen Adern; sein Gesicht bestand nicht aus Haut, sondern aus einer gelben Kruste; er hatte schmale, staubige, unbegreifliche Augen; Lippen wie Würmer; auf seiner Brust prangte das Porträt Peters.

Solche Kanzler scheinen unabsetzbar zu sein.

Solche Greise scheinen unsterblich zu sein.

Von Jekaterina dachte er: «Auch eine Mücke schafft es, ein Pferd umzuhauen, so der Wolf sie unterstützt.»

+ +

Die Newa war zur Brücke aus Eis gefroren, über die man zur Peter-und-Pauls-Festung gelangte, zu den vier Toren und dem Wallschild, zu den sechs Zwischenwällen und sechs Bollwerken, zu der wie ein Sonnenstrahl schwebenden goldenen Turmspitze.

Der Hof feierte: im Kommandantenlagerhaus an der Blauen Brücke, wo ein komisches Puppentheater aufgeführt wurde, im Theater des Sommergartens am Ufer der Großen Newa und bei Maskenbällen. Er übte sich im Kartenspiel, in Three Seven und Hombre, erging sich in Tänzen und Unterhaltungen über die Liebesbande zwischen Peter Fjodorowitsch und der dicken Elisabeth Woronzowa, zwischen Jekaterina und dem kleinen Polen, den der englische Gesandte «Söhnchen» nannte.

Die Schneestürme von Petersburg äfften nicht die in London nach.

Die Kutscher, die rote Gurte und Nummern auf dem linken Ärmel hatten, spielten, ihrer Gewohnheit folgend, an den Haltestellen Ball, um sich aufzuwärmen.

Sir Williams legte seinen Berichten nach London hin und wieder Quittungen über Geldzahlungen an die Gattin des russischen Thronfolgers bei. Jekaterina erhielt Rubel und Sterling über Baron Wolff, den englischen Konsul.

7

«Vergangenen Januar, am Sechzehnten abends, tagte der Große Rat in St. James, wo der Vertrag zwischen dem englischen und dem preußischen Hof unterzeichnet wurde.»

Beide Seiten verpflichteten sich, für den Fall, dass sie angegriffen würden, der jeweils anderen Seite zu helfen.

Dieser Vertrag, genannt Westminsterkonvention, garantierte England sein europäisches Besitztum Hannover und machte ihm die Hände frei für den Krieg um die Kolonien mit Frankreich.

Sir Charles Hanbury Williams hatte den Russen ein halbes Jahr lang eingehämmert, sie blieben eine «asiatische Horde», wenn sie nicht gegen Friedrich vorgingen.

Dasselbe hatten den Russen schon andere Sirs, Vorläufer von Sir Charles Hanbury Williams, beizubringen versucht, und zwar nicht nur mit Worten.

Nach der Unterzeichnung der Westminsterkonvention würde man den Barbaren wohl etwas anderes beibringen müssen.

Ja, es ist richtig: Wenn eine Tragödie gut sein soll, muss der Zuschauer nicht nur ein paar Tränen vergießen, sondern auch aus voller Seele lachen.

«Russland steht bei England im Dienste», sagte Friedrich II., «und nun sind König Georg und wir enge Verbündete. Die Soldaten, die von ihm in Petersburg gekauft wurden, werden also trefflich für mich gegen die Österreicher kämpfen.»

Aber wie sich herausstellte, gab es zu dem Subsidienvertrag für die russischen Soldaten eine «Deklaration höchster Geheimhaltungsstufe», aus der hervorging, dass der Verkauf der Soldaten nur zur Verwendung gegen Friedrich galt.

Wegen dieser unerwarteten Zusatzklausel wollte das Ministerium Sir Williams aus Petersburg abberufen.

Aber Friedrich riet ab.

Es wäre ein Unglück für den jungen russischen Hof, wenn dieser in seiner kritischen Lage plötzlich auf seine guten Ratschläge verzichten müsste, so schrieb der weitsichtige König.

8

Die Möbel, mit denen sich Alexej Petrowitsch umgab, legten den Schluss nahe, dass sein Lieblingstier der Herr der Wüste war: der Löwe. Die Petersburger Engländer erklärten dies merkantil mit der diensteifrigen Haltung des Großkanzlers gegenüber dem Hof des Königs Georg, schließlich war der Löwe das Wappentier Englands.

Aber zu rationale Folgerungen erweisen sich manchmal als zu kurz gegriffen. Was spricht denn dagegen, anzunehmen, dass Alexej Petrowitsch sich einfach mit dem Herzen zärtlich an seine Jugend klammerte: ja, er, Alexej Petrowitsch, ein eleganter Jüngling, Leichtfuß und geistreicher Witzbold im Dienste des Kurfürsten von Hannover; der Kurfürst von Hannover wird König von England, und für Alexej Petrowitsch taucht da die große Stadt aus dem Nebel auf: die steinerne Höhle des britischen Löwen; zu ihr gehört die schwere Themse, die, wie Sir Williams treffend bemerkte, von der Newa nur nachgeäfft wird; und Alexej Petrowitsch, der eilt in seiner Eigenschaft als englischer Minister mit der Notifikation über Georgs Thronbesteigung nach Petersburg.

So sieht die Jugend von Bestushew aus, in Jahren gerechnet in weiter Ferne, in der Erinnerung zum Greifen nah. «Ach, als ob es gestern gewesen wäre», sagen die Greise aller Zeiten.

+ +

Draußen herrschte ein eisiges Tohuwabohu.

Über dem großen Schreibtisch, der auf Löwenfüßen stand, starrte das runzlige Gesicht unter der aus der Mode gekommenen riesigen Perücke.

«Bestushew ist alt geworden, unanständig alt», dachte Sir Williams.

Die tiefen, mit Samt von der Farbe rohen Fleisches bezogenen Sessel standen ebenfalls auf Löwenfüßen; das große silberne Tintenfass hatte einen Löwenkopf; die dicken

Kerzen staken im aufgerissenen Rachen schwerer Kerzenständer, die natürlich aus Silber waren. Sämtliche Löwen von Bestushew, ob aus Holz, Silber oder Bronze, glichen irgendwie auch Hofhunden.

Der Februar schleuderte Eiskörner gegen die großen quadratischen Scheiben des geräumigen Arbeitszimmers.

«Ob ich nicht zu lange vor diesem Herrn spreche?», fragte sich Sir Williams.

Auf dem Schreibtisch lag ein Löwenhofhund aus Bronze, der eine Uhr in den Zähnen hielt. Der Engländer lüpfte sein linkes Augenlid, das wie die Schale einer Walnuss aussah: «Gleich vierundzwanzig Minuten – entschieden zu viel des Guten.»

Und Sir Williams kam zum Ende seiner vierundzwanzigminütigen Ausführungen: «Das, Herr Graf, ist also der Inhalt des in St. James unterschriebenen Vertrages.»

Und lächelte respektvoll mit seinen Zähnen, die lang wie Finger waren.

Als er sich an die Meldung seines Vorgängers Sir Guy Dickens von den Bestechungsgeldern erinnerte, die Bestushew vom österreichischen und sächsischen Hof bezogen hatte – vom ersten um dreißigtausend Florins, vom zweiten um acht- oder neuntausend Reichstaler –, sagte sich Sir Williams in Gedanken: «Beim nächsten Mal werde ich ihm unbedingt mit einer Goldpille winken; dieser russische Vogel namens Großkanzler hat ein Adlerauge für Gegenstände dieser Art.»

Draußen heulte ein eisiges Tohuwabohu.

«Ich versichere Euch bei meiner Ehre, Graf», sagte der Gesandte, «sowie mit dem Eid eines wahren und bewährten Freundes, dass der Vertrag keinerlei geheime und separate Zusatzklauseln hat.»

Bestushew schwieg. Seine schmalen Finger lagen gespreizt auf dem Tisch und zitterten. Das Gesicht war grau geworden. Man hätte auf die Idee kommen können, die Worte des Engländers mit den langen Zähnen seien Materie, Staub oder Asche, und hätten sich als Schicht oder hauchdünner Film dem Großkanzler auf Wangen, Stirn und Lippen gelegt.

«Kann es denn für uns irgendeinen Zweifel daran geben, Herr Graf, dass nur die Angst vor der alten, aufrichtigen Freundschaft zwischen dem englischen und dem russischen Hof den König von Preußen gezwungen hat, einen so wohltätigen und für Europa beruhigenden Vertrag zu unterzeichnen?»

Bestushew schwieg.

Die Gewohnheit, höflich zu sein, ließ den Engländer fortfahren, mechanisch Wörter auszustoßen, die zu der umfangreichen Kategorie für den Sprecher wie den Zuhörer sinnloser und lästiger Floskeln gehören.

«Sobald ich die Nachricht von dem Vertrag erhalten habe, bin ich, ohne zu zögern, Hals über Kopf bei diesem Schneesturm zu Euch gestürzt, Ew. Erlaucht, um Euch so schnell wie möglich zu unterrichten.»

Und Sir Williams lächelte mit seinen Zähnen, die lang wie Finger waren.

Bestushew musste an sich halten, um nicht mit der zitternden Hand an seinen sehnigen, sich verkrampfenden Hals zu fahren. Als seien die langen, gelben Zähne die eines wilden Tieres und nicht die des höflichen englischen Gesandten, dem doch daran lag, dem russischen Großkanzler zu Diensten zu sein.

«Und außerdem, Herr Graf, halte ich es nicht für überflüssig zu erwähnen, dass mein König die starke Hoffnung hegt, dass die russischen Truppen vereinbarungsgemäß zur Grenze vorrücken.»

Beim Abschluss des Vertrags mit dem englischen Hof hatte Friedrich auf diese von König Georg der Kaiserin Elisabeth abgekauften russischen Soldaten spekuliert.

«Das Geld für die Subsidien zum Unterhalt Eurer Soldaten, gnädiger Herr, liegt bereit.»

Bestushew war zum Weinen zumute.

Man hörte durch die Doppelfenster, wie die Eiskörner gegen die quadratischen Scheiben prasselten.

Die Uhr tickte.

«Erlaubt mir, Sir, dass ich meine aufrichtigen Glückwünsche zur Vertragsunterzeichnung ausspreche», sagte Alexej Petrowitsch mit fremd klingender Greisenstimme.

«Ich danke Euch.»

«Ich werde nicht versäumen, Sir, Ihre Majestät noch heute von diesem außerordentlichen Ereignis zu unterrichten.»

Und nachdem er sich mit einem knisternden Leinentüchlein die trockenen Lippen abgerieben hatte, fügte der Großkanzler kraftlos hinzu: «Aber ich habe die Befürchtung, Sir, dass dieser neue Bund des englischen Hofes mit dem preußischen König der Kaiserin nicht besonders angenehm sein wird.»

Als Antwort lüpfte der Herr Gesandte mit gespielter Verwunderung das linke Augenlid, das wie die Schale einer Walnuss aussah.

«Die Kaiserin, Sir, findet, der preußische König …»

Bestushew brachte es nicht fertig zu sagen: « … ist wie der Affe Luc, der die schlechte Angewohnheit hat zu beißen.»

Dieses Bonmot, das Williams bei dem Empfang zum

Besten gegeben hatte, erfreute sich beim russischen Hof großer Beliebtheit.

«Ich hoffe, Ew. Erlaucht», unterbrach der Gesandte Alexej Petrowitsch ungeduldig, «Ihr werdet Euch nach Kräften bemühen, der Kaiserin diese Angelegenheit in der richtigen Perspektive darzustellen.»

+ +

Wie ein Theatervorhang senkte sich das eisige Tohuwabohu über die Kutsche des langzähnigen Mannes.

«Weg ist er. Weg ist er und lacht.»

Der Greis, der zwischen Köpfen, Pfoten und Schwänzen von Löwenhofhunden saß, fuhr sich mit seiner zittrigen Hand, deren blaue Adern hervortraten, mehrmals über den krampfhaft zuckenden Adamsapfel. «Das ist das Ende. Die Nadel taugt, solange sie eine Öse hat. England hat uns betrogen! Herrgott, wie ist das möglich?»

Und der Greis brach in Tränen aus.

… Und mit Hilfe fremden Geldes den König von Preußen in die Schranken weisen, die eigenen Verbündeten stärken und diesen stolzen Prinzen bei den Türken, Polen, ja selbst den Schweden verächtlich, statt wie jetzt achtenswert machen …, hatte Bestushew an die Kaiserin geschrieben, um den Verkauf der russischen Soldaten an England gegen Senator Schuwalow und den dummen Vizekanzler Michail Woronzow durchzusetzen.

«Mein Gott, als was für ein Idiot stehe ich jetzt da! Was habe ich verteidigt, wofür habe ich mich stark gemacht? England hat uns betrogen!»

Und der Greis riss sich die riesige Perücke vom Kopf und knallte mit der runzligen Stirn gegen das kalte Holz des Tisches, so dass die Bronzeuhr, das Tintenfass mit dem

Kopf eines Löwen oder Hundes und die schweren, silbernen Kerzenständer, die in den aufgerissenen Rachen dicke Kerzen hielten, hochsprangen.

«England hat uns betrogen! Und ich grauhaariger Köter habe mich noch gegen die geheime Deklaration gewandt. Mein Gott, als was für ein Idiot stehe ich vor der ganzen Welt und der Kaiserin da! Ich Idiot! Idiot! Alter Idiot! Fresse den Großkanzler nun, wer will, wem Gott Appetit darauf gibt. Friss, Mischa Woronzow, friss Dickwanst Trubezkoj, Mawrutka und Peter Iwanowitsch. O Gott!»

9

Das von Friedrich verlassene Frankreich und das vom heimtückischen England verlassene Österreich wurden nach der großen «natürlichen» Feindschaft nolens volens die «natürlichsten» herzlichen Freunde.

Diese vergesslichen Länder, die sich auf einmal daran erinnerten, dass sie katholisch waren, konnten es jetzt nicht mehr fassen, wie sie überhaupt, obwohl der Religion nach Geschwister, wegen einer lächerlichen «spanischen Erbfolge» so hartnäckig hatten gegeneinander kämpfen können.

Die herzliche Freundschaft wurde in Versailles mit einem entsprechenden Vertrag besiegelt. Dieser wurde in Petersburg freudig begrüßt von den hervorragenden Franzosen Iwan Iwanowitsch Schuwalow und dem Vizekanzler Michail Larionowitsch Woronzow, der eben erst von Ludwig XV. «alle möglichen Notwendigkeiten» für sein neues Haus bekommen hatte. Es handelte sich um alte Möbel, an denen Madame Pompadour sich leid gesehen hatte.

Und Michail Larionowitsch, der sich endlich die Prinzipien Peter Iwanowitsch Schuwalows «über die neue Finanzbewegung der Welt» angeeignet hatte, spekulierte außerdem auf den russischen Tabak, denn er wollte, wenn er erst im Vaterland ein Monopol dafür hätte, mit Gottes Hilfe einen einträglichen Export in das wunderschöne Frankreich auf die Beine stellen.

Mit einem Wort: Die französischen Geschäfte in Petersburg florierten.

Und Alexej Petrowitsch Bestushew, der seinerzeit den Marquis Chétardie auf Drängen Englands aus Russland geworfen hatte, musste jetzt, da die Verhältnisse sich geändert hatten, dem österreichischen Gesandten Esterhazy melden: *Ihre Majestät ist einverstanden, die Beziehungen zum französischen Hof durch beidseitige Entsendung von Ministern wieder aufzunehmen.*

Gleichzeitig wurden die in einem unglaublichen Zustand befindlichen russischen Streitkräfte zu Land und zu Wasser irgendwie in Bereitschaft versetzt, durch die Bemühungen einer aus aktuellen Gründen einberufenen Konferenz, an der folgende staatliche Autoritäten teilnahmen: Großfürst Peter Fjodorowitsch, Kanzler Bestushew, Vizekanzler Woronzow, Peter Iwanowitsch und Alexander Iwanowitsch Schuwalow, General en Chef Apraxin, Generalprokurator Trubezkoj, Senator Buturlin, Senator Golizyn und Michail Bestushew, der als Gesandter an den französischen Hof sollte.

Sir Charles Hanbury Williams, zu Recht nervös geworden, eilte, da er sich lieber auf seine Zunge als auf die Feder verließ, zu einem geheimen Treffen mit seinem Freund Jekaterina.

Über die geheime Unterhaltung dieser Personen ist der Geschichte einiges bekannt.

Ich habe ihr schon Angst gemacht, was ist, wenn der französische Gesandte kommt, meldete Sir Charles, *und ihr erklärt, dass seine Anwesenheit für sie und den Großfürsten sehr gefährlich werden kann.*

Sie dankte mir eifrig, lesen wir weiter, *und sagte: Ich sehe diese Gefahr durchaus und werde den Großfürsten dazu bringen, alles Mögliche zu unternehmen, um sie aus dem Weg zu räumen; ich würde noch mehr tun, wenn ich Geld hätte, denn ohne Geld geht hier nichts; ich muss sogar den Dienstmädchen der Kaiserin Geld geben; ich habe keinen, an den ich mich deswegen wenden könnte, meine eigene Familie ist arm; aber wenn Euer König so liebenswürdig und großzügig wäre, mir eine bestimmte Summe Geld zu leihen, so würde ich eine Quittung ausstellen und die Schuld bei der ersten Gelegenheit begleichen, wobei ich dem König mein Ehrenwort geben kann, dass jede Kopeke, wie ich es verstehe, zu unserem beidseitigen Nutzen verwendet wird, und ich wünsche, dass Ihr Euch bei Seiner Majestät für meine Denk- und Handlungsweise verbürgt.*

Nach einer Notiz von Sir Williams erhielt die Großfürstin vom englischen Konsul Baron Wolff zehntausend Pfund Sterling.

10

Der Ministrat und eine große Anzahl Einwohner von Narwa werden kommen und sich der Kaiserin zu Füßen werfen, um bei ihr Recht zu suchen. Diese Stadt treibt dem Untergang entgegen, weil ihr verboten ist, Holz zu verkaufen, welches Verbot auf Peter Schuwalow zurückgeht. Dieser will den Handel mit Holz fördern, den er selber am Onegasee treibt. Jetzt verfault auf den Straßen und an den Ufern der Narwa Holz im Wert von fünf-

hunderttausend Rubeln, weil die Kaufleute nicht wagen, es auch nur für einen Sou zu verkaufen, so dass die ganze Stadt mit Ausnahme von vier Familien der Armut ausgeliefert ist.

ZEHNTES KAPITEL

1

Bei einem epileptischen Anfall war Elisabeth mit dem Backenknochen gegen den Fuß des Kanapees geprallt.

«Das vertuscht keine Schminke und verschönt keine Tusche», dachte die Kaiserin äußerst verstimmt, als sie den Bluterguss zu übertünchen suchte.

Da hatte sie allerdings Recht! Ihr Gesicht war aufgedunsen, unter den Augen hingen schlaffe Säcke.

«Aber immer noch besser als die jungen Mädchen von heute. Es gibt keine schönen Frauen mehr. Sie sind ausgestorben wie vorsintflutliche Tiere. Iwan sagt das auch. Ihm wird übel, wenn er sich die jungen Dinger anguckt.»

Sie warf den Spiegel beiseite, und um sich nicht zu dumm vorzukommen, sagte sie laut: «Das ist nun mal so: Allen Alten gefällt nur die eigene Glatze.»

Und sie ging auf ihren geschwollenen Beinen ein wenig im Zimmer auf und ab.

Dann kehrte sie mit den Gedanken wieder zu Iwan Iwanowitsch zurück.

«Warum er mich wohl liebt? Er tut es ja nicht aus Eigennutz. Und wenn er mich eines Tages leid ist? Ich habe mich so an seine Zärtlichkeiten gewöhnt. Mein lieber Franzose, Iwan Iwanowitsch, um Gottes willen, verlass mich nicht.»

Doch dann wurde sie wieder wütend: «Und wenn ich dir nicht gefalle, scher dich zum Teufel. Wo es einen Topf gibt, findet sich auch ein Deckel!»

Und sie fasste sich wieder, legte sich auf das Kanapee, wartete, hielt für alle Fälle geduldig aus und lauschte in sich hinein, um ihre Gesundheit zu erkunden.

Aber mit der Geduld haperte es bei Peters Tochter etwas.

«Denen müsste man doch die Fresse polieren, diesen Spitzbuben! Wo haben die denn ihre Augen? An allen Kanapees sind die Federn gesprungen!»

Dabei war das Kanapee ein Hügel aus Schwanendaunen.

Und wieder sagte sie traurig, um sich nicht zu dumm vorzukommen: «Ein altes Weib findet's nirgends weich.»

Und sie kratzte sich nicht mit der ganzen Hand, wie es die Frauen der Kaufleute taten, sondern mit dem spitzen Nagel des angewinkelten Zeigefingers am Kopf.

Und erstarrte auf einmal mit dem gebogenen Zeigefinger, dass das fette Kammermädchen sich wunderte.

«Uff! Eine Kolik ... Dunka, bring heiße Tücher für den Bauch, du fetter Teufel! Schneller! Oder muss man dir das erst mit der Rute beibringen, du fette Gans?»

Und mit unglaublicher Wehmut in den Augen krächzte sie: «Die Ärzte, diese Schufte, sie verstehen absolut nichts. Vielleicht sollte man mit einem Degen ein Loch in meinen Bauch bohren, damit die stinkenden Gase entweichen. Vierbeinige Kreaturen, wie die Stuten beispielsweise, rettet man mit dieser Methode. Aber Stuten brauchen diese Diebe eben. Mich offenbar nicht. Deshalb können sie auch nichts. Versuchen erst gar nicht, das Leben zu verlängern. In die Grube also? Zu den Würmern? Den Würmern zum Fraß?»

Und sie stimmte ein Geheul gegen die Ärzte an: «Ihr Scheusale! Ihr scheußlichen Scheusale!»

Dann plumpste sie wie ein schwerer Sack auf den Boden, weinte bittere Tränen und riss sich vor unbändiger Wut in großen Büscheln die Haare aus, wobei sie mit den vulgärsten Schimpfwörtern gespickte Flüche gegen Gott und seinen in Golgatha gekreuzigten Sohn ausstieß.

Die Kaiserin hatte schwarz gefärbtes Haar, das tot war, wie bei einer Puppe.

2

Stepan Fjodorowitsch Apraxin nannte seine älteste Tochter Jelena, die mit dem Hofmeister Fürst Kurakin verheiratet war, Säbelchen.

Fürstin Jelena ähnelte ihrem Vater, der wunderschöne Gesichtszüge hatte. Nur war der General en Chef und Ritter Stepan Fjodorowitsch beleibt und wuchtig, die Fürstin aber dünn und biegsam. Die Tochter sah aus wie eine Miniaturausgabe des Vaters. Wie eine Geige, die man aus der Hülle nimmt. Dieser Vergleich scheint uns passend. Der General erschien wie eine teure, liebevoll gewirkte Hülle für seine Tochter.

Ihre bleiche Hautfarbe sah nicht kränklich aus, obwohl die junge Frau häufig von Ärzten aufgesucht wurde und gewohnt war, ohne sich zu wundern und zu ärgern, ein paar Tage das Bett zu hüten. Vielleicht lag es an dem lebendigen und glücklichen Glanz ihrer Augen, dass der Gedanke, die Fürstin könne krank sein, nicht aufkommen wollte.

Jemand, der nicht weiß, was Krankheit ist, scheint uns von der Natur benachteiligt oder, wie man heute sagt, minderwertig, denn wenn schon die Krankheit selbst Vergnügen bereitet, ist doch die Genesung wirklich ein Gefühl, das am ehesten echtem Glück nahe kommt. Diese Erfahrung nun entgeht jemand, der eine hoffnungslos robuste Gesundheit hat.

Und wir halten es für möglich, dass die Fürstin vor allem deshalb etwas fröhlicher war als ihre Umgebung, weil sie öfter als andere den Zustand des Gesundwerdens durchlebte.

An dem großen Hof von Elisabeth gab es vielleicht nicht eine einzige makellose Familie. Wenn jemand, der seine eigene Frau leidenschaftlich liebte, mit keiner Fremden schlafen wollte (und solche Käuze soll es geben), hätte er sich das nicht getraut, und zwar aus Angst, lächerlich zu wirken, was bekanntlich sehr viel schrecklicher, um nicht zu sagen, vernichtender bei Hofe ist, als wenn man als Verleumder, Denunziant, Lügner oder Pferdedieb gilt.

Peter Iwanowitsch Schuwalow hatte keine Zeit für Affären. Er überlegte und entschied für den ganzen Senat, arbeitete für alle Kollegien, dachte für die Kaiserin; im Alleingang, ohne Hilfe, führte er, wie ihm schien, Russland zu Zivilisation und Ruhm unter den europäischen Völkern, indem er mit seinen Händen eine neue Epoche von Kommerz und Industrie formte. Und doch hätte auch Schuwalow es aus berechtigter Angst vor dem «Gelächter und Spott des Hofes» nie gewagt, nicht mit einer fremden Frau zu schlafen.

«Ich brauche eine Affäre», sagte der Senator zu seinem Freund, dem beleibten, verzärtelten General, «aber sie muss unkompliziert sein. Ganz Russland hängt von mir ab, Stepan. Ich habe keine Muße, mich in allen Einzelheiten zu erklären und mich vor gehörnten Ehemännern unter dem Reifrock zu verstecken.»

Als Enkel eines Tischaufsehers und Spross von Solochmir Miroslawitsch, der im vierzehnten Jahrhundert von den Tataren zu dem Großfürsten von Rjasan Oleg Ioganowitsch ging, hatte Stepan Fjodorowitsch Apraxin eine Schwäche für Ruhm, Geld, Ränge, Orden, Ehren, für das im Luxus schwelgende Leben eines Satrapen.

1737 hatte er unter Münnich nicht besonders eifrig gegen die Türken gekämpft; hatte sich danach gedrängt, mit der Nachricht über die Einnahme von Chotin nach Petersburg geschickt zu werden; war als berühmter Feldmarschall von Anna Leopoldowna mit Gütern beschenkt worden, weil er Herzog Biron im Bett festgenommen hatte; für die Verhaftung Lestocqs wurde er von Elisabeth mit dem Haus des Leibmedicus an der Fontanka, einschließlich aller Möbel, Porzellan und Silber, belohnt. Stepan Fjodorowitschs erste Frau, die Tochter Nastasja Gawrilowna des Kanzlers Golowkin, brachte große Reichtümer in die Ehe, und auch Agrippina Leontjewna, die zweite Frau, war nicht mit leeren Händen ins Haus gekommen.

Die Kaiserin war dem General gewogen; Jekaterina «vertraute» ihm; Peter Fjodorowitsch, der die Leute seiner Frau eigentlich nicht ausstehen konnte, führte herzliche Gespräche mit ihm; der Oberjagdmeister gehörte zu seinen Freunden; der neue Favorit ebenfalls; Bestushew war ein guter Bekannter aus alten Zeiten.

«Ich brauche eine Affäre, mein aufrichtiger Freund», sagte Schuwalow, «mein Herz liegt brach, Stepan Fjodorowitsch. So ein Unglück. Hab wenigstens du Mitgefühl mit mir.»

Der Senator hatte einen fetten, roten Hals, runde schwabbelnde Backen mit Pockennarben und rote Haare an seinen Wurstfingern.

Die Hofmeisterin Fürstin Kurakina hatte glückliche Augen, ein wunderschönes weißes Gesicht, dessen Züge regelmäßig waren, doch nicht von kalter Regelmäßigkeit, sondern von einer weichen, slawisch weiblichen.

Und erst ihr Körper: fein, gerade, wie aus Porzellan, ganz zerbrechlich!

«Mein Säbelchen», so sagte der beleibte General immer und küsste seine Tochter wie ein liebender Vater auf die Stirn, «mein spitzes Säbelchen.»

Und mit asiatischer Hinterlist verkuppelte er sie mit seinem Freund, dem allmächtigen Senator.

«Intrigant wie ihr Vater», sagte Mawra Jegorowna zornig, als man ihr von Säbelchen berichtete. «Da hat sich Peter Fjodorowitsch aber geschnitten!»

Und die Kaiserin stimmte der Sklavin und Base mit den Worten zu: «Ein Apfelbaum kriegt Äpfel, ein Nadelbaum Zapfen, Mawra Jegorowna.»

«Und ob!», antwortete die gehörnte Gattin böse. «General Stepan Fjodorowitsch ist wie das komödiantische Mädchen des Kaufmanns Meier: Wenn es in seine Politik passt, dann hüpft er, schlägt Purzelbäume und balanciert und jongliert sogar.»

3

Anlage zu den
ST. PETERSBURGER NACHRICHTEN
Freitag, den 4. Oktober 1756

Starkes Vorrücken der Truppen des preußischen Königs und Kurfürsten von Brandenburg auf die Ländereien des Königs von Polen und Kurfürsten von Sachsen sowie Annäherung derselben an andere Ländereien des Reiches.

ST. PETERSBURGER NACHRICHTEN

Dienstag, den 8. Oktober

... die gestern eingetroffene deutsche Post brachte uns mit den ‹Berlinischen Nachrichten›, Nr. 120, folgende Nachricht aus Berlin: Seine Majestät der preußische König hat am vergangenen zwanzigsten September bei Lobositz in Böhmen die Armee Ihrer Majestät der Kaiserin und Königin von Böhmen-Ungarn aufs Haupt geschlagen. Die Kürze dieser Nachricht und das Schweigen über die Umstände der Schlacht ließen Zweifel an ihrer Richtigkeit aufkommen und auf weitere Nachrichten hoffen.

ST. PETERSBURGER NACHRICHTEN

Freitag, den 11. Oktober

... die hier unternommenen Vorbereitungen zur Entsendung einer starken Armee zur Unterstützung der Verbündeten durch Ihre Kaiserliche Majestät, Unsere Allergnädigste Herrscherin, werden mit unverändertem Eifer fortgesetzt ...

... der Oberkommandierende dieser Armee, Seine Exzellenz General Feldmarschall und Ritter Stepan Fjodorowitsch Apraxin, ist reisebereit nach Riga, allwo seine vorausgeschickte Feldequipage schon eingetroffen ist.

... Ihre Majestät ordnete an, ein neues, dreißigtausend Mann starkes Reservekorps des regulären Heeres aufzustellen und diese äußerst wichtige und große Angelegenheit zu voller Disposition und Leitung Seiner Erlaucht, dem General Feldzeugmeister und Ritter Graf Peter Iwanowitsch Schuwalow, anzuvertrauen und zu übertragen.

✢ ✢

Zu Letzterem schrieb Jekaterina Folgendes an Sir Charles: *Die Leute denken sich ihr Teil und reden Verschiedenes, aber alle nennen ihn einen zweiten Godunow.*

+ +

ST. PETERSBURGER NACHRICHTEN
Dienstag, den 15. Oktober

… mit gedrucktem Befehl Ihrer Kaiserlichen Majestät wird zwecks Vergrößerung der Armee angeordnet, im ganzen Staat erneut Rekruten von den – laut Neurevision – zur Kopfsteuer Verpflichteten zu sammeln (ausgenommen sind Einhöfer, anderes Personal alter Dienste und Kutscher sowie die Orenburger Baschkiren und die Arbeiter der Nertschinsker und Kolywano-Woskressensker Fabriken).

… die Aushebung dieser Rekruten muss, ohne Zeit zu verlieren, nach Erhalt des Befehls in Angriff genommen werden. Bereitzustellen sind Kräftige und Gesunde zwischen zwanzig und fünfunddreißig Jahren, (wenn keine Größeren zu finden sind) zwei Arschin und vier Werschok groß …

4

Ein bemerkenswertes Heft hat sich erhalten, zugeschnürt mit einem dunkelgrünen Band, dessen Enden ursprünglich an dem Pappeinband durch den Stempel eines Rings versiegelt waren.

Uns scheint, schwerlich lässt sich ein eindrucksvolleres Zeugnis gegen jemand aus dem kleinen Kreis finden, den man den höchsten nannte, wobei man allerdings vergaß, hinzuzufügen: in puncto Gemeinheit.

Ach, gnädiger Herr, wie sehr Euer Brief die Schönheit Eurer

Seele enthüllt!, rief Jekaterina in ihrem Brief an Sir Charles Williams aus.

Die Korrespondenz der beiden, stellenweise nicht ohne Glanz, aber sehr viel öfter schmutzig, durch und durch von Witz sprühend und nie tief gehend, reich an wollüstigen Wünschen und arm an Gefühl, das ist es, was dieses mit dem grünen Band zugeschnürte Heft aufbewahrt.

Nicht wahr, es ist doch wirklich ungeheuerlich, wenn Eitelkeit und Gier zu Verrat und Heuchelei sagen:

Ich werde Euch Denkmäler setzen und in der ganzen Welt verbreiten, dass ich die Tugend schätze, das wird mir zum Ruhm gereichen.

+ +

Relativ wenig englisches Geld machte Jekaterina außerordentlich schnell von einer beredten Feindin Friedrichs II. zu einer begeisterten Anhängerin.

Ich lese die Werke des preußischen Königs genauso eifrig wie die Werke Voltaires, beeilte sie sich, Sir Charles zu unterrichten, *Ihr werdet denken, ich wolle Euch den Hof machen, wenn ich Euch heute sage, dass ich ein großer Verehrer Seiner preußischen Majestät bin.*

Aber wie wir wissen, hatte Friedrich in Petersburg auch Gegner.

Jekaterina tröstete Sir Charles: *Es dürfte nicht schwer sein, denke ich, die Vorurteile des Vizekanzlers gegen Preußen auszuräumen, besonders, wenn man ihm mit Geld ein wenig auf die Sprünge hilft*, ja, ja: *Die Pfoten müssen gut geschmiert sein.*

Was für eine prächtige Sentenz für eine zukünftige Kaiserin!

Was ihre «Pfoten» betrifft, so hatte England jedenfalls immer ein offenes Ohr.

Richtet es so ein, dass man mir dieselbe Summe im Voraus gibt wie das letzte Mal, so bettelte Jekaterina Sir Charles an, *und zwar möglichst unter noch größerer Geheimhaltung als beim ersten Mal.*

Und in demselben Brief schreibt sie: *Ihr seid das Bindeglied, das die natürliche Freundschaft stärkt, die zwischen unseren beiden Heimatländern bestehen muss. Und was für ein Bindeglied könnte stärker sein als das, welches auf Achtung und höchst verdientem Vertrauen beruht?*

Mein Gott, was für eine bittere Ironie, nur dass sie der hohen Persönlichkeit leider in keiner Weise bewusst war.

Dabei wären all diese «Summen» des Königs von Großbritannien und seines Verbündeten Friedrich II. umsonst gewesen, wenn die russische Kaiserin «nicht so gut gewesen wäre zu sterben», wie sich Sir Charles ausdrückte.

Dieser Tod beschäftigte Jekaterina noch mehr als ihren englischen Freund.

Die Kaiserin ist gestern nicht ausgegangen, denn sie kann sich aufgrund ihrer Schmerzen im Leib nur mit Mühe gerade halten, mit dieser Nachricht beeilt sich die Großfürstin, Sir Charles zu erfreuen. *Trotzdem schleppt sie sich zum Essen, damit es heißt, man habe sie gesehen, aber in Wirklichkeit muss es ihr sehr schlecht gehen.*

Und zwei Wochen später gibt es eine neue Freude: *Gestern am Tag hatte die Kaiserin drei Schwindelanfälle oder Ohnmachten. Sie fürchtet sich, ist schreckhaft, weint, ist mutlos, und wenn man sie fragt, warum, antwortet sie, sie habe Angst, das Augenlicht zu verlieren. Es gibt Augenblicke, wo sie nicht bei sich ist und die Umstehenden nicht erkennt. Es heißt aber, sie habe gestern eine gute Nacht gehabt*, schreibt die vorbildliche

Nichte betrübt; findet aber sofort wieder Trost: *Mein Chirurg, ein erfahrener und vernünftiger Mann, vermutet einen Schlaganfall, der sie letztlich unweigerlich ereilen wird. Ich habe drei Personen, die ihr Zimmer nicht verlassen und die, jede für sich genommen, voneinander nicht wissen, dass sie mich benachrichtigen sollen, was sie im entscheidenden Moment auch nicht versäumen werden.*

5

«Ihr fahrt also am Dreißigsten zur Armee, Feldmarschall? Da wünsche ich Euch aber viel Erfolg gegen den preußischen König.»

Kaum hatte er das gesagt, hopste Peter Fjodorowitsch in seinem Sessel hoch, von Anfällen brüllenden Gelächters geschüttelt.

Die holsteinischen Offiziere in ihren engen, blauen Uniformröcken mit den heruntergelassenen Schößen spuckten Schwaden von rotem Tabaksqualm aus und lachten ebenfalls schallend.

Auch Apraxin lächelte.

Peter Fjodorowitsch wandte sich seinen Holsteinern zu: «Wisst ihr, meine Herren, dass der Feldmarschall gegen den ersten Feldherrn unseres Jahrhunderts wie gegen einen Bären zu Felde zieht: mit Schleudern bewaffnet? Stimmt das, Stepan Fjodorowitsch?»

«Ja, das stimmt, ein Teil der russischen Armee, die gegen die gegnerische Kavallerie kämpft, ist mit Schleudern ausgerüstet», bestätigte der Oberkommandierende fröhlich.

Glücklich über diese Antwort klatschte der Thronfolger in die Hände und brüllte: «Bravo! Bravo! Bravo!»

Die Holsteiner folgten seinem Beispiel.

Der beleibte Feldmarschall erhob sich mit überraschender Leichtigkeit vom Stuhl und machte eine scherzhafte Verbeugung vor dem Thronfolger.

Der zuckte mit den Ohren im Takt der Instrumentalmusik, die aus dem Saal herübertönte.

«Es freut mich, Feldmarschall, dass Ihr vor dem Feldzug nicht den Mut verliert.»

Und Peter Fjodorowitsch warf sein langes, dünnes Bein im Kanonenstiefel über die Sessellehne und blinzelte mit seinem trüben, gelben Auge wie ein Verschwörer den Holsteinern zu, die über ihren Tonpfeifen schnauften.

«Dass der Feldmarschall guten Mutes ist, liegt wohl daran, weiß der Teufel, dass er nicht nur die wunderbare, mit Schleudern bewaffnete Infanterie gegen Berlin ins Feld führt, sondern auch eine Kavallerie, die aus Baschkiren und Kirgisen besteht.»

«Das stimmt allerdings», bestätigte Apraxin mit derselben Fröhlichkeit, «die russische Armee ergänzen wilde Reiter, die noch nie etwas von Reih und Glied, Kommandos oder Marschregeln gehört haben.»

Peter Fjodorowitsch warf mit der Geschicklichkeit eines Clowns eine entkorkte Flasche ungarischen Wein in die Höhe, fing sie mit einer Hand wieder auf und prostete: «Auf die Gesundheit der russischen Armee, die aus Barbaren besteht!»

Die Holsteiner krächzten kurz: «Auf die Gesundheit der Barbaren!»

Der Feldmarschall, der sich mit einer Verbeugung bedankte, leerte sein Glas nach den Holsteinern.

«Wirklich, Feldmarschall, mir tut Seine Majestät, der preußische König, Leid, der bekanntlich das Herz einer

Dame und nicht eines Kriegers hat. Er beherrscht wahrscheinlich nur die Kunst, zivilisierte Armeen zu schlagen, nicht aber Barbaren mit Pfeilen und Schleudern.»

Apraxin dachte: «Doch, reden kann er.»

Das Zimmer betrat die dicke, hässliche Elisabeth Romanowna Woronzowa.

«Romanowna», wandte sich Peter Fjodorowitsch zärtlich an sie, «meine kostbare Praline, was habt Ihr uns so grausam auf Euch warten lassen?»

«Jeder Augenblick ohne Euch, gnädige Frau, ist ein verlorener», fügte Apraxin schmeichelnd hinzu.

Und dachte sich dabei: «Natürlich wird dieses hässliche Schwein über kurz oder lang das weibliche Pendant von Iwan Iwanowitsch Schuwalow sein.»

«Glückliche Reise, Feldmarschall», wünschte die Woronzowa und blickte mit ihren trüben, verschwommenen Augen in das Glas. «Dass Ihr in diesen idiotischen Krieg zieht, daran finden Eure Hoheit und ich gar keinen Gefallen; die russische Armee und Ihr, gnädiger Herr, blieben besser in ihren Winterquartieren», schloss sie.

«Die verstellt sich nicht», wusste Apraxin, «die sagt, was sie denkt.»

6

Und am Abend desselben Tages hatte der Feldmarschall eine Privataudienz bei der Kaiserin, um ihre letzten Befehle in Empfang zu nehmen.

«Was soll ich dir sagen, Stepan Fjodorowitsch?»

Apraxin hörte nicht, sondern er lauschte aufmerksam: «Wenn es um meine Gesundheit besser bestellt wäre, gnädiger Herr, würde ich selber mein heiliges Heer, die russische Armee, gegen diesen preußischen Nadir Schach, diesen Unmenschen und Missetäter Europas, anführen.»

Und Elisabeth schaute müden Auges, das sogar beim Fluchen nicht aufleuchten wollte, aus dem schwarzen Fenster. Es regnete Bindfäden.

«Und dass du, wie du dich beklagst, Stepan Fjodorowitsch, keine geographischen Karten hast von Litauen, Preußen oder so, auch Alexander der Große hat doch ohne Geographie gekämpft, und trotzdem, was für eine Vielzahl von Völkern hat er geschlagen! Und Julius Cäsar, der genauso.»

Und sie lächelte: «Auch ich habe schon lange Russland regiert, wurde ‹Mutter des Vaterlands› genannt und habe noch geglaubt, dass man sich nur in die Kutsche zu setzen braucht, um über das Festland nach London zu kommen. Wenn man einen Kopf auf den Schultern und Verstand im Kopf hat, erreicht man sein Ziel auch ohne Geographien.»

Und sie stand schwerfällig vom Kanapee auf.

Dem beleibten Apraxin, der immer mit überraschender Geschicklichkeit vom Stuhl aufsprang, ging durch den Kopf: «Sie hat Beine wie ein Elefant, dick geschwollen; ihre Augen sind leblos; sie kann nicht mehr; es geht mit ihr zu Ende; sie stirbt.»

«Kämpf tapfer gegen diesen Unmenschen, Stepan Fjodorowitsch. Such Schlachten, wie es Friedrichs Regel ist, indem du immer früher als der Feind ins Feld ziehst, um ihn zu überrumpeln. Und das Lager schlag möglichst dicht bei den Preußen auf, dass es für den Angriff eingerichtet ist und nicht, Gott behüte, zur Verteidigung. An so etwas denk lieber gar nicht. Und wenn er etwas kann, Stepan Fjodorowitsch, ist es durchaus keine Schande, sich beim Feind etwas abzugucken. So hat es mein Vater auch gemacht. Deine Absichten halt geheim, verbirg sie vor der ganzen Welt, während du die gegnerischen aufdecken musst. Dann werden wir uns auch vor Europa nicht blamieren, Feldmarschall.»

Und sie scherzte: «Gebe Gott, dass unser Lamm den Wolf auch fang.»

Aber während der Feldmarschall das aufgedunsene, weiße Gesicht der Kaiserin sah, die schlaffen Augenlider, die leichenblauen Fingernägel, konnte er nur an eins denken: «Nein, sie hat nicht mehr lange auf dieser Erde; muss sich bald in den hölzernen Pelz zwängen; vielleicht schaffe ich es noch nicht einmal bis Riga, da hat sie ihren Geist schon aufgegeben; sie stirbt.»

7

Und Apraxin beschloss, einem geheimen Treffen mit der Großfürstin nicht aus dem Weg zu gehen.

«Eure Hoheit, glaubt mir, das ist keine Schmeichelei, Ihr werdet mit jedem Tag schöner!», sagte der Feldmarschall und schwang sich zu dem poetischen Vergleich auf: «Wirklich, wie ein blühender Apfelbaum.»

Jekaterina trug eine weite, offene Jacke aus violettem Samt, die man Caraco nannte. Ihr dicker, rosiger Hals, der sich zu einem Doppel- oder vielleicht sogar Dreifachkinn auszuwachsen drohte, lugte aus einem recht tiefen Ausschnitt. Silberne und goldene Bänder waren auf der – nicht von Natur, sondern künstlich – hohen Brust zu einer großen, modischen Schleife zusammengebunden.

Apraxin blickte auf die hoch- und niederwogende Schleife und dachte: «Sie wird in Kürze Schweinespeck angesetzt haben wie die hässliche Woronzowa.»

Wie alle Dicken hatte er eine Vorliebe für Menschen anderer Statur.

Jekaterina antwortete ihm: «Bei einem antiken Autor heißt es, Cicero habe bis an sein Lebensende mit begeistertem Zittern auf Lob reagiert. Ist es dann eine Sünde, gnädiger Herr, dass ich, eine schwache Frau, vor Vergnügen rot werde, wenn ich ein Kompliment zu hören kriege?»

Jemand, der viel liest und ein großes Wissen hat, kommt gewöhnlich nicht so leicht in Versuchung, mit Bücherweisheiten zu glänzen, wie ein Ignorant, der das ein oder andere aufgeschnappt hat.

Bei einem Hof, an dem, wie die Memoirenschreiberin versichert, die Hälfte der Leute kaum lesen und nur ein Drittel schreiben konnte, mag Jekaterina, die sich ein bisschen von Voltaire, Tacitus, Montesquieu und Plutarch zu Gemüte geführt hatte, allerdings als Ausbund von Bildung angesehen worden sein.

Apraxin wurde traurig; und dann regte sich Wut in ihm, weil er nicht ebenfalls einfach etwas von den Römern und Griechen faseln konnte.

Jekaterina sagte: «Es geht das Gerücht, Feldmarschall, dass die Kaiserin wunderschönes Tafelgeschirr für Euch bereithält.»

«Ja, ich habe auch gehört, dass mir silbernes Tafelgeschirr geschenkt werden soll», antwortete Apraxin, «außerordentlich schönes: achtzehn Pud schwer.»

Jekaterina ärgerte sich: «Nicht gerade klug von mir, diese Frage anzuschneiden.»

Sie hätte es ebenfalls entschieden vorgezogen, ihren Freunden – und noch mehr den Feinden – nicht nur ein Lächeln schenken zu können.

Und sie sagte sich zum hundertsten Mal: «Die ganze russische Nation ist so: Der Kaiser taugt, wenn er silbernes Tafelgeschirr verschenkt, und das Tafelgeschirr taugt, wenn es achtzehn Pud schwer ist. Nur darauf kommt es diesem Volk an.»

Er dagegen dachte, während er sich mit der Fingerkuppe des Daumens seine gepflegten rosa Nägel rieb und mit durchsichtigem Auge auf die affektiert lächelnde Gesprächspartnerin blickte: «Das ist eine Stirn! Da hat der Herrgott es mit der Deutschen aber gut gemeint! Das ist keine Stirn für ein Weib, sondern für einen glatzköpfigen Popen; dahinter werden Staatsprojekte ausgeheckt. Mit Sicherheit!»

Dann sprangen seine Gedanken von Jekaterina zu Elisabeth: «Oioioi! Der Kaiserin geht es miserabel!»

Und sein Herz klopfte wie ein kleiner, hölzerner Hammer bei dem Gedanken: «Ich komme womöglich noch nicht einmal bis Riga, da ist sie tot; ihre Beine waren schon ganz blau.»

Und der Feldmarschall antwortete Jekaterina ohne sonderliche Geheimniskrämerei, aber auch nicht mit völliger Offenheit auf ihre Fragen zu dem Feldzug.

8

EINIGE DOKUMENTE

Nr. 1

JEKATERINA AN SIR WILLIAMS

Ich habe Apraxin gestern auf verschiedene Weise auf den Zahn gefühlt. Er hat mir gesagt, seine Instruktionen lägen schon seit acht Tagen der Kaiserin vor und seien nicht unterschrieben, er warte nur darauf und auf Reisegeld, um sich auf den Weg zu machen. Ich habe ihn gefragt: ‹Werdet Ihr die Stadt Memel angreifen?› Er hat gesagt: ‹Nein, was sollen wir denn mit diesem Kaff. Es wird sowieso an uns fallen, wenn wir das wollen und wichtigere Siege errungen haben; der Sumpf, den es beschützt, ist es nicht wert, dass man darin stecken bleibt.›

‹Dann werdet Ihr über Polen ziehen?›, fragte ich.

‹Ja›, antwortete er, ‹wenn die Situation es erfordert.›

Nr. 2

Ich schicke Euch die genauesten Nachrichten, die ich in Bezug auf die Pläne der russischen Armee habe in Erfahrung bringen können. Sie stammen von meinem hiesigen besten Freund, der Großfürstin. Sie hatte in der Nacht vor seiner Abreise nach Riga ein ausführliches Gespräch mit Feldmarschall Apraxin, und was ich Euch hier schreibe, ist nur eine genaue Kopie ebenjenes Briefes, mit dem mich Ihre Hoheit sofort am nächsten Tag beehrt hat. Feldmarschall Apraxin hat sich bei der Kaiserin bitter beschwert, dass man ihm die Führung einer Armee anvertraut, die keine Kavallerie und Offiziere hat. Weshalb ihn die Großfürstin auch gefragt hat, warum er dann solch ein Kommando überhaupt übernommen habe. Apraxin antwortete, er habe sich dem Befehl der Kaiserin fügen müssen. Daraufhin fragte ihn die Großfürstin, wie er vorzugehen gedenke und ob er vorhabe, Memel direkt anzugreifen. Er antwortete, was eine so lächerliche Festung wie Memel denn bringen solle. Es ginge nicht darum, Seine preußische Hoheit zu attackieren, sondern es sei beschlossene Sache, dass er direkt über Polen nach Schlesien ziehe. Sie gab zu bedenken, der preußische König könne ihn aber doch bei diesem Vormarsch angreifen. Er antwortete, in diesem Fall werde er alles unternehmen, was zu seiner Verteidigung nötig sei; aber er habe nicht die Absicht, Preußen zu attackieren. Ich halte diese ganze Unterhaltung für glaubwürdig, weil Apraxin immer meinem Freund, der Großfürstin, alles zu Gefallen tut und ihren Interessen außerordentlich ergeben ist. Ich hoffe immer noch, die Instruktion, die man Apraxin gab, zu bekommen; man hat sie mir schon zweimal versprochen, aber diese Versprechungen sind bisher nicht erfüllt worden.

Der englische Gesandte beeilte sich mit seiner Depesche nicht besonders, erst am achtzehnten Dezember schickte er sie nach London. Natürlich wäre es beeindruckender gewesen, wenn er wirklich den Wortlaut der Instruktion hätte übermitteln können. Offenbar wartete er bis zu dem Zeitpunkt, wo er seine Hoffnungen endgültig aufgeben musste.

Nr. 3

Die ausspionierten Informationen leitete London unverzüglich an den Verbündeten nach Berlin weiter.

Ich habe aus sicherer Quelle erfahren, schrieb Friedrich daraufhin seinem Feldmarschall Lehwaldt, *dass Apraxin Befehl hat, ohne Memel und Ostpreußen anzugreifen, durch Polen nach Schlesien zu ziehen. Wenn das so ist, gehe ich deshalb davon aus, dass Ihr nur die Garnisonsbataillone des Lück-Regiments und das Landbataillon in Ostpreußen lasst, mit allen anderen Truppen dagegen in den Rücken von Apraxins russischen Truppen vorstoßt und ihnen bis Schlesien folgt, was Apraxin natürlich in eine schwierige Situation bringen und ihn in ständiger Angst halten wird.*

Nr. 4

Nicht weniger Aufmerksamkeit verdient die Depesche des englischen Gesandten am Berliner Hof, Sir Mitchell: *Der preußische König geht davon aus,* informierte er seinen Freund Sir Williams, *dass man Apraxin eine bestimmte Summe Geld anbieten kann, damit er den Vormarsch der russischen Truppen verzögert, wofür ein Oberkommandierender immer leicht einen Vorwand finden kann. Man sollte in diesem Fall auf die Großfürstin zurückgreifen, wenn diese sich dazu bereit erklärt.*

ELFTES KAPITEL

1

Ein alter Ahorn hielt den Mond wie einen Riesenapfel in seinen grünen Pfoten.

Der schlammige schmale Fluss sah aus, als habe jemand den Degen eines Musketiers in das hohe, fette Gras der überfluteten Wiese geworfen.

Ja! Ja! Als hätte ein großer Krieger ihn aus der ledernen Scheide mit dem Kupferende gezogen und ihn dann, weil er damit nicht auf die Menschen einschlagen wollte, ins hohe Gras geworfen.

Den Musketieren des Apscheronsker Regiments – Iwan Chripunow, Wassili Wasjatkin und Petuch – kam die stille, warme preußische Nacht vertraut, russisch, wie eine bei Twer vor.

«Seit meiner Kindheit, meine Freunde», sagte Petuch und blickte zu den blassen Sternen auf, «kuschel ich mich wie eine Turteltaube zärtlich an das Leben, doch es sträubt nur sein Gefieder.»

Petuch hatte eine gutmütige, von Sommersprossen übersäte Rübennase und Augen wie ein Tier, eine Katze oder so etwas.

«Petuch, woher nimmst du deine Wörter?», interessierte sich Wasjatkin. «Kennst du sie aus Liedern, oder hast du sie von den Popen?»

Wenn der Musketier Wasjatkin schwarze Zöpfe gehabt und eine farbenfrohe Jacke und ein Röckchen getragen hätte, wären die Burschen über ihn hergefallen und hätten ihn ordentlich gezwickt und gedrückt. Die karge Natur von Twer hatte den Soldaten aus dem Apscheronsker Regiment mit einer unwiderstehlichen, glühenden, südlichen Schönheit beschenkt.

«Du bist so unruhig, Petuch.»

«Ja, das bin ich», stimmte der Musketier zu.

Und er blickte auf die Sterne über sich und sang:

«In Pokrowskoje, dem Dorf
Auf der großen Straße dort …»

Und unterbrach sich: «Freunde, he Freunde, findet ihr nicht, unser Leben ist wie rauschende Musik? Ich kriege nie genug davon!»

Wasjatkin saß völlig unbeweglich am Feuer, stützte sein rundliches Kinn auf die Fäuste und starrte liebevoll auf die Kartoffeln, die im Kessel kochten.

Petuchs Zunge stand nicht still.

«Ich denke mir so, Freunde …»

Der breitschultrige Iwan Chripunow, der große Hände und Stoppeln wie ein mit hartem Moos bewachsener alter Baumstamm hatte, sammelte ungeschickt die Läuse aus seiner roten Musketierhose.

Das hohe Gras roch herrlich.

«Das Leben, Freunde, ist wie Tuch», philosophierte Petuch, «wenn du dir Mühe mit ihm gibst, wird es ganz fein und vortrefflich. Wenn du es falsch anstellst, dann kommt von den Werkgestellen nur grobes und knotiges Zeug.»

Petuch trat zornig auf den grünen Kaftan mit den Kupferknöpfen.

«Hier, so wie dieses Mistzeug, aus dem die Uniform ist.»

Und Petuchs Augen flammten auf und sahen aus wie zwei große Sommersprossen.

Chripunow warf eine Laus ins Feuer.

Der Kessel mit den Kartoffeln, die sie in dem vom Bauern aufgegebenen Gemüsegarten ausgebuddelt hatten, zischte.

Petuch trank einen Schluck Wasser aus der Feldflasche.

«So ist das also, Freunde.»

«Sie ist noch nicht gar», sagte der bildschöne Musketier, ohne seine braunen Augen von den Kartoffeln abzuwenden.

«Woher weißt du das denn, ohne zu probieren? Stich doch mal mit dem Ast ein Loch rein, Wasja.»

«Das darf man nicht, Petuch, ein Loch mit einem Ast reinstechen», widersprach der ernst, «das geht auf keinen Fall.»

Und fügte als Erklärung hinzu: «Das ist doch eine Kartoffel!!!»

Das war ein neues Wort für sie.

«Wie traurig!»

«Was ist traurig, Wasja?»

«Das mit den Kartoffeln. Da kann einem glatt die Lust am Leben vergehen, Petuch.»

«Wieso denn das?»

«Alle Völker auf der Erde, Petuch, essen womöglich schon seit tausend oder fünftausend Jahren diese Kartoffeln, nur wir nicht.»

«Das stimmt.»

Von der Kuppe des Hügels rührte sich ein Lüftchen, so dass der Mondapfel in den grünen Samtpfoten des alten Ahorns ins Schaukeln kam.

Zeitgenossen berichten, die Soldaten hätten aufgrund der Tatsache, dass sie «an diese Nahrung nicht gewohnt waren», starken Durchfall von den Kartoffeln bekommen;

die russische Armee bezahlte das «Kosten von dieser Frucht» mit einigen Hundert Toten.

«Da weiß man nicht, ob man jetzt über die Kartoffel lachen oder weinen soll», jammerte der bildschöne Musketier, «fünftausend Jahre haben die nun alle Völker gegessen, nur wir Riesendummköpfe haben keine Ahnung gehabt. So ein Unglück!»

«Ja, da weiß man nicht, ob man lachen oder weinen soll», wiederholte Petuch und wedelte mit seinem schwarzen Wollhut, um den beißenden Rauch des Feuers abzuwehren.

Der schmale Fluss kräuselte sich.

In die Gräser kam Leben.

«Mir will nicht aus dem Kopf, wieso wir unser Leben nicht wie eine rauschende Musik einrichten können.»

Träumer und Dichter drohten in dieser Welt noch nie auszusterben und sterben auch nicht aus.

«In Stücke reißen sollten sie dich, du Teufel!», fluchte der klobige Musketier Chripunow mit den großen Händen und Stoppeln wie ein mit hartem Moos bewachsener alter Baumstamm. «Musik! Wünsche hat der! Du hattest wohl keinen Herrn Tatischtschew, du Teufel! Uff, du rothaariger Teufel!»

«Sie ist gar», sagte der bildschöne Musketier mit einem glücklichen Lächeln auf den weichen Lippen. «He, Freunde, die Kartoffeln sind gar.»

«Gut», antwortete Petuch.

Chripunow zog den Kopf zwischen den großen Schultern ein und stimmte sein auswendig gelerntes Klagelied an: «Vier Tage leisten wir Frondienst, aber wenn während der Erntezeit gutes Wetter ist, will Herr Tatischtschew, dass wir ständig für ihn arbeiten, und wenn du dann endlich sein Getreide geschnitten und eingebracht hast, das Heu gemäht und im Schober verstaut hast, dann ist das eigene verfault, die Ähre ausgekörnt, ihm macht das ja nichts, er bekommt seinen fünften Teil, liefere ihm jede fünfte Garbe ab und ebenso viel Hopfen, Hanf, Kohl und desgleichen von allem anderen: Eier, grobes Tuch und Hähne, und als Kopfgeld vier Fuhren, die ihm zu unserem Kummer in die ein paar hundert Werst entfernte Stadt an seinen Tisch zu bringen sind.»

Und er warf eine Laus in das Feuer.

«So ist das also. Und da kommst du und sagst … Uff, du rothaariger Teufel!»

Wenn man darauf achtet, so beschränkt sich unsere Alltagsrede im Grunde genommen darauf, dass wir einige wenige Wörter, Wendungen und Gedanken jahrzehntelang unverändert ständig wiederholen.

«Also, das ist so, Freunde», sagte Petuch, «den Gutsherrn braucht man wie einen Bären am Namenstag: Der frisst und sagt noch nicht mal danke, dafür kriegst du eins mit der Pranke.»

Und er schloss: «Der Stein liegt in der Erde, aber wächst trotzdem nicht, uns Dummköpfe haben sie mit der Rute etwas beibringen wollen, aber schlauer sind wir nicht geworden.»

Der bildschöne Wasjatkin, der seinen eigenen Gedanken (wahrscheinlich betrafen sie die Kartoffel) nachhing, wiegte nachdenklich den Kopf über dem rauchenden Kessel.

Die Sterne sahen aus wie die nicht geputzten Kupferknöpfe an den Kaftanen, Wamsen und Hosen der Musketiere.

Übermütig schlug Petuch mit dem Ladestock der Flinte einer Kornblume den blauen Blütenkranz ab.

«In Pokrowskoje, dem Dorf
Auf der großen Straße dort,
Da hüpften und tanzten
Die Mädchen, die sanften …»

Er hatte eine hohe, kecke Stimme.

Die Samtpfoten des Ahorns spielten mit dem Mondapfel Ball und warfen ihn in die Höhe; wie verzaubert hielt er im Flug inne und stand still.

Aus dem schräg gegenüber auf dem anderen Ufer des schlammigen Flusses liegenden Wald stiegen Vögel auf.

Das Gras wiegte sich und duftete nach Russland.

Petuch blickte zu den blassen Sternen auf und bekam Lust, sich wie eine Turteltaube an das Leben zu kuscheln.

Chripunow legte die Hose ordentlich beiseite und machte sich ungeschickt auf die Suche nach Läusen in dem grünen Kaftan mit den roten Manschetten.

Der Schöne mit den weichen Lippen kaute seine Kartoffel und strahlte dabei vor Glück.

Plötzlich krachten Gewehrschüsse.

«Freunde», sagte Petuch und kratzte sich hinter dem Ohr, «das sind doch nicht etwa die Preußen?»

Chripunow zog sich unbeholfen die rote Hose an.

«Vielleicht schießt da einer von den Ortsansässigen?», meinte Wasjatkin. «Einer von denen, deren Haus man geplündert und deren Kartoffeln man ausgegraben hat.»

Und seine zarten Wangen wurden vor Angst rosig.

«Die Schüsse kommen aus dem Wald.»

Petuch setzte sich den schwarzen Hut auf und sang:

«In Pokrowskoje, dem Dorf
Auf der großen Straße dort …»

«Du hast überhaupt keine Angst», sagte Wasjatkin leise und bekreuzigte sich.

«Die sind nicht für uns bestimmt, diese Kugeln, Wasja.»

Der Fluss kräuselte sich.

Chripunow sammelte unbeholfen Uniform und Gewehr ein: den Hut, den Kaftan, das Wams, die Flinte mit dem Bajonett, die Patronentasche, die Feldflasche, den Ranzen und den Degen mit dem schwarzen, mit Kupferdraht umwickelten Griff.

«Du brauchst aber eine Ewigkeit», sagte Wasjatkin noch leiser, und dann mit flehender Stimme: «Wollen wir nicht abhauen, Freunde?»

«Die sind nicht für uns bestimmt, diese Kugeln, Wasja», wiederholte Petuch.

Und seine Augen, die aussahen wie zwei große Sommersprossen, freuten sich dabei förmlich darüber, dass auf sie geschossen wurde.

Die große zärtliche, aber unsichtbare Hand von jemand schien die hohen Gräser zu streicheln.

Und es krachten weitere Schüsse: unwirklich, nicht beängstigend.

«In Pokrowskoje, dem Dorf …», setzte Petuch an.

Und brach ab.

«Wasja! … Mein Lieber …»

«Och!», klang es, als löste sich ein Seufzer von den weichen, kartoffelheißen Lippen.

Und der Musketier des Apscheronsker Regiments Wassili Wasjatkin warf den Kessel um und stürzte kopfüber in das Feuer.

Die Kartoffeln kullerten in alle Richtungen.

Petuch sagte fast vorwurfsvoll: «Ach, Wasja!»

Und wollte wegrennen, verhedderte sich aber mit dem Fuß im Riemen der Patronentasche.

Er fluchte.

«Verdammt.»

Zog seinen Fuß heraus.

Und genau in diesem Augenblick schlug ihm eine böse preußische Kugel das Auge aus.

2

Beginnen wir mit dem Ende der Schlacht von Großjägersdorf:

... um ein Haar wären wir untergegangen, schrieb der Leutnant des Archangelsker Regiments Andrej Bolotow an einen lieben imaginären Freund. *Die Preußen hatten schon unsere ganze Frontlinie völlig eingedrückt und bedrängten an einigen Stellen den Tross. Es entstand eine entsetzliche Verwirrung und Panik. Alle brüllten: ‹Weg! Weg! Nach hinten mit dem Tross, nach hinten!› Und keinem war klar, dass sie überhaupt nicht ausweichen konnten. Auf der einen Seite war eine steile Schlucht, auf der anderen Seite versperrte der Fluss den Weg in alle Richtungen. Die Armee selbst hätte sich vielleicht noch irgendwohin zurückziehen können, aber dass der Tross vollständig untergegangen wäre, daran kann kein Zweifel bestehen. Mit einem Wort, der Feind hatte den Sieg schon halb errungen, und es hätte nur wenig gefehlt, so wären wir zu unserer unaussprechlichen Schande völlig zerschlagen worden.*

Da wollt Ihr jetzt, wie ich hoffe, unbedingt erfahren, auf was für eine wunderbare Weise wir uns nicht nur haben retten können, sondern sogar den Sieg davontrugen. Geradeheraus gesagt, wir wussten das selbst fast nicht mehr, offenbar wollte Gott uns einfach retten. Die Situation war so, dass die hinter dem Wald stehenden Regimenter, die es leid waren, untätig zu sein, in dem Augenblick, als ihre Mitbrüder und Kameraden umkamen und sie hörten, welche Gefahr ihnen drohte, beschlossen, sich in Bewegung zu setzen, oder vielleicht auch vorgeschickt wurden und sich irgendwie durch den Wald kämpften, um ihren Landsleuten zu Hilfe zu eilen. Zwar war ein Durchkommen äußerst schwierig: Der Wald war so dicht, dass sich schon ein Einzelner nur mit Mühe einen Weg bahnen konnte. Aber sie waren in ihrem Willen und Eifer durch nichts aufzuhalten. Zwei Regimenter, das dritte Grenadier- und das Nowgoroder Regiment, ließen ihre Kanonen und die Kisten mit den Patronen stehen und liegen, als sie sahen, dass sie diese nicht durch den Wald schleppen konnten und nur durch sie aufgehalten wurden, und stürmten alleine los durch den undurchdringlichen Wald zu den Stimmen der Sterbenden und Brüllenden. Und es gelang ihnen zum Glück, an der allernötigsten Stelle herauszukommen, nämlich da, wo das Narwa- und das zweite Garde-Regiment schon fast ganz zerschlagen waren und wo die Gefahr größer als an anderen Stellen war. Sie kamen genau zur rechten Zeit. Die erwähnten zerschlagenen Regimenter kämpften schon Mann gegen Mann und ließen, bis sie den letzten Tropfen Blut vergossen hatten, nicht im Kampf nach. Man kann nicht von einer prächtigeren Kühnheit sein als der, welche die Soldaten der zersplitterten Reste jener erwähnten Regimenter damals an den Tag legten. Der eine hatte bereits eine Hand verloren, hielt das Schwert aber noch in der anderen und verteidigte sich gegen die vorwärts stürmenden und ihn niedersäbelnden Feinde. Der andere hatte schon fast sein Bein verloren, war überall verwundet und blutig und setzte sich, gegen einen Baum gelehnt, noch gegen die Feinde zur Wehr, die ihn töten wollten. Der Dritte, umgeben von einer Menge Feinde, die ihn umzingelten, brüllte wie ein Löwe und bahnte sich mit dem Schwert den Weg, ohne um Schonung und Gnade zu bitten, obwohl ihm das Blut in Bächen über das Gesicht rann. Der Vierte entwand denen, die ihn entwaffnet hatten und in die Gefangen-

schaft schleppen wollten, die Waffe und versuchte, sie mit ihrer eigenen Waffe umzubringen. Der Fünfte, der vergessen hatte, dass er allein war, ging mit dem Bajonett auf eine Menge Feinde los und wollte sie alle erstechen. Der Sechste, der weder Pulver noch Kugeln hatte, entriss den toten Feinden die Taschen, suchte bei ihnen nach dem verfluchten Blei und schoss dann mit ihren eigenen Kugeln auf sie. Mit einem Wort, hier wurde nichts ausgelassen, was man von kühnen und furchtlosen Soldaten irgend verlangen kann.

In dieser allerletzten Notlage zeigten sich ihnen nun im Wald die beiden erwähnten Regimenter, die ihnen zu Hilfe eilten. Man kann die Freude nicht wiedergeben, mit der die Kämpfenden auf diese zu ihnen stoßende Hilfe blickten, und die Begeisterung, mit der sie schrien, um sie zur Eile anzutreiben. Da änderte sich alles, was vorher war. Diese frischen Regimenter zögerten nicht lange, sondern gaben eine Salve ab, stimmten Kriegsgeschrei an und liefen Sturm gegen den Feind. Das entschied unser Schicksal und führte zu der ersehnten Wende. Die Feinde erzitterten, wichen ein wenig zurück, wollten sich besser formieren, aber dazu war keine Zeit mehr. Die Unsrigen saßen ihnen im Nacken und ließen ihnen keine Minute. Da verkehrte sich die frühere Kühnheit der Preußen in Feigheit, und an diesem Punkt fackelten sie nicht lange und suchten Rettung im Rückzug. Das jagte auch ihren anderen Truppen Angst ein und ermutigte die unseren. Überall gerieten sie allmählich ins Wanken, und das Feuer von unserer Seite verstärkte sich. Mit einem Wort, es verging keine Viertelstunde, da traten die Preußen an allen Stellen zuerst den geordneten Rückzug an, ergriffen dann aber ohne jede Ordnung und Gliederung wie das Vieh die Flucht …

So endete die ruhmreiche Schlacht unter Apraxin und die erste mit den Preußen. Dem Himmel hatte es gefallen, uns einen vollendeten Sieg über unseren Feind zu schenken, und wir konnten ihm nicht genug dafür danken, besonders, als wir erfuhren, in was für einer Gefahr die ganze Armee geschwebt hatte und wie wenig gefehlt hätte, dass sie völlig zerschlagen worden wäre, wodurch wir in alle Ewigkeit mit der Schande besudelt wären, dass eine Hand voll Preußen imstande war, eine zahlenmäßig so starke Armee wie die unsere zu zerschlagen. Und wenn man es recht betrachtet, so beruht dieser Sieg nicht auf der Kunst unserer Heerführer, von der keine Rede sein kann, sondern mehr auf der ungeheuren Kühnheit unserer Truppen, am meisten aber auf der besonderen Fügung des Schicksals, das alle Umstände so einrichtete, dass es keine Alternative zur Kühnheit unserer Soldaten gab, sondern ihnen nichts anderes übrig blieb, als bis zum letzten Blutstropfen zu kämpfen, da sie weder fliehen noch den Rückzug antreten konnten. Aber wie dem auch sei, wir haben gesiegt, und dieser Sieg ist durchschlagend.

+ +

Der Rückzug der Preußen war so übereilt, und die Russen nahmen die Verfolgung so zögerlich auf, dass die Verbindung zwischen den beiden Armeen schon nach ein paar Stunden verloren war.

Das Kommando über die Regimenter, die sich durch den Wald gekämpft und den Sieg ermöglicht hatten, lag bei dem jungen Rumjanzew.

Es ist hervorzuheben, dass die fünf Regimenter der Vorhut, das Apscheronsker, Butyrski-, Beloserski-, Archangelsker und das Pskower Regiment, obwohl sie eine extrem günstige Position hatten, nämlich in der Flanke der Preußen, während des gesamten Kampfes nicht in Aktion traten.

So hatte es der Feldmarschall angeordnet.

3

Am achten September, dem Geburtstag der Gottesmutter, herrschte in der Kirche von Zarskoje Selo ein unerträgliches Gedränge.

Der Hof schwitzte.

Die Kaiserin zog sich ständig durch das Kleid hindurch das nasse Hemd vom Leib.

«Man müsste nackt hierher kommen, wie ins Bad oder ins Paradies», dachte Elisabeth.

Nicht weit von ihr stand der dickbäuchige Fürst Nikita Jurjewitsch Trubezkoj und betete. Elisabeth stellte sich ihn ohne Unterwäsche vor. Das widerte sie an. Als sie sich vorstellte, sie selber stünde vor dem ganzen Hof ohne Hemd da, trüge dabei aber aus irgendeinem Grund das Band des St.-Katharinen-Ordens und das blaue Emailkreuz mit dem gekreuzigten Apostel, als sie dieses «lachhafte Bild» vor sich sah, verschlug es ihr den Atem vor wilder Wut; blutige Flecken schwammen vor ihren Augen und tauchten den Popen, die Diakone, die dicken Kerzen, die Gesichter der Heiligen und den aufsteigenden Weihrauch in ein rotes Licht.

Nachdem sie die Staatsdamen angefaucht hatte, sie sollten nicht zur Seite starren, mit mehr Andacht ihre Stirn bekreuzigen – die dummen Gänse sollten sie doch um Himmels willen endlich in Ruhe lassen –, verließ Elisabeth die Kirche.

Schräg fielen die Strahlen der warmen Septembersonne zur Erde; von den hohen Bäumen fielen leichte Blätter herab; kleine, lustige Vögel fielen gleichsam aus den Wolken.

Der Palast blendete die Augen: goldene Vasen, goldene Karyatiden, goldene Statuen auf dem Dach.

«Es fehlt nur noch das Schmuckkästchen für diese Juwelen», sagte der französische Gesandte.

Elisabeth, die ihren Schritt verlangsamte und zu den – gleich dem Band des St.-Katharinen-Ordens – goldgesäumten Federwolken schaute, schnappte gierig und unruhig nach der herrlichen Septemberluft und dachte: «Ach, so schlecht wie jetzt war mir noch nie.»

Einige junge Frauen in bunten, weiten Röcken und bärtige Männer in den weiten Kaftanen der Kaufleute blieben stehen und starrten auf die Kaiserin.

Ein vierjähriges Mädchen mit runden Knopfaugen fragte: «Mutti, was ist das für eine Generalstante?»

Die Mutter zog das Mädchen schmerzhaft am Ohr.

In diesem Augenblick spürte Elisabeth, wie ein bekannter Schauer sich in ihrem Körper bemerkbar machte: Er stieg von unten nach oben.

Das Mädchen meinte, die Generalstante habe wohl am heutigen Feiertag einen über den Durst getrunken.

Als der Schauer das Herz passiert hatte und zum Kopf drang, stürzte die Kaiserin mit einem kurzen Schrei schwer wie ein Schrank zu Boden.

Die kleinen, lustigen Vögel schossen aus den gelben, von zarten Septemberstrahlen durchfluteten Bäumen.

Ein kleiner Hund – dickbäuchig und krummbeinig wie Nikita Jurjewitsch Trubezkoj – kläffte kurz.

Das Mädchen mit den Knopfaugen zeigte auf den Nacken und sagte lakonisch: «Die betrunkene Tante ist auf den Kopf gefallen.»

Es entstand ein Volksauflauf.

Der Hof schwitzte in der Kirche.

Die Kaiserin lag zunächst da wie eine Tote, die Augen weit aufgerissen und schrecklich verdreht.

Ein gelbes Blatt fiel von dem sonnendurchfluteten Baum auf ihr Mondgesicht.

Unter den hochgerutschten Röcken lugte schamlos ein weißer, fetter Schenkel hervor.

Die Menge bildete einen dichten Kreis und glotzte.

Erst langsam, dann immer schneller und schneller zog die Epileptikerin Arme und Beine an und streckte sie wieder aus.

Konvulsivische Zuckungen setzten ein.

Der Kopf hüpfte, Wangen und Hals wurden rot, blutiger Schaum trat aus dem Mund, die blauen Augäpfel drehten sich in den Augenhöhlen.

Die Grimassen, die das runde Mondgesicht schnitt, waren schrecklich.

Das Mädchen brach in Tränen aus.

Der wichtigtuerische Hund kniff den Schwanz ein.

Aus dem Mund quollen blutige Schaumbläschen, die blaue Zunge hing heraus.

Das Mädchen sagte: «Mutti, komm, lass uns nach Hause gehen.»

Nur in diesem dummen Alter bringen es die Menschen fertig, sich aus Angst vor einer herausgestreckten blauen Zunge von dem finsteren Anblick menschlichen Leidens abzuwenden. Gibt es ein Schauspiel, das packender ist?

Die Menge wich zurück und brach den Kreis auf: Der Hof kam aus der Kirche gerannt.

Der Chirurg Fousadier ließ die Kaiserin, die von Schaulustigen umgeben auf dem Gras lag, sofort zur Ader.

Aus dem Palast brachte man ein Kanapee und Wandschirme.

Die Schuwalows richteten den schweren, zuckenden Körper auf.

Von der dicken, zerbissenen Zunge tropfte Iwan Iwanowitsch schwarzes Blut auf den gelben Kaftan.

Die Fürstin Kurakina hielt der Kaiserin verschiedene Riechfläschchen unter die Nase, wobei sie sich die schönen Hände mit klebrigem, blutigem Speichel besudelte.

Alexej Rasumowski schluckte seine Tränen herunter.

Es will manchmal scheinen, als ob Treue, Dankbarkeit und Herzlichkeit – mit anderen Worten: Gefühle, durch die sich die menschliche Existenz auszeichnet – am ehesten bei dummen Menschen anzutreffen sind.

«Lasst uns die Kaiserin fortbringen, Iwan Iwanowitsch. Es ist schlecht für sie, dass sie hier in Gegenwart des ganzen gemeinen Volks leidet», sagte der Oberjagdmeister schluchzend.

Nach drei Stunden erlangte die Epileptikerin das Bewusstsein wieder.

Aber da sie sich die Zunge zerbissen hatte, konnte sie noch acht Tage lang nicht reden, sondern nur schrecklich lallen.

+ +

Nachdem die Fürstin Kurakina ihrem Vater in der Armee in allen Einzelheiten den traurigen Vorfall von Zarskoje Selo beschrieben hatte, fügte sie folgendes Postskriptum hinzu:

Alle sind in äußerster Sorge und Unsicherheit über die Gesundheit der Kaiserin. Gebe Gott, dass sie noch ein paar Wochen durchhält. Seine Hoheit der Großfürst lässt Euch Grüße ausrichten. Er ist jetzt politisch sehr gefragt.

4

«Erst die Arbeit», sagte Jekaterina. «Gebt mir doch bitte das dicke Paket, gnädiger Herr.»

«Erst die Liebe», sagte Poniatowski einschmeichelnd.

«Entsetzlich! Ihr wisst nicht, was es heißt, jemanden auf die Folter zu spannen, gnädiger Herr.»

«Mein Gott, wie schrecklich! Ihr wisst nicht, was Liebe heißt, gnädige Frau.»

Jekaterina blieb nichts anderes übrig, als nachzugeben, obwohl das Paket, das Poniatowski gebracht hatte, Bestushews Projekt zur Thronfolge enthielt.

Es lohnte sich jetzt nicht, um ein paar Minuten zu feilschen.

«Katja, weißt du, was für ein Streit zwischen Juno und Jupiter entbrannte?», fragte Poniatowski und blinzelte mit seinen glücklichen, kurzsichtigen Augen.

Sicher! Juno und Jupiter, das war genau das, was Jekaterina in diesem Augenblick brennend interessierte!

«Jupiter behauptete, Katja, das größere Vergnügen am Akt habe die Frau; Juno war damit nicht einverstanden, sie meinte, der Mann habe mehr davon.»

«Und wie haben sie die Frage entschieden?»

Ihre Ungeduld erschien Poniatowski durchaus angebracht.

«Sie mussten sich an den weisen Teiresias wenden, der bekanntlich sieben Herbste lang eine Frau war und deshalb beide Liebesgenüsse einschätzen konnte.»

«Und?»

Poniatowski umarmte lässig ihre lange, steife Taille und sagte: «Ich muss dich betrüben, Katja, der weise Teiresias hat sich für die Männer ausgesprochen.»

«So, so.»

Und Jekaterina riss das zerknitterte Paket wie ein Mann mit dem Zeigefinger auf.

Bestushew schlug in seinem Projekt vor, Peter Fjodorowitsch nach Elisabeths Tod von der Thronfolge auszuschließen und stattdessen den kleinen Paul mit Jekaterina als Regentin zum Kaiser auszurufen.

Apraxins Armee, die sich nach dem Sieg an die Grenze Russlands zurückgezogen hatte, war dazu ausersehen, der Realität bei der Umsetzung dieses hochfliegenden Projekts gegebenenfalls ein wenig auf die Sprünge zu helfen.

Jekaterina las langsam, gleichsam Silbe für Silbe.

Vor Vergnügen kam sie ins Schwitzen.

Die Blätter waren weiß, dick und groß.

Die Buchstaben: sichtlich mit Bedacht hingemalt.

Sätze, schwer wie Kupfer.

«Nicht jedes Wort ist hier auch unbedingt nötig», sagte Jekaterina, «aber was die Sittlichkeit meines Mannes betrifft, so fehlt es an der nötigen Schärfe.»

«Dein Mann ist von Natur aus ein schamloser Hanswurst, Katja. Nicht die Krone passt zu seinem Gesicht, sondern die Narrenkappe mit den Schellen.»

«Er kann aber Kaiser werden, wenn man keine entschiedenen Schritte unternimmt.»

Bestushew hatte in dem Projekt auch sich selbst nicht vergessen. Er begnügte sich mit dem Vorsitz in den drei Kollegien Auswärtige Angelegenheiten, Krieg und Admiralität sowie mit dem Rang eines Oberstleutnants der vier Garderegimenter.

Poniatowski sagte lächelnd: «Man kann unseren Freund Alexej Petrowitsch nun wirklich nicht mit dem Spartaner Pädaretus vergleichen.»

«Ich weiß nicht mehr, wer das war.»

«Als man ihn nicht in den Rat der Dreihundert gewählt hatte, der zur königlichen Entourage gehörte, ging er nach Hause und strahlte vor Freude, dass es in seiner Heimatstadt dreihundert Männer gab, die besser waren als er.»

Poniatowski verstand sich darauf, in der Konversation mit fremdem Geist und literarischen Zitaten zu glänzen.

«Ja, da bin ich einverstanden, Alexej Petrowitsch ist wirklich nicht Pädaretus», stimmte Jekaterina zu, «aber, mein Freund, bedanke dich beim Kanzler auf jeden Fall für seine guten Absichten, soweit sie meine Person betreffen.»

Und sie holte eine goldene Tabaksdose mit ihrem Porträt aus dem Tisch und fügte hinzu: «Alexej Petrowitsch weiß, dass ich arm bin. Sag ihm, Gott ist Zeuge, ich werde ihm das goldene Tafelgeschirr mit Sicherheit nicht schuldig bleiben. Pracht und Reichtum der Würdenträger machen den Ruhm der Herrscher aus. Das ist meine Überzeugung. Auch das richte ihm aus, mein Freund.»

5

Am achtundzwanzigsten September wurde in der Armee Kriegsrat gehalten. Der ursprüngliche Plan, gegen Libau vorzurücken, wurde endgültig aufgegeben.

Die ungünstige Jahreszeit und der Mangel an Proviant und Futter in der hiesigen Erde sowie die völlig entkräftete Kavallerie und die erschöpfte Infanterie sind die wichtigsten Gründe, die mich dazu bewogen haben, zwecks Wahrung der mir anvertrauten Armee die Entscheidung zu treffen, über den Fluss Memel überzusetzen und mich der Reichsgrenze zu nähern, meldete

Feldmarschall Apraxin nach Petersburg. Und die siegreiche russische Armee vernagelte ihre Kanonen, vernichtete die Vorräte an Ausrüstung, Pulver, Bomben, Patronen, Gewehren und anderem, indem sie sie stehen und liegen ließ, versenkte oder verbrannte, und floh vor den bei Großjägersdorf vernichtend geschlagenen Preußen in ihr Vaterland.

Sehr viel später, als sich die Kaiserin Katharina II. nicht gerade geschickt vor der Geschichte rechtfertigen wollte, schrieb sie: *Es wurde versucht, das Gerücht auszusprengen, er wäre dem Großfürsten und mir zu Gefallen zurückgegangen, statt vorzurücken.*

6

Aus dem Protokoll

In der beim Hof Ihrer Kaiserlichen Majestät eingerichteten Konferenz geruhte Ihre Majestät, die höchstpersönlich anwesend war, zu erklären, die von der Armee unerwartet vorgenommene Retirade sei dazu angetan, nicht nur der hiesigen Waffe Ruhmlosigkeit zu bringen, sondern auch der Ehre und dem Ruhm Ihrer Höchsten Majestät empfindlichen Schaden zuzufügen, und über all das äußerst indigniert, gebot sie, die Konferenz möge Ihrer Kaiserlichen Majestät ihre Meinung darlegen wie vor Gott selbst so auch nach ihrem Eide.

Der Sekretär der Konferenz, Dmitri Wolkow, erklärte: «Jedes Konferenzmitglied hat seine Meinung zu dem oben dargelegten wichtigen Umstand gesondert versiegelt Ihrer Kaiserlichen Majestät zu überreichen.»

Der Verrat der aufrichtigen Freunde des Feldmarschalls sah folgendermaßen aus:

Bestushew

… zur schnellstmöglichen Korrektur all dessen sollte man ohne jedes Zögern einen Befehl an den Feldmarschall schicken, mit dem angeordnet wird, er möge das Kommando über die Armee niederlegen, sich stante pede nach Riga begeben und sich ohne weiteren Befehl nicht von da absentieren … Sobald Feldmarschall Apraxin in Riga ankommt, wäre das Mindeste, jemand Gleichrangiges von den hiesigen Feldmarschällen mit einer anständigen Zahl weiterer Generalität dorthin zu schicken, um Kriegsgericht über ihn zu halten …

Peter Iwanowitsch Schuwalow

… ihn hierher zur Verantwortung rufen und das Kommando General Fermor übergeben …

Alexander Schuwalow

… dem Gericht übergeben lassen, wobei die Gesandten und Minister der verbündeten Höfe davon zu unterrichten sind, dass besagter Feldmarschall wegen seines schwachen Benehmens des Tribunals für würdig befunden …

Nikita Jurjewitsch Trubezkoj

… sofort Befehl geben, ihn nach Riga zu schicken, und ihn alldorten belassen, bis durch höchste Anordnung Ihrer Kaiserlichen Majestät geklärt wird, wie mit ihm verfahren. Mit Unterschrift von der Hand Ihrer Höchsten Majestät ihm die Instruktion abnehmen und sie dem aushändigen, der an seiner Stelle eingesetzt wird.

+ +

Der des Staatsverrats beschuldigte Apraxin wurde verhaftet und nach Tri-Ruki gebracht.

7

Es herrschte Frost und war windig. Ein scheckiges Pferd zog einen schweren Schlitten über den Newski Prospekt. Soldaten im schrecklichsten Zustand, Schwerverwundete und Schwerkranke mit hohem Fieber und im Delirium hatte man in einem großen, dichten Haufen auf den Schlitten geworfen. Wie Holzscheite.

Ein alter, schmächtiger Korporal, der unter seinem kurzen, blauen Umhang bis auf die Knochen durchgefroren war, begleitete die Unglücklichen.

Der Schlitten stank.

In der oberen Reihe dieser wie Holzscheite gestapelten Menschen lag Petuch. Er war kaum wiederzuerkennen: Die Wangen waren eingefallen, die Rübennase glich jetzt einer verschrumpelten Erbse, und wo das linke Auge gewesen war, gähnte ein schwarzes Loch.

Der Schlitten stöhnte.

In der Nähe des Anitschkow-Palasts, den Graf Rastrelli für den Oberjagdmeister gebaut hatte, stürzte das gescheckte Pferd in den harten Schnee.

Der Kutscher in einer Lammfelljacke, über die er einen Überwurf aus grünem Nanking gezogen hatte, drehte langsam an dem schütteren Schwanz der elenden vierbeinigen Kreatur, um ihr Kraft und Mut einzuflößen.

Der schmächtige Korporal wies ihn griesgrämig zurecht: «Was drehst du Teufel denn so? Das muss man doch ganz anders machen.»

Petuch sagte: «Ihr friert uns in der Kälte ein, ihr Unmenschen! Wir erfrieren hier doch alle!»

Einer der Unglücklichen ergänzte lapidar: «Parschukow ist schon tot, Grischka, der Armlose, liegt im Sterben.»

Petuch guckte mit seinem einen Auge, das in nichts einer großen, fröhlichen Sommersprosse glich, auf die Fenster des Palasts, der mit seinen vier Stockwerken über die hohen Uferböschungen eines gefrorenen, sich wie eine breite, silbrige Klinge parallel zum Newski Prospekt ziehenden Teiches ragte.

«Die haben es bestimmt warm da in ihren Stuben», sagte Petuch. «Die denken nicht ans Sterben!»

Das Pferd, durch Knute, Zügel und Drehen des Schwanzes wieder relativ munter geworden, setzte sich zuerst auf seinen mageren, reifbedeckten Hintern und erhob sich dann schwankend auf seine Beine.

Drei Stunden später erreichte der schmächtige Korporal mit dem stinkenden und stöhnenden Schlitten das Hospital.

«Was willst du hier mit denen? Was willst du? Man sollte dich in zwei Stücke hauen!», brüllte der auf die Freitreppe herausgelaufene Arzthelfer. «Scher dich fort! In Gottes Namen, scher dich fort! Und zwar schnell!»

Im Hof des Hospitals standen noch drei weitere Schlitten mit einer solchen Unglücksfracht.

«Scher dich fort, verdammt! Scher dich fort!», brüllte der Arzthelfer.

Und wirklich, das Hospital war völlig überfüllt mit halb toten Soldaten. Schwerverwundete und Schwerkranke mit hohem Fieber und im Delirium lagen in großem Durcheinander in den Betten und auf dem Fußboden, in den Zimmern und Fluren.

Eine übel riechende Grube hätte man das Hospital nennen können.

«Es sind doch nicht viele, die wir zu Euch bringen», versuchte ihn der halb erfrorene Korporal vorsichtig zu überreden. «Unterwegs sind etliche gestorben! Doch, doch, wirklich! Wenn man sie zählt, mein Herr, kommt man womöglich nur auf die Hälfte!»

«Scher dich fort, verdammt, scher dich fort! Bring sie zurück zum Abschnitt.»

Diejenigen von den Unglücklichen, die sich rühren konnten, rieben sich mit den froststarren Umhängen die weißen Nasen und Wangen.

Petuch sagte: «Lasst uns doch ein bisschen auftauen, Herr Doktor, bevor wir zum Abschnitt zurückkehren.»

In den Hof des Hospitals kam in munterem Trab der fünfte Schlitten mit Helden der Schlacht von Großjägersdorf gesprengt.

Der Musketier, der sie begleitete, konnte noch nicht einmal den Mund aufmachen, da fuchtelte der Arzthelfer schon mit den Armen und brüllte ihn an: «Scher dich fort, verdammt! Scher dich fort! Bring sie zu ihrem Abschnitt zurück!»

Auf dem Rückweg hatte die Unglücksfracht, in deren oberer Reihe der wie ein Holzscheit unbewegliche Petuch lag, aufgehört zu stöhnen; sie stank nur noch.

Auf der breiten Gießerstraße, an der lauter Holzhäuser standen, gab das gescheckte Pferd seinen Geist auf.

Es herrschte Frost und war windig.

Der schmächtige Korporal und der Kutscher in der Lammfelljacke sprangen, auf den toten Vierbeiner blickend, schweigend von einem Bein aufs andere und klopften sich mit den froststarren Armen in die Seite; so schlagen dumme Hühner mit ihren Flügeln, wenn ungezogene Kinder Steine auf sie werfen.

Ganz leise sagte jemand auf dem Schlitten: «Das ist unser Ende.»

In diesem Augenblick bog ein Sechsergespann wilder gesprenkelter Hengste mit einer Kutsche um die Ecke.

Auf den Tritten und dem Bock sah man Soldaten in voller Bewaffnung; in geringem Abstand folgte ein Zug Kavalleristen der Leibgarde des Reiterregiments auf Rappen in schnellem Trab.

Wie unschwer zu erraten, saß in der Kutsche ein Staatsverbrecher.

+ +

Am frühen Morgen des nächsten Tages erhielt Jekaterina folgende Nachricht von Stanislaus Poniatowski: *Graf Bestushew ist verhaftet und seiner Ämter und Würden beraubt; ebenso Euer Juwelier Bernardi, Jelagin und Adadurow.*

8

Elisabeth sagte zu der Großfürstin, die sich ihr zu Füßen geworfen hatte: «Steh auf.»

Jekaterina schüttelte den Kopf; sie hatte die Arme um die warmen, vorn abgerundeten, mit schwarzem Pelz besetzten Schuhe der Kaiserin geschlungen und verbarg ihr tränennasses Gesicht darin.

Peter Fjodorowitsch verzog verächtlich das Gesicht.

«Steh auf», sagte Elisabeth ein zweites Mal.

Schuldbewusst schlang Jekaterina ihre Arme noch fester um die geschwollenen Beine der Kaiserin.

Peter Fjodorowitsch flüsterte Alexander Schuwalow zu: «Alles Theater.»

Der Leiter der Geheimen Kanzlei zuckte mit der rechten Gesichtshälfte.

Elisabeth sagte ein drittes Mal, diesmal aber nicht im Befehlston: «Steh auf.»

Und fügte hinzu: «Je schneller die Laus, desto früher geht sie drauf.»

Jekaterina brach, echt russisch, in lautes Heulen aus.

Peter Fjodorowitsch prustete verächtlich.

Die Kaiserin warf einen flüchtigen Blick auf seine Gestalt, die aussah wie ein Wurm, aber nicht wie einer, der am Boden kriecht, sondern wie einer, der tief in ihm drinsteckt.

Mitternacht war längst vorüber.

«Sei so gut, Alexander Iwanowitsch», bat Elisabeth, «bring mir eine Sitzgelegenheit.»

Schuwalow brachte eilfertig den schweren, goldenen Sessel.

«Danke, Graf.»

Sie setzte sich schwerfällig, hüllte sich in ihren Umhang und sagte, die nachgezogenen Brauen runzelnd: «Um Gottes willen mach mir nichts vor, Hoheit. Sprich ehrlich und frei. Das Lügen bringt jetzt nichts.»

Wortlos hob Jekaterina ihre mitleidheischenden Augen.

«Tränen vergießen, da ist sie groß drin, diese Schlange», dachte Elisabeth, die das Verhör führte.

Und sagte fast zärtlich: «Gut. Ich sehe, Hoheit, dass du aufrichtig bist.»

Peter Fjodorowitsch verzog höhnisch die Miene.

Die Uhr, die auf einem goldenen Tisch in einer Ausbuchtung des langen, schmalen Zimmers stand, schlug halb drei.

Elisabeth wartete ein wenig und fragte dann versöhnlich: «Wie viele Briefe hast du eigentlich dem Feldmarschall geschrieben, und über welchen Kanal hast du sie ihm zugesteckt?»

«Drei», hauchte Jekaterina.

Außer den goldenen Tischchen in den Ausbuchtungen sowie ein paar Sesseln mit hohen Lehnen standen chinesische Wandschirme mit großen rotschnabeligen Vögeln in dem langen Zimmer.

Jekaterina hatte sofort erraten, dass sich Iwan Iwanowitsch Schuwalow hinter dem Wandschirm verbarg.

Er lag auf dem Kanapee und las ein französisches Buch.

Die Kaiserin meinte, nicht ohne seine Ratschläge auskommen zu können, wobei diese in Wirklichkeit meist von dem machthungrigen Peter Iwanowitsch stammten.

«Denk nach, Hoheit, denk nach», versuchte Elisabeth sie zärtlich zu überreden. «Vielleicht gibt es da noch Briefe, die du ganz vergessen hast? Vielleicht waren es ja doch mehr?»

«Drei waren es!», brach es aus der schluchzenden Jekaterina heraus.

Peter Fjodorowitsch zeigte hinter dem Rücken der Tante mit höhnischer Miene sechs Finger.

Aber Jekaterina wusste, dass Apraxin die drei politischen Briefe verbrannt hatte und dem Leiter der Geheimen Kanzlei nur die drei harmlosen Briefe vorlagen.

«Hör um Gottes willen endlich auf, dich mir zu Füßen zu schmeißen, und lass das Heulen … Du kommst ja nicht aus dem Dorf», sagte die Kaiserin.

Und sie wies mit der Hand auf die Vase, die auf dem goldenen Tischchen stand.

«Da sind deine Briefe drin. Was meinst du, wie viele es sind?»

«Drei.»

Das klang wie ein Eid, wie ein nur der eigenen Mutter offenbartes Geständnis, wie ein Schrei des Herzens. Aber die Aufrichtigkeit wirkte übertrieben, und der Betrug war deshalb nicht zu übersehen. Genauso wie wir hinter überzogener Naivität unschwer die List oder hinter überzogener Leidenschaft den kalten Verstand ahnen.

«Der Feldmarschall, Hoheit, hat aber angegeben, du hättest ihm sechs Briefe geschickt», sagte Elisabeth betont langsam und blies auf ihre blau anlaufenden Fingernägel.

Apraxin hatte sich so überrumpelt gefühlt, dass er die Wahrheit gesagt hatte.

«Sei ehrlich, Hoheit, stell dir vor, du stündest vor Gott.»

«Drei!», sagte Jekaterina.

Und dann, kaum hörbar, mit andächtigem Beben: «So wahr mir Gott helfe.»

Peter Fjodorowitsch hob höhnisch die Augen zur Decke.

Alexander Schuwalows rechte Gesichtshälfte zuckte.

Hinter dem chinesischen Wandschirm dröhnten friedliche, nasale Laute: Iwan Iwanowitsch war eingeschlafen.

«Gut, Hoheit», drohte Elisabeth, «wenn dein Freund Apraxin dich grundlos verleumdet hat, lasse ich ihn foltern.»

Jekaterina hatte nichts dagegen.

«Ob du die trinkst oder frisst oder mit dem Messer ritzt, dieser Schlange ist nicht beizukommen», stellte die Kaiserin wütend fest. «So ein Biest.»

«Man hat dir doch verboten zu schreiben, Gnädige; und du tust es doch? Mischst dich in Dinge ein, die dich nichts angehen, ja?»

Statt zu antworten, warf sich Jekaterina ihr wieder zu Füßen, küsste die vorn abgerundeten Schuhe und benetzte sie mit ihren Tränen.

«Was sind das für asiatische Sitten, Gnädige? Woher

hast du das? Doch nicht aus Braunschweig. Steh jetzt auf.»

Und sie entzog ihre geschwollenen Beine grob den erbärmlich schmatzenden Lippen und den sich an sie klammernden Fingern.

Peter Fjodorowitsch hätte seine Gattin am liebsten angespuckt. Und spucken konnte er nun wirklich ausgezeichnet, in einem hauchdünnen Strahl durch die Lücken zwischen den Vorderzähnen.

Elisabeth fragte: «Und über welchen Kanal gingen die Briefe von dir an den Feldmarschall?»

«Über den Kanzler, Kaiserin. Alle drei gingen über ihn.»

«So, so! Ein zuverlässiger Kanal ... Und jetzt, meine Gute, erfüll mir die Bitte und schenk uns reinen Wein ein über sein Projekt.»

«Was für ein Projekt, Eure Majestät?»

«Als ob du das nicht wüsstest!»

«Ich habe keine Ahnung, von was für einem Projekt Eure Majestät zu sprechen geruht.»

Bestushew war es sofort nach seiner Verhaftung gelungen, der Großfürstin über seinen Musikanten ausrichten zu lassen, sie solle «kühn und mit unbeirrter Sicherheit auftreten, da er alle bedeutenden Papiere rechtzeitig verbrannt habe und Verdächtigungen nicht als Beweis dienen könnten».

Elisabeth sagte: «Ich will es dir erzählen. Von Dmitri Wolkow wirst du wohl gehört haben. Er war der engste Vertraute von Bestushew, trieb sich dann wegen seiner Verfehlungen im Wald herum, und als er zurückkam, wurde er Bestushews Todfeind. Was kann man dem engsten Vertrauten, mit dem der Kanzler alle Staatsintrigen gemeinsam ausbrütete und den er als Instrument benutzte, schon vormachen? Verschließ deinen Mund nicht umsonst, Hoheit. Mitja Wolkow hat uns sowieso alles über den Kanzler verraten.»

«Um was für ein Projekt geht es denn, um Gottes willen? Ich fürchte, das übersteigt mein Vorstellungsvermögen, Eure Majestät.»

«Uff! Man müsste dir Igelstacheln unter die Haut jagen!», platzte die Kaiserin vor Wut.

9

Wie vom russischen Hof gefordert, wurde Graf Poniatowski nach Polen abberufen.

Apraxin starb während des Verhörs an einem Schlaganfall.

Sein Leichnam wurde nur mit kirchlichen Weihen, ohne militärische Ehren auf dem Friedhof des Newski-Klosters bestattet.

Die Untersuchung im Fall des einstigen Großkanzlers zog sich über mehr als ein Jahr hin.

Die Untersuchungsrichter legten einen Eifer an den Tag, der gereicht hätte, um einen Unschuldigen an den Galgen zu bringen.

Der Angeklagte legte eine Wendigkeit an den Tag, mit der sich selbst ein Mörder als Opfer hätte darstellen können und hoch erhobenen Hauptes freigekommen wäre, getragen von Mitleid und Sympathie einer Gesellschaft, die bekanntlich immer mehr Gewissensbisse als nötig und weniger Klugheit als wünschenswert hat.

Im April 1758 wurde Bestushew in den Moshaisker Kreis verbannt, in sein eigenes Dorf.

Übergroßer Eifer und übermäßige Wendigkeit neutralisierten sich auf diese Weise gegenseitig und führten ein Ende herbei, das bis zu einem gewissen Grad den Umständen dieser Untersuchung entsprach. Nur einer widerwärtigen Gesellschaft konnte sie nicht als widerwärtig erscheinen.

Bestushews Eigentum, seine Häuser, die Vorstadtdatschen und viele Dörfer wurden verkauft, um seine Schulden beim Staat, bei Kaufleuten und Handwerkern sowie in Folge von verlorenen Prozessen zu tilgen; und das etliche Pud schwere silberne Tafelgeschirr wurde zum Schmelzen in den Münzhof gebracht, *damit es vom müßigen Herumstehen nicht irgendeinen Schaden nähme oder Verlust litte*, wie die besorgte Kommission erklärte.

ZWÖLFTES KAPITEL

1

Ist es nicht allerlei, ob man mit Tigern, Leoparden, Luchsen lebt oder ob man sich in einem Jahrhundert, das als zivilisiert gilt, unter Mördern, Räubern und diesen treubrüchigen Menschen bewegt, die unsere arme Welt lenken, schrieb Friedrich II. nach der Niederlage bei Kollin.

Der Großkanzler Michail Larionowitsch Woronzow erhielt zusammen mit dem Generalprokurator Glebow das Privileg der ausschließlichen Verschiffung von Leinsamen aus den Häfen Archangelsk und Onega.

Friedrich lagen die Meldungen aus Petersburg über die russische Armee früher vor als Elisabeths Oberkommandierenden.

Gräfin Mawra Jegorowna Schuwalowa ist nicht mehr.

Über die Spionage des russischen Thronfolgers waren alle im Bilde, inklusive Michail Larionowitsch Woronzow; ja, sie deckten sogar die Spione.

Peter Iwanowitsch Schuwalow bekam auch noch das Handelsmonopol für Vieh und Frischfleisch.

Ich habe keine Hilfsmittel mehr, und, um nicht zu lügen, ich glaube, dass alles verloren ist; ich werde den Untergang meines

Vaterlands nicht überleben. Adieu für immer, das schrieb der preußische König seinem Minister Graf Finckenstein im August 1759.

Die Gutsbesitzer erhielten das Recht, ihre Bauern nach Sibirien zu verbannen.

«Der Adel ist das erste Glied im Staate!», sagte Peter Iwanowitsch Schuwalow.

Jedes Bündel Stroh, jeder Transport von Rekruten oder Geld, der mich erreicht, ist für mich ein Almosen, das die Feinde mir aus Gnade vorsetzen, oder der Beweis ihrer Sorglosigkeit, schrieb Friedrich II. im Dezember 1761.

2

Sie legten Elisabeth in einer silbernen Robe mit Spitzenärmeln in den Sarg und setzten der Toten die Krone auf.

Die Leibkompanie kam mit der Standarte und nahm im Palastsaal Aufstellung. Es kamen Leibgarde, Artilleriekorps und Armeeregimenter.

Im Frost nahmen sie Aufstellung.

Der Sarg, mit Volants und Girlanden aus silbernem Brokat geschmückt und mit einer Golddecke in spanischer Stickerei bedeckt, stand auf einem Podest unter dem Baldachin, dessen Hermelinvorhang bis zum Boden herabgelassen war.

Die alten Kronen der Zarenreiche von Kasan, Astrachan und Sibirien sowie die russischen, preußischen, schwedischen und polnischen Orden lagen auf Hockern.

Ein paar Stunden vor Elisabeths Tod hatte Rumjanzew die Schlüssel der preußischen Festung Kolberg nach Petersburg geschickt.

«Nichts konnte jetzt die Russen hindern, im nächsten Frühling Stettin zu belagern oder Berlin und ganz Brandenburg einzunehmen.» So steht es bei Friedrich II. in seiner «Geschichte des Siebenjährigen Krieges».

Die Kronen auf den Hockern, die spanische Stickerei, der Hermelin vom Baldachin, die Schlüssel der uneinnehmbaren Festung, das eroberte Preußen.

Uns scheint, tragisch ist am Tod hauptsächlich, dass ihm jedes Mysterium fehlt. Alles ist furchtbar einfach und klar. Eine menschliche Leiche, eine krepierte Katze, eine zerquetschte Mücke, ein gefällter Baum, ein heruntergefallenes Blatt. Das eine stinkt mehr, das andere weniger, das Dritte stinkt fast gar nicht. Das ist der einzige Unterschied.

+ +

Elisabeth hatte zwei Tage Galle und Blut erbrochen. Sie hatte Schluckauf.

Am Abend des Vierundzwanzigsten befahl sie, die Sterbegebete zu lesen.

Der Todeskampf dauerte die ganze Nacht und endete nach drei Uhr nachmittags.

Wie es sich gehört, entpuppten sich die Ärzte nach dem Tod der Patientin als richtig klug und kompetent.

Sie diagnostizierten eine Blutwallung, die sich bei Elisabeth durch eine Hämorrhoide gebildet habe.

+ +

Der große tote Körper war noch nicht gewaschen, da ließ Peter III. schon den Kammerherrn Gudowitsch rufen und schärfte ihm ein: «Verliere keine Minute, mein Freund, und eile schnellstens mit meinem Brief hier zum preußischen König.»

Er breitete die Arme aus und sagte begeistert: «Lass mich dir einen Kuss geben.»

Und schmatzte zärtlich mit den nassen Lippen.

«Gute Reise, mein Freund, gute Reise. Wie viel Zeit brauchst du zum Packen?»

«Eine Viertelstunde, Eure Majestät.»

+ +

Zu den Truppen, die sich im Frost vor dem Haus aufgebaut hatten, wo der in ein prächtiges Gewand gekleidete Leichnam lag, kam Peter III. auf einem Rappen geritten.

Man leuchtete dem Kaiser mit Fackeln.

Als er die Regimenter inspizierte, donnerte die Musik, die Trommeln dröhnten, die Banner verbeugten sich, und die Soldaten brüllten: «Vivat!»

Den traurigen Tag beendete Peter mit einem wenig traurigen Abendessen.

Dreiunddreißig Kavaliere und einundvierzig Damen tafelten mit ihm in der Galerie.

Lange vor dem Schicksalstag hatte die umsichtige Jekaterina für ihren unberechenbaren Gatten eine detaillierte Notiz verfasst, in der stand, wie er sich nach dem Tod der regierenden Tante zu benehmen habe.

Von einem Abendessen in Damenbegleitung bis zwei Uhr nachts war in der Notiz nicht die Rede.

Der regierende Senat erließ die Anordnung, während der ganzen Zeit der Staatstrauer müssten Tische und Wände mit schwarzem Tuch abgedeckt sowie alle Papiere mit einem schwarzen Siegel versehen sein.

In der «Trauerkommission», die Peter III. zur Organisation eines prächtigen Staatsbegräbnisses eingerichtet hatte, begann der Handel mit den Lieferanten von schwarzem Tuch, Flanell, Krepp und anderem.

+ +

Der Kaiser ließ Münnich mit Sohn, Biron mit Familie und Lestocq aus der Verbannung zurückholen.

Über Bestushew dagegen sagte er: «Soll er doch auf dem Land sitzen und seine Lebenselixiere erfinden; er hat mit meiner Frau gemeinsame Sache gemacht und ist ihr Sympathisant. Der Teufel soll ihn holen!»

Der todkranke Graf Peter Iwanowitsch Schuwalow, der von Peter III. zum Feldmarschall befördert worden war, befahl zur Verwunderung der Einwohner, man möge ihn auf dem Paradebett aus den eigenen, vom Hof weit entfernten Gemächern durch die frostigen Straßen in das Haus des neuen Generalprokurators und Generalkriegskommissars Glebow tragen lassen, da dieser in unmittelbarer Nähe des Kaisers wohnte.

«Sonst hat es Seine Majestät zu weit, um sich die Prinzipien von mir zu holen», erklärte der russische Cicero, von Krankheiten an sein Federbett festgenagelt.

Aber die Sekretäre, Schreiber und Kopisten, die sich in allen Ecken des geräumigen Hauses von Glebow eingenistet hatten, mussten nicht lange mit ihren Federn für die «neue Ära» kratzen: Am vierten Januar gab Peter Iwanowitsch Schuwalow seinen Geist auf.

«Musstest du der Tante so schnell folgen?», sagte der Kaiser zornig.

3

Der mit Volants und Girlanden geschmückte Sarg mit Elisabeths Leichnam wurde sechs Wochen lang im großen Saal des Holzpalasts aufgebahrt, der sich an der Ecke Admiraltejski Prospekt und Mojka befand.

Die Schaulustigen kamen in Scharen.

Jekaterina, die im siebten Monat war, wich kaum von dem Sarg.

Man sah sie mal betend, mal seufzend, mal in Tränen aufgelöst um die «gute, große Elisabeth, die Mutter des Vaterlands», denn anders nannte sie die Verstorbene nicht.

Als Julius Cäsar befahl, die von den Sockeln gestürzten Pompeiusstatuen wieder an ihren Platz zu stellen, sagte Cicero, Cäsar habe mit dieser Tat nicht nur die Denkmäler für seinen Feind, sondern in noch größerem Maße die für seine eigene Person gesichert.

Jekaterina hatte das gelesen.

Zwar hegte sie für die verstorbene Kaiserin vielleicht durchaus ein Gefühl der Dankbarkeit, aber dieses bezog sich eher auf ihren Eingang in das Himmelreich denn auf ihre irdische Herrschaft, die sich ein wenig zu lange hingezogen hatte.

Aber aus Dankbarkeit, die in diesem Fall gar nicht so abwegig war, seufzt man bekanntlich nicht sonderlich tief und ringt sich allenfalls ein paar Tränen ab, vergießt sie aber nicht in Strömen, vorausgesetzt, man tut dies ehrlich.

Aber das ist eben das Schreckliche an der Heuchelei, dass sie unbedarfte Seelen und Herzen (und die sind entschieden in der Überzahl) nicht weniger, sondern vielleicht sogar gründlicher erobert, als dies die bescheidene Ehrlichkeit vermag.

Der schlecht einbalsamierte Leichnam der Kaiserin begann zu stinken.

Von dem Gestank wurde den Gardisten, die Wache standen, schwindlig.

Weibliche Personen, die die Verstorbene nur ein paar Minuten betrachteten, fielen in Ohnmacht.

Die schwangere Jekaterina dagegen kniete ganz in Schwarz mit verweinten Augen an dem Sarg und rührte sich nicht vom Fleck.

«Hervorragend, soll sie's doch riechen, soll sie doch!», sagte der Kaiser erfreut und rieb sich die Hände. «Vielleicht richtet es Gott so ein, dass sie selber an dem Gestank krepiert.»

«Nein, krepieren wird sie wohl nicht», antwortete die dicke Elisabeth Woronzowa traurig.

«Meinst du wirklich, meine kostbare Praline? Dann muss man sie schleunigst auf den Scheiterhaufen bringen. Glaub mir, sie ist eine echte Hexe.»

Der französische Gesandte Breteuil beeilte sich derweil mit seiner Depesche über Jekaterina:

Keiner befolgt die von der griechischen Religion in Bezug auf die gestorbene Kaiserin vorgeschriebenen Rituale eifriger als sie, meldete er nach Paris, *dabei gibt es sehr viele solcher Rituale, und sie sind voller Aberglauben, über den sie natürlich lacht; aber die Geistlichkeit und das Volk nehmen ihr die tiefe Trauer um die Verstorbene ab und schätzen ihr Gefühl.*

+ +

Der Kaiser hielt sich die Nase zu und trat jeden Tag mit langem, hüpfendem Schritt an den Sarg.

«Was ist denn mit deinem Halstuch los, verfluchter Teufel!» Er kreischte, mit seinen fast gelben Augen strahlend, einen Soldaten des Ismajlow-Regiments an, der Wache hielt. «Ich bringe dir bei, du Hurensohn, wie man das Halstuch bindet!»

Ein zu dem prächtigen Sarg «der Mutter des Vaterlands» vorgelassener Petersburger Schaulustiger blickte mit Angst und Verwunderung auf Peter III.

«Locken hat der! Locken! Wer bist du denn, weiß der Teufel? Ein Soldat oder ein dummes Marktweib? Ihr verrotzten Schlampen!»

So kanzelte der Kaiser die Leibgarde ab.

Und als stünde er nicht vor einer stinkenden Leiche, sondern im Tanzsaal, begann er mit den Damen herumzuschäkern und säuselte: «Ach, meine süßen Zuckerstückchen!»

Und um sie zum Lachen zu bringen, machte er – immer noch mit zugehaltener Nase – zuerst die langbärtigen, fettleibigen Popen nach, die inbrünstig für die Seelenruhe beteten, und dann die dickbäuchige Jekaterina, die den «Trauerkloß» spielte.

4

Peter III. reckte seinen kleinen Kopf.

Der Senat wagte nicht zu atmen.

Der Kaiser hatte eine widerliche, kreischende Stimme.

«Paris, London, Wien und Moskau kann ich nur mit Menschen reifen Alters vergleichen, dagegen ist St. Petersburg ein Säugling. Und wer lässt schon ein Kind ohne Fürsorge? Das Wachstum der Hauptstadt schreitet voran, verläuft aber überwiegend dumm, asiatisch. Ich bitte, meine Herren Senatoren, der Dummheit Einhalt zu gebieten, den

Holzbau einzuschränken und stattdessen Steinbauten zu errichten, nicht unbedingt in großem Maßstab, aber regelmäßig, und mehr in die Höhe als in die Breite gehend.»

Und ohne Luft zu holen, kreischte er weiter: «Die Adligen, meine Herren Senatoren, können den Dienst nach eigenem Gutdünken fortsetzen, so lange und wo sie wollen.»

Die Senatoren hielten die Luft an.

«Wenn aber Krieg ist», fügte der Kaiser hinzu, «müssen alle Adligen antreten, und zwar genauso, wie das in Livland üblich ist.»

Und er verließ den Saal mit seinem langen, hüpfenden Schritt.

Der Generalprokurator Glebow krächzte: «Unserem Gönner, der dem russischen Adel die Freiheit geschenkt hat, meine Herren Senatoren, lasst uns dem Kaiser Peter Fjodorowitsch eine goldene Statue errichten!»

«Eine goldene Statue! Eine goldene Statue!», fielen die Fürsten Nikita Jurjewitsch Trubezkoj und sein Sohn ein, die unterstützt wurden von den beiden Woronzows, den beiden Golizyns, Alexander Schuwalow, Buturlin, Nepljujew, Sherebzow, Kastjurin, Sumarokow und Odojewski.

+ +

Am folgenden Tag erschien der regierende Senat in voller Besetzung vor dem Kaiser; ihm gehörten dreizehn Vertreter an.

Als Glebow auf die Statue zu sprechen kam, spürte Peter ein wohliges Prickeln im Rücken.

Aber seine Antwort war äußerst überraschend: «Der Senat kann das Gold besser verwenden.»

Und er reckte seinen kleinen Kopf wie ein Hanswurst.

«Ich hoffe, mir mit meiner Regentschaft ein länger währendes Gedächtnis in den Herzen meiner Untertanen zu verdienen.»

Und schwieg eine Zeit lang.

Die Senatoren traten von einem Fuß auf den anderen.

«Womit könnte man sie noch in Erstaunen setzen?», fragte sich Peter; und kurz entschlossen zitierte er einen Ausspruch aus dem Buch, das oft offen auf Jekaterinas Schreibtisch gelegen hatte: «Meine Herren Senatoren, es ist mir angenehmer, gefragt zu werden, warum man mir keine goldene Statue errichtet hat, als die Frage zu hören, warum man sie errichtet hat.»

5

Vom Tag der Beerdigung Elisabeths erfuhren die Bewohner Petersburgs durch Herolde.

Der silberne Sarg wurde auf einen prächtigen Katafalk gestellt, der mit Skulpturen, Bildern, Reliefs und Schnitzerei verziert war. All diese Dinge waren dazu angetan, Elisabeths Namen und die Taten von Peter Iwanowitsch Schuwalow zu preisen, wie der berühmte Senator wohl gedacht hätte, wenn er noch am Leben gewesen wäre.

Den Trauerzug eröffnete das Garderegiment.

Den Preobrashenzen folgten die Popen in Zweierreihen; es waren dreihundert.

Die Würdenträger stellten die Kronen und Orden zur Schau.

Ein Reiter trug einen Harnisch, der ihn von Kopf bis Fuß verhüllte.

Peter III. hatte einen knopflosen Kaftan aus Ratiné an; die unteren Ränder der runden Manschetten und die Ärmel des Wamses waren mit weißen Pleureusen besetzt; Degen und Stock waren mit schwarzem Ratiné überzogen; die Wildlederschuhe hatten schwarze Schnallen; die Hände steckten in schwarzen Handschuhen; die Strümpfe waren aus Wollgarn; das Hemd hatte keine Manschetten; um den Hut war ein langer, sich im Wind bauschender Flor gebunden; von den Schultern hing ein schwarzer Mantel, den die Kammerherren trugen; sie waren zu zwölft; jeder von ihnen hielt in der linken Hand eine brennende Kerze.

Die schwangere Jekaterina trug ebenfalls einen Trauerkaftan aus Ratiné; er hatte schmale Ärmel und einen engen Kragen; eine große Pelerine aus Krepp hing über dem Kleid.

Die vier Arschin lange Schleppe der Kaiserin wurde hinter ihr hergetragen. Die anderen Damen folgten dem Sarg in ähnlichem Aufzug; sie unterschieden sich nur durch die Länge der Schleppe: Die Persönlichkeiten der ersten beiden Klassen hatten zwei Arschin lange Schleppen, die der dritten Klasse anderthalb Meter lange, die der vierten und fünften einen Arschin lange.

Die neapolitanischen Pferde mit ihren schwarzen Samtdecken benahmen sich so, als wüssten sie sehr wohl, wen sie beförderten und wohin die Reise ging.

Schon nach einer halben Stunde überkam den Kaiser eine entsetzliche Langeweile.

Unter den Füßen knackte das Eis.

Peter sah sich um: mit ernstem und traurigem Gesicht trugen die alten, korpulenten Kammerherren würdig seinen Mantel.

Peter verlangsamte seinen Schritt.

Die Neapolitaner mit ihren schwarzen Samtdecken aber dachten nicht daran, ihren Schritt zu verlangsamen.

Bald entstand zwischen dem Trauerwagen und dem Kaiser eine ordentliche Lücke, die auf etwa neunzig Schritte anwuchs.

Die Teilnehmer an der Prozession blickten sich irritiert an.

Als sei er gestolpert, stürzte der Kaiser plötzlich vorwärts, um die Verstorbene einzuholen.

Die korpulenten Kammerherren waren so überrascht, dass ihnen der schwarze Mantel aus den Händen glitt.

Er blähte sich über den Rennenden wie ein Piratensegel.

Die korpulenten und würdigen Kammerherren jagten hinter dem Kaiser her.

Schnaufend und japsend versuchten sie im Lauf, den verfluchten sich bauschenden Stoff zu fassen zu kriegen.

Sie machten ungeschickte Hopser.

Sie verbrannten sich gegenseitig mit den Kerzen, die sie in der linken Hand hielten.

Sie fluchten.

Der Erste, der hinfiel, war der Oberkammerherr Graf Scheremetjew.

Er hatte sich beim Hopsen aber auch kräftig ins Zeug gelegt.

Er stöhnte auf: «Och, meine Lieben, ich habe mir eine Rippe gebrochen. Langsamer, ihr verfluchten Teufel, langsamer! Ihr trampelt mich noch tot! Och, verdammt sollt ihr sein, ihr habt auch überhaupt kein Mitleid. Herrgott, sei meiner sündigen Seele gnädig!»

Graf Scheremetjew brachte zuerst den dickbäuchigen Golizyn zu Fall, dann Kurakin und als dritten Stroganow.

Der Kaiser drehte sich um und feixte: «Nein, so ein Kuddelmuddel!»

Der schwarze Mantel flatterte tragisch über seinem Kopf.

Die Straße bog sich vor Lachen.

«Unser Kaiser hat sein Blut dem Höllenfürst und allen seinen Dienern verkauft», sagte der Pope der Menge.

So sah das letzte Geleit der Kaiserin Elisabeth aus.

6

Ein bürgerlicher Historiker schreibt:

Auf dem Stammgut des Staatsrats Jewgraf Tatischtschew (Sohn des berühmten Wassili Nikititsch) und des Gardeleutnants Pjotr Chlopow im Kreis Twer und Klin haben die Bauern, angestiftet durch den Amtsschreiber im Ruhestand, Iwan Sobakin, gegen die Gutsbesitzer rebelliert, sie demolierten und plünderten Tatischtschews Haus, Chlopows Haus und Kornkammer, und sie stahlen Geld und ließen ihren Gutsbesitzern ausrichten, sie sollten sich nicht bei ihnen blicken lassen, Verwalter und Hausgesinde wollten sie totschlagen und vertrieben sie vom Stammgut. Im Anschluss daran gab es Meldungen vom Prokurator der Moskauer Gouvernementskanzlei Sybin über einen Aufstand der Bauern von Beljow, Meldungen der Fürstin Jelena Dolgorukaja über eine Erhebung der galizischen Bauern; von Hauptmann Balk-Poljew über Bauernunruhen in Kaschira und Jepifan sowie der Frau von Oberst Dmitrijew-Mamonow über Bauernrevolten in Wolokolamsk. Bei Tatischtschew waren siebenhundert Leibeigene am Aufstand beteiligt, bei Chlopow waren es achthundert, bei Sybin dreihundertfünfzig, bei der Fürstin Dolgorukaja zweitausend, bei Balk-Poljew neunhundertfünfzig, bei Afrossimow sechshundertfünfzig, bei Dmitrijew-Mamonow vierhundert. Außerdem erschienen im Dorf Wischenki des Krei-

ses Wolokolamsk der Dorfälteste und die Bauern mit Prügeln im Haus der Gutsbesitzerin Ertschakowa, beschimpften sie und jagten sie aus dem Dorf. Im Senat erschienen vier Bauern von Tatischtschew mit einer Beschwerde über den Gutsbesitzer, er habe eine große Zahl von ihnen in seine anderen Dörfer gebracht und lasse sie dort für sich als Hausgesinde arbeiten; die anderen müssten ständig für ihn arbeiten, und er verlange von ihnen einen zu hohen Pachtzins und Rekrutengeld. Der Senat befahl, diese Bauern schonungslos mit der Peitsche zu bestrafen.

7

«Majestät, der Außerordentliche Gesandte des preußischen Königs ist in Petersburg eingetroffen.»

Der Kaiser stand vor der Marmorbüste Friedrichs II. stramm und kreischte: «Seine Majestät, der König von Preußen, vivat!»

«Vivat!», brüllten der Generalprokurator Glebow und der Geheime Sekretär Wolkow.

Peter sprang von dem Kanapee auf, umarmte die Marmorbüste des Königs und küsste ihn stürmisch dreimal auf die dünnen, kalten, listigen Lippen.

Wie zu erwarten, drückten Glebow und Wolkow mit geringerem Vergnügen, aber noch größerer Leidenschaft dem Helden einen Kuss auf die Marmorschulter.

+ +

In der Instruktion, die der Außerordentliche Gesandte Baron Goltz vor seiner Abreise aus Preußen vom König erhalten hatte, hieß es: *Bei der freundlichen Gesinnung des russischen Zaren ist zu hoffen, dass die Friedensbedingungen nicht hart werden. Ich kenne die genauen Vorstellungen des russischen Kaisers nicht. Alles, was ich darüber weiß, dreht sich um die zwei Hauptpunkte, nämlich: dass die holsteinischen Angelegenheiten dem Kaiser mindestens so sehr am Herzen liegen wie die russischen, und zweitens, dass er großen Anteil an meinen Interessen nimmt.*

Und der zweite Punkt der Instruktion lautete folgendermaßen: *Schlägt man vor, Ostpreußen ganz zu behalten, so müsst Ihr auf einer anderweitigen Entschädigung bestehen.*

Eigentlich rechnete der König aber gar nicht mit einer Entschädigung.

+ +

Nach der Audienz ging Baron Goltz mit dem Kaiser in die Kirche.

«Ich will diesen Dummköpfen» – Peter deutete mit dem Kopf auf die Geistlichen – «die Mähnen und Bärte abschneiden, lieber Baron. Und will sie in Gehröcke stecken. Jede Barbarei, hol sie der Teufel, jedes Asiatentum ist mir unerträglich. Was kann dümmer sein als diese Frauenröcke, von Leuten getragen, die für Hosen geboren sind?»

Peter war nicht imstande, leise zu reden.

Außerdem war er nicht imstande, beim Reden still zu stehen.

Der Außerordentliche Gesandte konnte dem Kaiser, der während des Gottesdiensts mit langem, hüpfendem Schritt über die wachsbekleckerten Teppiche schritt, kaum folgen.

«Ist denn das eine Kirche, lieber Baron? Das ist ein Götzentempel! Weiß der Teufel, wen sie da alles an den Wänden aufgehängt haben. Ein reiner Bildersaal. Wie Euer aufgeklärter Monarch wohl über einen solchen Götzendienst lachen würde, gnädiger Herr!» Und er fuchtelte mit den Händen und fügte hinzu: «Ich habe schon Anordnung gegeben, einen Erlass vorzubereiten, der vorsieht, dass alle Kirchen in meinem Reich von diesem Krempel befreit werden.»

Der Chor sang den Hymnus der Cherubim.

Alle knieten nieder.

«Schaut Euch das an, lieber Baron, an diesen Asiaten kann man sich nicht satt sehen!»

Und Peter lachte schallend und rannte aus der Kirche, wobei er den Außerordentlichen Gesandten des preußischen Königs mit sich riss.

8

Die dicke Woronzowa schnarchte unter der Decke. Sie versteckte den Kopf darunter, wie in einem Sack.

Peter aber fand keinen Schlaf. Auf ihn einstürmende Gedanken, Zukunftspläne, die Augen wollten nicht zufallen: Der Schlaf floh ihn! Er hatte einen unaufhörlichen Rededrang. Schwätzer werden ihn verstehen. So wie Raucher, Säufer und Kartenspieler einander verstehen.

Aber Peter hatte Angst, die Woronzowa zu wecken. Sie würde schimpfen.

In einem runden Goldrahmen hing das Porträt des preußischen Königs über dem Bett. Der Schwätzer fing ein Gespräch mit ihm an: «O mein Freund und Bruder …»

Der Augenblick verlangte nach einer feierlichen Geste, und so hob der Kaiser, im Federbett zappelnd, die Hand über den Kopf.

«… ich schwöre dir, dass Peter III. nie seine Taten dem

Egoismus scheinbarer Größe und den Vorteilen des Kommerzes unterordnen wird.»

«Um Gottes willen, schlaf, was hampelst du herum? Mit welchem Teufel redest du mitten in der Nacht? Schon wieder mit Friedrich? Ich werde dieses verfluchte Porträt in den Ofen werfen lassen, das werde ich, weiß Gott. Du lässt einen nicht verschnaufen und gibst keine Ruhe. Das Bett ist ganz ausgekühlt.» Die Woronzowa schimpfte mit geschlossenen Augen: «Ein richtiger Teufel bist du, wirklich!»

Der Kaiser schwieg, versuchte es aber nach kurzer Zeit wieder: «Romanowna, du, Romanowna!»

Und er sagte zärtlich über den schnarchenden Dickwanst: «Wie ein Kind!»

Er gab sich Mühe, nicht mit den kalten Füßen zu zappeln, und führte das unterbrochene Gespräch im Flüsterton fort: «Denjenigen, der behauptet, ich stellte meinen Nutzen über Euren, müsste man pfählen, Majestät!»

Die Sache war die: Peter hatte in der Tat nicht nur auf die Länder des Königs, also auf das von den Russen besetzte Preußen und Pommern, verzichtet, sondern auch dem Korps von Tschernyschew befohlen, auf der Seite des Königs zu kämpfen, außerdem den durch den Krieg ruinierten Untertanen Friedrichs großzügig Geld gegeben, dem preußischen Kommissariat seine Vorräte zur Verfügung gestellt und dem Baron Goltz gesagt, dass er den von der Hand «seines Freundes und Bruders» aufgesetzten Friedensvertrag mit geschlossenen Augen unterzeichne.

Das geschah denn auch bald.

Als er auf die Bitte Peters III. hin sein Projekt nach Petersburg schickte, schrieb Friedrich II.: *Ich hätte in meiner Lage verzweifeln müssen; aber in dem höchsten Herrscher Euro-*

pas … (der leichtgläubige Peter strahlte) … *habe ich einen treuen Freund gefunden: Er zieht das Gefühl der Ehre den Berechnungen der Politik vor.*

Dieser Ausdruck, der wie eine gewöhnliche Nettigkeit klingt, war in diesem Fall alles andere als gewöhnlich, denn zum ersten Mal in der Geschichte entsprach er erstaunlicherweise der Wahrheit.

Der Friedensvertrag mit der Unterschrift des Kaisers ging von Petersburg mit folgenden Worten nach Berlin zurück: *Ich hoffe, Eure Majestät findet nichts darin, was für mein eigenes Interesse von Belang sein könnte. Ich möchte nicht, dass man das Recht hat, zu sagen, ich zöge mein eigenes Interesse dem Eurigen vor.*

So setzte Peter seine nächtlichen Hirngespinste bei Tageslicht in die Tat um.

Die Woronzowa schnarchte.

Die Kerzen waren heruntergebrannt.

Die Phantasie des Kaisers legte dem Königsporträt folgenden Ausspruch in den Mund: «Freund und Bruder, die barbarischen gekrönten Häupter bringen unserem Jahrhundert im selben Ausmaß Schmach, wie wir beide, die aufgeklärten Monarchen, für seinen Ruhm sorgen.»

Peters von den Pocken gemusterte Wangen färbten sich rosig.

«Mein Freund, Bruder und Held …»

Und wie ein kleiner Junge fing er an, mit seinen energischen Vorbereitungen zu dem Feldzug gegen den dänischen König zu prahlen, an dem er sich für alte, Holstein zugefügte Kränkungen rächen wollte.

Seine pockennarbigen Backen glühten.

Die dicke Woronzowa bekreuzigte sich: «Um Gottes willen, hoffentlich schnappt Peter nicht über.»

Sie hatte Angst, den Kopf herauszustrecken: «Wer weiß, ob er nicht beißt!»

Und sie dachte traurig: «Ach, sie werden meinen Ritter an die Kette legen, bestimmt werden sie das tun, und mich, das dicke Dummerchen, gleich mit, sie werden mich kaum verschonen.»

Und nachdem sie mit einem Gebet die Decke von sich geworfen hatte, packte sie den Kaiser leicht an der Schulter und sagte: «Petja! ... Petjenka! ...»

Aber der Kaiser merkte und hörte nichts.

Das Petersburger Morgengrauen verteilte sich im Schlafzimmer, indem es hier und dort blassgraue und blassgelbe Trockenpfützen bildete.

9

Jekaterina schlief ihrerseits mit dem Hauptmann Grischka Orlow, dem Zahlmeister des Artillerieetats.

Der Hauptmann war jung. Doch körperlich war er reifer als geistig; als ob sein Verstand sich beharrlich den Auswirkungen der Zeit widersetzte, die im Allgemeinen ja tatsächlich für unsere physischen Kräfte von einschneidenderer Bedeutung ist als für unsere geistigen Möglichkeiten.

Der Hauptmann war blauäugig, hatte einen dicken Hals, war breit in der Brust, sehr groß und hatte kugelrunde rote Backen.

Um verständlich zu machen, warum der Zahlmeister des Artillerieetats auch in der Leibgarde so angesehen war, wollen wir noch ein paar seiner Vorzüge aufzählen: Erstens trank er kübelweise Wodka; zweitens unterhielt er sich nicht, sondern machte Radau; drittens stahl er das staatliche Geld für die Artillerie und vertrank es mit den Soldaten; viertens stand er stets im Mittelpunkt rauschender Feste.

Monsieur Montesquieu hatte Orlow nicht gelesen.

Als er Adjutant des verstorbenen Grafen Peter Iwanowitsch Schuwalow gewesen, also sinnlos neben dessen Kutsche hergeritten war und sinnlos in Vorzimmern herumgesessen hatte, hatte er sich damit getröstet und seinem Herrn damit einen Dienst erwiesen, dass er ihm mit der wunderschönen Fürstin Kurakina Hörner aufgesetzt hatte.

Der Hof hatte sich gefreut, dass Schuwalow, vor dem alle Angst hatten, zu Orlows gehörnter Herde gehörte.

Ähnlich äußerten sie sich über Jekaterina.

Mit einem Wort: Der Hauptmann hatte eine große Wirtschaft von Gehörnten zu betreuen.

Monsieur Voltaire hatte er auch nicht gelesen.

Über die Frauen sagte er: «Ich bin nicht wählerisch, meine Herren, wenn ich keinen silbernen Löffel habe, esse ich mich auch mit einem Holzlöffel satt.»

Woraus man erraten kann, dass Jekaterinas Verwandte in Orlows Herde nicht nur aus vornehmen Häusern stammten.

Die Orlows waren fünf Brüder.

Über Alexej, den Gardesergeant und den dritten Bruder, steht bei einem Biographen: *Weder im Ringen noch im Faustkampf konnte ihn jemand besiegen.*

Das ist natürlich sehr wichtig, besonders für eine Persönlichkeit, die sich vor dem Betreten der historischen Arena hauptsächlich in Schänken «umgesehen» hat.

Aber was soll man machen, wenn die Garde genauso fleißig dem Wodka und der Unzucht zusprach, wie sie in allem anderen der Faulheit frönte; so hätte sie auch den militärischen Ruhm durchaus nicht abgelehnt, wenn man ihn hätte erringen können, ohne den Kopf zu riskieren und Petersburg zu verlassen.

10

Fürstin Daschkowa rief aus: «Ach, Kaiserin, wenn sich keine Patrioten unter den Männern finden, wird eine Frau dem Kaiser den Dolch in sein holsteinisches Herz stoßen!»

«Ich weiß, ich weiß, meine liebe Patriotin!»

«Für eine Seele, die dem Vaterland und der Gerechtigkeit die Treue hält, ist das Schafott eine Belohnung!»

«Ja, das ist es», stimmte Jekaterina gern zu.

«Eine solche Belohnung, Eure Majestät, dass eine so schwache Frau wie ich vielleicht nicht den Mut aufbringt, sie abzulehnen.»

Jekaterina umarmte die leidenschaftliche Patriotin und küsste sie auf die kleinen, brennenden Augen, die man Äugelchen hätte nennen mögen, auch wenn sie eher böse als freundlich schauten. Die Tatsache, dass sie zu tief lagen und weit von der platten Nase entfernt waren, verlieh dem Gesicht etwas Mongolisches.

«Da habe ich aber eine nicht ganz so schlechte Meinung von den Männern, meine Liebe», wandte Jekaterina freundlich ein.

Die Unterhaltung fand auf Französisch statt, denn die Fürstin Daschkowa, eine geborene Woronzowa, die jüngere Schwester der dicken Elisabeth, beherrschte die einfachsten russischen Wendungen nicht, da sie ihre Muttersprache erst nach ihrer Hochzeit zu lernen begonnen hatte.

Ohne die junge Patriotin aus ihrer Umarmung zu entlassen, sagte Jekaterina wie nebenbei: «Ich möchte wetten, meine Liebe, dass sich unter den Freunden Eures Mannes mehr als ein oder zwei finden lassen, die das Herz eines Brutus haben.»

Daschkowas Mann diente als zweiter Hauptmann im Preobrashenski-Regiment.

Die Fürstin stimmte Jekaterina zu.

«Ich bin davon überzeugt», sagte Jekaterina schmeichelnd, «dass sie alle bereit sind, unter Eurer Führung durch Feuer und Wasser zu gehen, mein schöner Tribun.»

Die Fürstin richtete sich zu ihrer ganzen winzigen Größe auf, blähte die breiten Nüstern ihrer flachen Nase und rief aus: «Ja! Aber nur wenn ich sie anführe, um Euch zu verteidigen, nur das bedeutet ja: zum Wohl des Vaterlands und der Freiheit!»

Der schwarze Kopf der kleinen Fürstin war genauso voll gestopft mit den «Historien» von Tacitus und den «Lebensbeschreibungen» Plutarchs, wie die Köpfe der Gardeoffiziere frei davon waren.

Dann sprachen die Freundinnen über den dänischen Feldzug.

«Für das Wohl Russlands werden wir nie müde, unser Blut zu vergießen», erklärte die Daschkowa, die das russische Zungen-R nicht aussprechen konnte, «aber für die Kränkungen, die Holstein im Nordischen Krieg erlitten hat, geben wir keinen Tropfen her.»

Und sie schritt weit aus – wie ein Grenadier – und veranstaltete dabei Krach und Gepolter, weil ihr ausladender Reifrock, um den sich Girlanden von Teerosen rankten, die französischen Stühle mit den goldenen Füßen zusammenschob und umwarf.

Jekaterina schnupfte nachdenklich Tabak, den sie mit der linken Hand in die Nase schob, damit die Rechte, die sie zum Kuss reichte, nicht stank.

«Aber trotzdem wird dieser Krieg stattfinden, meine Liebe. Der Kaiser ist sehr dickköpfig. Ihm scheint, als Herrscher Holsteins könne er unmöglich auf diesen Zipfel Schleswiger Bodens verzichten, den der dänische König seinem armen Vater abnahm.»

Jekaterina nieste ein paarmal.

«Nein, Majestät, dieser Krieg wird nicht stattfinden!», sagte, mit ihren bösen, weit auseinander liegenden Äugelchen blitzend, die kleine Fürstin, die trotz der Winzigkeit ihres biegsamen Körpers und der Pracht des Reifrocks wie ein Mann auftrat. «Wir denken nicht daran, für die holsteinischen Interessen des russischen Kaisers zu sterben.»

«Schade, dass sie nicht bildhübsch ist», dachte Jekaterina, «denn die Überzeugungskraft der Worte von Frauen hängt zu unserem Leidwesen weniger von der Logik ab, selbst wenn diese es mit der von Sokrates aufnehmen könnte, als vielmehr von der Form unserer Nase und mehr noch von der unserer Taille; wir hätten wohl nur selten Erfolg über die Köpfe, wenn wir die Gelegenheit, auf die Sinne zu wirken, nicht beim Schopf ergriffen.»

11

Als die Turmuhr der Peter-und-Pauls-Kathedrale sieben schlug, war der Kaiser wie immer schon auf den Beinen.

Vom niedrigen, schmutzigen Himmel kam etwas Nasses herunter.

Der Wind pfiff.

«Das reicht für heute, gnädiger Herr!», wandte sich Peter an den Geheimen Sekretär Wolkow. «Auch ich habe mich durch die Beschäftigung mit dem Nutzen des Kommerzes jetzt lange genug als Industrieller und Kaufmann betätigt. Ich kann den Soldaten nicht noch mehr Zeit stehlen.»

Der Kaiser musste mit ausgestreckten Beinen dasitzen und konnte beim Gehen nicht die Knie beugen, weil er die Stiefel zu fest zugebunden hatte.

Wolkow guckte durch das beschlagene Fenster auf die Ismajlower, die sich in einer langen Reihe aufstellten: «Eure Majestät, die Leibgarde hat ob des Wetters zornige Nasen.»

Peter kreischte: «Bei Gott, wenn es mir nicht gelingt, aus ihnen hervorragende Soldaten zu machen, mache ich sie zur Sau.»

Und er fügte hinzu: «Zu Lebzeiten meiner Tante taugten sie allenfalls dazu, am Ofen Wache zu schieben. Weiß der Teufel, in zwanzig Jahren habe ich es nicht einmal erlebt, dass eines der Garderegimenter bei ein bisschen Regen exerziert hätte.»

Der Wind pfiff vor den Fenstern des neuen Winterpalasts. Über seinen Erbauer, den Grafen Rastrelli, sagten die Zeitgenossen: «Zwar hätte man sich einen etwas raffinierteren Geschmack gewünscht, doch dafür sind seine Bauwerke außerordentlich solide.»

Nachdem er Wolkow entlassen hatte, hüpfte der Kaiser auf seinen steifen Beinen zum Spiegel, um ein letztes Mal mit kritischem Blick die Uniform zu mustern: den kurzen, grünen Kaftan friderizianischen Zuschnitts, der an Kragen und Manschetten mit Schnüren eingefasste Knopflöcher hatte, die gelbe Hose, das gleichfarbige Wams, die Stiefel mit scharfen Spitzen, die Gürtelschärpe und das Band des preußischen Ordens Pour le Mérite.

«Gut!»

Als sich das lebhafte, kleine Gesicht im Spiegel betrachtete, tobte darin ein wechselhaftes Mienenspiel: ein arroganter Ausdruck ging in einen gnädigen über, ein liebenswürdiger in einen wütenden, ein nachdenklicher in einen kämpferischen.

«Hol's der Teufel, Dänemark tut mir richtig Leid!», rief der Kaiser aus.

Und ohne sich vom Spiegel zu lösen, forderte er: «Den Stock!»

Der Kammerdiener brachte den spanischen Stock.

«Den Hut!»

Ein Hut preußischen Musters wurde gebracht, mit einer Feder und einer kleinen Kokarde aus weißem Rosshaar.

«Und dir, du Dummkopf, tut dir Dänemark Leid?»

«Ja, Eure Majestät!»

«Du Esel!»

Peter haute dem Diener mit dem Stock ins Gesicht.

Aus dem verletzten Ohr strömte Blut.

«Beim nächsten Mal wirst du dich nicht unterstehen, die Feinde deines Kaisers zu bedauern.»

Und Peter puderte sich in aller Ruhe die Haare, die er zu zwei großen Locken gebündelt hatte, und verließ das Zimmer, wobei er mit der linken Hand den langen Degen festhielt.

+ +

Die Garde watete finster durch den Matsch.

Der Kaiser brüllte: «Die Marschordnung einhalten, zum Teufel!»

Der Wind pfiff, und der niedrige Himmel schien sie gleichsam zu bespucken, diese ergrimmten Männer, die die weiten Kaftane der vorigen Regierungszeit gegen die engen, bunten Uniformen eingetauscht hatten und ein ruhiges, tatenloses Leben mit der Familie in der geheizten Kaserne gegen Marschieren und Drill.

«In geschlossener Front sechs Schritte vortreten!», erklärte der Kaiser und fuchtelte mit dem Stock.

+ +

Der Generalprokurator Glebow sprach Elisabeth Woronzowa an, die im Schlafgewand in die Galerie gekommen war: «Mit diesem übertriebenen Exerzieren bei Wetter und Wind hat der Kaiser die ganze Garde beschwert und betrübt.»

«Ich habe davon gehört.»

Das Gesicht des dicken Hoffräuleins glich ihrem Bauch.

«Natürlich, Elisabeth Romanowna, Eurer Aufmerksamkeit kann so etwas nicht entgehen! Aber ich sage das ja auch nicht, um Protest anzumelden, da sei Gott vor, sondern nur als Zeichen meiner eifrigen Ergebenheit für den Kaiser.»

«Seine Majestät entgegnet darauf, vielleicht müsste man gegen den dänischen Kaiser auch nicht immer nur kämpfen, wenn die Sonne scheint.»

«Das mag sein», sagte Glebow, «aber die Garde findet, dass sie weniger für den Krieg zuständig ist als vielmehr für den Ruhm der Kaiser in den Augen Europas, Elisabeth Romanowna.»

«Der Kaiser hat da eine andere Meinung», sagte sie, kratzte sich und fügte hinzu: «Der Kaiser will eine strenge Disziplin in das verwöhnte Heer einkehren lassen … Ach, ich bin ja noch im Schlafgewand!»

«Das lässt Euch wie eine anmutige Nymphe aussehen, gnädiges Fräulein.»

Errötet und pockennarbig lief sie, mit dem dicken Hintern wackelnd, die Galerie hinunter.

Und damit war das morgendliche Gespräch des Generalprokurators Glebow mit der russischen Madame Pompadour beendet.

+ +

Der Wind pfiff. Aus dem fäulnisprallen, niedrigen Himmel quollen nasse Flocken.

Der Kaiser fuchtelte mit dem spanischen Stock.

«Unterhaltungen einstellen! Konfusionen unterlassen! Unter Vermeidung jeden Lärms antreten zur Aufstellung im Abwehrkarree, ihr Hurensöhne.»

Mit Wut in den Augen, mit geballten Brauen und zusammengebissenen Zähnen wateten die Gardisten durch den Matsch.

Der Wind zerrte an dem Banner über Peters Kopf.

Auf dem Banner war der schwarze russische Doppelkopfadler mit ausgebreiteten Flügeln dargestellt; der Vogel saß auf einem Fels und hielt im rechten Schnabel ein weißes Blatt Papier, auf dem stand: «Ich fürchte niemanden!»

«Die Degen hochwerfen, um unter den Angreifenden Konfusion zu stiften, zum Teufel.» Der spanische Stock stieg gebieterisch in die Höhe.

Und wenn die verzärtelten, ans Exerzieren nicht gewohnten Gardisten vor Erschöpfung umfielen, hörte man es unter dem Banner zornig kreischen: «Das Weib da wegschaffen und durch einen Soldaten ersetzen.»

Vom fäulnisprallen Himmel rann etwas herunter, was klebrigem, kaltem Eiter glich.

Der Wind pfiff.

12

In Petersburg feierte man den Abschluss des «ewigen Friedens» mit Preußen. Nach dem Bankett ging Peter schwankend in den zweiten Vorsaal, um sich von da aus das Feuerwerk anzusehen.

Die ausländischen Herren Minister und die ganze Nation, wie Jekaterina bekanntlich die Schar der Höflinge nannte, begleiteten den Kaiser, dem die Dichter ihre Ruhmeslieder dargebracht hatten.

In zahllosen Oden wurde dem Großen Großvater der Große Enkel an die Seite gestellt, der «seit seiner Thronbesteigung keinen einzigen Tag hatte verstreichen lassen ohne neue Gnadenerweise und wichtige Belege seiner väterlichen Sorge um das Wohl seiner Untertanen sowie seiner tiefen Einsicht in die staatlichen Angelegenheiten».

So stand es jedenfalls in der Zeitung. Die Nacht war warm. Die Wolken krochen am Himmel wie riesige schwarze Kakerlaken.

Jekaterina ließ den Kopf hängen. Der Kaiser hatte sie eben über den ganzen Tisch angebrüllt, so dass es alle hören konnten, und eine dumme Gans genannt.

Die Fürstin Daschkowa hatte ihre flachen Nüstern aufgeblasen und suchte ihre Freundin mit Beispielen aus der römischen Geschichte zu trösten.

So erzählte sie: «Als Antonius auf der Tribüne den abgehackten Kopf und die Hände Ciceros vorführen ließ, schien den Römern, sie hätten nicht Ciceros Gesicht, sondern ein Bild von Antonius' Seele vor sich.»

Aber Jekaterina hatte keinen Sinn für römische Beispiele.

Die kleine Fürstin ließ sich dadurch nicht beirren und

fuhr fort: «Genauso war es heute, als der Kaiser Euch vor allen eine ‹dumme Gans› nannte …»

«Ach, lieber nicht daran rühren», bat Jekaterina zaghaft.

«Nein! Nein!» Die Fürstin blitzte mit ihren bösen Äugelchen. «Die Geschichte wird das nie vergessen.»

Jekaterina ließ endgültig den Kopf hängen.

Wenn uns die besten Freunde und Freundinnen in einem Unglück aufmuntern und trösten wollen, wählen sie aus irgendeinem Grund auch jetzt noch immer die Methode der Daschkowa; das führt dazu, dass, wenn wir vor der Aufmunterung nur einfach schlicht in einer schlechten Gemütsverfassung waren, wir danach gewöhnlich den starken Wunsch haben, den Strick zu nehmen.

Die Wolken krochen am Himmel wie riesige schwarze Kakerlaken.

Der Kaiser sagte: «Heute, meine Herrschaften, hat Seine Majestät, der König von Dänemark, neunundsechzig Kavallerieschwadronen und neunundfünfzig lumpige Infanteriebataillone, in drei Monaten aber, hol's der Teufel», der Kaiser lallte mehr, als dass er sprach, «hol's der Teufel! Da gebe ich Euch das Wort des Autokraten, hol's der Teufel, dass Seine Majestät, der König von Dänemark, hol's der Teufel, das hier haben wird, jawohl!»

Und Peter III. machte eine unmissverständliche Geste, die besagte, einen Scheißdreck wird er haben, und das in Gegenwart von allen ausländischen Ministern und allen Rängen der ersten drei Klassen, die zur Feier des «ewigen Friedens» mit Preußen geladen waren.

«Der General Rumjanzew, hol's der Teufel, macht unter meinem Kommando aus ihrem Saint Germain Hühnerfrikassee, hol's der Teufel!», kreischte der Kaiser und spuckte dabei aus.

Als Friedrich II. von den heroischen Plänen seines Freundes und Bruders erfuhr, schrieb er nach Petersburg: *Ich gestehe ganz offen, dass ich den Russen nicht traue. Jedes andere Volk würde dem Himmel danken, einen Kaiser mit so ausgezeichneten und bewunderungswürdigen Eigenschaften zu besitzen, wie Eure Majestät sie haben; aber wissen die Russen ihr Glück auch zu würdigen?*

Ich kann Euch versichern, beruhigte Peter III. den besorgten König, *wenn man sie zu nehmen weiß, kann man ihnen durchaus trauen.* Und er brach in dem Brief in den Ausruf aus: *Eure Majestät! Was sollen denn diese Russen von mir denken, wenn sie sehen, dass ich zu Hause hocke, während in meiner Heimat Krieg herrscht!*

Mit seiner Heimat meinte der Enkel Peters des Großen Holstein.

Kurz vor der Feier des «ewigen» Friedens hatte der Kaiser angeordnet: «Meine Pferde zur Armee nach Kolberg schicken.»

Jetzt stand die Verschickung der Leibgarde bevor, die sich nichts lieber wünschte, als so schnell wie möglich fern von Petersburg ihr Blut zu vergießen.

Am Himmel krochen die Wolken.

Wie ein tragischer Schauspieler hob der Kaiser die Hand über den Kopf.

Da krachten Kanonensalven und ertönten vier Militärmusikchöre als Signal, das Feuerwerk zu eröffnen.

Der betrunkene Gardesergeant Alexej Orlow, der die Uferstraße der Großen Newa hinunterging, sagte zu den betrunkenen Ismajlowern, die ihn umringten: «Einen Radau machen die! Nur, was feiert der Zar denn nun eigentlich, Freunde: den Frieden mit Preußen oder den neuen Krieg mit dem dänischen Königreich?»

Die betrunkenen Ismajlower hielten sich in dem Gedränge nicht zurück und fluchten, was das Zeug hielt.

Ein Preobrashenski-Grenadier in ebenso preiselbeerfarbener Mütze wie sein Kragen, die Nase und die zu kleinen Huckeln geschwellten Pausbacken drohte dem Rastrelli-Palast mit der Faust.

In diesem Augenblick wurde ein Kasten mit tausend Raketen gezündet. Die Lichter formten einen Regenbogen, der als Symbol für Bündnis, Freundschaft und Versöhnung am Himmel prangte.

Danach wurde eine große Anzahl Lustkugeln mit glänzenden Sternen in die Luft geschleudert.

Alexej Orlow rieb an der Narbe, die seinen schweren Backenknochen zweiteilte, und sagte im unpassendsten Moment: «Und da sollen wir jetzt für dieses Schleswig ins Gras beißen, für diesen Teufelsflecken.»

Die bunten Lichter formten eine Insel, die zwölf Palmenalleen durchschnitten und wunderbare Geländer und Marmorsäulen säumten, auf denen Trophäen oder Siegeszeichen lagen und ein Gefäß mit einem Ölzweig stand. Das Gefäß zierte eine lateinische Inschrift mit einem Vergilzitat.

«Ech», seufzte der Preobrashenski-Grenadier, «wenn wir uns doch in diesem Garten mit unseren Weibern verlustieren könnten!»

«Da hast du deine Weiber, du Dummkopf», sagte Orlow.

Aus der einen Palmenallee schritt ein Feuerwerk-Mütterchen-Russland auf das Gefäß zu, aus einer anderen Palmenallee kam das Feuerwerk-Preußen im Königsmantel. Die beiden reichten sich die rechte Hand und begossen mit der linken den Ölzweig, bis dieser sich zu einem schönen

Baum entwickelt hatte, der mit seinen feurigen Blättern und Früchten rauschte.

«Die wollen uns ablenken», sagte Orlow, «damit die Leibgarde mit Vergnügen gegen die dänischen Bajonette stürmt. Die sind ja schließlich nicht auf den Kopf gefallen.»

Der Preobrashenski-Grenadier wackelte mit seinen Pausbacken und drohte dem Rastrelli-Palast wieder mit der Faust.

Die betrunkenen Ismajlower hielten sich in dem Gedränge nicht zurück und fluchten wieder, was das Zeug hielt, auf den Kaiser.

Auf der Feuerinsel wuchs wie auf einen Wink ein mit Statuen geschmückter Feuertempel des Friedens aus dem Boden. Eine Göttin erschien. Auf dem Haupt hatte sie einen Kranz, in der linken Hand einen Ölzweig und unter dem Hemd ein Füllhorn. Feuerflüsse brachten Flügel und Räder in Bewegung, die die Gegend mit Sternen überschütteten. Die Göttin verband die Namen Peter und Friedrich mit einem blauen und mit einem pomeranzengelben Band. Feuerbrunnen spuckten hohe Funkenstrahlen.

Die Ismajlower sperrten vor Begeisterung den Mund auf.

Der Preobrashenski-Grenadier wackelte mit seinen Pausbacken.

Neben dem Friedenstempel wuchs ein Schloss der Unerschütterlichen Ruhe aus dem Boden. Auf dem Dach des Schlosses saß Minerva und neben ihr das Wohlergehen.

Wie riesige Kakerlaken krochen die Wolken über den Himmel: silbern, blau, pomeranzengelb.

«Und was sind das für tollwütige Köter?», fragte der Preobrashenski-Grenadier und meinte damit die in Zickzacklinien dahinstürmenden Raketen, die, Verwirrung und Chaos symbolisierend, auf und ab sprangen und dabei mit ihren roten Schwänzen wedelten.

Bald verjagte sie ein heller Strahl, der von der Wohnstatt der Göttinnen aufstieg und den ganzen Horizont umspannte.

Das Schloss der Russischen Ruhe war durch nichts zu erschüttern.

DREIZEHNTES KAPITEL

I

Es herrschte heißes Juniwetter.

Jekaterina lebte still in Peterhof.

Peter lärmte in Oranienbaum.

Tagsüber exerzierte der Kaiser eifrig mit seiner Lieblingsabteilung, den Holsteinern. Das geschah in der «Spiel»-Festung Peterstadt, die noch aus der Zeit der vorigen Zarin stammte. Zu der Festung, die fünf Bastionen mit zwölf schweren Kanonen hatte, gehörte ein kleines Arsenal, eine kleine Münze, eine kleine lutherische Kirche, ein kleiner Pulverkeller, eine kleine Kaserne für die Holsteiner, Offiziershäuser, Kasematten und zu guter Letzt ein zweistöckiger Palast, dessen Wände mit lackierten, im chinesischen Stil mit Vögeln, Bäumen und Blumen bemalten Holzlatten verkleidet waren.

Die Abteilung der Holsteiner, die ein orangefarbenes Banner bekam, wurde von der Garde als neue Leibkompanie betrachtet.

Neben den Exerzierübungen gab es Theateraufführungen im Opernhaus und Konzerte, bei denen der Kaiser, der sich zur Schule des alten Tartini von Padua rechnete, die erste Geige spielte.

Wer etwas von Musik verstand, den vermochte weniger das Spiel des gekröntes Hauptes als vielmehr seine Sammlung wertvoller Geigen zu begeistern.

Der Saal des Opernhauses, der mit prächtiger flämischer Leinwand ausgeschlagen war, hatte zweiundzwanzig Sessel, zweiundzwanzig Stühle, zweiundzwanzig Bänke und pro Stock je zwölf Logen.

Die Einnahmen in Oranienbaum konnten sich sehen lassen, besonders wenn der Kaiser mit im Orchester spielte.

Zwischen dem Exerzieren in Peterstadt und dem Musizieren im Opernhaus widmete sich Peter III. den Staatsgeschäften.

So verliefen die Tage an der Küste des Finnischen Meerbusens, brachten die einen zum Lachen, die anderen zum Weinen und gaben ebenso viel Anlass zu Schmeichelei, die nach Tacitus «das schändliche Verbrechen der Sklaverei impliziert», wie zu übler Nachrede, die das «trügerische Aussehen der Freiheit» hat.

Mit einem Wort, die Sonne ging auf und unter; in den Gewächshäusern reiften in Ruhe die Südfrüchte heran, in schattigen Gärten zwitscherten Vögel, sprudelten Brunnen und küssten sich Liebespaare, ohne etwas Neues in diese angenehme Kunst einzuführen, die offenbar trotzdem als Letzte stirbt, obwohl sie im Gegensatz zu Dichtung, Malerei und Musik keinerlei Hoffnung auf Verjüngung hat.

Und wenn aus Petersburg Zuträger mit schlechten Nachrichten kamen, schrie Peter III.: «Die lügen doch alle, diese Hurensöhne! Die Russen sind mir mit Leib und Seele ergeben!»

Trotzdem vergaßen die Zuträger den Weg in die Sommerresidenz nicht, was umso mehr verwundert, als der Kaiser sogar einmal jemanden streng bestrafen ließ, der mit vollem Recht auf Dankbarkeit hätte zählen können.

Es versteht sich, dass diejenigen Höflinge, die sich einen Rest gesunden Menschenverstands bewahrt hatten, ihren Gebieter für nicht ganz bei Trost halten mussten.

2

AUS DEM PROTOKOLL
DES REGIERENDEN SENATS

Auf Anordnung Seiner Kaiserlichen Majestät hat der regierende Senat am sechsundzwanzigsten Juni aufgrund der Berichterstattung des Kriegskollegiums befohlen:

Für die von hier aufgrund höchster Genehmigung Seiner Kaiserlichen Majestät über Narwa, Derpt, Riga und Kurland in ein fernes Lager aufbrechenden vier Bataillone mit vier Grenadierrotten der Leibgarderegimenter und drei Schwadronen des Reiterregiments müssen überall unterwegs von den Bürgern ausreichende Getreidemengen zur Verfütterung an die Zugpferde der Artillerie und die Reitpferde bereitgestellt werden, und ebenso ist äußerste Sorge dafür zu tragen, dass auch in Livland und Estland das Futter von den Pächtern unverzüglich geliefert wird.

3

Ein betrunkener Preobrashenski-Grenadier wankte durch die Kaserne. Nichts wollte ihm gehorchen: weder die Beine noch die Zunge noch die Gedanken. Seine Augen wirkten wie aus Glimmer. Die Mütze mit dem gelben Pelzbesatz war auf das linke Ohr heruntergerutscht.

«Äh, an welchem Tag, mein Freund, äh, sollte noch die Absetzung des Kaisers sein?», fragte der Grenadier, mit seinen Pausbacken wackelnd, den Türpfosten, an den er mit der Stirn knallte.

«Schon gut! Hol dich der Teufel», sagte der Grenadier beleidigt und rieb sich die Stirn. «Wenn du mir nicht antworten kannst, du Idiot, muss ich eben meinen Hauptmann fragen.»

Die Gardisten, die von morgens bis abends auf den Betten herumlagen, lachten schallend.

Der Grenadier ging zu dem Hauptmann.

«Was willst du?»

«Ich wollte eigentlich nur fragen, äh, an welchem Tag sollte noch mal die Absetzung des Kaisers sein?»

«Komm, geh und schlaf erst mal deinen Rausch aus, du Teufel», sagte der Hauptmann Passek, ein befreundeter Zechkumpan von Alexej Orlow, ohne Zorn. «Komm, geh, und zwar ein bisschen dalli!»

«Schon gut! Hol dich der Teufel», dachte der Grenadier beleidigt, «wenn du mir nicht antworten kannst, du Idiot, muss ich eben meinen Leutnant danach fragen.»

Und er wackelte mit seinen Pausbacken und ging.

«Was willst du?»

«Ich wollte eigentlich nur fragen, äh, an welchem Tag sollte noch mal die Absetzung des Kaisers sein?»

Der Leutnant, ein Feind der Brüder Orlow, brüllte den Grenadier an und rannte zum Major.

«Und da hat der Hauptmann Passek ihn nicht zurechtgewiesen!», sagte der Major.

«Ja, Herr Passek ist in vieler Hinsicht verdächtig», pflichtete ihm der Leutnant bei.

«Das finde ich auch», sagte der Major und kratzte sich am Ohr, «ein Brutus ist er.»

Der Leutnant bekreuzigte sich.

Der Major ebenfalls.

In der Residenz des Kaisers traf eine Anzeige folgenden Inhalts ein: Im Preobrashenski-Regiment der Leibgarde gibt es Umsturzpläne.

4

Auf dem ganzen Weg von Petersburg bis Peterhof wechselte Alexej Orlow mit seinem Freund, dem Kammerjunker Bibikow, noch nicht einmal ein Dutzend Worte.

Die helle weiße Nacht hatte eher auf die Pferde, die in ungleichmäßigem Trab liefen, eine erregende Wirkung als auf die Insassen der Kutsche.

Da Jekaterina den Kaiser in Peterhof erwartete, war sie aus dem oberen Palast in den Pavillon Monplaisir umgezogen, den man zu Zeiten Peters des Großen auch die Laube genannt hatte.

Der Sergeant Alexej Orlow wollte Jekaterina so schnell wie möglich in die Kaserne rufen, damit sie sich an die Spitze der Garde stellte, die den Sturz von Peter III. anstrebte.

Die ganze Angelegenheit war durch die Verhaftung des Hauptmanns Passek beschleunigt worden.

Die Brüder Orlow hatten begriffen: «Wenn sie sich die Regimenter vornehmen, kann die Sache brenzlig werden.»

Nichts ahnend schlief Jekaterina in dieser Nacht genauso ruhig wie in der vorigen.

Das weiße kaiserliche Bett war noch für zwei zu breit, und das selbst dann, wenn der Zweite im Bunde der Artilleriehauptmann war, der einen so hünenhaften Körperbau hatte.

Alexej Orlow lernte unterwegs nicht die kurzen Phrasen auswendig, mit denen er sich an die Geliebte seines Bruders zu wenden gedachte.

Er hatte sie sich noch nicht einmal zurechtgelegt.

Er rieb sich ständig die rote Narbe, die seinen schweren Backenknochen zweiteilte, und zählte langsam mit den

Fingern durch, wie viele Gardeoffiziere dem Kaiser wohl die Treue hielten.

Die Pferde verschiedener Rassen, die man in der Eile vor die Kutsche gespannt hatte, liefen in ungleichmäßigem Trab.

Die aufgehende Sonne glich einer großen, roten Hand mit gespreizten Fingern.

Die Steinmauer des oberen Parks, den man unter Peter dem Großen noch Gemüsegarten genannt hatte, und die letzten Minuten des Weges kamen dem Gardesergeant nicht länger vor, als sie waren. Er gehörte nicht zu denen, die bei der kleinsten Gelegenheit die Nerven verlieren.

An dem großen Eisentor angelangt, hielt der Kutscher die Pferde an.

Nur die rosigen Blätter der Bäume rührten sich.

«Warte hier auf mich», wandte sich Orlow an seinen Freund, «ich komme gleich mit ihr zurück.»

«Ermahne sie auf jeden Fall zur Eile, Alexej», sagte der Kammerjunker.

Der wachhabende Gardesoldat schlief.

Er bekam ein Nicken: «Grüß dich, Freund.»

Für die Parks von Peterhof hatte Peter Linden in Amsterdam gekauft, Apfelbäume in Schweden, Berberitzen- und Rosensträucher in Danzig; die Buchen ließ er aus Rostow kommen; aus Sibirien wurden Zirbelkiefern herbeigeschafft.

«Die Haine lichten; dickere Bäume an die Plätze pflanzen, wo wenig Wald ist», so hatte es der unruhige Zar angeordnet, «die dünneren Bäume dagegen an den schrägen Weg setzen, der von den Gemächern zu Monplaisir führt.»

Diesen schrägen Weg nahm Orlow.

Im unteren Park wuchsen Eichen und Zirbelkiefern.

In einem mit Stein ausgelegten Bassin schwammen Schwäne, die selbst dann leblos zu sein schienen, wenn sie sich umsahen und auf ihren langen, phantastisch gebogenen Hälsen die Köpfe drehten.

Den mittleren Teil von Monplaisir nahm der große Saal ein, der mit dunkler Eiche ausgekleidet war.

Orlow konnte nicht auf Zehenspitzen gehen.

Die Soldatenschuhe, die Stiefelumschläge mit kleinen Stulpen hatten, knarrten laut, wenn sie über den Marmorfußboden rutschten.

Jekaterina schlief fest.

Als er sich dem weißen kaiserlichen Bett näherte, dessen Federn sein älterer Bruder mehr als einmal zerdrückt hatte, sagte der Sergeant grob: «Es ist Zeit zum Aufstehen.»

5

Orlow setzte sich auf den Kutschbock.

Der Kammerjunker stand auf dem Wagentritt neben dem Kammerdiener.

Jekaterina saß in der Kutsche und zog mit Hilfe des Kammerfräuleins die letzten Schnüre ihres Trauerkleids zu.

Um unglücklicher zu erscheinen, trug sie seit dem Tag von Elisabeths Tod nur Schwarz und mied tunlichst die Sonne, damit sie sich nicht allein auf Tünche und Puder verlassen musste.

Orlow, der dauernd zum Himmel aufschaute, peitschte die Pferde mit einer langen Lederknute und fluchte unflätig. Die Narbe, die seinen schweren Backenknochen zweiteilte, füllte sich mit Blut. Sein Gesicht, das Gefühle offen ausdrückte, Gedanken dagegen verbarg, wurde dadurch nicht gerade weicher.

Die Sonne glich jetzt eher einer roten Faust als einer Hand mit gespreizten Fingern.

Die klapprige Kutsche schepperte, ächzte, quietschte.

Jekaterina hielt Ehrgeiz für ein Laster, das einen zu tugendhaften Taten treibt. Als solche betrachtete sie offenbar auch ihre Spekulationen auf den russischen Thron.

Die Flüche, die vom Kutschbock kamen, wirkten beruhigend. Diese Wirkung haben sie auf die meisten Russen. Die Tochter des Generalmajors in preußischem Dienst, in Stettin zur Welt gekommen, hatte sich also in gewissem Maße schon russifiziert.

In der morgendlichen Juniluft lag jene herrliche Reinheit, nach der das menschliche Herz sich immer sehnt.

Die tauige Wiese schien nicht ein einziges graues Haar zu haben. Der Weg schnitt sie unschön in zwei Teile, so wie die Narbe das Gesicht des Gardesergeants zweiteilte.

Zu ihrem vorigen Geliebten, dem Grafen Stanislaus Poniatowski, hatte Jekaterina oft gesagt: «Komm, mein Lieber, lass uns Schlösser in Spanien bauen», was hieß: «Komm, mein Lieber, lass uns träumen.» Der charmante Pole erklärte sich gerne einverstanden, obwohl die Träume seiner Geliebten nicht gerade eine große Variationsbreite hatten. «Die Krone! Die Krone! Die Krone!» Die Petersburger Frau mit der hohen Stirn konnte sich genauso wenig wie das Stettiner Mädchen mit der hohen Stirn vorstellen, dass man von etwas anderem träumen kann, von etwas, das vielleicht weniger hoch, dafür aber sehr viel erhabener ist.

Orlow peitschte die erschöpften Pferde mit der langen Knute.

Die klapprige Kutsche hätte einem die Seele aus dem Leib gerüttelt, so man eine hätte.

«Heult Euch vor den Soldaten lieber die Augen aus, Mutter, seid mit Worten sparsam!», schrie der Sergeant grob vom Kutschbock.

Er hatte Angst wegen ihrer deutschen Aussprache.

Aber dieser Rat, der reichlich taktlos war in Gegenwart des Kutschers, des Kammerfräuleins, des Kammerdieners und des Kammerjunkers, war völlig überflüssig: Jekaterina hatte längst eine kurze, tränenreiche Rede an die Gardisten vorbereitet und jedes Wort mit der richtigen russischen Aussprache auswendig gelernt.

Grigori Orlow eilte, aus Petersburg kommend, in einem offenen Wagen mit Fürst Barjatinski seinem jüngeren Bruder entgegen.

Fünf Werst von der Hauptstadt entfernt trafen sich die Kutschen: «Mutter, steigt zu uns um», ordnete der Artilleriehauptmann an, «Eure Pferde sind abgehetzt, sie könnten zusammenbrechen.»

6

Die Trommel schlug Alarm.

Die verschlafenen Ismajlower knöpften sich die Hosen im Laufen zu.

Jemand schrie.

«Die Kaiserin ist zu uns gekommen! Die Kaiserin, verdammt …»

Die verschlafenen Soldaten umringten Jekaterina.

Einige der Offiziere trugen ihre Paradeuniform.

Ohne Zeit zu verlieren, tischte ihnen Jekaterina weinend die Lüge auf, der Kaiser habe sie mit ihrem kleinen Sohn in die Festung Schlüsselburg einkerkern wollen oder vielleicht, «das weiß Gott allein, auch uns beide töten wollen».

Grigori Orlow, dessen Geduld schnell erschöpft war, schrie: «Vivat! Unsere Selbstherrscherin, die Mutter und Kaiserin Jekaterina Alexejewna!»

Und so wurde die Tochter eines Generals in preußischen Diensten, die keine zwei Dutzend Worte hatte sagen können – das entsprach der Hälfte dessen, was sie auswendig gelernt hatte –, zur Kaiserin aller Russen, weil eine Horde Gardesoldaten, die nicht bei schlechtem Wetter exerzieren und noch weniger in den Krieg ziehen wollten, in das Hurrageschrei von Orlow einstimmte!

Sie brüllten, das müssen wir der Gerechtigkeit halber sagen, mit großer Begeisterung, doch natürlich mehr aus Hass auf den Enkel von Peter dem Großen denn aus Liebe zu der Deutschen.

«Bringt den Popen her», ordnete Orlow an.

«Machen wir», antworteten die Soldaten.

Und ein paar Minuten später hakten sie den alten Regimentspopen unter und schleppten ihn mitsamt dem Kreuz an.

In Windeseile schworen sie den Treueid: die Soldaten, die Offiziere und Graf Kirill Rasumowski, der Oberst der Ismajlower.

Und vor den Semjonowern brauchte Jekaterina noch nicht einmal eine Rede zu halten, sie kamen ihr von selbst mit Hurrageschrei entgegengelaufen!

Die Preobrashenzen zögerten etwas. Sie kamen als Letzte.

Was die Grenadierrotte betraf, so hatte diese zuerst sogar ihrem Major, der Hauptmann Passek verhaftet hatte, versprochen, «sie wolle für Peter III. sterben».

Aber wir wissen ja, wie die Gardisten es liebten, zu sterben.

Kurz gesagt:

Mit Gottes Hilfe und Seiner Gerechtigkeit, besonders aber auf den deutlichen ungeheuchelten Wunsch Unserer getreuen Untertanen haben Wir Uns genötigt gesehen, den Thron als Selbstherrscherin aller Russen zu besteigen, woraufhin alle Unsere getreuen Untertanen Uns den feierlichen Eid geleistet haben.

So hieß es in dem Manifest, das nicht lange auf sich warten ließ.

7

Die Fürstin Daschkowa erwachte, als eigentlich schon alles vorbei war.

Vor Ärger hätte sie fast angefangen zu weinen.

Beim Anziehen schrie sie die Zimmermädchen an, pfefferte die Röcke in die Ecke, rang die Hände und stampfte mit den Füßen.

Ein Seidenstrumpf, an der Ferse gerissen, war dann der Tropfen, der, wie man sagt, das Fass zum Überlaufen brachte.

Aus den weit auseinander liegenden, bösen Augen schossen bittere Tränen.

Die kleine Fürstin, die so oft mit Leidenschaft erklärt hatte, der glücklichste Tag ihres Lebens werde der sein, an dem ihr zärtlicher und großer Freund Jekaterina die Heimat damit beglücke, Staatsoberhaupt zu werden, fühlte sich jetzt, da dieser lang ersehnte Tag gekommen war, auf einmal todunglücklich.

Aber man kann doch nicht auf ein «großes historisches Ereignis» böse sein, nur weil man es verschlafen hat!

Und die kleine mannhafte Fürstin ließ, mit den Äugelchen blitzend und die flachen Nüstern aufblähend, ihren nicht grundlosen Zorn ganz nach Frauenart an Röcken, Dienstmädchen und dem Friseur aus.

Wie immer in solchen Fällen ging das Anziehen umso langsamer, je mehr sie hetzte: Die Haken passten nicht in die Ösen, die Schleifen wollten sich nicht binden lassen, die Knöpfe rissen ab, und die Nähte platzten.

Die Truppen in den Straßen brüllten «Vivat und hurra!», und die Städter fielen in die Schänken ein und sparten nicht mit Freudenschreien.

Bei den selbständigen Schankwirten Genrich Gejtnan, Rudolf Walman, Fjodor Achmatow, Alexej Pitetschkin, Iwan Djakonow und Bogdan Meder wurde Alkohol im Wert von 28 375 Rubeln und 53 Kopeken getrunken; in den Pachtschänken belief sich der Wert auf 77 133 Rubel und 60 ½ Kopeken.

Später, als ein selbständiger Schankwirt um die Erstattung seiner in den historischen Tagen erlittenen Verluste nachsuchte, machte Katharina II. folgende scheinheilige Randnotiz: «Da der Fiskus keinen Befehl zur Plünderung gab, sehe ich es auch nicht als gerechtfertigt an, dass der Fiskus zahlen soll.»

+ +

Die Daschkowa trommelte auf ihre Festkutsche ein und zerkratzte sie. Aber das half nichts. Die satten Pferde stürmten nicht vorwärts, sondern trotteten mit der armen

Fürstin im Schneckentempo durch die verstopften Straßen.

Den Palast umringte eine vieltausendköpfige betrunkene Menge: die Städter hatten sich mit der Armee vermischt, deren Reihen in Unordnung geraten waren.

Die Kutsche hielt an.

Die Fürstin schimpfte auf Französisch, das Gesinde fluchte vom Wagentritt und vom Kutschbock aus auf Russisch. Der Erfolg blieb sich gleich.

«O Gott! O Gott! Wahrscheinlich haben ihr schon Senat und Synod und der ganze Hof den Treueid geschworen», dachte die Fürstin entsetzt. «Und ich! Ich! Die diese ganze Revolution (so nannte sie den Aufstand der Garde) doch herbeigeführt hat, o Gott! O Gott! Ich bin die Letzte!»

Und sie lüftete kurz entschlossen ihren prachtvollen, mit alter venezianischer Spitze besetzten Reifrock, und hüpfte – wahrlich libellengleich – aus der Kutsche, womit sie ihr Gesinde ordentlich verwunderte.

Die Städter und die Soldaten standen da wie eine schwankende Mauer.

Die kleine Fürstin blähte ihre flachen Nüstern und machte wütend von ihren Ellbogen und Fäusten Gebrauch.

Aber auch die Städter und die Soldaten hatten Ellbogen und Fäuste. Deshalb nahmen der prachtvolle Reifrock, der Pariser Hut und die originelle Frisur, die eher das Œuvre eines Künstlers denn eines Friseurs war, beträchtlichen Schaden. So stark, dass die Kaiserin in dem kleinen, verschwitzten, schmutzigen, krebsroten Ungeheuer, an dem vorn, hinten und an den Seiten goldene Fetzen und schwarze Zotteln baumelten, nicht sofort ihre glühende, freiheitsliebende Freundin erkannte.

«Was ist geschehen, liebe Fürstin?», konnte die Kaiserin nur fassungslos sagen.

Statt einer Antwort stürzte das kleine Ungeheuer mit ausgebreiteten Armen auf Jekaterina zu, die nun Katharina II. geworden war.

Die Kaiserin wich ängstlich zurück.

«Ihr solltet einmal in den Spiegel sehen, liebe Fürstin», sagte sie schüchtern.

«Ach, Eure Majestät», sagte Daschkowa sich überschlagend. «Wenn Ihr wüsstet! Wenn Ihr nur wüsstet! Als ich aus der Kutsche gestiegen bin, haben mich die Offiziere und Soldaten, die mich sofort erkannten, gleich in die Luft gehoben und auf Händen getragen.»

«Ja, wirklich?», fragte Jekaterina neidisch.

«Und überall ertönten laute Freudenschreie. Das ganze Volk, Eure Majestät, hieß mich als seinen Freund willkommen.» Und sie zeigte auf die goldenen Fetzen und die herunterbaumelnden Zotteln und schloss: «Das hier, Eure Majestät, sind alles Zeugen dieses Triumphs.»

8

Es war am Vortag von St. Peter.

Der Kaiser fühlte sich fast, als hätte er Namenstag. Er hatte sogar das Exerzieren und die Wachparade verschlafen, womit er seine Holsteiner erstaunt hatte.

Die Sonne brannte.

Die verschrumpelten Wasserrunzeln des Finnischen Meerbusens hatten sich gleichsam verjüngt.

«Heute essen wir doch bei Katja, oder?», fragte die dicke Woronzowa muffig.

Statt zu antworten, küsste Peter sie auf den fetten Hals.

«Lass mich in Ruhe!», sagte sie und wischte mit der flachen Hand die nasse Stelle mit der Spucke weg.

Das Gesicht der russischen Madame Pompadour glich ihrem Bauch.

Kutschen, Kaleschen und plumpe Droschken fuhren vor.

Sie saßen recht beengt.

Die Damen zierten sich. Die Kavaliere schmiegten sich ohne sonderliche Leidenschaft an sie.

Das Mundwerk des Kaisers, der sich fast so fühlte, als ob er Namenstag hätte, stand unterwegs nicht einen Augenblick still. Er kreischte ohrenbetäubend, weil er der festen Überzeugung war, die Herrschaften, die in der letzten Droschke saßen, könnten ohne seine Witze absolut nicht leben.

So denken die meisten unermüdlichen Witzbolde. Da sie sich amüsieren und für alle sprechen, halten sie sich für die guten Geister einer Unterhaltung, während sie diese in Wirklichkeit ersticken; sie meinen, die Urheber unbändiger Fröhlichkeit zu sein, obwohl sie in Wirklichkeit übelste Langeweile verbreiten.

Der vom Kaiser geliebte Gudowitsch, der mit dem Pferd aus Oranienbaum aufgebrochen war, erfuhr als Erster die Nachricht von der Flucht Jekaterinas aus Peterhof.

Er stürzte zum Kaiser.

Noch ganz außer Atem, machte er Meldung.

Peter kreischte: «Du lügst, du Trottel, das ist doch alles gelogen, was du sagst!»

Aber das entsprach eher seinem Wunsch, nicht zu glauben, als dass er Gudowitschs Worten wirklich nicht glaubte.

Und wieder kreischte er: «Du lügst! Du lügst! Du lügst!

Wohin soll sie denn laufen, du Trottel? Wozu soll sie zum Teufel weglaufen, du Trottel?»

Aber wie das häufig ist, stellte er die sinnlosen Fragen eher, um sich selber künstlich zu beruhigen, als weil er die Antwort nicht wusste oder ahnte.

«Hol's der Teufel», sagte er, mit den Armen fuchtelnd, «lasst mich aus der Kutsche raus!»

Jetzt fühlte er sich nicht mehr, als ob er Namenstag hätte.

Und mit den Armen in der Luft rudernd, rannte er durch die plötzlich so still und dunkel gewordenen Alleen.

Seine Beine bogen sich nicht in den Knien, weil er die Stiefel auf preußische Art zu fest zugebunden hatte.

Auf den glatten Marmorfliesen des Saals von Monplaisir schlug er hin.

«Der Baumeister ist ein Trottel!», sagte er und kratzte sich die aufgeschürften Hände.

Für das Treffen mit dem Gatten vorbereitet, lag das Festkleid von Jekaterina unbenutzt im Sessel.

Peter kroch unter das Bett.

Da war die Kaiserin merkwürdigerweise nicht.

Er öffnete die Schränke.

Sah hinter den Vorhängen nach.

Fuhr mit dem Stock unter das Kanapee.

Machte die Schubladen des Schreibtisches auf, die noch nicht einmal als Wiegen für ein Neugeborenes hätten dienen können.

Warf alle Stühle um.

Schrie: «Der Teufel soll sie holen, sie ist wie vom Erdboden verschluckt!»

Nachdem er die Zimmer von Monplaisir auf diese Art durchsucht hatte, hüpfte er in den still und dunkel gewordenen Park.

«Katja! … Katja! … Eure Majestät! … Halloooo!», schrie der Kaiser.

In seiner Stimme zitterte eine Träne.

Und angesteckt von dem Irrsinn, schrie das dicke Hoffräulein «Halloooo!», untersuchte die Büsche und schaute auf die Bäume.

Doch noch nicht einmal ein Echo antwortete ihnen.

Da begann die Favoritin zu weinen.

Und alle aus Oranienbaum eingetroffenen schönen und unschönen Herrschaften, Junge, mittleren Alters und Alte taten es ihr nach.

Auf Zehenspitzen trat der dickbäuchige Fürst Nikita Jurjewitsch Trubezkoj an Peter heran.

«Eure Majestät, ich habe die sichere Nachricht», sagte er mit honigsüßer Stimme, «dass die Kaiserin um fünf Uhr früh heimlich mit ihrer Kammerjungfer und dem Kammerdiener Schkurin nach Petersburg gefahren ist.»

Peter warf sich hin und rupfte mit Zähnen und Händen das Gras aus.

«Nicht doch, mein Lieber, nicht doch», redete ihm das dicke Hoffräulein zu und strich ihm wie einem Kind mit der flachen Hand über den Kopf.

Und dabei flossen ihr selbst die Tränen in Strömen über die pockennarbigen Wangen.

Wenn eine wunderbare Kraft dem Kaiser in diesem Augenblick die hinterlistige Jekaterina zugeführt hätte, wäre er genauso über sie mit Zähnen und Händen hergefallen wie über das Gras.

Der eine lässt sich zur Weißglut treiben, der andere reagiert verärgert, der dritte wütend; wer einen echten Zorn hat, der denkt nicht daran, zu kratzen und zu beißen.

Die Zweige mit ihren vielen Blättern bildeten ein grünes Sieb, durch das die Junisonne in winzigen, glühenden Körnern fiel.

Trubezkoj, Woronzow und Alexander Schuwalow gingen ein wenig zur Seite und flüsterten miteinander.

«Michail Larionowitsch, du bist ja eigentlich fast mit ihm verwandt», sagte Schuwalow zu dem verehrten Onkel des dicken Hoffräuleins.

«Und außerdem Großkanzler», fügte Trubezkoj hinzu.

«Du musst also als Erster mit ihm reden, Gnädigster.»

Schuwalows ganze rechte Gesichtshälfte zuckte ununterbrochen.

«Was soll ich denn sagen?», fragte Woronzow, der, wie schon die Kaiserin Elisabeth bemerkt hatte, nicht gerade die Weisheit mit Löffeln gefressen hatte.

«Er soll uns drei nach Petersburg schicken», sagte Trubezkoj mit honigsüßer Stimme, «damit wir die Kaiserin mit allen Kräften zu überreden versuchen, sie solle sich ergeben, falls sie geflohen ist, um den Thron an sich zu reißen.»

«Und wenn er sich von meinen Argumenten nicht überzeugen lässt, Gnädigster?»

«Also du musst dich schon ins Zeug legen, Michail Larionowitsch, doch, das musst du schon», sagte Schuwalow und zuckte mit Backenknochen und Augenbraue, «wir können doch nicht einfach hier in diesen armseligen Labyrinthen umkommen.»

Und feige schlichen sich alle drei auf Zehenspitzen an den Kaiser heran, der auf der Wiese saß.

Nachdem er dem Großkanzler zerstreut zugehört hatte, kreischte Peter: «Und wenn sie sich nicht ergeben will, tötet sie mit dem Degen, meine Freunde!»

Woronzow sagte: «Ja, Gott wird unser Zeuge sein!»

Peter sprang von der Wiese auf.

«Schwört, gnädige Herren, dass sie entweder lebendig mir zu Füßen oder tot zu euren Füßen liegen wird!»

Die Höflinge richteten die Augen zum Himmel und sagten: «Das schwören wir!»

Da verdrückte Peter eine Träne, umarmte sie und küsste jeden dreimal auf die Lippen.

«Seht her, meine gnädigen Frauen», wandte er sich an die Damen, «das sind wahre Helden! Schaut sie euch an, überschüttet sie mit Blumen. Ein Kaiser, der von Freunden mit so ritterlichen Herzen umgeben ist, kann als der Glücklichste unter den Sterblichen gelten.»

Woronzow, Trubezkoj und Schuwalow stürzten schluchzend vor, um die Hand zu küssen, die auf sie zeigte.

«Gott schütze euch, meine Freunde! Zögert keine Minute und fahrt los!»

Und die Höflinge zögerten keine Minute, nahmen sich die besten kaiserlichen Pferde und stürmten in der Hofkutsche nach Petersburg, um Katharina II. den Treueid zu schwören.

+ +

Die erste Nachricht aus der Hauptstadt brachte ein Oberleutnant der Bombardierrotte der Preobrashenzen, der mit einem Feuerwerk nach Peterhof kam.

Er hatte kurz nach acht Uhr morgens in seinem Regiment einen großen Lärm gehört und gesehen, wie viele Soldaten mit gezogenen Säbeln gerannt kamen und Jekaterina Alexejewna als regierende Kaiserin ausriefen.

«Habt Ihr das mit eigenen Ohren gehört, gnädiger Herr?»

«Ja, mit eigenen Ohren, Eure Majestät, ich habe bloß

nicht besonders darauf geachtet, weil ich mich mit dem Feuerwerk beeilen musste.»

Nach dieser Nachricht musste der Leibchirurg dem Kaiser auf der Stelle etwas Stahlpulver zur Beruhigung verabreichen.

«Was steht ihr da wie die Ölgötzen?», schrie der Oberleutnant der Bombardierrotte die Matrosen an. «Packt das Feuerwerk aus, ihr Teufel! Los, packt das Feuerwerk aus!»

Jekaterina, die wusste, wie man Eindruck schindet, hatte sich um ein wunderbares Schauspiel zum Namenstag ihres Gatten gekümmert.

Peter fuchtelte mit dem spanischen Stock.

«Schert Euch doch zur Hölle mit Eurem Feuerwerk, gnädiger Herr!»

Münnich, der zum Gefolge gehörte, sagte: «Man sollte Husaren und Ordonnanzen ausschicken, damit sie die Lage auskundschaften.»

Die Chefs der Ingermanländer und der Astrachaner befahlen einem Adjutanten, zu den Regimentern nach Petersburg zu reiten und sie anzuweisen, «im Eiltempo nach Oranienbaum auszurücken».

Der Geheime Sekretär Wolkow diktierte vier Schreibern höchste Befehle an die Garde und das Volk. Peter unterschrieb sie, ohne hinzusehen, auf einer Stange der Kanalschleuse.

Sie schickten einen Obersten nach Kronstadt, um dreitausend Soldaten von da zu holen, und dem Obersten schickten sie einen General hinterher, der dafür «sorgen» sollte, dass «diese Festung» auf der Seite des Kaisers blieb.

Der preußische Gesandte riet dem Kaiser, nach Narwa zu den Truppen zu flüchten.

Die dicke Woronzowa riet ihm zu einer noch weiteren Flucht: «Nach Holstein, in dein Erbland, zu Friedrich, unserem Freund, der uns schützt.»

«Nein, Herrschaften, nicht nach Narwa und nicht nach Holstein, sondern nach Petersburg», riet Münnich, diese Viereinigkeit von altem Tiger, alter Schlange, altem Fuchs und altem Esel.

«Wohin, bitte?», fragte Peter.

«Glaubt mir, Kaiser, wenn Ihr Euch kühn und unerwartet vor der Garde und dem Volk zeigt, könnt Ihr sie auf Eure Seite bringen. So hat es Peter der Große, Euer Großvater, gemacht.»

Der Leibmedicus verabreichte dem Kaiser wieder ein Beruhigungspulver.

Peter schluckte es herunter und sagte: «Meine Freunde, ich habe beschlossen, mich hier bis zum letzten Blutstropfen und bis zum letzten Mann zu verteidigen.»

Und nachdem er den Befehl gegeben hatte, die Holsteiner aus Oranienbaum kommen zu lassen, lief er zu dem Römischen Brunnen, der aus einer flachen Schale sprudelte, und befeuchtete ein Tuch.

Er band es um seine Stirn.

Einen Augenblick später riss er es wieder ab und warf es fort.

Seine Beine wollten ihn auf einmal nicht mehr tragen.

Er rief: «Romanowna, wo bist du denn?»

Er stützte sich auf ihren fetten Arm.

Und wimmerte: «Ich habe solchen Hunger.»

Man brachte Butterbrote, etwas Fleisch und ein paar Flaschen Wein und stellte sie auf eine Holzbank.

Er fragte mit derselben wimmernden Stimme: «Und unsere Freunde, wo sind die alle?»

«Sie gehen in den Alleen auf und ab oder so», sagte die Woronzowa, ohne ihn anzusehen.

Weder die zu Jekaterina und den Regimentern Gesandten noch die Kundschafter waren zurückgekehrt, und die Damen versteckten sich im oberen Palast, weniger aus Angst, ins Schlachtengetümmel zu geraten, denn aus Furcht, einem Kaiser, dessen Sache schlecht stand, noch Aufmerksamkeit entgegenzubringen.

Während er das Fleisch in großen, unzerkauten Brocken herunterschlang, sagte er: «Sie ist schön dumm, wenn sie sich nicht ergibt ... Hol sie der Teufel, großes Mitleid habe ich da nicht! Sie ist selber schuld, wenn sie getötet wird.»

«Ja, man wird sie töten», bestätigte die Woronzowa, ohne ihn anzusehen. Er aß und trank gierig, aber sein Händezittern legte sich dadurch nicht.

Um acht Uhr abends traf General Lieven mit den Holsteinern in ihren weißen Hosen aus Oranienbaum ein.

Die Infanterie brachten sie in der Nähe des Meeres auf der Terrasse der riesigen Menagerie unter, die eine Fläche von fast sechs Quadratwerst hatte.

Die Kavallerie verteilte sich um den Park.

Es gab sogar Kanonen, Geschosse allerdings nicht.

«Eure Pülverchen haben eine hervorragende Wirkung, gnädiger Herr», sagte der Kaiser zu dem Leibmedicus. «Wenn sie nicht gesundheitsschädlich sind, würde ich gern noch eins haben.»

Und nachdem er das dritte intus hatte, beschloss er, nicht den Kampf in Peterhof aufzunehmen.

Um zehn Uhr abends traf endlich die Nachricht von dem General ein, der nach Kronstadt geschickt worden war: Die Festung hielt dem Kaiser die Treue.

Der Kaiser hüpfte in die Höhe und klatschte in die Hände.

«Romanowna, was sollen wir dann mit der Holsteiner Truppe?», fragte er das dicke Hoffräulein. «Ob sie sich auf den Rückweg machen soll?»

«Ja, soll sie ruhig», stimmte sie zu; und gab noch vorsichtig den Rat: «Vielleicht solltest du den Gardekaftan anziehen und das preußische Ordensband und diese verfluchte Uniform ablegen.»

«Da hast du Recht!», rief Peter aus. «Hol sie der Teufel!»

Es wurde angeordnet, die Küche, den Keller und die schönen Herrschaften auf Boote zu verladen.

Es wehte ein günstiger Wind.

Trotzdem brüllte der wachhabende Leutnant, als sie sich der Festungsbastion näherten, schon durch ein Rohr: «Peter III., das war einmal, jetzt gibt es Katharina II.»

Wie sich herausstellte, war die Kaiserin umsichtig genug gewesen, einen Admiral zu den Matrosen zu schicken; dadurch geriet der General aus Peterhof, der vor ihm in der Festung eingetroffen war, schnell ins Hintertreffen; wer von den beiden näher am Geschehen war, der hatte auch die besseren Karten.

«Dreh um, dreh um, sonst setze ich die Kanone ein!», brüllte der Leutnant von der Bastion durchs Rohr und verdiente sich damit «zwei Ränge und zwei Jahresgehälter».

Der Kaiser fiel in Ohnmacht.

Man trug ihn in eine Kajüte.

Als er wieder zu sich gekommen war, gehorchte er der dicken Woronzowa, die ihm riet, in die Residenz zurückzukehren, und folgte nicht Münnich, der ihn leidenschaftlich dazu überreden wollte, «nach Reval zu rudern, dort auf ein Kriegsschiff umzusteigen und nach Pommern zu fahren, um dort den Oberbefehl über die einsatzbereite Armee zu übernehmen und sie gegen Petersburg zu führen».

Das Ruderboot des Kaisers kam schnell vorwärts.

Die Nacht war hell.

Die finnischen Wasserrunzeln hatten ihr hohes Alter zurückgewonnen.

In Oranienbaum angekommen, löste Peter III. auf Bitte der Damen die Holsteiner Truppe auf.

9

ERLASS AN DIE HERREN SENATOREN

Ich ziehe jetzt mit dem Heer aus, um dem Thron Ruhe und Sicherheit zu geben, und lasse dem Senat als meiner höchsten administrativen Gewalt mit vollem Vertrauen das Vaterland, das Volk und meinen Sohn in Obhut.

JEKATERINA

10

Die Kaiserin und die Fürstin Daschkowa zogen ihre Röcke aus und verkleideten sich wie für die «Menuette der Metamorphosen» als Preobrashenzen.

Von zwei kleinen Offizieren, einem rundlichen und einem schmächtigen, hatten sie Hosen, Wamse und Kaftane bekommen.

Die Freundinnen lösten ihr Haar und ließen es auf die Schultern fallen. Jekaterinas hatte eine schöne braune Farbe mit einem trockenen Glanz; Daschkowas war dick und schwarz.

Aber die hektische Fürstin wirkte in der Hose weniger lächerlich als die korpulente Kaiserin mit ihren kurzen Beinen und dem niedrigen Rücken.

In diesem Aufzug traten die Damen spätabends an der Spitze der Garderegimenter den Marsch nach Peterhof an, wo sie den Kaiser im Kreis einer Hand voll Holsteiner vorzufinden dachten.

Die Kaiserin thronte natürlich mit gezücktem Degen auf einem Schimmel.

Die Daschkowa tänzelte auf einer schwarzen Stute.

Husaren, Kosaken, Artillerie und Feldregimenter waren ein paar Stunden früher aus der Hauptstadt aufgebrochen.

Die Bewegung der Garderegimenter mit den Damen an der Spitze konnte man am wenigsten einen Marsch nennen: Bis zur Roten Schänke, die keine neun Werst von Petersburg entfernt war, brauchten sie geschlagene drei Stunden.

An dieser Stelle beschloss man, den betrunkenen Soldaten – Jekaterina nannte sie höflich «erschöpft» – ein wenig Schlaf zu gönnen.

Diese höfliche Art war typisch für sie; bekanntlich hatte sie ja auch antike Autoren gelesen, und glaubt man Plutarch, so pflegten die römischen Aristokraten «er hat gelebt» zu sagen, wenn es darum ging, mitzuteilen, dass jemand gestorben war.

Die Soldaten legten sich hin, wie es gerade kam. Wenn nicht das lautstarke besoffene Schnarchen zu hören gewesen wäre, hätte man denken können, die Landstraße sei mit Leichen übersät.

Als die Damen, die offenbar vor Durst umkamen, nach

einer Flasche Wein fragten, konnte der Schankwirt nur mit den Achseln zucken.

«Haben Alexej Orlow und seine Husaren hier etwa Station gemacht?», erkundigte sich Jekaterina.

Tatsächlich, so war es.

Ohne die Hosen auszuziehen, legten sich die Damen für fünf Stunden auf ein dreckiges Bett, das mit einem Soldatenmantel verhängt war.

Als die Hähne krähten, kam vom Senat Rapport, in der Hauptstadt sei alles in Ordnung, die anvertrauten Institutionen arbeiteten normal, und der Zarensohn sei bei bester Gesundheit.

Jekaterina bemühte sich in letzter Zeit, den Eindruck einer zärtlichen Mutter zu erwecken.

Der Kaiser machte den russischen Thron schließlich weniger für die Tochter eines Generals in preußischen Diensten frei als vielmehr für die Mutter des Urenkels von Peter dem Großen. Zumindest galt der kleine Paul als solcher. Selbstredend konnte keiner der Mutter verbieten, ihre eigene Meinung dazu zu haben.

Als es fünf Uhr war, schafften Trompeten und Trommeln es nur schwer, die Garde aus dem Tiefschlaf zu wecken.

Jekaterina kämmte ihr Haar mit einem fremden Kamm und bestieg wieder den Schimmel.

Es war ein herrlicher Morgen.

Die Gesichter der Gardesoldaten sahen mutig und kriegerisch aus, waren in Wirklichkeit aber böse und finster von dem Kater und dem kurzen Schlaf.

Das Gefolge, das sich Jekaterina anschloss, gewann stündlich an Glanz; immer mehr Überläufer kamen hinzu.

Und nur die Freundin, die neben ihr auf der schwarzen

Stute tänzelte, verdarb der Kaiserin vielleicht ein wenig die Laune.

Überhaupt ist schwer zu sagen, worunter wir mehr leiden: unter der Abwesenheit von Freunden oder unter ihrer Anwesenheit.

Außerdem bringt es ein extremer Geizkragen eher fertig, den Inhalt seines Portemonnaies mit jemand zu teilen, als dass ein Ehrgeiziger etwas von seinem Ruhm abgibt.

Die Regimenter rückten vor, ohne sich an Marschordnung und Linien zu halten.

Die Gardisten, die gleich in den ersten Stunden der Revolte die engen und kurzen Uniformen preußischen Zuschnitts abgelegt hatten, fühlten sich in den weiten, alten Kaftanen der vorigen Zaren richtig frei.

An der Dreifaltigkeitseinsiedelei erschien Vizekanzler Fürst Golizyn, der Jekaterina einen französisch geschriebenen Brief von Peter III. brachte.

Jekaterina empfing den Gesandten mit einem Lächeln, das sie selbst zauberhaft fand.

Peter schlug seiner Gattin vor, die Macht mit ihm zu teilen.

«Und was geht bei Euch in Oranienbaum vor, Fürst?», fragte die Daschkowa.

Golizyn erzählte, dass Peter auf Bitte der Damen die dortige Truppe aufgelöst habe.

«Das ist sehr vernünftig», sagte Jekaterina.

Und sie plauderte mit dem Vizekanzler fröhlich weiter, als hätte sie den Brief ihres Gatten vergessen.

+ +

Alexej Orlow besetzte Peterhof ohne einen einzigen Schuss.

Es fand sich aber doch eine militärische Einheit, die dem Kaiser die Treue hielt.

Das waren die Holsteiner, ausgerüstet mit Stöcken statt mit Gewehren.

11

Peter gab sich sichtlich Mühe, während er von dem Blatt, das Jekaterina ihm geschickt hatte, den Text abschrieb: *Ich erkläre ohne Zwang und feierlich vor dem Russischen Reich und der ganzen Welt, dass ich der Regierung auf Lebzeiten entsage.*

Hinter der Tür ging Grigori Orlow mit großen Schritten auf und ab.

Unter dem Fenster wieherten die Pferde der Husaren.

Es schien, als sei Peter, der an einem kleinen ovalen Tischchen saß, nur damit beschäftigt, die Buchstaben in Schönschrift hinzumalen.

Und nur wenn Orlows Schritte, die aus dem Nebenzimmer herüberdrangen, ungeduldiger und schroffer wurden, zitterte Peter am ganzen Körper.

«Ich bin fertig», sagte er mit unglücklicher Miene, «hier, übergebt das bitte Herrn Orlow.»

Der General, den Peter für treu hielt, nahm das Papier. Die Soldaten redeten unter dem Fenster mit heiseren Stimmen.

Peter schlich sich an das Fenster und warf einen Blick durch die staubige Scheibe.

«O Gott! O Gott! O Gott!»

Er zitterte am ganzen Körper, weinte, verkroch sich in den hintersten Winkel.

Das war die Reaktion des Exkaisers auf das schreckliche

und bestialische Aussehen des mächtigen einäugigen Wachtmeisters der Reitergarde, dessen Blick er zufällig aufgefangen hatte.

Der Name des Wachtmeisters war Potjomkin.

Der General, den der Kaiser für treu hielt, kam in das Zimmer zurück.

«Lasst uns zur Kutsche gehen», sagte der General. «Elisabeth Romanowna und Gudowitsch warten schon auf Euch.»

Peter fragte mit unglücklicher Miene: «Wohin bringt man mich?»

«Nach Peterhof», erklärte der General kurz.

Husaren und Reitergardisten umstanden die viersitzige Kutsche.

Der General zog die grünen Gardinen an den Fenstern zu.

Peter klagte über Schüttelfrost.

Das dicke Hoffräulein wärmte die ganze Strecke über seine kalten Hände in ihren breiten Handflächen.

Es war Mittag, die Sonne brannte.

In Peterhof trennte man das Liebespaar.

Der Exkaiser händigte dem diensthabenden Offizier unaufgefordert seinen Degen aus.

Das Band des St.-Andreas-Ordens und die Preobrashenzen-Uniform dagegen rissen sie ihm vom Körper.

Und da sie keine andere Kleidung in Reserve hatten, musste er in Unterhose, Unterhemd und mit bloßen Füßen dasitzen.

12

Dann schickte ich den abgesetzten Kaiser unter Befehl von Alexej Orlow mit vier Offizieren und einer Abteilung ruhiger, ausgesuchter Leute nach einem abgelegenen, sehr angenehmen Ort namens Ropscha, fünfundzwanzig Werst von Peterhof, während man anständige und entsprechende Gemächer in Schlüsselburg herrichtete …

Die Angst hatte ihm einen Durchfall zugezogen, der drei Tage währte und auch am vierten noch andauerte. Er trank an diesem Tag übermäßig viel, denn er hatte alles, außer seiner Freiheit. Er hatte mich übrigens nur um seine Mätresse, seinen Hund, seinen Neger und eine Violine gebeten.

Das stammt aus der Feder Katharinas II.

Die Geige des Exkaisers war von Laurentius Guadagnini gebaut; der Hund war ein Mops; der Neger hieß Narziss.

Was seine Mätresse betrifft, so hielt man es nicht für möglich, diese Bitte zu berücksichtigen.

13

«Mein Herz ist irgendwie unruhig», klagte die Kaiserin Grigori Orlow, als sie ihm das Bein verband, das er sich am Unterschenkel verletzt hatte.

«Wieso denn?», sagte Orlow und streckte sich. «Jetzt ist es doch in gewisser Weise eher ruhiger als vorher, Mutter.»

Und er ließ seine Knochen knacken und dehnte seinen Rücken wie ein großes, aber elastisches Tier.

Jekaterina sagte: «Ich muss immer an Ropscha denken.»

Und sie legte sich das behaarte, wie ein Balken schwere Bein auf den Schoß und streichelte es zärtlich.

«Ich denke immer an die Wache, und wie sollte ich auch anders, wo doch unser Glück und das Glück des ganzen Vaterlands von diesem Unsinn abhängen.»

Orlow beruhigte sie: «Aljoschka ist bestimmt auf der Hut. Dem geht so leicht keiner durch die Lappen!» Und wieder streckte er sich in den Schultern und dehnte den Rücken mit den gewaltigen Schulterblättern. «Und dann sind da doch noch Barjatinski und der Zyklop Potjomkin, da ist nichts zu machen, denen entkommt keiner!»

«Alleine wird er schon nicht weglaufen, aber was, wenn ein Regiment zu Hilfe kommt, Schwadronen womöglich?»

«Ja, das kann sein», stimmte Orlow zu, «die Zeiten sind stürmisch.»

Er rückte die Schatulle, die auf dem kleinen runden Tischchen stand, dichter heran und kramte darin.

«Was suchst du?», fragte Jekaterina.

«Den Brief aus Ropscha, von dieser Missgeburt. Den, der klingt, wie von einem Narren und Possenreißer geschrieben. Ich will was zu lachen haben. Ah, da ist er ja! Sei doch so gut, Mutter, und lies ihn mir mit der Stimme dieser Missgeburt vor.»

Dieser Brief war schon zwanzigmal gelesen worden, und Grigori Orlow lachte sich jedes Mal halb tot.

«Gib her», sagte Jekaterina.

Und fing an zu lesen: *Madame, ich bitte Eure Majestät, meiner völlig versichert zu sein und die Güte zu haben, anzuordnen, dass man die Posten aus dem zweiten Zimmer fortnimmt, weil das Zimmer, in dem ich bin, so klein ist, dass ich mich kaum darin bewegen kann, und weil Ihr wisst, dass ich immer im Zimmer herumlaufe …*

An dieser Stelle fing Grigori Orlow an, sich vor Lachen zu schütteln.

Jekaterina wiederholte: *Und weil Ihr wisst, dass ich immer im Zimmer herumlaufe, werde ich noch geschwollene Beine davon bekommen …*

«Und weiter? Weiter?», fragte er voller Ungeduld.

Dann bitte ich Euch ferner, las Jekaterina und versuchte, Peters Stimme nachzuahmen, *zu befehlen, dass die Offiziere nicht in demselben Zimmer bleiben, wenn ich Bedürfnisse habe, das ist doch unmöglich für mich …*

Ein hemmungsloser Lachanfall entlockte Orlows blauen Augen Ströme von Tränen.

Jekaterina ließ ihn auslachen und sagte dann: «Aber der andere Brief, in dem der Exkaiser darum bittet, man möge ihn in ferne Länder ziehen lassen, wahrscheinlich, um Schutz bei Friedrich zu suchen, ist gar nicht so zum Lachen.»

Orlow wurde plötzlich böse: «Er muss nach Schlüsselburg, diese Missgeburt! Gleich morgen früh muss er dahin gebracht werden. Jawohl! Er muss in eine Kasematte. Und wenn die Wände da nicht so weiß sind und das Mobiliar nicht gerade aus Frankreich stammt, wird er davon schon nicht zusammenbrechen. Die verfluchte Missgeburt!»

Jekaterina sagte nachdenklich: «Schlüsselburg ist auch nicht gerade aus der Welt. Bis nach Petersburg ist es ein Katzensprung. Und die Wachen sind schließlich keine Engel, die unbestechlich wären.»

Und sie seufzte tief: «Andererseits, ihn weiter zu schicken, hinter Archangelsk oder nach Sibirien, das lässt einem noch weniger Ruhe.»

Orlow schob ihre Finger grob von seinem behaarten Bein und sagte: «Diese Missgeburt ist wirklich eine Zumutung!»

Jekaterina sah ruhig auf, als sie sagte: «Seine Gesundheit ist nicht besonders stabil, fast jeden Tag hat er Krämpfe in der Brust und eine Hämorrhoidalkolik.»

Und nachdem sie einen Moment geschwiegen hatte, folgerte sie: «Vielleicht ist es auch Gottes Ratschluss, ihn bald zu sich zu nehmen?»

Orlow holte Luft, bevor er sagte: «Ja, seine Gesundheit ist nicht gerade die beste.»

Und während ein Zittern durch sein wie ein Balken schweres Bein lief, wiederholte er: «Ja, wer weiß, vielleicht ist es wirklich Gottes Ratschluss, ihn bald zu sich zu nehmen.»

14

Dienstag, 2. Juli

Die Grenadiere rekelten sich tatenlos im Hof unter den hohen, pyramidenförmig beschnittenen Fichten.

Peter stöhnte auf dem Bett, das in einem Alkoven stand.

Da die schweren Vorhänge rund um die Uhr zugezogen waren, war es in seinem Zimmer trotz der frühen Stunde halbdunkel und kühl.

In dem sauberen Teich, der voller Forellen war, badeten die Sergeanten die Pferde und lachten dabei über die Flüche des Schauspielers Fjodor Wolkow, der am grünen Ufer mit der Angel saß.

Potjomkin, die Fürsten Barjatinski, der Gardesergeant Engelhardt und der frühere Angehörige der Leibkompanie Schwanowitsch hatten es sich auf den breiten Steinstufen der Terrassentreppe bequem gemacht und spielten seit dem frühen Morgen Karten.

Der Zyklop gewann.

Über die sternförmigen Lindenalleen des gepflegten, im alten französischen Stil angelegten Parks hüpften nur die Vögel.

Mütterchen, gnädige Kaiserin, Gesundheit wünschen wir alle Euch für unzählige Jahre. Wir und das ganze Kommando sind jetzt bei Ausgang dieses Briefes wohlauf …

Irgendwie sonderbar – als wäre es ein Stock – hielten die steifen Finger von Alexej Orlow die Feder.

Ein anderer hat dafür Mühe, Hufeisen zu brechen.

Die Narbe, die seinen schweren Backenknochen zweiteilte, rötete sich und füllte sich von der ungeheuren physischen und geistigen Anstrengung mit Blut.

… Aber unsere Missgeburt ist sehr krank geworden, und es hat ihn unvermutet eine Kolik befallen. Und ich fürchte, dass er diese Nacht am Ende stirbt, und fürchte mich noch mehr davor, er könne wieder aufleben.

Orlow warf die untaugliche Feder aus dem Fenster. Und nahm sich eine neue. Er knetete seine eingeschlafene linke Hand.

Lauschte, wie der Arrestant im Nebenzimmer stöhnte. Bekreuzigte sich.

Trotzdem brachte dieser Tag nichts Gutes.

Mittwoch, 3. Juli

Lakaien haben die schlechte Angewohnheit, auf fremden Tellern Liegengebliebenes aufzuessen und die Weinreste in den Gläsern auszutrinken.

Die Barjatinskis, Engelhardt und Schwanowitsch verloren wieder im Kartenspiel.

Fortuna hatte offenbar nicht vor, Potjomkin im Stich zu lassen.

Nach dem Beispiel des Schauspielers Fjodor Wolkow gingen die Offiziere dazu über, Alexej Orlow «Schriftsteller» zu nennen.

Hier ein paar Zeilen des nächsten aus seiner Feder stammenden Werkes:

Aber jetzt ist auch der ihm zur Bedienung beigegebene Lakai Maslow krank geworden, und er selbst ist jetzt so krank, dass er kaum bis zum Abend leben wird, und ist schon fast völlig besinnungslos, wovon das ganze hiesige Kommando weiß und Gott bittet, dass wir ihn möglichst bald loswerden …

Aber der Kranke blieb am Leben.

Samstag, 6. Juli

Bevor sie Peter erdrosselten, ergriffen die Gardisten den Kammerdiener, als er den Palast verließ, setzten ihn auf ein Fuhrwerk und brachten ihn von Ropscha weg.

Einen gewissen Bressan, der vom Kammerdiener zum aktiven Brigadier befördert worden war, schafften sie nicht weg, so dass er der Einzige war, der sich allen entgegenwarf, um seinen «Herrn» zu verteidigen.

Es scheint, nur Kammerdiener bewahren manchmal abgesetzten Kaisern die Treue.

Nachdem sie Peter erdrosselt hatten, schrieb Orlow wieder einen Brief an Jekaterina, den wir mit vollem Recht eine literarische Schöpfung nennen können:

Mütterchen, barmherzige Kaiserin! Wie soll ich erklären, beschreiben, was geschehen ist? Du wirst deinem treuen Knecht nicht glauben, aber wie vor Gott werde ich die Wahrheit sagen. Mütterchen! Ich bin bereit zum Tod, aber ich weiß selbst nicht, wie das Unheil geschehen ist. Wir sind verloren, wenn du nicht Gnade für uns hast. Mütterchen! Er weilt nicht mehr auf der Welt! Aber niemand hat das gedacht, und wie sollten wir auf den

Gedanken kommen, die Hände gegen den Kaiser zu erheben! Aber Kaiserin, das Unheil ist geschehen! Er kam bei Tisch mit Fürst Fjodor in Streit: Wir konnten sie nicht mehr auseinander bringen, und schon war er nicht mehr. Wir erinnern uns selbst nicht, was wir getan haben, aber wir alle bis zum Letzten sind schuldig und haben den Tod verdient. Hab Gnade mit mir, und sei es nur um meines Bruders willen! Ich habe mein Geständnis abgelegt, und zu untersuchen ist nichts. Verzeih oder befiehl, rasch ein Ende zu machen! Ich mag das Licht nicht sehen: Wir haben dich erzürnt und unsere Seelen auf ewig ins Verderben gestürzt.

+ +

Alexej Orlow erhielt im September, in den Tagen von Katharinas Krönung, den Alexander-Newski-Orden, achthundert Leibeigene und eine große Geldsumme; außerdem wurde ihm und seinen Brüdern Grigori und Fjodor das Dorf Obolenskoje im Kreis Serpuchow mit 2929 Leibeigenen überschrieben.

Fürst Fjodor Barjatinski wurde zum Kammerjunker ernannt und erhielt 24 000 Rubel.

Potjomkin bekam im Bezirk Kunja vierhundert Leibeigene.

15

Meldung des französischen Gesandten Baron Breteuil:

Die Kaiserin erhielt die Nachricht von der schrecklichen Ausführung am Mittag. Das war die Zeit, wo sie sich bei Hofe zeigte. Sie sammelte dann einen intimen Rat aus denen, die vom Ende ihres Mannes erfahren konnten, um zu entscheiden, ob man noch am selben Tag den Senat vom Tod Peters III. unterrichten solle. Die Mehrheit war dafür, die Nachricht noch einen Tag vor dem Senat und dem Volk geheim zu halten. Nach diesem Beschluss zeigte sich die Zarin wie immer abends bei Hofe. Am nächsten Tag, für den man die Erklärung vom Tod des Kaisers anberaumt hatte, tat Jekaterina so, als erfahre sie gleichzeitig mit der Öffentlichkeit davon, sie weinte, verließ das Haus nicht und zeigte ihre Trauer. Ich wusste von all den schrecklichen Gründen, die diese tragische Szene nötig machten, und ich weiß nicht, ob ich Recht habe, aber sie ist mir genauso zuwider wie das Ereignis, durch das sie hervorgerufen wurde.

16

Ihrem früheren Geliebten Graf Stanislaus Poniatowski beschrieb Jekaterina, ohne mit Einzelheiten zu sparen, Peters Tod folgendermaßen:

Ihn befiel eine Hämorrhoidalkolik mit Fieberphantasien. Zwei Tage war er in diesem Zustand, dann folgte eine große Schwäche, und trotz aller ärztlichen Hilfe hauchte er sein Leben aus, nachdem er noch einen lutherischen Pastor verlangt hatte. Ich fürchtete, die Offiziere könnten ihn vergiftet haben. Deshalb ließ ich ihn sezieren, aber es ist völlig erwiesen, dass sich nicht die leiseste Spur einer Vergiftung fand. Sein Magen war ganz gesund, aber eine Darmentzündung und ein Schlaganfall hatten ihn dahingerafft. Sein Herz war ungewöhnlich klein und ganz zusammengezogen.

Klug wie sie war, befahl Jekaterina, den toten Peter mit der holsteinischen Uniform zu bekleiden, bevor sie ihn dem Volk vorführte.

Um den Hals des Erdrosselten war ein breiter Schal gewickelt, die Finger, deren Gelenke ausgerenkt waren, bedeckten weiße schmutzige Handschuhe mit Stulpen.

Ende

Ende der 1930er Jahre

WEINEN UND TANZEN DER KLEINEN FIEKE

VON OLGA MARTYNOVA

Als in der Sowjetunion zur Zeit der Perestrojka unzählige verbotene, verschollene und vergessene Werke entdeckt und wiederentdeckt wurden und endlich Anatoli Marienhof (1897–1962) an die Reihe kam, wurde sein Roman «Jekaterina» zu einem unverhofften Geschenk. Zwar wusste man über seine Romane der Zwanzigerjahre Bescheid, und des Weiteren war bekannt, dass er umfangreiche Erinnerungen hinterlassen hatte, doch über seinen 1936 in der Zeitschrift «Literaturny Sowremennik» (Literarischer Zeitgenosse) nur auszugsweise gedruckten historischen Roman war Gras gewachsen. Dabei war gerade diese Veröffentlichung der letzte – gewissermaßen der überhaupt erste – große *literarische* Erfolg für Anatoli Marienhof, der nach ungestümer Jugend und skandalösem Ruhm im Wirrwarr der Revolution für lange Zeit ausschließlich als Sergej Jessenins Freund und Biograph in der Petitschrift der Fußnoten stecken geblieben war. Die Leningrader Zeitschrift «Literaturny Sowremennik» (1933–1941) war, ihrer Qualität nach, wahrscheinlich die beste literarische Zeitschrift der ganzen sowjetischen Epoche. Eine Veröffentlichung in diesem elitären Publikationsorgan bedeutete die Aufnahme in den Kreis der Besten. Doch war dieser Kreis – die Zeitschrift ohnehin – bereits dem Untergang geweiht.

Eine kurze Phase stürmischer Abenteuer hatte für Anatoli Marienhof begonnen, als er 1918 aus der Provinz nach Moskau gekommen war, in der Hoffnung, die Welt mit seinen Gedichten zu erobern. Er traf Sergej Jessenin, der ihn mit den ebenso jungen provinziellen «Genies» einer der damals unzähligen Dichtergruppen – der Imaginisten – bekannt machte. Die dreisten Ausschreitungen (heute würde man von Performances sprechen) dieser «Revolutionäre der Kunst» erregten damals nicht nur die Aufmerksamkeit des Publikums, sondern auch das sowohl negative als auch positive Interesse der frischgebackenen politischen Instanzen. Die Imaginisten begannen freundschaftlich mit den hohen Tieren der bolschewistischen Geheimpolizei und Kulturpolitik zu verkehren (was auf Dauer eine Gefahr in sich barg: Beim Sturz eines Funktionärs waren auch dessen Günstlinge unter Schriftstellern und Künstlern dran). In die Literaturgeschichte verhalf den Imaginisten letztlich allein die Berühmtheit des Volksdichters Jessenin. «Mit dem Tod Jessenins und mit meinem Umzug nach Leningrad wurde die erste Hälfte (brodelnd genug) meiner literarischen Laufbahn beendet», so Marienhof in seiner Autobiographie.

Als sich Sergej Jessenin 1925 das Leben nahm, war die Zeit schon in festen sowjetischen Zügen eingefroren. Von anarchistischen künstlerischen Freiheiten konnte keine Rede mehr sein. Marienhof blieb – wie vielen anderen Autoren – nichts weiter übrig als ein mäuschenstilles Leben als Mitglied des offiziellen Schriftstellerverbands, dem die Literatur ausschließlich als Brotberuf diente, ohne jedoch nennenswerte Lorbeeren oder Dornen einzubringen. Und damit hatte er noch viel Glück: Unzählige Künstler wurden bekanntlich inhaftiert, verschickt, ermordet. Marienhof hatte dieses «Glück» wahrscheinlich, weil er nach Leningrad umzog (erstaunlicherweise bedeutete der bloße Wohnortswechsel oft eine Lebensrettung).

Die erste ruhmreiche (lärmreiche) Hälfte seines Lebens war vorüber, und erst dann wurde er als ein ernst zu nehmender Schriftsteller geboren. Das unterschied ihn markant von vielen seiner Kollegen, die sich dem neuen Stil der sowjetischen Kultur besser anpassten und sich als Künstler allmählich verloren. 1927 erschien sein Buch über Sergej Jessenin, «Roman ohne Lüge». 1928 folgte der Roman «Zyniker»* im Berliner Emigrantenverlag «Petropolis», was dem Autor in Sowjetrussland einige Unannehmlichkeiten einbrachte, die vergleichsweise jedoch nicht allzu groß waren: Marienhof hatte sich in der damals bereits verbreiteten Gattung Selbsttadel zu üben und schrieb dem Vorstand des Schriftstellerverbands einen Brief, in dem er «die Veröffentlichung eines in der UdSSR nicht erlaubten Werkes im Ausland» als unzulässig verurteilte. Auf diese Weise blieb er weithin unbehelligt; vielleicht galt er den sowjetischen Literaturbonzen schlichtweg als zu unbedeutend.

Es kamen die unheilvollen Dreißigerjahre. Für einen Autor, der dem Mainstream nicht folgen wollte oder konnte, wurde es zunehmend schwieriger, seine Werke irgendwo unterzubringen. Es entwickelten sich Überlebensstrategien, deren sich mehrere Generationen sowjetischer Schriftsteller bedienten: Sie suchten Zuflucht in der literarischen Übersetzung, in der Kinderliteratur, in Sketchen für die Kleinbühne und in anderen marginalen literarischen Ge-

* Der Roman erschien kurz darauf, 1929, in der Übersetzung von Gregor Jarcho auf Deutsch im S. Fischer Verlag; 1991 wurde er von Reclam Leipzig, 2002 von Eichborn *(Die Andere Bibliothek)* wieder verlegt.

bieten. Auch der historische Roman war einer dieser Schlupfwinkel, bis er, nach dem Zweiten Weltkrieg, zu einem wichtigen ideologischen Instrument auserkoren wurde und somit unter die entsprechend verstärkende Lupe der politischen Obrigkeit geriet. Doch auch ohne diese Lupe hatte «Jekaterina» wenig Chancen: Marienhof wandte auf den Geschichtsstoff die ihm seit den Zwanzigerjahren, der Zeit seiner Gegenwartsromane, eigene expressionistische Manier an, die spürbar von dem Mitte der Dreißigerjahre offiziell verordneten (Soz-)Realismus abwich. Marienhofs scharfe, giftige Art, die Dinge zu betrachten und zu beschreiben, seine Vorliebe für den Einschub authentischer historischer Details und Dokumente und für das fragmentarische Prinzip des Erzählens machten das Ganze nicht leichter. So wurde «Jekaterina» zu seiner letzten und vielleicht besten rein belletristischen Arbeit. Danach – nur Auftragsschreiberei für Brot, Gedanken und Erinnerungen für die Schublade.

Der heutige Leser will natürlich einiges über den Hintergrund und den Gegenstand dieses höchst originellen Romans wissen: Ist das Buch historisch korrekt? Auf welche Bilder von Katharina II. – geschichtliche und literarische – stützt es sich? Die Dokumente und Fakten, die Marienhof benutzte, sind ausnahmslos authentisch. Seine Kompetenz ist unbestreitbar, er folgt den historischen Zeugnissen, in denen er hervorragende Beschlagenheit aufweist.

Gleichzeitig sind seine Interpretationen und künstlerischen Akzente – wie könnte es anders sein? – durch seine individuellen Ansichten und seine Persönlichkeit stark gefärbt. Er nimmt der Vergangenheit die veredelnde Patina ab, egal, ob er über Westeuropa spricht: «Der Herzog von

Holstein gab Bälle in Sälen, die von Kerzenstummeln erleuchtet waren. Bei seinen Zechgelagen kamen Decken mit Löchern auf den Tisch» oder über Russland: «In dem großen Petersburger Haus versammelte sich der Hof. Die von Flöhen zerstochene Kaiserin sah mit Fischblick auf die Erschienenen.» Alles bei Marienhof erscheint nicht lediglich schmucklos, sondern sogar betont hässlich, luschig oder skurril.

Doch wie surreal die von Marienhof geschaffene Welt auch anmuten mag, sie liegt in voller Übereinstimmung mit den zugänglichen geschichtlichen Quellen. Wenn der Leser auf der Hochzeit von Jekaterinas zukünftigen Schwiegereltern, der älteren Tochter Peters des Großen mit dem Herzog von Holstein-Gottorp, unverhofft auf einen Elefanten trifft, so entspringt dieser Elefant nicht Marienhofs überschäumender Phantasie, sondern ist eine historische Figur: Der erste Petersburger Elefant war ein Geschenk des persischen Schahs für Peter I. im Jahr 1714; das Tier starb bereits nach kurzer Zeit– unklar, ob wegen der Kälte oder den alkoholischen Getränken, die man ihm eingeflößt hatte, um es aufzuwärmen. Es folgten ihm weitere Elefanten*. Fast jede in Marienhofs Roman vorkommende Kleinigkeit kann bezeugt und bestätigt werden.

* Zum dreihundertsten Geburtstag Sankt Petersburgs (2003) forderte der Direktor des Petersburger Tiergartens laut Bericht einer Tageszeitung die Stadtbewohner auf, diese Tradition, die schon dreimal unterbrochen wurde (1917 erschossen Revolutionäre den kaiserlichen Elefanten, wahrscheinlich als einen Klassenfeind; 1941 wurde der Elefant durch deutsche Bombardierung getötet, 1982 schlief der letzte Petersburger Elefant ein), zu beleben: «Es ist schon eine Generation von Kindern aufgewachsen, die nie einen lebendigen Elefanten gesehen haben. So verliert die Stadt allmählich ihr Gesicht.»

Katharina die Große, Katharina II., die mächtige Kaiserin Russlands, kam 1729 als Tochter des Fürsten Christian August von Anhalt-Zerbst, eines Generals im preußischen Dienst, zur Welt und wurde auf den Namen Sophie Friederike Auguste getauft; im Familienkreis hörte sie auf den Kosenamen Fieke. Die Familie war von höherer Herkunft, aber verarmt, die kleine Prinzessin entsprechend nicht sonderlich verwöhnt. Sophie Friederike Auguste reiste als Backfisch 1744 nach Russland, um den Enkel Peters des Großen zu heiraten.

Ihr Bräutigam wurde 1728 als Sohn des Herzogs von Holstein-Gottorp und der jüngeren Tochter Peters I., Anna, geboren. Er wurde erst 1742 von seiner Tante, Kaiserin Elisabeth, als Thronfolger nach Russland beordert und kannte Russland genauso wenig wie seine künftige Frau. Er fühlte sich fremd in diesem Land, hatte Sehnsucht nach seiner holsteinischen Heimat, sagte, dass er nicht für Russland geboren sei, dass er den Russen nicht passe und ihm die Russen nicht passen würden, dass er in Russland zugrunde gehe. Und damit sollte er Recht behalten.

Im Unterschied zu ihm suchte Sophie Friederike Auguste, nach ihrer Konvertierung zum russisch-orthodoxen Glauben Katharina (Jekaterina) genannt, das Land zu verstehen, weil sie es unbedingt regieren wollte und bereit war, die ganze damit verbundene Verantwortung auf sich zu nehmen. Als Kaiserin Elisabeth im Januar 1762 starb, hatte der neue Kaiser, der Enkel Peters I., Peter III., keine großen Chancen in Konkurrenz mit seiner ehrgeizigen Gattin. Umso weniger, als er den bereits gewonnenen Krieg gegen den von ihm vergötterten Friedrich den Großen abbrach und darüber hinaus die russischen Garden mit vielen kleinen Schikanen preußisch-disziplinierender Art gegen sich aufbrachte. Nur ein halbes Jahr war Katharina vonnöten, um die Palastrevolution vorzubereiten und ihren Mann des Thrones zu entheben.

Als eine sehr intelligente, aufgeweckte Frau manifestierte sich Katharina im Unterschied zur «deutschen Partie» ihres unglücklichen Gatten als «die russische Zarin» und als Nachfolgerin Peters des Großen. Auf das Postament des 1782 errichteten Denkmals zu Ehren Peters des Großen ließ sie die Inschrift «Für Peter I. von Katharina II.» meißeln. So behauptete sie über die Köpfe aller Blutsverwandten hinweg ihre tiefe geistige Verwandtschaft mit dem Lebenswerk Peters. Katharinas Sohn, Paul I., der seiner Mutter fernblieb, sie hasste und sich später, als er Herrscher wurde, innerhalb seiner kurzen Regierungszeit überall im Land unbeliebt machte, errichtete 1800 ein anderes Denkmal für Peter I. mit der polemischen Aufschrift: «Für Urgroßvater vom Urenkel». Eine böse Ironie der Geschichte: Paul war mit seinem großen Urgroßvater wahrscheinlich genauso wenig verwandt wie Katharina (der wahrscheinlichsten Version zufolge war Paul der Sohn eines Höflings namens Sergej Saltykow). Nicht sein Denkmal, sondern das seiner Mutter, der berühmte «eherne Reiter», wurde zum ewigen Symbol Petersburgs, vielfach von Dichtern besungen und heute weltweit bekannt.

Das Bild, das Katharina II. der Nachwelt von sich hinterlassen hat, ist kompliziert und widersprüchlich. Es wandelt zwischen historischer Anekdote frivoler Art, feierlicher Verehrung in den Tempeln der Klio und spöttischer Verachtung in vielen Schulbüchern, inspiriert von den schimpfenden Geistern der frühsowjetischen Geschichtsschreibung. Manches haftet ihr und Russland bis heute an, etwa der berühmte Begriff der potjomkinschen Dörfer als das Sinnbild für den vorsätzlichen Betrug, für die staatliche Erschaffung eines schönen Scheins anstelle des vorhandenen Elends.

Diese Interpretation der potjomkinschen Dörfer ist nach heutigem Wissen eine ursprünglich aus dem Westen importierte und sich dann in den «progressiven Kreisen» Russlands verbreitende ideologische Mogelpackung. Ihre Geburt aus dem Geiste der internationalen Politik und des Journalismus war die Folge einer feierlichen Reise, die Katharina 1786 in die südlichen Gebiete Russlands unternahm. Viele ausländische Diplomaten, Journalisten und sogar regierende Personen, wie der König Polens und Katharinas ehemaliger Geliebter Stanislaus Poniatowski waren zu dieser Reise eingeladen. Zu präsentieren waren die neuen, vor kurzem von den Osmanen befreiten Territorien, die Pracht der südlichen Natur, die unendlichen Weiten, der Glanz des Hofes. All das muss die Reisenden sehr beeindruckt haben. Doch wer freut sich schon über die zu großen Erfolge und den zu gewichtigen Reichtum seines Nachbarn? Das ist in der Politik nicht anders als im Alltag. So berichtete der deutsche Diplomat und Journalist Georg von Helbig im Jahr 1790 in der Hamburger Zeitschrift «Minerva» über die potjomkinschen Dörfer, Fürst Potjomkin habe Häuser aus bemalten Brettern errichten und Soldaten als Bauern verkleiden lassen; um den angeblichen Wohlstand dieser fiktiven Bauern vorzutäuschen, seien Dutzende von Hühnern von einem fiktiven Dorf zum anderen getrieben worden. Bliebe allerdings die Frage, wen überhaupt eine solche Dekoration hätte täuschen sollen und können?

Die mit dekorativer Pracht ausgestatteten potjomkinschen Dörfer hatten zwei Funktionen: Erstens sollten sie die Reise angenehm und freudig machen, karnevalesk und symbolisch, wie es der Geist des achtzehnten Jahrhunderts verlangte. Zweitens waren die Orte zu markieren, an denen später neue südrussische Städte entstehen sollten: Odessa, Sewastopol, Cherson und viele andere, die tatsächlich entstanden und – was das Entscheidende sein dürfte – heute noch stehen. Übrigens wurde einer der Maler, die an diesem Kunstprojekt beteiligt waren, Wladimir Borowikowski, später in die Hauptstadt berufen, wo er als einer der besten Porträtisten seiner Zeit bekannt wurde. Von ihm stammt ein Gemälde, das Katharina auf einem Spaziergang im Garten ihrer Vorortresidenz Zarskoje Selo darstellt. Bestimmt hatte Alexander Puschkin dieses Bild vor Augen, als er in seinem Roman «Die Hauptmannstochter» Katharina wie folgt beschrieb: «Sie trug ein weißes Morgenkleid, eine Nachthaube und einen Seelenwärmer*. ... Ihr Gesicht, voll und rotwangig, strahlte Gewichtigkeit und Ruhe aus, und die hellblauen Augen und das leichte Lächeln waren unsagbar reizvoll.» Katharina in «Die Hauptmannstochter» besitzt Weisheit, Gutmütigkeit und Anmut. Puschkin hat sich in diesem späten Werk sehr weit von den sarkastischen Äußerungen seiner Jugend entfernt: «... die Geschichte wird mit der Zeit den Einfluss, den ihre Herrschaft auf die Sitten hatte, richtig einschätzen, sie wird die grausame Tätigkeit ihres Despotismus, der unter dem Deckmantel der Sanftmut und Toleranz verborgen war, lüften, sie wird das Volk zeigen, das von Statthaltern gedrückt wurde, den von ihren Favoriten geplünderten Staatsschatz, ihre wichtigen wirtschaftspolitischen Fehler, ihre Nichtigkeit in den ge-

* Seelenwärmer – kurze ärmellose Damenjacke.

setzlichen Bestimmungen, ihre widerliche Possenreißerei in Beziehungen mit den Philosophen des Jahrhunderts – dann wird die Stimme des verführten Voltaire sie nicht vor dem Fluch Russlands retten.»

«Glücklich wird der Historiker sein, der in hundert Jahren die Geschichte von Katharina II. schreibt», sagte «der verführte Voltaire», dessen Briefpartnerin Katharina war. Dieser glückliche Historiker ist noch nicht gekommen. Auch Marienhof wurde nicht zu ihrem Chronisten, wollte es auch gar nicht sein.

Der Autor hat für seinen Roman einen ungewöhnlichen Lebensabschnitt der Protagonistin gewählt: Er begleitet sie von ihrer Geburt in einer verarmten Fürstenfamilie bis zu ihrer Thronbesteigung eines riesigen Landes. Sein Buch endet dort, wo gewöhnliche historische Romane sich zu epischer Wucht steigern oder gar erst beginnen. Das bedeutet in erster Linie, dass die Entstehungsgeschichte einer Persönlichkeit für diesen Roman am wichtigsten ist.

Man kann freilich nicht sagen, dass Marienhof gegenüber der geschichtlichen Problematik gleichgültig gewesen wäre. Doch die Fläche, auf der sich seine geschichtlichen Ansichten mit den offiziellen Richtlinien der Dreißigerjahre hätten treffen können, war zu schmal, und diese Fläche zu überschreiten war zu gefährlich. Als er Ende der Zwanzigerjahre an seinem Roman «Zyniker» schrieb, der von den ersten Revolutionsjahren handelt, konnte er noch auf eine gewisse Toleranz von offizieller Seite hoffen. Er zieht in «Zyniker» gewagte Parallelen zwischen Gegenwart und Vergangenheit und sucht Erklärungen für die Grausamkeit, die draußen tobt, nicht im herrschenden Regime und dessen Ideologie, sondern in der Geschichte Russlands. Auszüge aus gegenwärtigen Zeitungsberichten werden mit Fragmenten altrussischer Chroniken so komponiert, dass sie miteinander korrespondieren. Es kommt eine in den ersten Revolutionsjahren sehr populäre, wiederum aus dem Westen importierte Idee zum Tragen: die Theorie von der barbarischen Erbschaft des alten – «tatarischen», wie Lenin zu sagen pflegte – Russlands. Ende der Dreißigerjahre wurden nicht nur die Grausamkeit und Absurdität der Revolution einfach für nie stattgefunden erklärt, es wurde auch die Tendenz zur Verklärung der Geschichte spürbar. Obwohl alles «Zaristische» zu verurteilen war, musste man daneben auch der stalinschen und stalinistischen Idee eines weisen Herrschers Tribut zahlen.

Nicht nur aus Vorsicht konzentriert Marienhof seinen Blick auf alltägliche Dinge. Ähnlich wie er in «Zyniker» seine privaten Ideen über die Geschichte des Landes zur Äußerung bringt, versucht er seine persönlichen intimen Gedanken und Beobachtungen in den Text des Romans «Jekaterina» einzuschmuggeln. «Aus irgendeinem Grund zeigt man bei dem Wort ‹Klatsch› Abscheu und hebt bei dem Wort ‹Literatur› ehrfurchtsvoll die Augen. Das ist dumm! Literatur und Klatsch sind fast ein und dasselbe», schreibt er in seinen Aufzeichnungen. Entsprechend vermeidet er keines der zahlreichen und skurrilen Gerüchte über Katharina* und genießt zudem die Möglichkeit, seine giftigen Aperçus über Frauen und ihre moralischen Prinzi-

* Das Thema der Favoriten einer Königin (wie das Thema der Favoritinnen eines Königs) ist natürlich bei Gerüchteköchen und Literaten gleichermaßen beliebt. Von zwölf der historischen Wissenschaft bekannten Favoriten Katharinas erscheinen im Buch drei Geliebte aus der Zeit

pien zum Besten zu geben. Marienhof gibt sich gern als überzeugter und theoretisierender Frauenhasser: «Lassen Sie das Tier nicht zu Ihrer Seele, ich meine eine Frau. Es ist genug, dass sie Ihr Bett beschmutzt», so nur eine seiner Sentenzen dieser Art. Dabei war er sein ganzes Leben lang mit einer Frau zusammen, der bekannten Schauspielerin Anna Nikritina, die er über alles liebte und achtete. Nicht ohne Selbstzufriedenheit stellt er an einer anderen Stelle seiner Aufzeichnungen fest: «Die Philosophen – Kant, Spinoza, Descartes, Leibniz – bevorzugten, als Junggesellen zu leben. Darauf bin ich nicht neidisch. Doch eine Frau muss schlau gewählt sein. Das ist etwas schwieriger, als ‹Kritik der reinen Vernunft› zu schreiben.»

Marienhof, der geborene Satiriker, von der Natur mit der Fähigkeit begnadet (oder dazu verdammt), menschliche Schwächen und Mängel zu bemerken und mit gefeilten, aphoristischen Formeln zur Schau zu stellen, macht auch mit seiner Heldin, der zukünftigen Zarin, keine Ausnahme. Wäre es ihm gelungen, Katharina nur als ein mit dem bösen Auge gesehenes Weib, als kaltblütige Intrigantin, als eine dumme, eitle Angeberin, die der Öffentlichkeit lediglich vortäuscht, sie hätte eine gute Bildung genossen und kluge Bücher gelesen, kurzum: nur als satirischen Typus darzustellen – was bestimmt seine subjektive Aufgabe war –, so wäre sein Buch kein gelungenes Buch, sondern ein Pamphlet.

vor ihrer Krönung zur Kaiserin: Sergej Saltykow, der vermutliche Vater Pauls I., Stanislaus Poniatowski, der künftige König Polens, der sein ganzes Leben lang der russischen Kaiserin loyal blieb, und Grigori Orlow, der mit seinen vier Brüdern die entscheidende Rolle beim Sturz von Katharinas kaiserlichem Ehemann spielte.

Die hohe literarische Qualität des Romans, seine Spannung und Ausdruckskraft sind die Folge einer Kluft zwischen dem Vorhaben des Autors und dem Ergebnis seines Schaffens. Diese Kluft entsteht, weil Marienhof den historischen Zeugnissen willig folgt und in diesem Sinn wahrheitsgetreu bleibt. Was immer man von Katharina denken mag, welche ihrer menschlichen oder politischen Eigenschaften man auch kritisch hinterfragen kann, ihre menschliche Größe, die in allem zu spüren ist – sei es in ihren Briefen und Aufzeichnungen, sei es in Erinnerungen ihrer Zeitgenossen, sei es im Ausmaß ihrer staatsmännischen Tätigkeiten –, ist nicht zu leugnen.

Was über die erwachsene Frau und Kaiserin bekannt ist, projiziert Marienhof auf das kleine Mädchen. Er spottet nicht nur, er bemitleidet auch das unschöne, ungesunde, vernachlässigte Kind, das sich ein Ziel gesetzt hat: «Wenn Babet nicht im Zimmer war, übte das krumme Mädchen ein Paar Quadrille-Schritte. Das tat sehr weh. Fieke rannen die Tränen über die Wangen. Sie weinte und tanzte, weinte und tanzte. Da ist nichts zu machen, wenn du eine Krone tragen willst, musst du weinen und tanzen, weinen und tanzen.»

Alle Gefühle, alle Wünsche, alle Hoffnungen und Verletzungen ordnet das strebsame Kind einem Ziel unter: Königin zu werden. Vielleicht ganz unerwartet für den Autor gesellt sich zum Mitleid mit dem «krummen Mädchen» auch Bewunderung: «Man muss es diesem Mädchen lassen, wenn es darauf ankam, konnte sie ihre Gedanken ausgezeichnet auf das Wesentliche konzentrieren.» Die ehrgeizige junge Frau lernt die neue Sprache (was freilich für einen fünfzehnjährigen gut trainierten Kopf nicht besonders schwierig sein sollte), sie beobachtet und zieht ihre

Schlussfolgerungen – und die sind richtig, weil durch die Praxis, durch ihr ganzes weiteres Leben bestätigt. Sie will das Land, das sie regieren wird, als einen mächtigen Staat sehen, sonst hätte ihre Krone keinen Glanz, der dieses «Tanzens und Weinens» wert wäre; und später tut sie alles, um diesen Staat unter den anderen europäischen Staaten zu behaupten. Was für ein Unterschied zu ihrem Gatten: «‹… weiß der Teufel, ich muss Euch enttäuschen, Ihr habt es hier mit einem wilden und dummen Land zu tun.› So sah die Meinung des Thronfolgers über Russland aus.»

Marienhof zieht – obwohl er sich merklich bemüht, «satirisch-unparteiisch» zu bleiben – die eigenen und des Lesers Sympathien auf die Seite seiner Protagonistin. Wider den eigenen Willen, wie es scheint, aber zum großen Vorteil seines Romans. Das Buch ist gelungen, weil seinem Autor einiges nicht gelungen ist, so paradox das auch klingen mag.

April 2003, Frankfurt am Main

Die Schreibweise der Eigennamen und Zitate aus historischen Dokumenten hält sich an folgende Quellen:

«Katharina II., Memoiren», 2 Bände, Leipzig 1990, und «Katharina II. von Rußland in Augenzeugenberichten», hrsg. von Hans Jessen, München 1978.

CHRISTINE WUNNICKE

Die Kunst der Bestimmung

Roman

304 Seiten, gebunden
ISBN 3 463 40450 8

London, im Jahr 1678. Die berühmte Royal Society, Gesellschaft zur Beförderung der experimentellen Gelehrsamkeit, bestellt den schwedischen Professor Dr. Simon Chrysander zum Kurator ihrer naturkundlichen Sammlungen. Dr. Chrysander ist ein Meister darin, die Dinge der Schöpfung zu bestimmen; seit dem Pfarrerssohn eines Tages der liebe Gott abhanden kam, ordnet er die Welt, stets auf der Flucht vor dem Chaos, nach den Gesetzen der Mathematik. Mit eisernem Besen kehrt er aus in der verlotterten Wunderkammer der Royal Society. Und macht sich damit nicht nur Freunde.

Für Lord Fearnell, einen exzentrischen jungen Mann im Gefolge des Königs, ist die Welt eine Bühne. In immer neuen Rollen und Verkleidungen schlingert er durch die grandiose Wirrnis des barocken London, getrieben von der unklaren Sehnsucht nach einem Gegenüber, das ihn bändigt und erkennt. Als Lord Fearnell Dr. Chrysander begegnet, prallen zwei Welten aufeinander. Ein Spiel von Anziehung und Abstoßung, von Verführung und Gegenwehr beginnt.

«Christine Wunnicke erinnert in bestimmter Weise an Patrick Süskinds ‹Parfüm›-Bestseller.» *Münchner Abendzeitung*

verlegt bei Kindler

MEERA NAIR

Video

Erzählungen

256 Seiten, gebunden
ISBN 3 463 40403 6

Indien – ein Land voller Gegensätze. Noch geprägt von jahrhundertealten Traditionen, ist der Subkontinent doch mit mindestens einem Bein bereits in der Moderne angelangt. Mit großer Sensibilität, Humor und Gespür für Nuancen entführt dieses geistreiche Debüt in eine im Umbruch begriffene Gesellschaft.

«Es ist eine einzigartige Welt, die diese Geschichten vergegenwärtigen, eine Welt, die uns auf rätselhafte Weise nah ist.»

Ha Jin

«Diese subtil gestalteten Erzählungen vermitteln einiges von der Hoffnung, der Aufregung, der Vulgarität und der Traurigkeit in einer schnell sich ändernden Welt. In ihrer nachdrücklichen Schilderung des individuellen Dilemmas sind sie Teil einer neuen Art von literarischer Abrechnung mit dem heutigen Indien.»

Pankaj Mishra

verlegt bei Kindler

HOWARD NORMAN

Der Geisterfotograf

Roman

352 Seiten, gebunden
ISBN 3 463 40425 7

Wir schreiben das Jahr 1927. Peter Duvett bewirbt sich als Assistent des Fotografen Vienna Linn – eine Stellung, die sein Leben grundlegend verändern wird. Denn Linn hat ein eigentümliches Kunstverständnis: Er arrangiert grauenvolle Unfälle, um diese fotografisch festzuhalten.

Duvett trifft ausgerechnet zur Hochzeit seines neuen Arbeitgebers in dem entlegenen kanadischen Städtchen Churchill ein und gerät noch in derselben Nacht in die Fänge von Kala, Linns frisch angetrauter Ehefrau. Unaufhaltsam wird er von Kala in den Bann gezogen – auch von ihrer Obsession für «Geisterbilder». Auf diesen Fotografien erscheint auf rätselhafte Weise neben den Porträtierten als ungeladener Gast das Antlitz längst Verstorbener. Offensichtlich will auch Linn mit diesem Phänomen dunkle Geschäfte machen. Seine Dunkelkammer wandelt sich für Duvett zum Horrorkabinett.

«Der Geisterfotograf» ist eine bedrückende Fabel über moralische Blindheit und künstlerische Ambition, ein literarischer Spannungsroman, der die Spielregeln unserer zivilisierten Welt aus den Angeln zu heben droht.

verlegt bei Kindler